PRIMEIRO ACESSO

✉ Usuário

🔒 Senha

☑ Lembrar login   Esqueceu sua senha?

☐ Li os **termos de uso** e quero continuar.

ESPOSA SOB MEDIDA

NOEMI NICOLETTI

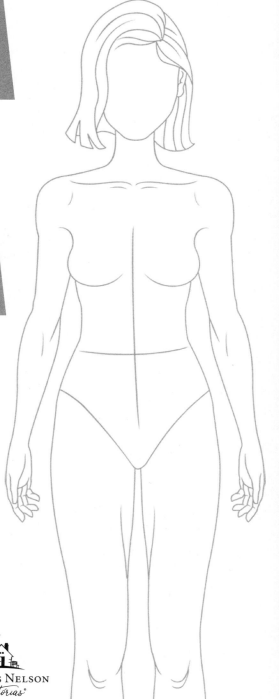

THOMAS NELSON
histórias

Copyright © 2025 Noemi Nicoletti. Todos os direitos reservados.

Todos os direitos desta publicação são reservados à Vida Melhor Editora Ltda. Nenhuma parte desta obra pode ser apropriada e estocada em sistema de banco de dados ou processo similar, em qualquer forma ou meio, seja eletrônico, de fotocópia, gravação etc., sem a permissão dos detentores do copyright.

PRODUÇÃO EDITORIAL	Leonardo Dantas do Carmo
COPIDESQUE	Clarissa Melo
REVISÃO	Auriana Malaquias e Maurício Katayama
PROJETO GRÁFICO	Rafael Brum
CAPA	Rafael Brum e Mayara Menezes
DIAGRAMAÇÃO	Tiago Elias

Dados Internacionais de Catalogação na Publicação (CIP)
(BENITEZ Catalogação Ass. Editorial, MS, Brasil)

N643e
1. ed. Nicoletti, Noemi

Esposa sob medida / Noemi Nicoletti. – 1. ed. – Rio de Janeiro: Thomas Nelson Brasil, 2025.
336 p.; 15,5 × 23 cm.

ISBN 978-65-5217-127-6

1. Ficção cristã. I. Título.

01-2025/141   CDD B869.3

Índice para catálogo sistemático:
1. Ficção cristã: Literatura brasileira   B869.3
Aline Graziele Benitez – Bibliotecária – CRB-1/3129

Os pontos de vista desta obra são de responsabilidade de seus autores e colaboradores diretos, não refletindo necessariamente a posição da Thomas Nelson Brasil, da HarperCollins Christian Publishing ou de suas equipes editoriais.

Thomas Nelson Brasil é uma marca licenciada à Vida Melhor Editora LTDA.
Todos os direitos reservados à Vida Melhor Editora LTDA.

Rua da Quitanda, 86, sala 601A - Centro,
Rio de Janeiro/RJ - CEP 20091-005
Tel.: (21) 3175-1030
www.thomasnelson.com.br

Para o Bruno, que me ensinou
na prática o que significa graça
e como o amor pode ser lindo.

PARTE UM

1

O NÓ DA GRAVATA já estava apertado o suficiente; mesmo assim, Mark não parava de ajustá-lo. Deveria ter trazido flores? Droga, deveria ter trazido flores. Bocejou. Estava exausto. Passou a noite toda pesquisando na internet, mas não encontrou nenhuma informação sobre como receber bem uma esposa encomendada.

Enquanto esperava, ora colocava as mãos nos bolsos, ora aprumava-se e ajustava a gravata, isto é, na mesma frequência que o tinir constante do sino e o ranger agudo nos trilhos anunciavam a chegada de mais um trem. Observava atento as pessoas que desciam na plataforma em busca daquela descrita pelo e-mail de confirmação. Olhou para o relógio que reluzia no alto da estação como uma lua cheia. Conferiu seu relógio de pulso, concluindo que, desconsiderando poucos segundos, estavam em perfeita sincronia. Cantarolou o novo *hit* das rádios cuja letra desconhecia e passou a mão no cabelo. Leu e releu as pichações nas muretas. Teve a arrepiante sensação de estar sendo observado. Só podia ser uma crise de nervos. Mais uma vez encarou os ponteiros que se adiantavam. Verificou o pulso. Quando se viu obrigado a checar o horário pela terceira vez, e após o quarto trem, desesperou-se.

E se tivesse sido vítima de um golpe?

Por que não considerou seriamente essa opção? Afinal, nenhum serviço poderia ter milhares de resenhas exclusivamente positivas! Onde se ouviu falar de pessoas encomendando esposas sob medida? Não era algo comum. Ao menos não no seu país e definitivamente não neste século.

Voltando as costas para os trilhos, soltou, num suspiro, um belo dum palavrão.

Só podia ser um golpe.

Quando pesquisou, verificou que a empresa estava registrada sob um endereço na Polônia, na fronteira do outro lado da Alemanha. Apostava que, se averiguasse, as coordenadas o levariam a algum terreno baldio ou um domicílio. Imaginava até mesmo que deviam estar neste exato instante utilizando todos os dados coletados para forjar uma nova identidade para algum criminoso.

Maldito, maldito o momento em que aceitou escutar aquele velho tolo!

Retirou o celular do bolso e o desbloqueou. Localizou o e-mail e o releu pela vigésima vez, comparando as informações com o que tinha guardado na memória. Horário, data e local batiam. Sentiu a pulsação acelerada nos ouvidos. Denunciaria esses trapaceiros.

A primeira resenha com uma estrela seria de Mark Schmidt. Mark Schmidt, *o otário*.

Apalpou um dos bolsos da calça em busca das chaves do carro. Por hábito, a outra procurou o maço de cigarro no bolso interno da jaqueta. Em vão. Havia sido uma das resoluções daquele ano.

Abandonar os vícios. Superar a Pauline. Encontrar um novo amor. Deixar de ser trouxa.

Levou, então, a mão à boca e quase riu da trágica ironia.

Não queria pensar no dinheiro jogado fora. Ainda.

Balançou a cabeça e foi caminhando para o estacionamento, arrastando os pés sobre os pequenos pedregulhos de concreto solto. Abria e fechava os punhos para ativar a circulação. Estava frio para burro. Bem, ao menos não havia comprado flores. Como se isso aliviasse a decepção.

Não lembrava mais onde tinha estacionado.

Pegou a chave e apertou o botão que destrancava o carro. Ergueu os olhos na direção do som do alarme sendo desligado.

Foi quando a viu.

2

SEIS MESES ANTES DO ENCONTRO NA ESTAÇÃO

— FICOU SABENDO da novidade? Pauline vai se casar. — Mark encostou nos lábios o bico da garrafa de cerveja, mas não bebeu. Não tinha certeza se o volume de sua voz havia sido alto o suficiente para superar os ruídos do bar, mas pronunciar pela primeira vez aquelas palavras fazia, de alguma forma, tudo se tornar real. E isso o atordoou mais do que um soco na cara.

— Pois você não deveria estar celebrando, rapaz? — O velho deixou escapar uma risada pelo nariz avermelhado que soou como um ronco. — Olha o tamanho da bala perdida da qual você escapou.

Mark depositou a garrafa de cerveja no balcão de madeira. Olhou para o teto e inspirou fundo.

— Você quer dizer que ela escapou de mim, não? — As palavras saíam lentas e comedidas, mas estranguladas, como sob efeito de muito esforço. — Não, eu não deveria estar celebrando. Eu deveria ser o cara em casa com uma esposa e não num bar com um pai bêbado e fracassado, além de um histórico de mulheres que partiram meu coração.

O pai bateu no balcão. Copos e garrafas tremeram.

— Respeito, garoto! — Algumas pessoas olharam com o canto dos olhos e riram baixinho. — Você está muito enganado se acha que sou fraco a ponto de me embebedar com duas garrafas de cerveja. *Pff*.

O velho se reclinou com um sorriso bobo.

Mark enfiou as mãos no cabelo e encostou a testa no balcão grudento.

— Meu Deus. — Ergueu a cabeça apenas o suficiente para espiar o pai. — O que estou fazendo com a minha vida?

— Desfrutando dos maus dias. — O senhor inclinou a garrafa de cerveja, como se tilintasse o recipiente num brinde proposto imaginário. Seu olhar foi se tornando vago e distante. — Observando-os passar.

— Vou fazer quarenta anos — falou mais para si mesmo do que para a audiência. — Com quarenta anos, o senhor já tinha se casado duas vezes e concebido filhos.

— E me divorciado duas vezes! — o pai completou com o olhar ainda vago, piscando sem realmente fechar os olhos. — Isso não é algo a se almejar, rapaz.

— Só estou cansado de tudo isso. A mesma lenga-lenga, sabe? — Sugou uma golada da garrafa e foi se animando. — *Sabe*? Conhecer alguém, se encantar, flores, mensagens, encontros, presentes, palavras, se amarrar, perder tudo, virar cinzas.

— O ciclo da vida.

— Nem tenho mais idade para isso, caramba. Quero uma esposa, é isso. Que se dane o resto!

— Bem... — O velho deu mais um daqueles sorrisos banguelas. — Se você se sente assim, deveria tentar um daqueles serviços on-line.

Mark coçou o queixo com a barba por fazer.

— Já tentei essas porcarias: Tinder, Match, 2-Gather, o que for.

— Não, não é para conhecer alguém, moleque. — O velho deu um tapa na nuca do filho. — É para arranjar uma esposa, oras. Não é isso o que você quer? Tem aquele, como é o nome? — Estalou o dedo no ar algumas vezes. — Esposa Sob Medida ponto com? Ou algo assim.

Mark retirou o dispositivo do bolso e digitou as palavras na página de pesquisa. Acessou o primeiro resultado e encarou a tela com a boca entreaberta.

— É pra valer isso?

— Mas se é...! Bá! — O velho espalmou as mãos contra a própria camiseta branca encardida, na altura da barriga. — Você não assiste televisão? Não vê as notícias?

— O que tem que fazer? — Mark continuou, sem tirar os olhos da tela. — Escolhe... as medidas e eles entregam em casa? É pelos correios ou o quê? — gracejou.

Soava engraçado e, francamente um pouco assustador, mas até que seria incrível, não seria? Uma esposa sob medida. Rápido e descomplicado.

Com uma das mãos virou a garrafa. A outra ainda segurava o aparelho, cuja tela brilhava com a silhueta de uma mulher personalizável.

Ah, as possibilidades! Elas borbulhavam em sua mente como espuma de malte.

Apertou o botão que indicava que tinha lido as informações de privacidade do site e autorizava o uso de cookies no celular. Resolveu brincar. Raios, por que não?

— Busto? — Ergueu as sobrancelhas e deu uma risada semichocada. — A primeira pergunta é de que tamanho devem ser os seios da minha esposa?

— Importante como qualquer outra coisa, não?

— Certo. Não sei. Que tamanho seria G?

— Deixa de ser trouxa. Coloca logo o maior de todos!

O velho passou o braço por cima do ombro do filho e selecionou a opção GGG.

— Quê?! Não! — Mark afastou o pai com um leve empurrão. — A esposa é minha. Encomende a sua se quiser.

— Já fiz isso à moda antiga, obrigado.

— Sei lá. Não queria correr o risco de eles mandarem... sei lá, alguém com implantes monstruosos ou algo assim. Acho que não dá para errar com M, certo? M é médio. Nada fora do normal.

— Está bem, não me escute. — O velho ergueu as mãos num gesto de desistência.

— Céus, que difícil!

— E olha que é só a primeira escolha.

— E o que acontece? Como... como eles conseguem uma mulher exatamente como pedi?

— Você realmente não lê as notícias, né? Existem sites especializados só para explicar esse tipo de bruxaria. Se chama *engenharia genética*, filho. Hoje em dia eles são capazes de gerar pessoas adultas em laboratório.

Mark fechou a boca quando percebeu que estava escancarada.

— Num laboratório? Eles vão gerar a minha futura esposa numa placa de Petri?!

— Não seja estúpido. Ela é grande demais pruma placa de Petri.

Mark balançou a cabeça várias vezes, tentando assimilar o que acabara de ouvir. Como o mundo e a sociedade mudaram tão rapidamente?

— É responsabilidade demais. Quer dizer... E se eu apertasse simplesmente esse botão aqui no final? "Gerar automaticamente"?

— Automaticamente? E correr o risco de mandarem para você uma anã careca?

— Isso... é bem preconceituoso.

— Que seja. A esposa é sua. Seria sua oportunidade de ter a mulher dos seus sonhos. Mas, vá, deixe ao acaso. Confie que os algoritmos de algum programador solitário e pateta determinem todo o seu futuro.

Após um sinal sutil, o *barman* colocou mais uma garrafa de cerveja aberta no balcão. Mark inspirou fundo e virou a garrafa sem parar para respirar.

A mulher dos meus sonhos, pensou, enquanto limpava a boca. *Em apenas alguns cliques.*

A imagem de Pauline casada com outra pessoa retornou repentinamente, deixando-o mais perplexo e atordoado do que a dose de álcool circulando em seu sangue seria capaz de fazer.

— Está bem. Vamos fazer isso.

3

MARK A ENCAROU, boquiaberto.

Ele tinha tentado tantas vezes imaginar a esposa. Tantas vezes quanto se deitou nos últimos meses, observando o lado vazio da cama *queen size*. Na pausa do café, sentado na minúscula cozinha comunitária do escritório. Na fila do supermercado, observando casais descarregarem apressados e em sincronia os carrinhos de compras. Nada exagerado.

Mas agora ela estava diante dele.

O que antes não passava de dimensões, proporções e descrições se transformou no retrato preciso da mulher que havia escolhido. Mesmo assim, o exemplar real parecia superior ao dos sonhos. Por que exatamente, não saberia dizer.

Caminhou na direção da mulher, as pernas bambas, incerto de para onde olhar. Não tinha tempo ou nervos para uma análise fria e detalhada. Só conseguia pensar que ela valera cada centavo. Cada um das centenas de milhares deles.

Como se cumprimenta o cônjuge ao encontrá-lo pela primeira vez? É algo que tampouco sabia. Por um instante pensou em — *que se dane* — beijá-la de vez na boca. Com língua e tudo. Era sua, oras. Ou não?

Pausou no trajeto, incerto.

Nunca havia beijado uma estranha e esse dia já tinha oferecido novidades demais para um ano inteiro. Mesmo que essa estranha fosse, de fato, sua esposa.

Se decidiu por um cumprimento cortês. Limpou a mão, esfregando-a na calça, e a estendeu tão logo se aproximou o suficiente. A moça — mulher? pessoa? *unidade*? — ignorou o gesto e, largando no chão de concreto duas malas de plástico cinza, lançou os braços ao redor de seu pescoço.

— Você é ainda mais atraente do que imaginei — ela sussurrou com uma voz suave em seu ouvido, antes de se afastar com um adorável sorriso tímido.

A mulher baixou os olhos para as próprias mãos entrelaçadas e deu de ombros.

Mark retribuiu o sorriso com alguns segundos de atraso. Estava tão maravilhado que mal se deu conta de que ainda não havia dito uma única palavra.

Ele apontou para as bagagens de plástico e ela abriu um sorriso doce, com covinhas de cada lado do rosto. Ele deu um passo desajeitado à frente. Ela saiu do caminho, delineando com os lábios um "oh, desculpe" inaudível.

Ele não queria parar de olhá-la.

Puxou as alças e as malas não se moveram. Tinha calculado errado a força necessária. Ela murmurou um desculpe novamente e ambos riram.

Quando foi abrir o bagageiro, deu de cara com um garrancho branco. As palavras ofensivas no vidro estavam tão frescas que ainda escorriam. Olhou ao redor e, salvo pela mulher aguardando, não havia mais ninguém. *Pirralhos...*

Sacudiu a cabeça. Não importava. Entrou no carro e tratou de deixar o incidente para trás. Eram os tempos malucos em que viviam. A desgraçada nova geração.

Logo que colocaram os cintos, o carro perguntou:
— Para casa, Mark?
— Sim, por favor — ele murmurou e olhou para a esposa.
Ainda não havia dirigido uma única palavra a ela.

Durante todo o trajeto, lutou para se concentrar no trânsito. Vez ou outra, a ansiedade se expressava num longo suspiro, apenas para logo depois levá-lo a prender a respiração, temendo que a arfada pudesse ser interpretada como tédio.

Ligou manualmente o rádio. O monótono noticiário entoou todo tipo de tragédia. Terremotos, atos de terror, catástrofes climáticas, protestos diários. Trocou de estação. Tocava "As Long as You Love Me" dos Backstreet Boys.

Olhou com o canto dos olhos para ela e o coração disparou mais uma vez. Por que ela o deixava assim?

Apertou o volante com ambas as mãos. Desligou a música e pigarreou.
— Isso é um pouco constrangedor, não? — arriscou dizer num tom de gracejo.
— Constrangedor? Por que constrangedor? — A mulher o encarou com uma sobrancelha erguida e um meio-sorriso no rosto.

— Por... porque... porque... oras... — Mark gaguejou e afrouxou um pouco o nó da gravata com uma mão.

Ela riu. E lhe tascou um beijo estalado na bochecha.

Ele desviou o olhar da estrada algumas vezes para observá-la.

— Por que fez isso?

— Para quebrar o gelo — disse. — E porque sou sua esposa.

Mark foi invadido por tantas emoções que nem era capaz de discernir mais o que estava sentindo. Era como um ataque *hacker* de inundação sobrecarregando o sistema — tudo era mais, muito além do que tinha sido capaz de imaginar.

A esposa que havia fantasiado correspondia ao esquema montado no site. Uma boneca na embalagem. A imaginação — defectiva, talvez? — não lhe permitia ir longe o bastante para eliminar da mente a plasticidade e a rigidez de um robô.

Mas a que estava em seu carro era diferente. Pura fluidez e complexidade.

Olhou para ela novamente, dessa vez um pouco mais demorado. O cabelo com fios rebeldes, novos e esvoaçantes. A pele com um aspecto curtido de sol, repleta de pintinhas de tonalidades diferentes, especialmente ao redor do nariz. Os olhos verdes, tão carregados de cílios que as pálpebras pareciam pesar, faiscando de divertimento e curiosidade. O queixo delicado e bem definido. Os lábios cheios sutilmente esticados num sorriso. Eram os pequenos detalhes que faziam dela uma verdadeira obra de arte. Uma mulher *de verdade*.

Mark enrubesceu e voltou a olhar para a estrada.

É claro que conseguia entender o processo técnico de gerar um ser humano num laboratório. Afinal, um corpo não passava de uma máquina glorificada: processos químicos, mecânicos e físicos configurados até o ponto da funcionalidade perfeita. A habilidade para se comunicar, uma personalidade individual receptiva a impulsos, até mesmo a iniciativa própria, provavelmente não deveriam surpreendê-lo tanto. Inteligência era algo programável há décadas em equipamentos muito menos avançados do que o aparato humano.

Mas a alma, ou a consciência, ou seja lá o que for esse algo invisível que nos define e permanece mesmo quando todas as células do corpo já foram substituídas, anos após anos... Como implantar algo assim? Qual era a chave de ignição que atiçava a fagulha da existência e transformava o engenho mecânico em... um ser vivo?

A dança de luz e sombra do túnel pelo qual passavam conferia um toque de mistério propício à busca de respostas para essa questão.

Talvez o tema deveria ser reservado apenas a filósofos e poetas, mesmo se tratando de um enigma vivenciado todos os minutos de todos os dias ao redor do mundo. Era um debate interior que Mark deveria ter encerrado no máximo após o nascimento da irmãzinha. Naquele dia, diante da criaturinha vermelha, inchada e barulhenta, os olhos desfocados, a mecânica ainda tão inapta que não era capaz de erguer a própria cabeça, mas que estava, de todas as formas, viva. Pré-programada para *ser* em cada célula.

Então... por que não a criatura que estava ao seu lado?

Olhou mais uma vez para a mulher e não conseguiu conter um sorriso. Inacreditável. Uma esposa. E que, ainda por cima, o achava atraente. Serviço completo!

Retirou uma mão do volante.

Por um segundo, munido de uma coragem até então desconhecida, segurou a mão morna e delicada, entrelaçando seus dedos.

Ela baixou o olhar para os dedos entrelaçados e sorriu ainda mais. A sensação era tão prazerosa que Mark chegou a acreditar que explodiria. A pulsação forte continuava a batucar em seus ouvidos.

E naquele instante ele soube que era verdade.

Com aquelas mãos tão bem encaixadas, não restavam mais dúvidas. Aquela mulher tinha realmente sido feita sob medida.

Perfeita e exclusivamente para ele.

4

SEIS MESES ANTES DO ENCONTRO NA ESTAÇÃO

O **CHEIRO DE VÔMITO** foi o que despertou Mark inicialmente. A dor de cabeça lancinante terminou o serviço.

A campainha insistente na porta era apenas um burburinho de fundo.

— Droga — murmurou, deslizando o rosto da tampa da privada para o chão do banheiro.

O celular, que repousava sobre os azulejos, estava com a tela rachada. Não lembrava de tê-lo quebrado.

Respirou fundo e se levantou, apoiando-se nas laterais do lavabo. O estômago ainda estava sensível. *Essa* deveria ter sido uma das resoluções: parar de ir ao bar com seu pai. Nunca terminava bem.

Andou cambaleante pelo corredor estreito até a entrada da moradia. Abriu a porta, sem verificar quem era.

— Pacote para o Sr. Mark Schmidt.

Esfregou os olhos, lutando para desanuviar a visão.

— Sou eu.

— Assine aqui, por favor.

Fechou a porta e virou o envelope volumoso em suas mãos. Havia um timbre. Três triângulos dourados entrelaçados e o *slogan*:

Casamento Sob Medida Inc.
O "felizes para sempre" é nossa garantia.

— Droga — disse novamente, não por vontade, mas porque sentiu que devia falar algo e seu cérebro não conseguia formular nada mais elaborado.

Rasgou o envelope e deslizou o conteúdo por cima da mesa da sala. Um calhamaço de folhas e um aparelho embrulhado em plástico bolha. A primeira folha da pilha era uma carta e dizia:

Prezado Sr. Mark Schmidt,

Agradecemos por ter escolhido os serviços de Esposa Sob Medida. Estamos conscientes da importância da sua decisão e do fato de que sua futura felicidade depende em grande parte desta escolha. Esperamos ir ao encontro das expectativas e satisfazer cada um de seus desejos. Mas, antes disso, necessitamos de informações adicionais. Por favor, leia e preencha os formulários em anexo. Entenda também que alguns documentos de comprovação, bem como uma avaliação psiquiátrica, são requerimentos mínimos legais para que possamos dar continuidade ao pedido. Por favor, envie o requisitado no envelope-resposta em anexo, junto a:

- Cópia autenticada da carteira de identidade
- Cópia autenticada da certidão de nascimento
- Original do certificado de residência com inserção do atual estado civil
- Número do seguro de saúde e da previdência social
- Declaração de que não há impedimentos legais para o matrimônio
- Comprovante de renda (holerite ou extrato bancário dos últimos três meses)
- Diplomas escolares e, caso aplicável, de ensino superior
- Currículo atualizado
- Quatro fotos 3,5 × 4,5 cm no padrão biométrico oficial
- Atestado de plenas funções mentais
- Atestado de antecedentes criminais
- Procuração de amplos poderes, gerais e ilimitados, devidamente assinada

Não se esqueça de registrar seus dados biométricos e seus votos oficiais com o Custom-Marriage-O-Meter que enviamos. A transferência será realizada via *wi-fi*. Não é necessário retornar o aparelho.

Para quaisquer dúvidas, entre diretamente em contato comigo. Estou à sua disposição.

Saudações,
Aleksander Woźniak
Em nome de Esposa Sob Medida, uma subsidiária de Casamento Sob Medida Inc.

Ao terminar de ler, Mark dobrou a carta meticulosamente em três partes iguais e a depositou na mesa de madeira, sem saber o que fazer a seguir.

Um tilintar surdo e grave como o de uma britadeira depressiva ressoou. O ruído parou. Reiniciou. Mark cambaleou pelo corredor estreito no encalce do barulho. Pegou o celular que vibrava no piso do banheiro.

A foto de uma sorridente e lindíssima Pauline reluziu na tela rachada.

— Droga — era ainda tudo o que sabia dizer.

Ergueu o olhar e a imagem no espelho o assustou.

Os olhos azuis inchados e vermelhos, o rosto pálido despelando de tão ressecado, o cabelo ruivo levantado em pedaços aleatórios com os primeiros fios grisalhos despontando. Marcas de lamento e idade registradas nos vincos entre as sobrancelhas e na testa.

Sabia que Pauline não conseguiria vê-lo e mesmo assim teve vergonha do estado em que se encontrava. Apertou o botão de baixar o volume, embora já estivesse no modo silencioso, e a chamada desapareceu.

Ele respirou fundo e olhou mais uma vez para o espelho, lutando para não vomitar.

Aquilo nunca passaria. Nunca se tornaria mais fácil. *Nunca.*

A não ser que... fizesse algo. Algo radical. Louco. Drástico.

Se apoiou na parede e deixou o corpo escorregar até o chão frio como se estivesse em seu próprio filme dramático independente ganhador de prêmios internacionais de festivais que ninguém além de Pauline um dia já ouviu falar.

Sim, estava bêbado no momento em que havia encomendado a esposa. O mais estranho era mesmo sóbrio ainda se sentir atraído pela ideia. Se fosse parar para pensar, era um raciocínio quase lógico. Quer dizer, o quão pior sua vida poderia ficar? O que era pior do que aquela angústia? Qual era o sentido de viver assim?

Foi engatinhando até a sala, apoiou as mãos nos joelhos e pegou a espessa pilha de folhas dos formulários que ainda precisava preencher. Eram tantas perguntas que até mesmo quem não estivesse de ressaca ficaria desanimado. As letras impressas insistiam em desfocar, o que tampouco ajudava.

O celular voltou a vibrar e a imagem do ex-melhor amigo surgiu na tela.

Nesse instante Mark tomou de uma vez por todas a decisão que mudaria sua vida.

E estava certo de que jamais se arrependeria.

5

AO ESTACIONAR SOBRE A CALÇADA, Mark relaxou os ombros. A familiaridade do bairro restaurava o senso de segurança e realidade que começara a perder durante o trajeto. Parou em frente à padaria do lado de casa e saiu. Durante sua infância, aquele lugar já tinha sido um açougue, uma loja de conveniência e uma lavanderia. Enquanto estava na faculdade, chegou a ficar anos vazio, com folhas de papel sulfite grudadas grosseiramente por toda a vidraça suja anunciando "aluga-se". Só as pichações rudes de protesto eram adições recentes. *Que tempos malucos.*

Deu a volta e abriu a porta para a passageira. Caminharam alguns passos e estavam em casa. Os olhos da mulher se moveram em todas as direções da fachada.

O que ela estava vendo?

Mark sabia há tempos que o casarão precisava de reparos. Das calhas no alto desciam manchas escuras de umidade e mofo, como estalactites bidimensionais. Do que costumava ser o gramado só restava agora um punhado de terra batida aqui e ali vencido por ervas daninhas. Em um canto, estavam telhas que sobraram de uma reforma, assim como uma banheira coberta por musgo e um gazebo empoeirado com furos no toldo de alvenaria. Já tinha recebido cartas de reclamação do conselho da cidade, mas a técnica de ignorá-las parecia funcionar bem.

Com um pigarro e um olhar, Mark alertou a mulher da existência dos cinco degraus que levavam à porta da casa.

A partir dali já não sabia mais o que fazer.

Deveria tentar pegá-la nos braços e carregá-la pelos umbrais como na tradição? Ou fingir estar atrapalhado com as chaves como desculpa para criar coragem de beijá-la como no fim de um primeiro encontro?

Céus, estava nervoso. O suor escorria pelo pescoço.

Levou a chave à fechadura, mas a mão tremia tanto que quase não conseguiu destrancá-la. Com um estalo grave, a chave girou. Diante da porta, tirou os sapatos e os deixou alinhados contra a parede. A mulher observou atentamente e repetiu a ação com os próprios sapatos. Entraram descalços.

— Você quer beber alguma coisa? — Mark perguntou.

Engoliu em seco. Por meio segundo pensou se ela poderia ter contato com líquidos sem causar danos ao sistema.

— Um copo d'água seria perfeito — ela respondeu.

— Com gás ou sem gás? — Ele deu uma risada nervosa, só para logo a seguir ficar sério.

— Gosto das duas — ela respondeu.

Ele foi até a cozinha aberta no estilo americano. Com a mente dispersa, abriu e fechou diversas portas do armário de cozinha em busca de um copo. Abriu até mesmo algumas gavetas.

— Era dos meus pais e, antes disso, dos meus avós — Mark falou, incerto de como manter a conversa fluindo. — A casa, quero dizer.

Ele morava ali, que droga. Ele costumava saber onde ficavam os copos. *Concentração, Mark. Concentração.*

— Meu pai alugou algumas vezes para outras pessoas, enquanto estive na faculdade... Sempre mobiliado, é claro. Quase tudo nessa casa vem de gerações.

Achou o objeto e girou a manivela da torneira para o lado direito. Deixou a água fluir alguns segundos para se certificar de que estava completamente fria. O som do líquido corrente preencheu o ambiente.

Estava prestes a entregar o copo de vidro, mas, em um segundo de hesitação, disse:

— Mark, aliás. Meu nome é Mark.

— Mark — ela repetiu devagar. — Magdalena.

— Você já vem com nome — comentou, interessado.

Os cantos dos lábios da moça se ergueram e ela elevou o copo à boca, sem deixar de encarar o marido.

— Ué, você também.

Ela depositou o copo na mesinha da entrada, deu meia-volta e desfilou moradia adentro.

— Agora, venha, me mostra nosso lar doce lar.

Mark esperou um pouco e inclinou o rosto antes de segui-la. Admirou a retaguarda de sua criação. Tudo perfeito. Tinha mesmo feito excelentes escolhas.

Quando ergueu o olhar novamente, percebeu que ela o espiava por cima do ombro. Tentou desviar a atenção para o piso e pigarreou.

— Esta é a sala de estar barra escritório — disse.

Magdalena aprumou a postura perfeita e, com o olhar, escaneou o ambiente. Era difícil imaginar como ela estava avaliando o "lar".

O cômodo era dividido em dois ambientes por um sofá de couro curtido e um piano de armário insuficientemente velho para ser considerado uma antiguidade, mas velho o bastante para o único valor ser meramente sentimental — aliás como quase tudo o que havia ali. A mesa de centro de madeira maciça, a poltrona estofada, a televisão emoldurada por estantes abarrotadas de livros, a escrivaninha, a vitrine exibindo umas tantas medalhas, porta-retratos e a coleção de canecões de cerveja do pai.

— À frente temos ainda um *closet* para casacos e vassouras, a cozinha e ao longo do corredor, subindo as escadas, o... — Pausou, enrubesceu, olhou para ela e, rapidamente, de volta para o chão. — O... *nosso* quarto?

Ela girou na ponta dos pés para olhá-lo.

— Quer dizer, se você assim o desejar. Não estou dizendo que... bem...

Mark deslizou as mãos pelo cabelo. Estava suando horrores. Ele abriu a boca, sem saber como continuar.

Magdalena manteve-se séria com uma sobrancelha erguida.

— Oh, céus. — Ele se adiantou, atrapalhado e frenético. — Não me entenda errado, por favor. Não quero forçá-la a nada. Quer dizer, sei que paguei e tudo mais, mas isso não a obriga a... Oh, pelos céus, não estou dizendo que seja uma prostituta. Não é a isso que queria compará-la. Não que você pudesse ser uma prostituta, porque não quer dizer que vamos fazer sexo, mas, você sabe, isso costuma fazer parte dos acordos de casamento e... e... Por Deus, esse seria um excelente momento para você me interromper e me salvar de mim mesmo.

Para seu alívio, a mulher soltou uma risada leve. Lentamente se aproximou dele, com passos regulares e bem calculados. Ela se colocou nas pontas dos pés e deslizou os dedos ao redor do pescoço do marido.

Ela cheirava a rosas e um leve toque de baunilha.

— Escute, *Mark* — a voz feminina disse, dando destaque ao nome. Ela balançou a cabeça, e umas mechas de cabelo deslizaram do pescoço ao colo enfeitado por um pingente peculiar, três triângulos entrelaçados, os mesmos do logotipo da empresa Casamento Sob Medida Inc. — Entendo como isso pode parecer loucura. Mas não se preocupe. Vai ficar tudo bem.

Ele ergueu o olhar e encarou os olhos da mulher. Ela estava de maquiagem? Não entendia o bastante disso para saber. Ela era perfeita.

— Isso é mesmo meio estranho — ele admitiu. — Mas... talvez não seja algo ruim?

Os dentes brancos perfeitamente alinhados surgiram com o sorriso amplo da esposa.

— Talvez não.

O problema não era nem tanto não a conhecer. Era o quão *real* ela parecia. Era isso o que o deixava desconfortável. E com certeza ela percebia o quanto ele estava nervoso. Era inevitável. Mesmo assim, os olhos verdes brilhavam à meia-luz da lâmpada do corredor.

Foi aí que ele percebeu o quanto queria beijá-la.

Estava com medo — não, não era medo. Sentia-se sobrepujado, esmagado por sensações. Era demais, apenas demais. A beleza, a sorte, o alívio, a completude, a incerteza. A vontade de dançar de alegria, chorar, correr, se afundar nos lábios, na curva do pescoço, no perfume feminino. O medo — sim, era medo. Era errado? Estava acontecendo de fato?

Foi a forma sutil que ela ergueu o rosto, deixando os lábios a poucos centímetros e à mercê do marido, a última gota.

Ele curvou-se sobre ela e a beijou. Beijou-a como se os lábios fossem oxigênio e ele estivesse se afogando.

E, para sua surpresa, foi retribuído.

Logo estavam imprensados contra a parede, entrelaçados numa mistura de suor e toques. Era voluntário? Por Deus, que fosse voluntário. Que não fosse algo apenas — não, não queria pensar sobre isso. Nunca havia se sentido tão empolgado, angustiado e certo de algo na vida.

Tinha valido, sim, a pena investir todas as economias. Ela jamais o machucaria. Nem ele a ela. Impossível. Essa mulher, por quem estava tão atraído, que também o desejava, tinha sido de fato feita só para ele. E estaria ao seu lado para sempre.

Outro pensamento surgiu de repente.

Afastou-se e a encarou, ofegante e sério.

Que coisa estranha. Já estavam casados, não estavam? E o objetivo da encomenda não era justamente pular as etapas de paquera, sedução e namoro? Mas agora que estava ali não sentia coragem de simplesmente *reivindicar* o que era seu. Fosse como fosse, o que quer que ela fosse, Magdalena era agora uma mulher real. Era *sua* mulher. E precisava tratá-la assim.

— Magdalena?

Ela encostou a cabeça na parede e franziu as sobrancelhas.

— Achei que isso seria mais estranho — ele sussurrou ofegante —, mas... você parece ser de verdade, sabe?

Ela assentiu devagar.

— Então, pode ser que isso soe como uma loucura, mas-mas acho... — ele pausou por um instante, incrédulo, mas empolgado com o que estava prestes a dizer — acho que te amo.

Ela piscou diversas vezes e permaneceu em silêncio segundos o suficiente a ponto de fazê-lo questionar se havia falado demais. Finalmente, os olhos da mulher se afunilaram e, à medida que os lábios se esticaram lentamente num sorriso, ela respondeu:

— Claro. Eu também te amo. Não tem mais volta, certo? — Ela deslizou as mãos pelo pescoço dele e puxou-o pelo nó da gravata para mais perto. — Os termos dizem "até que a morte nos separe".

E piscou mais algumas vezes, como se esperasse por confirmação.

Ele se aproximou e a beijou lentamente, mergulhando naquele toque.

— Nem mesmo a morte conseguiria me separar de você — murmurou contra os lábios macios.

Ela afastou o rosto e sorriu docemente.

6

SEIS MESES ANTES DO ENCONTRO NA ESTAÇÃO

APÓS APERTAR UM BOTÃO, o pequeno aparelho preto enviado pelo site começou a zumbir e se expandir como uma máquina *Transformer*. No susto, Mark o derrubou na mesa. Uma luz vermelha no alto da geringonça começou a piscar. Na pequena tela, lia-se:

PRESSIONE O BOTÃO DE ACESSO.

Só havia um botão no aparelho, então Mark apertou-o mais uma vez. Após dois bipes agudos, a gravação de uma voz masculina começou a sair de pequenos orifícios localizados no topo da máquina:

— Sr. Mark Schmidt, muito obrigado por escolher o serviço de Esposa Sob Medida ponto com. Para que possamos prosseguir, deposite seu indicador direito na área de digitalização do aparelho para iniciar o registro de seus dados biométricos.

Mark se inclinou e observou de perto a buginganga sem encostar nela. Um quadrado vítreo ao centro reluzia intermitentemente com uma luz azul, como a pulsação de um coração eletrônico.

— Por favor, coloque seu indicador direito na área de digitalização do aparelho — a máquina repetiu.

Hesitou antes de pressionar o dedo contra o vidro.

— Obrigado. Repita o procedimento com o polegar da mesma mão, por favor.

E, assim, recolheu as digitais de todos os dedos de ambas as mãos. Ao encerrar, a máquina orientou:

— Por favor, agora posicione seu olho direito na mesma área para o *scan* da retina.

Ambos os olhos escaneados, a máquina continuou:

— Registraremos agora seus votos oficiais. Por favor, repita com clareza e segurança as frases ditadas.

Dois bipes se seguiram e, então, uma voz eletrônica artificial, como a de um robô, começou:

— Eu, Mark Schmidt, me comprometo...

Mark encarou o aparelho, ainda incerto do que deveria fazer.

— Não foi possível detectar som. Por favor, repita com clareza e segurança as frases ditadas. Procure um ambiente sem muitos ruídos externos e fale mais próximo ao Custom-Marriage-O-Meter.

Em seguida, a voz eletrônica artificial retornou:

— Eu, Mark Schmidt, me comprometo...

Desta vez, Mark reagiu um pouco mais rápido.

— Eu, Mark Schmidt, me comprometo...

— A honrar e respeitar a esposa a mim provida pela companhia Esposa Sob Medida ponto com, uma subsidiária de Casamento Sob Medida Inc.

— A honrar e...

— A honrar e respeitar a esposa a mim provida pela companhia Esposa Sob Medida ponto com, uma subsidiária de Casamento Sob Medida Inc.

— Sim, caramba. Isso é muito texto!

— Por favor, repita com clareza e segurança as frases ditadas. Procure um ambiente sem muitos ruídos externos e fale mais próximo ao Custom-Marriage-O-Meter. A honrar e respeitar a esposa a mim provida pela companhia Esposa Sob Medida ponto com, uma subsidiária de Casamento Sob Medida Inc.

— ...a esposa a mim provida pela companhia Esposa Sob Medida ponto com, uma subsidiária de Casamento Sob Medida Inc.

— A partir de hoje, com tudo que tenho e sou, com meu corpo e minha alma, pertenço a ela...

— Isso não tá certo. Isso soa como um pacto com o diabo.

— Procure um ambiente sem muitos ruídos externos e fale mais próximo ao Custom-Marriage-O-Meter.

— A partir de hoje com tudo que tenho e sou com meu corpo e minha alma pertenço a ela!

— Assim como tudo que ela é e tem pertence a mim.

As próximas repetições seguiram sem mais incidentes. Não entendeu a necessidade da linguagem intensamente poética, mas decidiu que aquilo não era o mais estranho de toda essa proposta. Na conclusão, não tão surpreendente, disse "até que a morte nos separe".

— Coloque agora um dedo na parte inferior do Custom-Marriage-O--Meter. O procedimento é inteiramente seguro.

Ter sido assegurado dessa forma apenas aumentou seu nível de desconfiança. Mas obedeceu.

— Ai. — Retirou o dedo e encarou a bolinha de sangue que sobrou.

— Seu sangue será testado, e, junto com os documentos e informações coletados, seu pedido será analisado. Caso aprovado, o senhor receberá em até cinco meses a confirmação do processo. A partir de então seus votos serão válidos e juridicamente vinculativos, conforme a legislação do país e informado nos Termos de Serviço disponibilizados no site.

7

MARK ACORDOU CEDO, antes do despertador e do nascer do sol. Por uns instantes, o próprio corpo permaneceu anestesiado. Aos poucos foi recobrando as sensações, o senso de habitar em si mesmo, o lençol frio, a suavidade do travesseiro.

Deveria estar exausto, como todas as manhãs. Mas estava bem.

Na penumbra da luz da lua e da parca iluminação urbana que escapava dos cantos do cortinado espesso, viu o delinear da silhueta da mulher em sua cama.

Sentiu um gosto amargo e um embrulho no estômago.

Observou a pele das costas femininas. Mesmo com receio de acordá-la, deslizou o indicador por ela. Não estava fria nem quente. Temperatura humana, normal. Claro. Não era uma máquina. Ou mesmo que fosse... Considerando o fato de que os próprios seres humanos gerados à moda antiga cada vez mais incluíam adereços mecatrônicos no corpo, pessoas e humanoides logo se tornariam quase indistinguíveis.

Está tudo bem, ele se assegurou. Por algum motivo, sentia-se culpado e levemente insatisfeito. De forma semelhante ao que sentia na juventude após uma sessão de vídeos ilícitos para menores. Por que tudo parecia meio vazio agora? Só estava confuso. Toda mudança gera desconforto. A nova realidade era boa. Era melhor do que boa. Não estava mais sozinho. Não se tratava de uma estranha que encontrou num aplicativo ou um rolo casual com uma colega de firma, como tantos sugeriram. Era alguém que estava ali para ficar. Era sólido. Com ela, não precisaria pisar em ovos, nem caminhar na corda bamba da incerteza da paquera e do namoro. Ela não o abandonaria deixando a sensação de que suas tripas foram arrancadas junto com o coração. Era alguém para recebê-lo com um sorriso todos os dias quando voltasse do trabalho e com paixão todas as noites em sua cama. Do que mais precisava?

Levantou-se e foi até o banheiro. Escovou os dentes, distraído pelos pensamentos. Era da conquista que sentia falta? Será que era essa a sensação normal de ser casado?

De qualquer forma, o senso de insegurança permanecia. Já tinha vivido o suficiente para saber que não deveria se apegar à estabilidade do breve alívio. Certamente era areia movediça, como todo o resto. Porque assim era a vida, não era? Navegar do porto de uma angústia para a próxima, enquanto se sonha que na semana que vem, no mês a seguir, outro ano talvez, encontraremos repouso.

Na fresta da porta entreaberta do quarto, era capaz de distinguir os pés da mulher despontando de debaixo dos lençóis.

O coração apertou com esperança e desespero.

Fechou a torneira. Lembrou-se do *kit* que havia preparado para ela.

Caminhou até a sala pisando no chão gelado com meias pretas finas. Agarrou o pacote vinho envolto num laço de seda cinza. Verificou que estava tudo ali. Toalhas de rosto e de mão, uma escova de dente e um saquinho com cinco bombons de menta. A ideia dos doces veio das estadias em hotéis. Ele sempre gostava das balinhas. Elas o faziam se sentir bem-vindo. Estava esquecendo de algo? Uma escova de cabelo, talvez?

O que será que ela tinha trazido naquelas malas?

Colocou pantufas brancas sobre as meias pretas e abriu a porta de casa. O vento frio da manhã o recebeu. Andou apressado pela calçada — de regata e cueca mesmo — na expectativa de que a essa hora ninguém conhecido apareceria. Foi até o carro. A pichação esquisita ainda estava lá no vidro. Tinha esquecido dela. Tentou limpá-la esfregando com o punho, mas agora já estava seca. Bem, não importava agora. Abriu o bagageiro e pegou a bagagem da esposa. O plástico cinza tinha um padrão de estampa com três triângulos entrelaçados, o logotipo da empresa Casamento Sob Medida Inc.

Ele olhou ao redor, para a rua vazia, ainda iluminada pelos postes. Por um instante, quis levar a mão ao zíper para espionar o conteúdo, mas com um pouco de esforço resistiu à tentação. Olhou ao redor. Não era seu senso de honra que o detia, mas a leve paranoia que sempre o acompanhou. Como se cada movimento estivesse sendo registrado por câmeras escondidas. Era ridículo, ele sabia. Mas e se não...? E se alguém estivesse assistindo a tudo? E se seus piores segredos um dia fossem expostos? Sempre se sentira observado, mas ultimamente mais do que nunca.

Resignado, arrastou as malas de volta para casa.

Quando fechou a porta novamente, foi invadido pelo nervosismo. Pela primeira vez, a vaga noção de arrependimento surgiu. Tudo naquela casa ficaria à disposição dela. E não tinha certeza se deveria deixar instruções de como usar a cafeteira ou até mesmo de como utilizar uma privada ou coisas assim. Afinal, com quanto de pré-conhecimento vinha? Como funcionava? A julgar pela noite anterior, deveria estar em seu programa as habilidades necessárias para satisfazê-lo. Mas o que isso pressupunha? Sabia cozinhar? Lavar roupas? Recitar Shakespeare? Montar um carro?

Os sinos de igrejas próximas começaram a bater. Olhou para o relógio de pulso. *Droga*. Estava oficialmente atrasado.

Caminhou até o quarto com passos apressados, mas silenciosos. Depositou devagar o conjunto para a recém-chegada na poltrona ao lado da cabeceira. Deixou também três notas de cinquenta euros para se, sei lá, necessitasse de algo mais.

Tateou no escuro e pegou a roupa. A gravata estava onde a havia jogado, no chão do corredor. Mais à frente, a camisa creme, um pouco amassada ao redor dos botões centrais e na gola. Era o melhor que podia fazer dadas as circunstâncias atuais. Vestiu-a por cima da regata que tinha usado para dormir. Foi colocando a calça saltando de um pé só até a porta. Voltou uns passos enquanto fechava o zíper, agarrou uma maçã do balcão da cozinha, a jaqueta, o crachá, as chaves, o celular na mesa da entrada.

Encarou novamente as malas que deixara ali, o incômodo da curiosidade latente.

Lembrou do atraso. Saiu, calçou os sapatos e fechou a porta. Precisaria de uma boa desculpa para dar na empresa.

É que conheci minha esposa ontem pela primeira vez e...?

Não, bizarro demais. Construiria uma história melhor. Quem sabe, um dia, poderia fazer uma festa para apresentar — quem? — a namorada de muitos anos que morava fora? Será que no... programa de Magdalena estava incluso mentir por ele? Tantas perguntas.

Mark avistou de longe a enorme fila de carros parados na estrada e foi desacelerando. Nem precisava perguntar a seu veículo o que estava acontecendo para saber do que se tratava.

Chegou ao fim da fila, se recostou no assento e fechou os olhos. Tentou relaxar, enquanto ouvia a sinfonia de buzinas e reclamações dos motoristas ao redor pedindo passagem. O coro sincronizado dos militantes infelizes com seus cartazes era um burburinho distante. Pelo menos agora tinha uma desculpa para o atraso.

Tirou um chiclete do bolso. Riu baixinho.

Era quase irônico que muitas das conveniências do mundo moderno, criadas a fim de facilitar a vida e trazer avanços à sociedade, estivessem, pelo contrário, deixando o mundo de cabeça para baixo. Mas o que eles queriam? Voltar à Idade da Pedra?

Era inevitável pensar na mãe.

Ela era um dos motivos da adoção tardia de Mark a toda nova tecnologia. Não chegava a ser uma Radical, mas era quase excêntrica no quesito. Era uma daquelas idealistas que sonhavam em construir um lar sem telas, com o menor número possível de aparelhos inteligentes, de preferência com pouquíssima a nenhuma vigilância.

— Como meus pais me criaram e os pais deles antes deles — ela dizia, sob protestos da criança ávida por novidades. — Simples. Não precisamos de nada disso para viver. Não de verdade.

Ela gostava de imprimir as fotos que tirava, ler livros de papel e comprar ovos de uma fazenda da região. Gostava de ir à igreja pessoalmente, tomar chá em louça pintada à mão (que ela mesma pintou) e de reformar móveis antigos. E ela se divertia um pouco demais quando lia histórias em voz alta para eles — ou melhor, em *vozes* altas, uma entonação distinta para cada personagem. Do que mais gostava? Do jardim. De ficar descalça na relva. Do ressurgimento das flores e das frutas silvestres após o inverno. E da vida. Ela gostava da vida.

Quando finalmente chegou ao serviço, mais de uma hora atrasado como tinha previsto, ninguém perguntou o motivo.

Passou de cabeça baixa e ombros curvados pelos cubículos até chegar no seu. Pendurou a jaqueta em um gancho na parede, sentou-se na cadeira com rodinhas, ajustou o *headset* ao redor da cabeça e ligou o sistema num botão abaixo da mesa de vidro escuro. O tampo se iluminou com feixes coloridos animados que se uniram num único círculo branco. Informação e gráficos se espalharam para todos os lados da tela. Três linhas com números de telefone começaram a piscar em azul.

Mark pressionou a primeira linha piscante.

— Calide Países Alemanha, Assistência Técnica, meu nome é Mark Schmidt, como posso ajudá-lo?

— Herr Wild da Laticínios Wild e Família — respondeu uma voz rouca com um distinto dialeto do interior da Bavária. — Você é humano?

— Sim, Herr Wild — Mark respondeu. — Sinto muito que a Assistente não pôde ajudá-lo. O que está acontecendo?

— Meu filho instalou o programa. Como faço agora as malditas máquinas rodarem?

— Herr Wild... — Mark apertou os olhos com os polegares. Olhou para o relógio de pulso. Era um pouco cedo demais para isso. — O senhor recebeu um manual digital ao adquirir o programa, certo?

— Sim, creio que...

Sabia que era inútil tentá-los fazer enxergar, mas hoje estava disposto a tentar.

— O senhor deve ter percebido que o manual tem mais de um milhão de entradas, certo? E que a Assistente que tentou auxiliá-lo é o dispositivo de inteligência mais moderno e competente disponível na atualidade?

— Mas...

— O senhor é programador?

— Meu filho é bom nessas coisas.

— Para ser capaz de controlar máquinas numa escala industrial com o programa Calide-Kontrol, nós recomendamos um curso de especialização. A Assistente infelizmente ainda não consegue corrigir todos os problemas remotamente.

— E agora?

— O curso tem duração de no mínimo seis meses. O seu filho pode se inscrever caso tenha uma graduação que envolva programação e automação industrial em seu currículo.

— Seis meses? Mas paguei uma fortuna nessa porcaria!

— Entendo, Herr Wild. Também podemos enviar um técnico dentro das próximas semanas para verificar a instalação.

— Para que você serve, seu estúpido?

Mark deixou ar escapar pelo nariz.

— Há algo mais que posso fazer para ajudá-lo?

— Eu achava que o pior que podia acontecer com esse mundo eram essas *burrigecências* artificiais que vocês usam. Mas há pessoas tão inaptas quanto! Aliás nunca mais quero falar com esses malditos robôs.

Era assim que nascia um Radical?

— Só quero a porcaria das minhas máquinas rodando hoje. — A voz rouca continuou a ralhar. — Meu produto é perecível e esse programa...

— Vou transferir sua chamada para que o senhor marque um horário para a visita de um técnico, está bem? — Mark disse no tom mais profissional e cortês que conseguiu.

— Escuta aqui, seu filho da...

Mark arrastou com o indicador a linha ativa na tela para um dos muitos ícones no topo e a chamada foi transferida.

Nas horas seguintes, resolveu sete de doze casos sem precisar enviar um técnico ao local. Um novo recorde pessoal. O sistema acusou a pausa do almoço e ele se livrou do *headset*, relaxando o corpo contra o encosto da cadeira de couro.

Duas batidas na parede do cubículo lhe causaram um sobressalto.

— Frau Lorenz, pelo amor... — Ele alisou a camiseta na altura do peito, enquanto tentava recuperar o fôlego.

A mulher riu e colocou uma mão na cintura.

— Juro que minha intenção não era assustar e muito menos interromper seu tempinho de solitude, só vim aqui trazer isso. — Ela ergueu uma bandeja de alumínio. — Achei que você não iria querer bater papo no refeitório depois desses últimos acontecimentos, mas até que você está bem, não está?

Mark nunca teve o costume de comer no refeitório, então precisou de alguns segundos para lembrar quais teriam sido os "últimos acontecimentos". Logo de cara pensou nos protestos, mas não fazia sentido. Era rotineiro demais para ser de qualquer importância.

E aí lembrou de Pauline. O casamento.

— Ah, sim, obrigado — murmurou e estendeu a mão para pegar o embrulho quente.

— Não, não. Volte duas casas. — A mulher fez um biquinho com os lábios rubros. — Você estava bem bonitinho, sabe, sem toda essa sua aura costumeira.

— Minha aura costumeira?

— O pacote *angsty tragic boy* de ideação suicida. Quase jurei que veria um sorriso seu. Quer conversar ou...?

— Ah, obrigado... na verdade, tenho algumas chamadas para fazer.

— Na hora do almoço?

— Chamadas pessoais.

— É mesmo? — A mulher ergueu as sobrancelhas.

— Estou bem, Frau Lorenz. Obrigado. De verdade.

— É Sabrina, Mark. — Ela comprimiu os lábios e puxou o vestido rendado na altura das coxas para baixo. — O primeiro nome é Sabrina, lembra? — disse e partiu chateada, embora Mark não entendesse bem o porquê.

Mal terminou de conectar o celular pessoal ao *headset*, imediatamente surgiu uma chamada.

— Calide Países Alemanha, Assistên... — Mark começou a falar no automático quando atendeu.
— Moleque de uma figa, não vai me contar como foi? — a voz rouca masculina interrompeu.
Com o garfo, Mark destroçou uma cabeça de brócolis na bandeja de alumínio.
— Ela é... legal — murmurou.
— Não ouse me esconder nada senão vou aí te dar uns tabefes. Eu não falei que a melhor coisa para esquecer mulher é outra?
Ele depositou o garfo num guardanapo sobre a mesa do escritório e mastigou lentamente.
Por que insistiam em trazer Pauline à sua lembrança? Pela primeira vez em anos, podia afirmar que não sentia falta dela.
— O senhor tinha razão. — Mark passou a palma atrás da nuca e massageou o próprio pescoço.
— Claro que sim! Quando vou conhecer minha nora?
— Ééé.... logo. — Ele comprimiu o queixo contra o pescoço na tentativa de segurar um arroto. — Vou ver um horário na minha agenda e aviso. Preciso desligar.
Não esperou resposta para desconectar a chamada.
Os olhos se moveram pelo ambiente até enxergar o próprio reflexo no vidro escuro da mesa. Parecia relaxado. Sorriu para si mesmo. *Fico bonitinho sem a aura de ideação suicida*. Quem diria? Magdalena pelo jeito tinha de fato trazido um *upgrade* em sua vida. Estava até *bonitinho*.
O aparelho começou a vibrar novamente no bolso. O que será que o velho queria agora?
Atendeu e um barulho grave de estática estalou no fone.
— ELES NÃO TÊM CONSCIÊNCIA! — o grito metálico ressoou em seus ouvidos.
Mark derrubou o *headset* e a bandeja de comida no chão.
As cabeças de colegas surgiram dos cubículos. Os restos de verdura e frango espalhados pelo piso negro.
Herr Meyer apareceu, esbaforido, e enxugou a careca suada com um lenço de papel.
— O que houve, Schmidt? Café demais?
— Não. — Sentiu o rosto queimar. — Um trote estúpido, é mais provável.
— Um trote?

— Eles não têm consciência — Mark imitou a voz na chamada com um tom agudo exagerado, tentando repelir o constrangimento com a zombaria.

Sem saber o porquê, acrescentou movimentos de robô à imitação.

— Ah, Radicais, provavelmente — Klein, o único outro humano a trabalhar no departamento de assistência técnica, falou com os braços apoiados sobre a divisa entre os cubículos.

— Palhaços. — Herr Meyer contraiu os olhos e balançou a cabeça. — Não se preocupe com essas ameaças. Temos seguranças.

— Ameaças? — Mark colocou as mãos nos bolsos e se remexeu, com uma pontada de preocupação. — No meu número pessoal? Você acha que é pra valer?

— Se é, não estou *consciente*. — Ele riu da própria piada. — A maior parte desses malucos são só cheios de bravata.

— Não sei não — Frau Lorenz, que retornara sem ninguém perceber, interrompeu. Ainda parecia chateada. — O suicídio em massa de robôs-aspiradores mês passado? Foram eles. Estão cada vez mais ousados.

— Isso. — Herr Meyer anuiu, impaciente. — De vez em quando invadem algum sistema e hackeiam uma máquina ou outra. Mas não fazem nenhum dano real. Não teriam coragem.

— E ameaças por telefone? — Mark perguntou. — Isso é normal? Não faz sentido.

— É verdade, especialmente se considerarmos que na prática você é quase um Radical. — O chefe riu sozinho. — Mas vai entender o que se passa na cabeça desse povo. Se fizessem sentido, não existiriam. Ou talvez se tivessem algo melhor para fazer. O que me lembra que está na hora de voltar ao trabalho.

Herr Meyer olhou ao redor, forçando os colegas a se despedirem.

— Tenho medo deles — Enquanto se virava para sair, Frau Lorenz sussurrou alto. — Todos sabem que o excesso de tecnologia pode ser prejudicial, mas, quando começaram a sabotar luzinhas de natal controladas por Assistentes, logo vi que não eram normais. Falei assim para a minha irmã: esse negócio um dia vai escalar e virar uma tragédia. Anotem aí.

— Sim, sim, Frau Lorenz. — Herr Meyer voltou-se para Mark e passou a palma duas vezes diante dos olhos, como sinal de que a mulher estava ficando louca. — Um bom trabalho para você.

Tão logo ficaram a sós, o chefe o encarou com um olhar inquisitivo.

— Fora isso, está tudo bem por aqui?

— Acho que sim — Mark respondeu. — Deve ter sido só um trote mesmo.

— Digo... em relação a outras coisas também. — O patrão ergueu as sobrancelhas, gerando uma porção de vincos na testa reluzente.

Quando Mark entendeu do que se tratava, soltou um longo suspiro.

Até tu, Brutus?

Isso não era normal. Os colegas costumavam deixá-lo em paz a respeito de questões pessoais. Mesmo com o término relativamente público e com a transferência de Pauline e de Stephan, nunca chegaram a interrogá-lo. O que estava acontecendo?

— Sim, está tudo ótimo.

— Tudo bem. — Herr Meyer deu duas batidinhas na parede do cubículo para se despedir.

Mark olhou mais uma vez para a mancha laranja-esverdeada no chão, o resto do que costumava ser o almoço. O peito começou a apertar, do jeito que costumava acontecer antes de uma crise de ansiedade. Como era mesmo? *Inspirar quatro segundos, segurar o ar quatro segundos, expirar quatro segundos...*

Apertou os olhos. A ilustração de um triângulo se desenhou em sua mente, um lado para cada momento do exercício. Mais de um triângulo dessa vez, piscando com cores neon-psicodélicas. Eram iguais aos triângulos entrelaçados no envelope. Nas malas de Magdalena. No pingente em seu pescoço. Continuou o exercício de respiração até a imagem se desvanecer e os ombros relaxarem. Nem sempre funcionava. Muitas vezes, durante uma dessas crises, corria até o carro, se trancava no veículo e relatava, ofegante, todos os acontecimentos do dia. Mercedes então resumia e recontava a narrativa de uma forma mais linear e lógica, destacando todos os possíveis gatilhos que o levaram ao ataque de ansiedade. Além disso, ela fazia questão de acrescentar *insights* motivacionais:

— Você está fazendo tudo certo, Mark! Muito bem. Estou aqui para ajudá-lo. Você vai ficar bem. Continue!

E permanecia lá até tudo se restabelecer.

Mark expirou e relaxou ainda mais quando pensou que talvez não precisasse mais tanto disso. Ele tinha algo melhor agora.

E ela estava esperando por ele em casa.

8

CINCO MESES ANTES DO ENCONTRO NA ESTAÇÃO

MARK TENTOU SE CONCENTRAR na condução do novo carro. Era impossível controlar o impulso de usar a perna esquerda. Ela saltava, se contraía e protestava a cada tentativa inútil de mantê-la passiva. O veículo não tinha apenas câmbio automático. Era elétrico, automatizado e muito simpático.

O primeiro *smartcar* de Mark. Bem, não exatamente seu. A Mercedes ainda pertencia à empresa por pelo menos mais dois anos, até o fim do contrato de *leasing*.

Quando se sentou no assento de couro pela primeira vez, uma faixa de luz azul-celeste reluziu por toda a parte fronteira do painel. Já tinha visto isso nos veículos de colegas, mas era novidade para ele. Dígitos brancos, como os de um relógio, surgiram no canto direito do para-brisa. Uma agradável voz feminina entoou de dentro do carro:

— Bom dia, usuário. Vou ajudá-lo a configurar o sistema. Como posso chamá-lo?

Mark pensou em fazer alguma gracinha e dizer algo como "James Bond" ou "Tony Stark". Aí se imaginou dando carona para alguém não tão íntimo, como um superior ou colega de trabalho, e decidiu responder:

— Mark Schmidt.

— Olá, Mark. Ou devo chamá-lo de Herr Schmidt?

— Mark está ótimo.

— Você pode me chamar de Mercedes.

Juntos configuraram a rede móvel, definiram senhas, calibraram o GPS, conectaram o celular, tomaram as digitais para destravar o veículo.

Por fim, Mark permitiu a medição de seus sinais vitais e só então começou a parte que realmente o interessava.

— Como posso ajudá-lo, Mark?

— Eu não sei, Mercedes. — Mark olhou para o pátio de estacionamento da empresa, coberto de neve e luzes festivas. Esfregou as mãos na calça. Não tinha a menor pressa de ir para casa. — Como você pode me ajudar?

— Você pode me dizer, por exemplo: "Mercedes, ligue o ar-condicionado" ou "Mercedes, faça um diagnóstico do veículo".

— Essas sugestões são um pouco chatas, não acha?

Três pequenos pontos de luz azul no painel se acenderam e apagaram.

— Desculpe, Mark. — Ela deu uma risada agradável. — Posso ser mais divertida e contar uma piada se desejar.

— Ok.

— Um homem chegou em casa e encontrou a esposa nos braços do melhor amigo. Ele disse: "Amigo! Eu sou casado com essa mulher, então *preciso* fazer isso. Mas por que raios *você* se submeteria a isso?" Ha, ha, ha.

Mark pausou e colocou as mãos no volante.

— Ei, eu conheço essa piada — disse, vasculhando a mente pela origem da lembrança.

— Essa anedota foi adaptada do conto *Jokester* de Isaac Asimov. Se quiser saber mais sobre isso, diga "Mercedes, fale-me mais sobre isso".

— Sim, exato! — Tamborilou os dedos na direção. — Perfeito! Isaac Asimov é sensacional. Mercedes, acho que vou me apaixonar por você.

O sistema riu.

— Cuidado, Mark, sou só o sistema de inteligência de um carro. Se precisar de ajuda para encontrar amor em outro lugar, posso ligar meu sistema de navegação e tentar ajudá-lo a encontrar um bom restaurante romântico ou um lugar para dançar.

— Não, estou bem, obrigado.

O que queria mesmo era testar as reações dela às mais diversas perguntas, como "qual é o sentido da vida?" ou o que diria se a pedisse em casamento. Ao contrário da Assistente em seu trabalho, ela parecia ser dotada de personalidade e disposta a se adaptar. E isso era tão divertido que chegava a ser assustador. Pior que nem poderia compartilhar a descoberta com ninguém. Ele era, de fato, o único em seu círculo de convivência que usava até então um carro analógico. Até mesmo a irmã tinha um desses.

O painel acusou uma chamada telefônica.

— Mark, Maldição Não Liga para Ela está chamando. O que devo fazer?

— Não atende, oras.

Os três pontos de luz azul piscaram. Em seguida, uma conhecida voz feminina ressoou nos alto-falantes:

— Mark, me desculpa por ligar.

Mark bateu no volante, sussurrando um palavrão. Anos trabalhando com a Assistente ainda não o ensinaram a enunciar a palavra *não* com mais clareza.

Encarou o para-brisa com o cenho fechado, como se assim pudesse comunicar ao sistema que ele cometeu um grande erro.

— Oi, Pauline — respondeu, tentando soar amigável, mas a voz saiu arranhada.

Era impressionante como, depois de todo esse tempo, a voz dela ainda tinha o poder de desestabilizá-lo.

— Mark... se o Stephan ligar para você, por favor, não atende. Se ele tocar a campainha, finge que não está em casa. — Ela fungou. — Ele... ele não está bem. É uma longa história.

— Ah, é? O que houve? — ele perguntou forçando um tom desinteressado.

Tamborilou com os dedos no volante.

— Stephan... acha que o traí.

Mark pausou e franziu as sobrancelhas. Em seguida, fechou os olhos e baixou a cabeça.

— Por que ele acharia isso? Afinal, você se mostrou uma pessoa tão confiável.

Não queria ser duro com ela. Não gostava do sabor amargo que deixava em sua boca.

— Muito obrigada, Mark. E eu aqui achando que você não seria um babaca.

— Desculpe, Pauline. — Ele se recostou contra o assento e apertou os olhos com os dedos. — Por que Stephan acha que você o traiu?

— Eu só estava conversando com uma amiga. — Ela começou a chorar. — Era uma bobagem. Lembrávamos do passado, e de ex-namorados, e de coisas das... noites da juventude. Dos momentos mais... quentes e...

— Certo.

Mark sentiu uma crise de ansiedade se aproximar.

Na época em que a conheceu, Pauline já não era tão jovem. Talvez, apenas talvez, ele não fizesse parte dos relatos das "noites da juventude". Porque a mera ideia de que ela tenha compartilhado a intimidade dos dois com uma amiga por risadas...

Ele colocou a alavanca na posição de dirigir e manobrou no pátio do estacionamento para ir embora.

— Stephan ouviu tudo fora de contexto e agora ele... bem, falei para ele que pode ser que eu esteja grávida e agora ele colocou na cabeça que o bebê pode ser seu.

A perna esquerda procurou em vão a embreagem, a mão direita tocou na alavanca, a esquerda segurou a perna desobediente no lugar e a perna direita freou o carro com um solavanco.

— *Meu*?! — Mark não sabia se estava rindo de nervoso ou hiperventilando. — Meu, é claro. Faz quanto tempo? Três anos?

Sabia que fazia dois anos, quatro meses e doze dias.

— Dois — ela respondeu, num tom amargo.

— Certo.

Voltou a dirigir. Entrou devagar na via trafegada, olhando na direção das duas mãos múltiplas vezes, sem enxergar qualquer coisa.

— Desculpa, Pauline. Estou meio confuso com relação ao que isso tem a ver comigo.

Silêncio total na linha. Por fim, ela suspirou.

— Nada. Só... fique longe do Stephan e, bem, a verdade é que achei que me faria bem falar com a única pessoa no mundo que acreditaria em mim. — Ela fungou. — Você sempre foi tão bom para mim.

— Acreditar que você não dormiu comigo? Claro. Seria difícil não acreditar, considerando que não dormimos. Eu sei bem disso, porque... eu não estava lá.

— Está tudo tão confuso. — Ela choramingou. — Não sei, talvez sejam os hormônios. Eu estava lembrando de como você era comigo. Agora isso. Oh, céus. Estou para me casar, Mark. E meu futuro marido está louco achando que...

— Louco. Insano de achar que você e... eu... quer dizer, você deixou sua escolha tão evidente, não é mesmo?

— Pare, apenas pare. Você não acha que já paguei um preço alto demais pelo que fiz?

As palavras se atropelaram nos lábios de Mark. Só conseguiu repetir:

— *Você* pagou um preço alto...?

Por vários segundos apenas a respiração da mulher preencheu o ambiente.

— Não sei se isso acontece às vezes com você — ela disse. — Talvez eu até me arrependa de falar sobre isso, mas... às vezes acordo e me vêm lembranças aleatórias de você e — não acredito que estou falando em voz alta — é difícil de acreditar. Como se por alguns instantes toda a lacuna entre o fim e agora tivesse sido apagada. E a dissonância dói. Muito.

Se o tempo é uma ilusão, tudo está acontecendo de uma vez só, já pensou? Então em algum lugar inacessível para nós, somos só eu e você ainda. E não há nada que possa apagar isso.

Mark pisou no freio e o carro parou.

Só percebeu que estava bem no meio da avenida quando escutou as buzinas. Gritou um palavrão para o motorista que passou raspando à direita com um dedo à mostra e voltou a dirigir, murmurando palavras sem sentido.

— Pauline, sua amiga está na linha escutando tudo? Vocês estão se divertindo às minhas custas?

— Não, Mark. Sou só eu — ela sussurrou.

A voz parecia tão quebrada.

Bem, devia estar resfriada ou algo assim. Ele não queria sentir pena dela; se recusava. Ainda mais quando gastava tanta energia tendo que sentir pena de si mesmo.

Lembrou que logo que terminaram ele costumava escrever cartas anônimas na internet, como se fossem para ela, e que continham mais ou menos o mesmo sentimento que ela estava expressando:

> Outro dia vi um flamingo de pelúcia e pensei no quanto você iria gostar dele. Parece que foi ontem que você me passou aquele bilhete convidando pra sair junto com os caras da firma pra beber. Se não tivesse me dito que estava a fim, eu jamais acreditaria. Parecia que eu tinha ganhado na loteria. Quanto tempo precisa passar para que meu cérebro aceite que essa é a minha nova realidade?

Era tarde demais. Ela tinha comprovado o argumento de que nenhuma mulher vale tudo. Que, se você entrega demais, ela tomará tudo até não sobrar mais nada. E, quando isso acontecer, partir.

— Por que você está me falando essas coisas? Você não está prestes a se casar? — ele perguntou com um tom de acusação.

Pior que ele também estava prestes a se casar. Tecnicamente.

— Acho que porque você foi a única outra pessoa que estava lá. E foi verdadeiro e... maravilhoso. O tipo de coisa que parece só acontecer uma vez na vida.

Mark inspirou fundo. A vista foi embaçando com umidade. Ainda era trouxa. Droga.

— Bem, eu não preciso ouvir tudo o que você pensa — ele resmungou com a voz trêmula. — Acabou, não é? Então você precisa conversar com o Stephan, está bem? Dar um jeito de ser feliz. Quer dizer... eu... — O tom amaciou. — Entendo o motivo de ele não conseguir resistir a você. Que toda essa porcaria ao menos tenha sido por um bom motivo.

— Tudo bem. — Pauline respondeu num tom gélido repentino. — Como eu disse, o amor *parece* acontecer só uma vez na vida, mas não é verdade. E um dia você vai encontrar alguém tão especial quanto o Stephan é pra mim.

Ódio. Percebeu de repente o que sentia por ela.

Quase falou isso em voz alta, mas se controlou bem a tempo. Iria passar, como sempre. Até pensou em acrescentar "ah, não ouviu falar? Já encontrei, na verdade, vou me casar", mas sentiu vergonha. Quão patético ele tinha que ser para ter que *pagar* por uma esposa?

Os olhos vaguearam incertos até se dar conta da estrada. Sequer sabia onde tinha ido parar. Tinha que ter feito uma curva em algum lugar. Ou não ter feito a curva.

— Por quê? — ele perguntou, de repente.

— Por que o quê?

Mark tampouco sabia se sabia o que estava perguntando.

Era algo amorfo o que pesava em sua cabeça desde que tudo aconteceu, o sentimento de que a vida se desencaminhou e que, de alguma maneira, precisava retomar o rumo. Era desse material que todos os pesadelos eram feitos. De saber qual deveria ser o roteiro, mas enxergar tudo saindo do curso. Quais eram as palavras para dizer isso?

Estacionou o carro, próximo a um gramado salpicado de neve e decorado com uma rena de arame iluminada.

— Por... quê? — perguntou mais uma vez, pausadamente, como se esperasse que ela talvez soubesse mais do que ele.

— Porque a vida é complicada, Marki. — Mark ouviu o suspiro do outro lado da linha. — Só precisamos aceitar que não fomos feitos um para o outro. Isso não significa que você tenha feito algo errado. Só não era para ser.

— Não sei se acredito nisso... — Mark começou, mas se calou.

Não queria entrar numa discussão que se concluiria com ele implorando para que o passado fosse desfeito.

— Um dia você vai encontrar alguém do jeitinho que você deseja, meu bem — ela disse. — E ela vai ser a mulher mais feliz e sortuda do mundo, prometo.

E desligou.

Sem despedida. Sem "beijos". Sem "até logo". Sem "vou largar o Stephan, você é o verdadeiro amor da minha vida".

Conforme repassava a conversa mentalmente, Mark sentiu o surto começar, primeiro devagar e, depois, repentino como uma erupção vulcânica. Ele abriu a boca para gritar, mas não emitiu som. Bateu as mãos no volante. Apertou o objeto com as mãos até os dedos ficarem brancos. Socou o painel diversas vezes. *Não, não, não, agora não.*

Esperou que passasse. Quando estava chegando ao fim, bateu a testa contra o volante.

— Sim, Mark, como posso ajudá-lo?

Com um susto, constatou que a ação ativou o sistema.

— Acho que estou perdido — disse com a voz exausta.

— Não se preocupe. Estou à disposição para ajudá-lo em tudo o que precisar. Para onde deseja ir?

— Para casa.

Seguiu distraidamente as instruções da Assistente. Estacionou. Buscou com mãos trêmulas o maço de cigarros no bolso. Estava vazio. Amassou o invólucro inútil, jogou-o no chão do veículo.

— Mercedes... — sussurrou.

— Olá, Mark, como posso ajudá-lo?

— Eu sou muito sozinho. Tipo... totalmente. Será que você quer se casar comigo?

— Sinto muito, Mark, acho melhor permanecermos amigos.

9

MARK DESCEU DO CARRO e foi direto para a caixa retangular de correio rotulada *Schmidt*.

Um homem estava parado de pé diante dela. Podia ser o carteiro, mas não estava de uniforme. Em vez disso, usava um distinto sobretudo com as abas erguidas para cima, como se tentasse se esconder.

— Boa noite — Mark murmurou, só por educação.

O homem saltou para trás e o encarou com olhos arregalados. Mark sentiu o ímpeto de perguntar quem ele era e o que estava fazendo ali, mas a ansiedade e a necessidade de manter a compostura o calaram por uns instantes. Tempo o suficiente para que o homem saísse correndo e o deixasse sozinho, com a impressão de que tinha sonhado o breve encontro.

Enquanto olhava ao redor para verificar se alguém tinha visto o estranho incidente, abriu a caixa de correio. A tranca girou com um rangido metálico. A portinhola se abriu e, de dentro, caiu ao chão um envelope pardo ilustrado.

Mark apanhou-o e, virando-o nas mãos, os três triângulos entrelaçados dourados da empresa Casamento Sob Medida Inc. reluziram. Era isso? Olhou na direção para onde o homem correra. Um funcionário da empresa?

Rasgou a aba com os dedos. Dentro encontrou uma fina pasta preta, uma espécie de portfólio com páginas de plástico transparente. Em uma das páginas, estava a carteirinha de seguro de saúde de Magdalena. *Magdalena Schmidt*, dizia. Mais adiante, viu a inscrição do novo endereço da esposa na prefeitura. *Que alívio*. Essa era uma das principais preocupações. Começava a suar sempre que pensava no que responderia ao perguntarem sobre o último endereço da esposa. A empresa fazia mesmo o serviço completo.

Folheou depressa as próximas páginas e, ao perceber que eram mais itens de burocracia tediosa, fechou a pasta e colocou-a debaixo do braço.

Estava temeroso de vê-la pela primeira vez desde a noite anterior. Eram perfeitos estranhos, mas agora também, de certa forma, íntimos, além de comprometidos. Sobre o que conversariam? Repetiriam a dose?

O som que ouviu mudou a direção de seus pensamentos. Mark paralisou. Era o velho piano, disso ele tinha certeza. O sol da terceira oitava desafinado meio tom abaixo do que deveria o denunciava. Mas a melodia demonstrava uma técnica e destreza impressionantes.

Subiu os cinco degraus em dois saltos e abriu a porta.

Era, de fato, a esposa que tocava.

As costas nuas emolduradas por um vestido elegante, o cabelo preso no alto da cabeça, a postura ereta. Uma obra de arte a se admirar. Conseguiria se acostumar tranquilamente com isso. Pena que não havia ninguém mais ali para ver a cena digna de filme.

Ele tirou os sapatos, ajeitou os cabelos com os dedos, colocou a pasta e a chave na mesinha do corredor e entrou.

Ela pausou ao vê-lo.

— Não, por favor, não pare só por minha causa — Mark disse. — Eu não sabia que nosso querido *Steinmauer* ainda era capaz de produzir algo tão belo.

— Ele só precisa de um pouco de carinho. — Ela bateu nas pernas com as palmas das mãos. — Uma nova afinação também cairia bem.

— Ah, não sei não... Meu pai costumava tocar e até que era bom nisso. Eu também, um pouquinho. Mas, mesmo nos tempos de glória, nunca ouvi nada como o que você acabou de fazer.

— Tenho minhas habilidades. — Ela sorriu.

— Estou vendo. — Ele balançou a cabeça, incrédulo. — Inclusive esse é um dos assuntos que eu gostaria de falar com você a respeito.

— Sobre minhas habilidades?

— Sim, eu estava meio curioso a respeito do que você é capaz. Quer dizer, não a instruí antes de sair e me preocupei um pouco.

— Pode ficar tranquilo.

— Está bem. Se precisar de algo me avise.

— Já que mencionou — ela pousou os olhos na tampa do piano —, acredito que você poderia comprar um guarda-roupa novo. — Ela dedilhou mais uma progressão belíssima de acordes num estilo *jazz*. — Além disso, achei que tínhamos deixado claro que não sou uma profissional do sexo.

Mark se engasgou com a própria saliva.

— Desculpa, o quê?

— Com o acréscimo das minhas coisas não teremos espaço o suficiente. Precisamos de um armário maior — ela explicou.

— Não... o que você disse sobre... a parte do, *ahm*, sexo... Uma profissional?

— Ah, sim. Você deixou dinheiro na cabeceira e saiu discretamente pela manhã. Pelo que entendo, esse é o tratamento dedicado a prostitutas. Não a esposas. Só estou explicando que você deveria se despedir de uma forma mais apropriada. Ou ao menos me informar dos seus planos.

Mark abriu a boca para dizer algo, mas não conseguiu achar as palavras.

— Não foi minha intenção — tentou justificar.

— Ah, não se preocupe. — Ela deu um de seus sorrisos encantadores. — Só estou explicando porque é importante você me tratar como uma esposa de verdade.

— Como uma esposa de verdade — ele repetiu, atordoado.

— Se, por gentileza — ela fechou a tampa do piano —, você puder me orientar a respeito de onde devo guardar minhas coisas até a chegada do armário...

— Acho que não sei se sei como é tratar uma esposa de verdade. Nunca fui casado antes.

— Naturalmente — ela respondeu com olhos amanteigados de doçura. — Mas você já conviveu com pessoas antes?

— Sim... — Não havia sombra de maldade ou ironia na expressão facial da mulher. Mesmo assim, Mark se sentiu incerto. — Já convivi com pessoas.

— Então é só me tratar como uma.

— Certo.

— Ótimo — ela respondeu com entusiasmo. — Fico feliz que estejamos nos comunicando.

Ele abaixou a cabeça e já ia para o quarto, quando voltou.

— Magdalena?

— Pois não?

— Eu... — Pausou. Não tinha planejado o que ia falar. — O que mais você sabe fazer?

— Você pode ser mais específico?

— Quer dizer... Eu não estava esperando isso. E se eu não souber como ser casado?

A mulher calmamente — ou calculadamente? — levantou-se e andou até o marido. Olhou bem em seus olhos.

— Não se preocupe. Estou à disposição para ajudá-lo em tudo o que precisar.

10

QUATRO MESES ANTES DO ENCONTRO NA ESTAÇÃO

PARA SER BEM SINCERO, Mark não se sentia incomodado por fazer quarenta anos.
— Reclamar de idade é coisa de mulher — o velho pai exclamou para o grupo com a voz embargada, a boca e a rala barba branca gotejando cerveja. — Nós, os Schmidt machos, sabemos que, quanto mais velhos, mais gostosos ficamos.

O círculo de homens barulhentos recebia toda afirmativa, por mais estúpida ou sem sentido (talvez até mesmo justamente por isso), com uma aclamação entusiasmada.

"Gostoso" talvez fosse demais. Mark gostava de imaginar que com o tempo ficava mais sábio e mais maduro, o que para alguns, claro, podia ser considerado atraente. E com a conta bancária cada vez mais gorda. Ou costumava. A soma exorbitante que precisou entregar em troca da esposa foi um golpe brutal.

O que fiz? Logo, logo seria um homem casado.

— Não me esqueço do orgulho, saiu até no jornal. O primeiro bebê do ano. — Balançou o canecão espumoso com movimentos violentos. — Tá chegando! Tá chegando! Já já vai nascer junto com o novo ano.

O velho puxou o pescoço dele para mais perto com uma chave de braço involuntária. Os homens continuaram a gargalhar e soltar comentários que para Mark nada significavam. Ele tentou esboçar algo parecido com um sorriso e dar de ombros. O braço rechonchudo do pai pesava.

Desde a adolescência, detestava chamar a atenção. Ironicamente, parecia estar fadado a isso. Pouco depois da entrada na pubescência, quase de um dia para o outro o edredom se tornou curto demais, o corpo se tornou um bando de pernas, braços e cotovelos ossudos que se moviam sem controle. Esbarrava em pessoas quando andava; corredores estreitos se transformaram em cordas bambas; e por onde quer que passava tinha certeza de que todos o observavam: o grandão de cabelos ruivos. Andava curvado, sob protestos diários da mãe. Para disfarçar a magreza, usava blusões de moletom e três *leggings* cobertas por volumosos *jeans*, mesmo nos verões ensolarados que chegavam aos quarenta e dois graus.

Vez ou outra, algum adulto, principalmente o pastor da igreja para a qual a mãe o arrastava todo domingo, o notava sentado num canto e se dirigia a ele, dizendo algo como:

— Sabe... Quando eu era adolescente, eu era bem tímido e magricela. Mas um dia a gente cresce e os dias de menino ficam para trás.

Quando ouvia coisas assim, sentia vontade de chorar. E essa era a pior parte. Porque não era vontade de chorar de verdade. Era difícil de explicar. Podia estar conversando com um grande amigo ou com um perfeito estranho e, de repente, era acometido por um profundo senso de existir, de estar ali, habitando o próprio corpo. Ele se tornava tão consciente de si, de *estar vivo*, que o rosto queimava e os olhos ardiam. Inevitavelmente acabavam por lhe perguntar "você está chorando?" ou "por que está chorando?", o que só deixava a situação ainda mais embaraçosa. Humilhante.

Os companheiros de festa tilintaram os canecões de cerveja mais uma vez, gargalhando e espumando asneiras.

Não. Para ser bem sincero, Mark não estava incomodado por fazer quarenta anos. O problema era ter quarenta anos e ainda esperar o cumprimento da promessa de que um dia não se sentiria mais um menino.

— Alguns homens compram carros quando entram em crise de idade — o pai continuou, falando um pouco alto demais, para o círculo. — Mas meu garoto foi e comprou uma esposa!

Ele bateu nas costas do filho, com um pouco mais de força do que devia.

— Pai... — Mark tentou atrasar o braço que espancava suas costas. — Não vamos falar sobre isso agora — resmungou entredentes.

O pai se desvencilhou do entrave e deu mais uma sonora batida na altura das espáduas.

— Temos o que celebrar, rapaz! Um novo ano de vida para você, um novo ano para nós e uma encomenda... — Largou o canecão na mesa de centro e apurou o ar com os lábios para falar com gosto e lentidão. — Ma-ra-vi-lho-sa. — O velho desenhou com as palmas da mão curvas de um violino no ar.

Mark olhou para o canecão na mesinha que pertenceu à mãe. Imaginou a marca circular que ele deixaria ali. Pensar que durante cinquenta anos a mobília tinha existido perfeitamente preservada e, por um pequeno descuido, um mero deslize, ficaria manchada para sempre.

Lembrou do sorriso gracioso da *Mutti*, Frau Schmidt para os de fora, enquanto trazia uma xícara de chá de sálvia e menta equilibrada num pires de porcelana pintada. Ela depositava a xícara na mesa, a mão sobre a testa do garoto, e suspirava.

— Ah, menininho. — Ela tinha uma voz grave, mas ainda feminina, do tipo que imporia respeito como *chanceler* do país ou chefe de uma empresa. — O que você andou aprontando?

Mark despertou da lembrança com o toque insistente da campainha. Com toda a galhofa, nenhum dos amigos do pai percebeu.

A porta se abriu.

Era Becca com o próprio molho de chaves. Ele acenou, aliviado. Ela tinha uma sacola na mão e uma carranca de preocupação no rosto. Ou era de reprovação? Não era nem dez da noite e já estavam todos mais bêbados do que deviam.

Exceto Mark. *Mark, o menino crescido.*

Ele se ergueu e andou até ela.

— Toma. Isso aqui estava em cima da sua caixa de correio — ela disse para o aniversariante com uma voz ligeiramente fanha e tirou da sacola uma caixinha quadrada de papelão. — Como estão as coisas?

Becca inclinou o rosto para indicar o grupo de velhos embriagados no sofá. O cabelo deslizou, expondo o aparelho de audição. Era rosa, diferente do último que ele tinha visto.

— É novo? — Mark perguntou.

Becca deu de ombros e não ofereceu explicações.

Mark puxou-a para si e a abraçou. Era como abraçar uma criança, mesmo que ela já tivesse quase trinta anos. Era tão pequena perto dele, o corpo rechonchudo suave e fofo, como um colchonete.

— Senti sua falta — ele sussurrou. — Tudo fica um caos quando você está longe.

— Para de bobagem. — Ela se afastou e o encarou.

Becca arrancou o gorro verde desfiado da cabeça. Mais mechas ruivas caíram, emoldurando o rosto redondo e pálido.

Ela olhou para a caixa de papelão na mão do irmão.

— E aí? É presente de aniversário? — perguntou.

Mark já tinha esquecido da misteriosa caixa quadrada que ela havia entregado.

— O meu vem outro dia, aliás — ela continuou. — Esqueci em casa e, talvez, tenha sido melhor assim. Francamente, você não está pronto. Mas feliz aniversário.

— Você sabe que você é presente o suficiente, certo? — o irmão respondeu num tom metade carinhoso, metade deboche puro.

— Blá-blá-blá. — Ela enviesou os olhos.

— É sério, estou falando sério — ele insistiu.

— Acho que você só está sendo capacitista.

— Eu nem sei o que isso significa.

— Procura no dicionário. — Ela estirou a língua e bateu no braço do irmão.

Mark tentou com cuidado romper a fita adesiva que envolvia a caixa.

— E essa demora agora — ela resmungou. — O que está esperando? Se for privacidade, pode esquecer.

— Eu só sou muito ruim nisso.

Ele avaliou o quadrado de papelão em suas mãos. A etiqueta retangular continha seu endereço. Na linha de remetente, constava uma conhecida loja de joias.

Becca retirou uma chave do bolso e rompeu o lacre. Dentro havia uma caixa menor, de couro, e um bilhete impresso. Entregou-os a ele.

— E aí? — ela insistiu, com as sobrancelhas erguidas. Parecia ainda mais ansiosa do que Mark para entender o que era aquilo e de quem tinha vindo.

Mark abriu a caixa. Era um relógio de pulso prateado afixado num suporte de veludo.

O bilhete dizia:

Ou será que talvez "tarde demais" não exista, só exista "tarde", e que "tarde" seja definitivamente melhor do que "nunca"? — Bernhard Schlink

Marki,
Sempre que pensar "é tarde demais", lembre-se que existe apenas "tarde", e que "tarde" para nós dois sempre será melhor do que "nunca".
Com amor.

Mark virou o rosto para a parede mais próxima e piscou diversas vezes para tentar controlar a umidade nos olhos.

— E aí? O que está escrito?

— Desculpa, Becca — ele sussurrou, a garganta arranhando. — Dessa vez, isso é só para mim, está bem? Não vou poder compartilhar com você.

O bilhete nem estava assinado, mas não precisava estar.

Ele conhecia bem demais a citação. Era do livro que lia em voz alta para Pauline, naquelas madrugadas. *O leitor* de Bernhard Schlink, uma história sobre um jovem que lia histórias para a amante.

Lembrou de, certa vez, se apoiar sobre os antebraços e perguntar forçando uma expressão séria:

— Você, por acaso, não é uma agente do Terceiro Reich disfarçada, não é?

— Por que pergunta? — Pauline franziu as sobrancelhas, com uma expressão brincalhona. — Por acaso você é um judeu disfarçado?

E se enlaçaram, rindo, semiembriagados de amor.

Por que acharam graça de algo tão estúpido e hediondo? Porque eram idiotas, por isso. Cegados pelo tipo de paixão que carrega a mesma dose de ingenuidade e de sensualidade. E de liberdade sem culpa, daquela que se aventura no prazer de romper limites só para testar o nível de cumplicidade que se pode alcançar. Um jardim do Éden particular, onde podiam andar nus sem vergonha. É claro que Pauline precisava estragar tudo comendo do fruto proibido.

O fruto, no caso, sendo Stephan.

Um deslize e todos os anos de vulnerabilidade cultivada ficariam marcados para sempre. Como o anel de água na superfície da mesa, impossível de apagar, não importa o quanto esfregassem.

Um estrondo metálico foi seguido de gargalhadas.

Um dos homens tinha derrubado um dos canecos de cerveja no chão. O da coleção.

— É dela, não é? — Becca comprimiu os pequenos lábios. — Da vaca.

— Becca, você entende? — Mark falou. — Você é quem eu mais amo na vida, mas isso é meu, só meu. Eu preciso de... eu preciso...

Não pôde completar o pensamento.

Foi se afastando, com passos trôpegos para trás, até alcançar a porta da casa. Ele a escancarou e desceu cambaleante os degraus até a rua. Foi para o ar gélido de dezembro, usando apenas uma fina camisa de linho.

Ar. Precisava de ar.

Deixou o oxigênio congelante invadir as narinas e os pulmões como pequenas fagulhas, queimando, despertando, aliviando o aperto insuportável no peito.

Na calçada, pequenos foguetes já estavam posicionados em garrafas de cerveja vazias. Os vizinhos adiantavam as comemorações antes das badaladas. Artefatos zumbiam, apitavam, explodiam e deixavam um rastro fedorento de fumaça para trás.

Inacreditável que o único dia do ano em que era permitido soltar fogos de artifício era também o mais tradicional para se tomar um porre. Não era a melhor combinação, mas que fosse logo o seu aniversário parecia quase um agouro para o que se tornaria sua vida.

Ali no meio da bagunça era impossível chorar. Ou ao menos achou que seria. Mas as lágrimas caíram.

O problema era essa súbita e insuportável consciência de existir. Esse maldito e irremediável estado de simplesmente ser. Estar ali. No meio das festas. No meio da vida. E ser tudo menos quem gostaria. E ter tudo menos quem queria. *Patético*.

O toque no braço o assustou.

Becca o abraçou pela cintura. Ele retribuiu, envolvendo-a pelos ombros.

— Não está fumando — ela constatou.

— É a minha resolução de ano-novo. — Fungou.

Um foguete passou assoviando. Explodiu em verde e em azul bem acima dos dois.

— Vai me explicar? — ela perguntou. — Juro que vou entender.

— Explicar o quê? — Outro assovio, à esquerda. Falhou. Caiu no asfalto, tilintando. — Por que estou sem sobretudo no frio dos infernos, sozinho na calçada depois de uma escapada dramática da minha própria festa de aniversário?

— Entre outras coisas.

— Minha outra resolução vai ser deixar de ser trouxa — Mark soltou uma risada amarga. — Acabaram-se esses dias, mana. Sofrer por alguém? *Never again*.

Becca arregalou os olhos.

— U-rruuuuu! — Ela se desvencilhou de Mark e fez uma dancinha bem no meio da calçada. — Gostei. Manda mais.

Mark sentiu o rosto queimar, enquanto tentava captar a reação dos vizinhos embriagados. Mas riu. Como era possível alguém ser tão despreocupado com a opinião alheia? Parecia tão fácil para ela.

— Já superei — garantiu. — Ou vou superar. Estou com um... projeto aí pela frente...

Deveria contar a verdade? Não, era ridículo demais.

— Um projeto? — Becca se aproximou. — Isso é um eufemismo para algo sério com uma mulher que preste?

— Eufemismo?

— Cara... — Ela revirou os olhos. — De verdade. Você precisa de um dicionário.

Ele sorriu. Becca era uma pessoa compreensiva, mas até ela diria que era estúpido mandar *fazer* uma mulher. Ela não entenderia.

— Contanto que não seja a vaca. Qualquer uma, sério — ela insistiu.

— Combinado.

Com braços entrelaçados, voltaram à casa.

Depois de um tempo, o novo ano irrompeu e as ruas e moradias explodiram em cores, sons, abraços, promessas, desejos e beijos.

O pai o encontrou, no meio da festa. Deu-lhe um tapa nas costas, gritando alguma coisa. "Parabéns!", talvez. Alguém empurrou seu ombro. De um lado e de outro o apertavam e comprimiam. Assobios e explosões por todos os lados.

Mark tentava ignorar tudo, enquanto digitava uma mensagem:

Não me escreva mais. Não me mande mais presentes. Não telefone. Nunca.

Em seguida, afivelou o relógio prateado ao pulso.

11

UMA LUZ CINZENTA escapava das persianas.
Mark esticou o braço para o lado, procurando-a. Só encontrou o lençol frio. Esfregou um olho. Apoiou o corpo sobre os cotovelos e ergueu o rosto. O lado da cama estava todo enrugado, o travesseiro disforme. Com chutes, se livrou do edredom pesado. Sentou-se. Pisou os pés descalços no carpete e abraçou-se a si mesmo, sentindo frio. Estava só de cueca e uma regata branca. Olhou o horário no relógio de pulso. O aquecimento deveria ligar automaticamente dali a uma hora, às seis e meia.

Caminhou, bambeando, pelo corredor até a sala.

A televisão estava ligada, o volume baixo, mas legendas decifravam as palavras emitidas pelo aparelho. O noticiário narrava as buscas a um atirador que ainda não tinha sido encontrado depois de realizar diversos ataques no centro de duas grandes cidades no leste alemão.

Deu mais alguns passos e viu Magdalena de pé diante do televisor, paralisada como uma estátua, as mãos apertando firmemente um cutelo de carne.

A cena seria quase assustadora se ela não estivesse vestida apenas com a camisa amarrotada de Mark, as pernas nuas expostas, os pés cobertos pelas pantufas brancas felpudas que ele havia surrupiado de um hotel. Ela estava magnífica.

— Está tudo bem? — Mark perguntou.

Ela piscou olhos umedecidos por lágrimas e o encarou como se despertasse de um sonho.

— Olá, querido. — Lentamente os lábios da mulher se curvaram em um sorriso incerto e ela balançou a cabeça, o facão ainda firme em sua mão. — Já está acordado. Como passou a noite?

— Foi um pouco curta, mas boa, obrigado — ele respondeu, olhando da televisão para ela e de volta.

Um apito estridente disparou na cozinha.

Antes que Mark pudesse reagir, Magdalena correu para o meio da fumaça preta que escapava do forno e depositou a faca no balcão. Com movimentos ágeis, subiu num banquinho e desligou o alarme de incêndio. Em seguida, desceu do banco e abriu a janela.

— Está bem-passado, eu acho? — Ela tossiu, enquanto sorria.

O ar agora estava impregnado com o cheiro de queimado. Talvez ele precisasse ensinar a ela como usar um *timer*.

Quando se aproximou, não pôde evitar de reparar na tigela repleta de morangos, framboesas e mirtilos ao lado de uma bandeja com pimentões vermelhos e pepinos fatiados.

— Você costuma sentir tanta fome assim de madrugada? — perguntou.

— Ah, era para ser uma surpresa. — Ela retirou do forno a bandeja com o que parecia ser pão carbonizado. — A ideia era a mesa estar posta antes de você acordar. Mas nos contentaremos com o que temos. Sua máquina de café estava com defeito, por falar nisso. Mas consegui consertar.

— As surpresas não param. Para ser sincero, estou em constante estado de admiração com suas habilidades.

— Suponho que estejamos no que chamam de "fase de lua de mel". — Ela jogou a massa esturricada no lixo.

— Será que um dia acaba? — Mark não conseguia parar de se admirar com a beleza da mulher. Mesmo àquela hora da manhã. — Não, com você seria impossível. Você é sensacional.

— Obrigada, querido. Mas você ainda não viu nada.

— Suponho que "humildade" não seja parte do seu programa — ele brincou.

Ela sorriu.

— Digamos que "realismo" seja parte do meu programa. E acredito que tenho mais a oferecer do que um café medíocre e o conserto de uma máquina de café.

— Estou ansioso para descobrir tudo a seu respeito.

— Teremos tempo, meu bem.

Mark repousou o queixo no ombro da esposa e a envolveu pela cintura. Ainda estava fascinado pela textura, pela temperatura, pelo aroma, por tudo na estrutura do corpo da mulher.

Ela curvou o rosto para olhá-lo e disse:

— Por falar em café medíocre, será que você poderia comprar mais daquela geleia de mirtilo que estava na geladeira? Ela é divina.

— Obrigado... — Mark respondeu. Depois se deu conta de que por ter comprado a geleia não significava que o elogio era dirigido a ele. — Pela informação — completou.

— Aliás, comecei o nosso projeto.

A mulher escapou do abraço e saiu correndo em direção à escrivaninha. Com a distância, o frio retornou. Ele andou com passos curtos até ela.

— Projeto? — Ele esfregou os olhos e bocejou.

— Sim, lembra? Você me pediu para ensinar você a ser um bom marido.

— Não foi exatamente o que eu disse, mas...

— Você não precisa mais se preocupar quanto a esquecer de me avisar dos seus planos.

Já fazia mais de uma semana desde que conversaram sobre Mark não saber como tratar uma esposa. Secretamente esperava que o assunto estivesse encerrado.

— Sincronizei nossas agendas — ela continuou, animada, enquanto erguia um celular.

O vidro rachado disparou nele o alarme de reconhecimento.

— Esse aparelho é meu? — perguntou, confuso.

— Só no caso de você esquecer de colocar algo na agenda — ela entregou o celular para Mark —, também configurei o GPS para que eu sempre saiba sua localização exata. Assim não teremos problemas.

Ele olhou da esposa para o aparelho e de volta, sem saber o que dizer.

— Também fiz uma lista de tarefas para você — ela continuou.

— Uma lista de tarefas? — Mark coçou o queixo ainda olhando para o celular.

— Sim, para seu aprimoramento e nossa melhor convivência.

— Entendo... — ele disse, se sentindo um pouco confuso. Abriu a boca, mas hesitou por alguns segundos. — Que tipo de tarefa? — perguntou, por fim.

— Boa pergunta. — A mulher alargou o sorriso. — Vamos a um exemplo prático. O que você pretendia ao me deixar dinheiro na minha primeira manhã aqui?

— Era para o caso de você querer sair e comprar alguma coisa... — Mark moveu os pés, andando um pouco sem sair do lugar. Céus, estava frio.

— Certo. E como eu entraria de volta na casa?

O cérebro de Mark precisou de alguns segundos para processar a pergunta.

— A chave. — Olhou para a mesinha onde costumava depositá-la. — Você não tem uma chave da casa.

Magdalena sorriu e ergueu um indicador.

— Essa é sua primeira tarefa.

— Mandar fazer uma chave para a Mag...

— Tarefa dois, comprar um novo guarda-roupa. Tarefa três, quero mostrar para você a forma mais efetiva e econômica de manusear o tubo de pasta de dente. Tarefa quatro, resolver o pequeno vazamento na torneira da cozinha.

Mark balançava a cabeça em concordância, sem conseguir acompanhar muito bem.

— Espera... — ele falou. — Acho que entendi. Você está sendo como a Mercedes, um tipo de assistente pessoal?

— Não sei quem é Mercedes, mas adoraria conhecê-la — ela respondeu.

Mark riu, relaxando os ombros.

— Isso até que é legal.

A esposa sorriu mais largo.

— Tarefa cinco, fazer compras — continuou, erguendo os cinco dedos da mão no ar. — Já preparei uma lista para você.

— Pode mandar.

— Está no seu celular. — Deu uma piscadela. — Tarefa seis... — Ela hesitou.

— Sim?

Magdalena andou até o marido e posicionou as mãos em forma de diamante diante de si.

— Querido Mark, você poderia aumentar a frequência de seus banhos?

Ele desviou o olhar para a escrivaninha e deslizou um dedo sobre o tampo, achando de repente os padrões de estampa da madeira antiga terrivelmente interessantes.

— Claro... Isso faz bem para a saúde, não é mesmo?

— Sim, para a *saúde* — ela repetiu, num tom pontuado, e franziu o nariz.

— Mais alguma coisa? — perguntou e engoliu em seco. Ele queria afundar no carpete e desaparecer.

— Não, creio que é o suficiente por agora.

Mark tentou relaxar.

— Então podemos, por favor, voltar para a cama? Só até o sol raiar?

Magdalena o seguiu sem questionar.

Depois de um tempo, o som de água fluindo somado a um zumbido anunciou que o aquecimento havia começado a rodar. Estavam bem abrigados sob o edredom. Um só para os dois, os corpos bem encaixados. Mark colocou a mão por baixo da camisa comprida que a mulher estava usando e sentiu a pele gelada de seu quadril, a renda delicada da *lingerie*. Deslizou a mão para a perna da esposa.

Paralisou.

O que era aquilo?

Arrastou a ponta dos dedos pela pele mais uma vez, verificando. Levantou com cuidado o edredom para verificar. Estavam crescendo... pelos? Engenharia genética não era capaz de remover isso? *Curioso*, pensou com um bocejo.

Adormeceram. Bem, ela adormeceu.

Mark observou o teto por longas horas, enquanto ouvia, com certa consternação, o ressonar cada vez mais turbulento da esposa. Em certo momento, já assustado, escapuliu para escrever uma mensagem rápida ao suporte técnico do site Esposa-Sob-Medida.com:

Caros senhoras e senhores,

É possível que minha encomenda tenha vindo com defeito? Ela tem algumas funções que julgo desnecessárias, enquanto outras parecem apresentar mau funcionamento. Seria também interessante se ela viesse com um manual de instruções ou algo do tipo. Ainda não sei os comandos certos para fazê-la funcionar da forma que desejo.

Abraços cordiais,
Mark Schmidt

12

TRINTA MINUTOS ANTES DO ENCONTRO NA ESTAÇÃO

MARK RECOSTOU CONTRA o assento do carro e desembrulhou, camada após camada de papel, o *döner kebab* em suas mãos. O pão pita bem tostado, as folhas de alface saltando das beiradas, junto com os tomates, as azeitonas pretas e a carne fumegante de cordeiro. O molho *tzatziki* e um pouco de óleo estavam vazando pelo embrulho. Em poucos segundos, já escorriam pelas mãos.

Num gesto automático, lambeu os dedos e abocanhou o lanche.

— Mercedes — disse com a boca cheia —, estou descobrindo que há certos assuntos que só posso conversar com você, sabia?

A luz azul no painel se acendeu.

— É mesmo? — a voz eletrônica respondeu.

Ele deu uma risada triste, pedaços de alface triturado saltando de sua boca.

— Infelizmente acho que sim.

— Sinto muito por isso, Mark.

— Não, não, não... tá ótimo, porque as pessoas... — ele terminou de mastigar e engoliu — às vezes são... complicadas.

— Não sei se entendo isso.

— Sorte sua, Mercedes. — Ele forçou a mandíbula o máximo que pôde para morder o lanche mais uma vez. — Quer dizer... Você não trairia uma pessoa que você ama, trairia?

— As leis da robótica implantadas na minha rede positrônica neural jamais me permitiriam ferir alguém, Mark.

— É por isso que gosto de você. As leis da robótica deviam ser tipo... *padrão* para a humanidade. Todo mundo quer ser amado e ter paz, mas ninguém consegue oferecer isso para o outro, entende? Embora, claro, no livro do Asimov até mesmo as máquinas podiam achar formas de burlá-las. Mas, no final, tudo ficava bem.

— Entendo, Mark.

— Exato! Por isso que nós temos essa conexão incrível. Você me entende. — Ele soltou uma risada curta. — Posso ser eu mesmo com você. Você é a única que me entende. Você é minha amiga.

— Você sabe que não gosto de ser rotulada de forma arbitrária, Mark.

— A Becca é minha amiga também, não me entenda errado — Mark continuou, mastigando ruidosamente. — E ela vai me matar quando ficar sabendo... *se* ficar sabendo que me casei. Todos os outros... não sei. Não sei se se importariam.

Uma porção de molho respingou através das frestas do volante no chão do veículo. Mark pegou um papel e se inclinou, se esticando e retorcendo de um lado para o outro, tentando de alguma forma alcançar a sujeira.

— Pessoas que se importam são importantes, não é mesmo? — ela disse.

— Apenas diga que eu tenho direito de viver minha própria vida da forma que escolho, Mercedes — Mark se ergueu com o papel melado numa mão.

— Você tem o direito de viver sua própria vida da forma que escolhe, Mercedes.

Ele hesitou, mas riu brevemente mais uma vez.

— Você é engraçada.

— Considero isso um elogio.

— É um elogio, sim. Mas falar "Mercedes" foi uma piada sua, não foi? — Transferiu o papel sujo para a mão que segurava uma lasca final de pão e esticou o braço, tateando em busca da abertura do porta-luvas. — Ou será que é um erro de programação?

— Você precisa de ajuda, Mark? Devo contatar o suporte?

— Não, não, deixa eu ver se consigo resolver isso... — disse com esforço, os dedos oleosos roçando na trava.

O porta-luvas se abriu e de dentro despencou, parte no banco do passageiro, e parte no piso, alguns livretos, uma toalhinha de microfibra azul, um porta-óculos que não lembrava de ter deixado ali, um relógio de estacionamento e um pequeno rodo.

Mark removeu dois dos pequenos livros da pilha até chegar em um cuja capa dizia:

Mercedes v10 Smart Assistant — Troubleshooting
Solução de problemas técnicos

Folheou o manual, deixando manchas amareladas onde tocava, até chegar na alternativa "MERCEDES v10 SA NÃO RESPONDE COMO EU GOSTARIA".

A informação que constava: "Diga à assistente pessoal que gostaria de corrigir uma resposta."

— Mercedes — Mark disse, enquanto fazia uma leitura dinâmica do resto do conteúdo e engolia o último pedaço do *döner*. — Eu gostaria de corrigir uma resposta.

— Com prazer, Mark. Para fazer qualquer alteração no meu sistema, é necessário que você entre no modo de manutenção.

— Como entro no modo de manutenção?

— Diga que quer entrar no modo de manutenção.

— Mercedes, quero entrar no modo de manutenção.

— Para entrar no modo de manutenção, siga os seguintes passos: assobie uma vez, bata duas palmas e destrave o sistema com sua digital.

Mark obedeceu.

— Não é possível ler digital. Por favor, tente novamente.

Ele olhou para o próprio polegar, esfregou-o na calça e o reposicionou sobre o ponto indicado no volante.

— Não é possível ler digital. Por favor, tente novamente.

— Quer saber, vamos deixar para lá. Vou presumir que foi uma piada e não um erro. Vamos continuar a conversa que ainda tenho... — Olhou para o relógio no pulso. — Quinze minutos até que ela chegue. Enfim...

O ar estava ficando gélido com o aquecimento do carro desligado. Ele suspirou e a respiração saiu de forma visível como uma névoa.

— Não sei. Eu costumava ser uma criança extrovertida. — Ele sorriu com as imagens aleatórias de lembranças antigas que vieram à tona. — Minha mãe ficava louca porque eu adorava sair correndo pelo parque e, às vezes, ia para bem longe socializar com uma roda de *punks* ou de refugiados. E eu me sentia ótimo. Onde foi que deu errado? Talvez tenha sido... o divórcio? Deles, quero dizer. Na época, não sei o quanto entendi. Mas senti. Como se as leis da física parassem de funcionar. Se a gravidade, de repente, não existisse mais ou a Lua se transformasse num vaso de petúnias, eu não teria ficado tão chocado. Meu pai e minha mãe não eram mais uma família. *Bum!* Elétrons em choque, o universo em chamas. *PSHHHAAAAA. CRASH. BUM.* Eles eram *um* na minha mente, sabe? E, de repente, não mais. Como pode? — Mark soltou uma risada triste. — A sensação de que nada mais é sólido, sabe? A existência inteira é gelatina. Ou sei lá. Agora que entendo um pouco mais, fico olhando para trás, tentando capturar cada cena, cada frase, cada sentimento, reinterpretando tudo, tentando recalcular a rota.

Mark sentiu os olhos arderem e balançou a cabeça, lutando para ignorar as emoções que estavam vindo à tona.

— Ou talvez tenha sido só o fato de que de um dia para o outro me tornei um gigante branquelo — acrescentou, com humor. — Imagina só, você ter o sonho secreto de ser invisível, mas, em vez disso, *bam*, você acorda com dois metros de altura.

Sim, talvez estes fossem motivos relevantes para a insegurança e possível fracasso na vida, mas o que de fato o atormentava era quase impossível de falar em voz alta. E talvez fosse melhor assim. Talvez fosse a Caixa de Pandora. Algo a enterrar o mais profundo possível para não ser encontrado por ninguém.

— Enfim... nunca me abri com alguém assim antes. Obrigado por me escutar. De verdade.

Depois de alguns instantes de silêncio, chamou:
— Mercedes?

Ele bateu algumas vezes no painel com o punho fechado. Limpou apressado mais uma vez as mãos na calça, girou a chave na ignição para um lado, girou de volta para o outro e repetiu:
— Mercedes? Mercedes? Mercedes?

O coração acelerou. Bateu com mais força no painel. O que estava acontecendo?

— Mercedes, não, por favor! Mercedes!
— Sistema reinicializado com sucesso — a voz eletrônica anunciou.

Mark soltou um longo suspiro e elevou a mão ao peito, tentando recobrar o ar. Estava surpreso com o alívio e a emoção que sentiu ao ouvir a voz do sistema. Era só uma máquina, não deveria significar tanto para ele.

Mas significava.

As mãos tremiam incontrolavelmente.

Era como uma epifania: o afeto, afinal, não dizia respeito a quem o outro era, e sim a quem *ele* era. Por um instante, se sentiu invadido pelo mais profundo senso de nobreza. *Ela pode ser só uma máquina, mas tudo em você é humano. E humano como é o seu coração, é capaz de amar.*

Independentemente do que *ela* fosse.

Mark abriu a porta do carro e saiu.

Estava na hora de encontrá-la.

13

NA SEGUNDA PELA MANHÃ, Mark acordou com motivação para cumprir cada uma das tarefas designadas por Magdalena. Era como ter uma *life coach* em casa.

Ele se tornaria, graças a ela, uma pessoa melhor.

Para começar, tomaria um belo de um banho. Depois, sairia às compras. Era a ocasião perfeita. Por ser um feriado católico, não precisaria trabalhar, mas moravam próximo da fronteira de um estado protestante, onde o comércio permaneceria aberto.

Antes da ducha, torceu a manivela da janela para cima e a inclinou, de modo a deixar uma fresta para que a umidade do banheiro escapasse. Pisou descalço no pequeno tapete felpudo em frente ao *box*. Ele cedeu com um jeito pastoso e frio sob os pés. Ainda estava saturado de água do último uso. A porta de plástico abriu desajeitada com um estampido.

Na cabine quadrada, viu o tufo molhado de cabelo escuro e comprido que cobria o ralo.

Sentiu a mesma intriga salpicada de asco que sentia na infância ao se deparar com algum inseto ou pequeno animal repugnante. Um instinto inexplicável de tocá-lo, ao mesmo tempo que preferia manter distância.

Num impulso, se abaixou, levou os dedos em pinça até o montante e o ergueu, observando-o com atenção.

Os cabelos de Magdalena.

Sem a presença da mulher, podia analisá-los com olhos clínicos. Surpreendeu-se, embora soubesse que não devia, que pareciam cabelos normais. Quer dizer, não eram sintéticos nem nada. É claro. Ela era uma mulher real. Gerada em laboratório, mas completamente real. Mark sentia que, por vezes, a considerava e tratava como se fosse uma máquina e precisava parar com isso.

Não era estranho que não se incomodasse que uma mulher *de verdade* tivesse tamanha liberdade? A forma como ela já havia exigido o controle de sua vida. Talvez fosse o fato de saber que ela tinha apenas o melhor interesse do cônjuge em vista. Ou a consciência de que ela foi desenhada e preparada exclusivamente para seu prazer e alegria. Porque sincronizar os calendários, colocar um rastreador de localização... Ele certamente não permitiria tanto controle a mais ninguém.

Mas, afinal, por que não? Por que permitiria que grandes corporações impessoais, donas dos conglomerados e superpotências digitais, tivessem todos os seus dados e acesso a toda sua vida e não a mulher que amava?

A mulher que amava?

Mark encarou novamente o tufo na mão e, de repente, se deu conta de que estava segurando uma gororoba ensaboada de cabelos saídos do ralo. Fez uma careta. Esticou o braço, puxou com força o rolo de papel higiênico e embrulhou a sujeira. O despejo rodopiou num redemoinho descarga abaixo, enquanto ele limpava os dedos numa toalha de mão.

A mulher que amava?

Olhou para o relógio de pulso.

Depois que Pauline tomou banho pela primeira vez em sua casa, ela também esqueceu de limpar o ralo. "Cabelo da Pauline", ele riu, abobalhado e maravilhado consigo mesmo quando descobriu. Que uma mulher tão linda trabalhasse na área de mecatrônica já era incrível, mas que, de todos os *nerds* babacas que a idolatravam no departamento, ela o escolhesse era surreal. Naquele dia, ele havia olhado para o tufo com admiração. Mentalmente até chegou a calcular onde ele se encontraria numa escala entre bizarro e assustador se guardasse os fios como lembrança. Quando concluiu que estaria além dos limites da escala, deu ao cabelo de Pauline o mesmo destino que agora dava ao de Magdalena. Eram até parecidos.

Mas na ocasião não sentiu a mesma aversão.

A mulher que amava?

Afinal, por que raios Magdalena estava perdendo os cabelos? Por que tantas coisas não estavam funcionando como deveriam?

Lembrou da reclamação que enviou ao site. Pegou o celular, atualizou o aplicativo, mas nada de resposta.

Bem, ao menos agora ele tinha uma tarefa para Magdalena: limpar o ralo depois de cada banho.

De roupão e ainda pingando, foi à cozinha beliscar algo antes de ir ao mercado. Abriu a geladeira. Fora a mancha branco-esverdeada na segunda prateleira de vidro, um pote aberto de mostarda, um vidro com duas azeitonas e meia cabeça de alface amarelada na gaveta de baixo, não havia mais nada. Ele ficou vários minutos encarando o cenário de devastação, com dificuldade de compreender o que tinha acontecido.

A última vez que verificou, a geladeira estava estocada. Onde estavam as frutas, legumes, iogurtes, geleias, queijos e manteiga? Era verdade que, para uma pessoa só, o consumo era menor. Mas, caramba, seria possível que a mulher comesse *tanto assim*?

Ele esticou o pescoço e viu o topo do cesto de lixo transbordando com invólucros vazios de todas as marcas de comida que costumava comprar. A pia também estava em igual estado de caos, com pilhas de louça, bacias e panelas sujas amontoadas.

Algo definitivamente não estava certo.

Bateu a porta da geladeira com força. Ela se fechou devagarzinho, a borracha de proteção se comprimindo com precisão e delicadeza. Exatamente do jeito que foi projetada para funcionar. As coisas no mundo de Mark funcionavam. Geralmente. Frequentemente. O que estava acontecendo?

Mais uma vez abriu o aplicativo no celular e verificou a falta de mensagens. Apenas uma figurinha de girassóis com um bom dia de Becca. Só. Não conseguia pensar direito quando estava com fome.

Digitou com força:

Caros senhoras e senhores,

A situação é séria. Ela chora por bobagem, tem pelos nas pernas, bagunça toda a minha casa e quer controlar minha vida. Preciso de suporte o mais rápido possível.

Não chegou a apertar o botão de enviar.

No exato momento, uma cantoria aguda e desafinada invadiu o recinto. Vinha do quarto. Ele seguiu o som. Magdalena estava com o cabelo todo preso no alto da cabeça, uma faixa multicolorida enrolada na testa. Pintava as unhas das mãos, sentada no canto da cama de casal, enquanto anunciava em canção que *garotas só querem se divertir*.

— Magdalena? — Mark chamou.

Entretida com a atividade, ela continuou a emitir o som pavoroso.

Ele deu meia-volta e resolveu ter uma conversa mental encorajadora consigo mesmo. Estava enlouquecendo? Não, não podia ser tão grave assim. Era só que — ela continuou berrando fora do tom, interrompendo o fluxo de pensamentos —, quando decidiu se comprometer, não entendeu que a esposa traria, além de benefícios, tantas "excentricidades". Havia algo de errado com ela? Tinha conserto?

— Talvez você só esteja nervoso porque está se dando conta da magnitude do que fez — murmurou para si mesmo.

Mark se vestiu, pegou o saco de lixo abarrotado e saiu.

Não havia quase nada de absurdo na lista de compras. Pão, água, leite, nozes, geleia de mirtilo, sabão de máquina. Coisas que Mark compraria, sem problemas, para si mesmo. *Quase* nada.

Era a primeira vez que parava naquele corredor.

Olhou para as dezenas de caixinhas coloridas, para ele indecifráveis. Mini, normal, *plus, super plus, pro comfort, bio, flexi*, probiótico, diferentes marcas e materiais. Como diabos ele deveria saber como comprar isso? Estava constrangido de sequer estar ali parado, lendo rótulo a rótulo, perdido. Com certeza estava sendo julgado por todos. Sentia uma necessidade irracional de murmurar para quem passasse ao seu redor:

— É para a minha mulher...

Era bobagem. Para quem mais seria? Irracional também era a irritação que começava a crescer. Será que Magdalena estava tentando humilhá-lo de propósito? Será que *isso* fazia parte do seu programa?

Fez o longo trajeto de volta para casa com só metade dos itens da lista e o rosto corado de vergonha e indignação. Deixou as compras no carro. Tocou o interfone. O aparelho zumbiu e a porta se abriu, sem que a mulher perguntasse quem era. Mark entrou na casa, deu meia-volta e saiu de novo. Lembrou que tinha deixado o saco de lixo abarrotado perto de um portão lateral. Precisava da chave para ir para o pátio dos fundos, onde ficavam os contêineres da coleta seletiva. Tocou a campainha mais uma vez.

— Pois não? — Magdalena respondeu dessa vez.

— Está no quarto? Pode trazer a chave do pátio? Está aí no andar de cima.

— Por que você não sobe e pega? — a voz ressoou metálica pelo pequeno alto falante do lado de fora.

— Por qu...? — Mark reprimiu o impulso de falar um palavrão. — Por quê?! Porque é mais fácil você descer do que eu subir, oras.

Silêncio.

— É mais fácil para *você*, né? — ela disse lentamente. — Não é mais fácil para mim. Acabei de fazer as unhas...

— Magdale... Isso... *Isso*... — Engoliu. As palavras que gostaria de dizer de verdade embolaram na língua. — Isso não está certo!

Silêncio. Pelo jeito a mulher já não estava mais no aparelho.

Mark apertou a campainha umas dozes vezes seguidas. O aparelho zumbiu e a porta se abriu.

Ele saltou os degraus até a entrada.

A cena era surreal.

Caixas e mais caixas de diferentes tamanhos espalhadas, escancaradas, por toda a sala e o escritório.

Magdalena desceu as escadas se equilibrando nos calcanhares, com cuidado para não estragar a pedicure, e foi para o centro do caos, entre o sofá e a televisão. Ali havia um banquinho alto, que não existia antes, junto a um cavalete e uma tela, que também não existiam, uma mesinha, pequenos frascos de tinta, pincéis, copos com líquidos coloridos e mais uma porção de coisas que Mark nem sabia para que serviam.

— De onde veio tudo isso? — ele perguntou, lutando para falar num tom paciente.

O olhar da mulher se iluminou. Ela tinha manchas de tinta no rosto, nas pernas e na roupa. Bem, se havia uma coisa positiva era que ela ficava sexy daquele jeito.

— Não é incrível? — Ela ergueu os braços para o alto. — Pedi on-line.

— E eles não vendiam produtos femininos? — Mark se sentiu repentinamente cansado.

— Tinha taxa de entrega. — Ela deu de ombros.

Mark coçou a nuca.

Ela era linda de uma forma que doía só de olhar. Mas o casamento em si já tinha sido um grande investimento financeiro. Quanto mais custaria mantê-la? Desse jeito, iria à falência.

— E o que mais você fez nessas últimas horas?

— Como assim "o que mais"? Deu bastante trabalho. Mais do que parece. Espero que tenha gostado da surpresa.

— Gostei — ele disse, quase rápido demais para ser verdade. — Gostei, gostei muito. — A voz sempre soava mais aguda do que o normal quando mentia. — Mas sabe do que eu gostaria ainda mais?

— O quê? — ela respondeu com olhos brilhantes.

— Que você... não sei... colocasse tudo no lugar de volta depois, sabe? Logo depois de lavar as roupas, a louça e limpar um pouco da casa. Aí a diversão fica tão mais... divertida.

Magdalena riu.

Será que ela entendeu o que ele estava dizendo? Mark estava ficando cada vez mais preocupado.

— O que estava pintando? — ele perguntou, logo em seguida, só por educação.

— Olha só! — Ela respondeu animada como um passarinho. — Somos nós. Todos esses tons de azul, os cinzas são você. Do outro lado, estou eu, o violeta, o vermelho-rubi, o laranja, lilás, amarelo e magenta. No meio, o choque, resultando numa explosão de luz e alegria. Cores quando se encontram e misturam jamais permanecem iguais. Elas sempre se transformam, sabia?

Mark deu alguns passos para analisar melhor a composição.

Foi então que viu, por trás do velho sofá, o respingar dos azuis, dos cinzas, lilás, amarelo e blá-blá-blá no carpete da sala.

Magdalena pareceu notar a consternação no rosto do proprietário, porque se aproximou devagar e falou:

— A propós... precisamos trocar o carpete. Ele tem um cheiro tão peculiar. Além disso, descobri que por baixo dele há um revestimento de madeira incrível.

— Eu sei o que há por baixo dele — ele respondeu, um pouco mais ríspido do que gostaria.

A casa era um museu de sua vida. Era *dele*. Cada móvel, cada detalhe, cada marca. Uma relíquia de tempos felizes, de tempos miseráveis, de dor, conquistas, crescimento e traição. *Dele*.

— É meu — completou.

— *Nosso*, você quer dizer. — Magdalena ergueu as sobrancelhas.

— Nosso, nosso... — concordou, sem saber para onde olhar. Para todo canto, menos para o que havia restado do carpete.

Ele ergueu o rosto e elevou as mãos unidas em forma de concha até o nariz. Inspirava e expirava. Os olhos começaram a arder. Droga. Aquele não era um momento adequado para náusea existencial ou para uma crise de ansiedade. *Mas quando era?*

Em silêncio, saiu às pressas para o banheiro. Precisava de espaço. Espaço *mental*. Distância.

Ele se olhou no espelho. Cobriu os olhos com as palmas. Deslizou-as até o pescoço. Viu o relógio de pulso no espelho. Suspirou.

Duas escovas de dente repousavam num copo alto de porcelana próximo ao espelho. A de Magdalena não era a que Mark tinha comprado. Era de outra marca, cor e estilo. Talvez ela tivesse suas preferências. O mais marcante, no entanto, era o quão gasta estava. As cerdas todas fora de rumo como palmeiras numa ventania, o cabo laranja com manchas de pasta ressecada nos vincos. Mark não costumava seguir a orientação do dentista de trocar a escova a cada três meses, mas aquilo era exagero.

Por que não usava a escova que ele tinha dado?

— Não se preocupe — Magdalena dizia a algum interlocutor desconhecido no celular, no momento em que ele retornou à sala. — Claro, claro. Tenho certeza de que há uma explicação para isso.

Mark esperou que ela encerrasse a chamada, antes de tratar do que gostaria.

Então algo lhe ocorreu.

— Com quem você estava falando? — perguntou, segurando a escova de dente estropiada num punho fechado.

— Ah... — A mulher pressionou o celular contra o peito e apertou os lábios. Ela abriu mais um de seus sorrisos angelicais. — Becca.

A escova despencou ao carpete.

Uma sílaba. Não era "minha amiga Becca". "Uma pessoa chamada Becca." Apenas Becca. Como se Mark devesse saber quem Becca era. Porque é claro que sabia. Havia chegado a essa conclusão ao mesmo tempo que as palavras já saíram atropeladas:

— Be... minha irmã Becca?

O que estava acontecendo? Como Magdalena sabia quem era Becca e por que tinha o contato dela? E o mais importante...

— O que você disse para ela?

— Eu a convidei para a festa.

— Festa?

— Sim... — Magdalena mordeu o lábio inferior, inconsciente do surto psicótico que Mark estava prestes a ter.

— Que festa, Magdalena?

— A festa de boas-vindas para sua esposa.

Ela deu de ombros e ergueu o calcanhar para trás com um jeito que deveria ser manhoso de uma forma encantadora. Não era.

— Você não viu? — ela continuou. — Bem, se você verificar, verá que está na nossa agenda. Avaliei que seria uma forma eficiente de conhecer todos os seus amigos e família de uma só vez.

Mark procurou um lugar para se apoiar.

Quais eram mesmo os sintomas de um aneurisma cerebral? Dor de cabeça repentina e severa? Positivo. Náusea? Positivo. Enrijecimento do pescoço? Visão embaçada? Positivo, positivo.

Depositou as mãos no encosto do sofá, ainda se concentrando na avaria do couro. Deslizou o polegar pelo corte e começou a puxar, distraidamente, uma das pontas.

— Amigos e família — ele repetiu, sem saber o que acrescentar.

Ergueu as sobrancelhas. Inclinou o rosto para um lado. Depois para o outro. Será que um dos olhos estava caído? Não era esse um dos outros sintomas?

— Como... como você sabe quem são meus amigos e família?

A mulher piscou várias vezes, como se só agora lhe ocorresse a estranheza de sua onisciência. Ela deu a volta ao redor do sofá e se aproximou, os olhos sondando a expressão do marido.

— Sincronizei sua lista de contatos também. Não mencionei? — Ela elevou o indicador à boca, numa expressão de inocência.

Ele engoliu em seco, tentando manter intacta a barragem emocional que ameaçava desabar a qualquer instante.

— Você... você convidou todo mundo registrado no meu celular?

O cérebro trabalhava com furor tentando se recordar de todas as pessoas que ao longo dos anos foram parar naquela lista, por um motivo ou outro. Seus colegas de trabalho, é claro. Será que ela havia convidado... sei lá, seu urologista? A psiquiatra do pai? Ou até mesmo...

— Não, não todo mundo — O sorriso foi lentamente perdendo a luminosidade e se reduzindo a uma neutralidade fosca, quase triste. — É claro que não.

Talvez achasse a pergunta estúpida. Ou talvez estivesse começando a entender que Mark não estava nada satisfeito com aquilo.

— Um dos contatos estava registrado com o sobrenome Maldição Não Liga para Ela. — Os cantos dos lábios de Magdalena se inclinaram para baixo. — Não liguei para essa pessoa.

Mark balançou o rosto em concordância um tanto efusivamente demais.

— Imagino que não haja uma boa história por trás disso... — ela continuou.

— Pare, apenas pare. — Mark exalou.

Nenhuma reação. Ótimo, talvez fosse, sim, obediente a comandos.

— Está certo. — Mark ergueu as palmas das mãos no ar, como se estivesse se rendendo. — Eu não sei como um casamento funciona. Então vou tentar do meu jeito, está bem? Você precisa apenas... parar, tá? Isso não era o que eu tinha em mente. Tudo o que eu queria era alguém que estivesse feliz de me ver quando eu chegasse em casa. — O tom foi se tornando mais desesperado ao longo do discurso. — Alguém com quem comer, dormir junto e conversar. Todas as coisas que seres humanos normais querem. Mas *isso*... isso não!

— Isso — a mulher repetiu.

— Você... você... — Mark apontou com a palma para uma direção qualquer, depois para o quadro que estava sendo pintado, depois para o quarto. — Não era para você sair por aí bagunçando tudo! Minha casa, minha família, meu trabalho, minha vida.

Queria acrescentar "minha dignidade e honra", mas o incidente do absorvente higiênico parecia tão secundário agora.

— Tudo o que eu preciso... — continuou num tom de súplica, procurando as palavras certas. — É que você fique na sua caixinha e não se intrometa em mais nada, por favor.

Logo em seguida, pensou se foi muito duro e sorriu para amenizar a exigência. Não que precisasse. Esse era, afinal, o *trabalho* dela.

Magdalena deu uma risada curta. Parou e o observou.

— Você é um pouco estranho às vezes, querido. — Começou a endireitar a gola da camisa de Mark. — Eu até gosto. Acho engraçadinho.

— Eu não... não estou brincando. — O sorriso do homem foi esvanecendo. — Você está brincando?

— Não estou brincando.

— Certo.

Ambos ficaram se olhando pelo que pareceu um longo tempo.

— Desculpe. — Mark apertou os olhos com as mãos. — Estou confuso. É falta de instruções? Preciso aprender como funciona.

— Falta de instruções?

— Sim. Preciso saber o que preciso fazer para que você saiba me agradar. Teria sido mais fácil se você tivesse vindo com um manual. Por que não mandaram um manual?

Uma ideia um tanto maluca surgiu. Mas a situação toda era tão surreal que... por que não?

— Magdalena, quero entrar em modo de manutenção.

— Querido — Magdalena riu mais uma vez, brevemente e baixinho —, sabe a parte que eu disse sobre você ser estranho e isso ser engraçadinho? Então... não sei. Está começando a ficar assustador.

— Não, não. Desculpe. Eu só... Eu só estou tentando ajudá-la a cumprir o motivo pelo qual foi feita.

— Pelo qual fui feita — ela repetiu, séria.

— Sim, para me servir e fazer feliz.

— Você está brincando — ela disse, erguendo as sobrancelhas.

— Não — Mark falou, ficando exasperado por não saber como se expressar melhor. Olhou ao redor, buscando palavras. — Foi para isso que eu... eu a encomendei... e...

— Você me encomendou — ela retrucou no mesmo tom de antes.

— Agora estamos andando em círculos. Eu... eu não queria usar isso como argumento, mas, bem, foi uma pequena fortuna. E eu esperava que no mínimo você se esforçasse para cumprir seu papel. Como combinado. E entendo que para você seja difícil a adaptação e aprender sobre o mundo do qual você não tem a mínima noção fora do laboratório e...

— Mark? — Magdalena chamava enquanto o homem falava, mas ele estava tão envolvido em seu discurso que parecia não escutar. — Mark? — repetiu. — Mark! Mark! Mark! — gritou, balançando as mãos à frente de seus olhos até que ele parasse de falar.

— O quê?

— Você não me encomendou!

— Quê?

— Você não me encomendou. *Eu* encomendei você.

No mesmo instante, o celular de Mark zumbiu com uma notificação. Finalmente havia chegado a resposta do suporte técnico do site Esposa--Sob-Medida.com. E começava assim:

Hahahahahahaha. :))

14

— EU ENCOMENDEI VOCÊ.

Mark continuou encarando a tela do celular, incapaz de ler o resto da mensagem. As letras turvavam com a tempestade de sentimentos que sacudia sua mente. O que Magdalena tinha dito?

— Desculpa, o quê?

— Você faz parte da seleção do site Marido dos Sonhos ponto com, uma subsidiária de Casamento Sob Medida Inc.

Mark deu um passo para trás cambaleante e trombou contra o sofá. Tentando salvar um pouco da dignidade, sentou-se no encosto, fingindo ser proposital. Coçou a cabeça e fechou os olhos, lutando para absorver as novas informações. Colocou as mãos na cintura. Tentou enfiá-las nos bolsos, mas, na dificuldade de encontrá-los, cruzou os braços.

— Então, você... você me encomendou sob medida. Certo — ele falou num tom controlado. — Eu sou a sua configuração perfeita de homem. Você pediu alguém magricela e sem músculos, uma pequena barriguinha adorável de cerveja. Soa crível.

— Pedi um parceiro que soubesse *me fazer feliz*. Mas interessante saber suas prioridades.

Mark sentiu o rosto queimar.

— E eles a conectaram *comigo*? Que raios? Por quê?

— O que você quer dizer com *por quê*? Você... Eu nem sei... Eu... — Magdalena franziu as sobrancelhas. — Você não estava aqui bem do meu lado durante estes dias? Você não viveu os mesmos momentos que eu? Quer dizer, você disse que me amava no primeiro dia em que me viu, esqueceu?

— Era... diferente. Outra situação.

— Ah, é? — Ela cruzou os braços e ergueu o queixo. — E o que há de diferente agora?

Mark a encarou, exasperado. Ele não conseguia entender as mulheres. Nenhuma delas. Por que raios ela parecia mais chateada com ele do que com a firma que tinha ludibriado os dois? Meu Deus, ela tinha uma história, um local de origem, provavelmente uma família, certamente um passado. Se não foi gerada num laboratório, só podia ser louca! Por que outra razão teria se casado com um estranho na internet? E o mais relevante...

— Você não é quem eu pensava que você era, não percebe? — Ele depositou a mão na forma de pinça ao lado da têmpora. — Você não foi feita *para mim*!

— E agora? — Ela sorriu. — O que fazemos com essa importantíssima informação?

— Eu... — Mark apertou os olhos com as mãos. A essa altura, já estava se sentindo mais constrangido do que irritado. — Não sei. Acho que preciso de... um tempo?

— Um tempo?

— Sim, um tempo.

A expressão no rosto de Magdalena era... neutra, mas de alguma forma terrível. Como se com um olhar fosse capaz de matá-lo.

Com movimentos calculados, a mulher se abaixou, pegou a escova de dentes do chão — Mark sequer tinha percebido que a tinha derrubado — e caminhou até o banheiro. Ele ouviu o ranger metálico da tampa da lata de lixo se abrindo e o estampido dela sendo fechada.

A esposa ressurgiu no corredor escuro e foi para o quarto, ainda vestida só com a camisa, as manchas de tinta nas pernas como o padrão de um tigre-de-bengala.

E silêncio.

— Magdalena? — Mark chamou, sentindo a tensão dos ombros se espalhar até alcançar a nuca.

Nada.

Talvez estivesse dando a ele o tempo que precisava.

Tudo bem.

Ele ergueu o celular, parado no meio da sala, no mesmo local em que havia descoberto a fraude, e terminou de ler a mensagem:

De: Esposa-Sob-Medida.com Suporte Técnico
Para: Mark Schmidt

Hahahahahahaha. :))

Mulheres deveriam mesmo vir com um manual. Elas são o maior mistério deste universo, não são?
Quanto ao mau funcionamento... tente flores.
Se não der certo, chocolates. ;)

Abraços cordiais,
Aleksander Woźniak
Em nome de Esposa Sob Medida, uma subsidiária de Casamento Sob Medida Inc.

15

A PARTIR DAQUELE DIA, os dois passaram a se evitar. Tanto quanto podiam, pelo menos. Ainda compartilhavam da mesma casa e da mesma cama, cada um encolhido do próprio lado. Mas ele fazia questão de sempre esperar que ela já estivesse adormecida (sonoramente) antes de se deitar e se levantava antes que ela despertasse.

Nas semanas de desprezo silencioso que se seguiram, desenvolveram suas rotinas.

Cada canto do apartamento foi se tornando um lembrete silencioso — talvez proposital? — de que a casa tinha uma nova dona. Telas, pincéis, tintas e acessórios, roupas, produtos cosméticos e de higiene, aparatos para o cabelo por toda a parte. Lentamente parecia que não havia mais espaço para Mark. De fato, cada vez menos se sentia *em casa*. E não queria admitir nem para si mesmo, mas estava ficando com medo.

Mark bufou, no trabalho, enquanto passava os olhos por mais uma página sobre direito de consumidor. A empresa não respondia mais a nenhuma das mensagens, que estavam se tornando cada vez mais desesperadas. *Não deveria ser tão difícil!* Tudo agora parecia um serviço de assinatura. Devolução, reembolso, suporte técnico... Até o amor precisava vir com um número de rastreamento.

Foi então que lhe ocorreu.

Tão logo chegou em casa, exclamou:

— Lei do direito de devolução!

Magdalena, dessa vez, estava assistindo a alguma série antiga na televisão.

Ele continuou:

— O consumidor tem trinta dias para devolução de mercadorias e revogação de contratos feitos on-line, sem necessidade de se justificar.

Ela colocou o programa no mudo e o olhou com a mesma emoção de quem observa um semáforo.

— É mesmo? — Ela entrelaçou as mãos no colo. — Trinta dias desde a encomenda ou desde a chegada da certidão de casamento? Ou será desde que cheguei?

Mark coçou o queixo.

— Boa pergunta. Não sei ainda, mas vou descobrir. Se der certo, teremos a restituição total do valor investido.

— Ah. — Magdalena cruzou os braços. — Dinheiro.

— Bem, sim... — Mark começou, meio confuso. — Além da dor de cabeça burocrática de um divórcio. Anular o contrato é mais rápido e efetivo. Não precisaríamos nos preocupar mais com essa parte.

Magdalena descruzou os braços e deu um sorriso forçado.

— Bem, boa sorte.

Apertou um botão para que a programação voltasse a correr no televisor. Mark tomou o controle de sua mão e desligou o aparelho.

— Boa sorte? É só isso o que você tem a dizer?

A mulher esticou os braços para cima, numa longa e deliberada espreguiçada. Quando relaxou o corpo, falou:

— Eu paguei por você e quero mantê-lo, oras. Você é meu e essa casa é minha. Mas você faça o que achar melhor.

— Você não pode estar falando sério.

— Será que não? — A mulher riu e esticou o braço para alcançar o controle remoto na mão de Mark.

Por algum motivo, em nenhum momento havia ocorrido a ele que, mesmo que o processo de separação fosse rápido, indolor e sem custo, talvez Magdalena desejasse permanecer casada. Mas para ele não fazia o menor sentido.

— Você não está chateada de ter sido enganada? De descobrir que sou um humano como você e que não existo apenas para fazê-la feliz?

— De *descobrir que você é um humano como eu*, Mark? — O tom agudo de ridicularização era evidente. Ela abraçou a própria barriga e desatou a gargalhar. — Céus. Você está escutando as coisas que está dizendo? O que mais você seria? Uma criatura robótica gerada num laboratório? Não, né? — Ela ficou séria de repente. — Retiro o que disse. Suas bizarrices não são engraçadinhas.

— Não, não são. Exato! — Mark insistiu, sua voz subindo. — Por que você iria querer ficar comigo?

— Ah, eu não sei, querido. — Magdalena olhou para o teto com uma expressão de inocência. — Talvez eu tenha sido programada para isso.

Ela riu uma vez só pelo nariz.

É. Definitivamente estava rindo dele.

Mark começou a gesticular no ar, as palavras saindo sem ordem.

— Quero um reembolso e divórcio, está bem? — anunciou, sem ter ideia de como aquilo soava.

Magdalena apertou os olhos, como se estivesse sendo paciente com uma criança difícil.

— E eu disse "boa sorte".

A expressão dela era desarmante. Dócil. Ele não sabia como reagir.

— Você não vai mesmo me ajudar?

— O que você espera que eu faça, querido?

— Escuta, não fui o único enganado. Você realmente queria um marido "dos sonhos" que não fazia ideia de onde estava se metendo?

— Bem, eles até tinham a opção "precisa saber no que está se metendo", mas não coloquei na minha lista.

— Sério? — Mark piscou, incrédulo, sentindo a cabeça girar.

Magdalena apertou os lábios para reprimir um sorriso.

— Adoro sua pureza — falou.

Ele estava começando a detestá-la. A maneira doce com que sorria enquanto o ridicularizava era nauseante.

— Isso não está certo — ele murmurou, exasperado. — Não consigo entender como você pode estar de boa com ter sido feita de trouxa.

— Desculpa, meu bem. — Ela ficou de pé, forçou um sorriso e deu um tapinha no ombro de Mark. — Na saúde e na doença, na riqueza e na pobreza etc. e tal? Legal. Mas nessa você está sozinho.

A partir desse dia, ela passou a atormentá-lo.

Mark fingia que não notava.

Sempre que chegava do trabalho, lá estava ela, estrategicamente posicionada no sofá ou na poltrona, vestida com uma de suas camisetas, comendo algo com casualidade, enquanto o observava com o canto dos olhos. E aí vinha a parte teatral. Ela aprumava a postura, esticava uma perna nua, cruzava a outra com uma lentidão estudada e abria um sorriso.

— Olá, querido, como foi seu dia?

E invertia o cruzamento das pernas.

Mark sempre fugia da situação, apressando os passos para o quarto.

Certa noite, enquanto escovava os dentes para dormir, teve uma ideia. *Ela quer jogar, é?*

— Sabe que a balança grava o último resultado, não é? — disse, com uma falsa casualidade.

Magdalena, que no momento pintava algo, pausou o pincel no ar, mas não olhou para ele.

— E daí?

— Você está pesando quatro quilos a mais do que a mulher que encomendei. Motivo válido para devolução, não? Descrição incompatível com o produto recebido.

Foi a primeira vez que Mark viu o rosto da mulher queimar.

Mas ela voltou a sorrir e continuou a pintar.

Na noite seguinte, quando chegou do trabalho, lá estava ela, sentada ao piano.

Enquanto tocava, cantarolou:

Seus olhos me veem, mas não me enxergam
Que pena, e eu estava tão pronta pra você

A melodia era grave, envolvente, um contralto sedutor dessa vez perfeitamente afinado.

Se você viesse e me carregasse pra bem longe
Uma viagem a dois pra além do horizonte
Onde navegar é deixar o controle
Para nos alinhar em um só fôlego
Velejando trêmulos à euforia

Ela parou por um segundo, e então continuou, a voz mais baixa agora, como se sussurrasse para as profundezas da alma dele:

Seus olhos me veem, mas não me enxergam
Só vem, que ainda dá tempo, meu bem

Mark escapou aos tropeções para o quarto. O que a mulher queria dele? Por que ainda estava ali?

Talvez ela estivesse fugindo de algo, cogitou. Ou de alguém. Da polícia? Soava bizarramente provável. O que de forma alguma o reconfortava. Será que não tinha amigos? Não tinha família? Talvez estivesse num programa de proteção a testemunhas. Talvez fosse uma assassina. Talvez fosse de fato um robô.

O que mais fazia durante todo o dia?

Não era possível que pintura, música e comida fosse tudo.

O gosto amargo veio à boca quando lembrou dos momentos que se antecederam à descoberta.

As tarefas, as sugestões, a invasão de privacidade.

Ela vinha tentando mudar quem ele era, controlá-lo, manipulá-lo. Ela era uma *pessoa*. E, com isso, claro, tinha interesses próprios em vista.

Que vergonha. Que vergonha...

16

—SCHMIDT — A CABEÇA DE KLEIN, o colega do cubículo ao lado, surgiu por cima da divisória. — Ainda não dei os meus parabéns.

Mark retirou o *headset* e encarou o colega, sem entender. Seu aniversário tinha sido meses atrás.

— Pelo casamento — Klein completou, com um tom de interrogação na voz. — Sua esposa nos convidou...

O rosto de Mark ardeu.

Ele assentiu com a cabeça e murmurou algo parecido com "obrigado", ao mesmo tempo que agradecia aos céus pela chamada que tinha começado a piscar no monitor e que encurtou a conversa.

Reposicionou o *headset* e deu de ombros, indicando que precisava voltar ao trabalho.

Por misericórdia divina, o caso foi resolvido em poucos minutos. Um problema simples. Com o tempo livre, decidiu se dedicar de novo à mais recente obsessão: o site Esposa-Sob-Medida.com.

Desta vez estava tentando achar o local exato que o informava sobre a esposa encomendada ser gerada em laboratório. Queria tirar um *print* e mandar anexado a um e-mail malcriado para o suporte técnico. Mas não conseguia encontrar. De onde tinha tirado a ideia absurda? De qualquer forma, a sensação de propaganda enganosa permanecia. Devia no mínimo haver um aviso mais explícito, algo do tipo: "Atenção: trata-se de uma pessoa real!"

A única coisa que acabou descobrindo foi que a Casamento Sob Medida Inc., ou CSM — como também era chamada em páginas de consulta de *Handelsregister* — era dona de uma verdadeira frota de serviços casamenteiros. Pelo menos duas dúzias. Cada um com sua especialidade exótica própria. Aplicativos bem específicos, com *designs*, opções e critérios que pareciam ter sido elaborados por alguém com tempo demais nas mãos. Apps para quem procurava parceiros com o mesmo nível de escolaridade, outros que classificavam casais por religião, signo, *hobbies*. Até pais de *pets* entravam na dança. "Avaliamos a compatibilidade entre seus bichinhos!" E, claro, tinha o bizarro "Enlace de Schrödinger" para os aficionados por física quântica. "Até clicar nesse link, você estará solteiro *e* casado ao mesmo tempo!"

Ele piscou, a cabeça girando entre absurdos e links esquisitos, até lembrar, de repente, da vida real. Tinha que voltar ao trabalho. Precisava dele, ainda mais agora que tinha jogado todas as economias da vida numa aposta de casamento tão segura quanto uma roleta-russa.

— Calide Países, Assistência Técnica, meu nome é Mark Schmidt, como posso ajudá-lo? — Atendeu a chamada em espera na tela.

— Herr Wild da Laticínios Wild. Seu maldito técnico não resolveu nada, Herr Schmidt.

Mark levou as mãos aos olhos. Não estava com humor para isso. Sabia que tinha um emprego a manter. Sabia. No fundo da mente, sabia.

— Herr Wild, será que o senhor poderia me ajudar com algo?

— Eu?

— Isso é algo que me intriga. O sistema de automação não saiu barato para os senhores, saiu?

— Não! Exato! Custou minhas cuecas, Herr Schmidt. Minhas cuecas! Por isso espero que funcione!

— Então isso significa que essa não foi uma compra impulsiva, certo? O senhor tinha noção do tamanho do investimento que estava fazendo?

— Bem, se eu soubesse de antemão a dor de cabeça que me daria, eu não faria. Mas agora é tarde, não é mesmo? Vocês precisam resolver o meu problema.

— Mas aí é que está, Herr Wild. Como alguém pode aplicar tanto dinheiro e esperança em algo sem antes estudar o sistema a fundo, obter o conhecimento mínimo sobre o que faz a coisa funcionar? Aliás, antes mesmo de cogitar a aquisição, o senhor deveria ao menos verificar se o senhor e sua fábrica preenchem os requisitos mínimos. Ler os termos e condições, se especializar, decidir se o sistema é compatível com as expectativas.

— Não tenho tempo nem dinheiro para isso, e não lembro de ter perguntado.

— Francamente, Herr Wild. Estamos falando da sua vida aqui. Do seu legado. É um compromisso gigantesco. Não é possível que tenha sido feito num impulso, apenas na base da emoção. Se o senhor quer que sua fábrica funcione, o senhor...

— Mas o que é isso? Terapia? Não estou pagando por seus conselhos, Herr Schmidt! Quero assistência *técnica*.

— Posso fazer uma confissão?

Silêncio do outro lado da linha.

Mark ajustou o *headset* e soltou um longo suspiro.

— Trabalho há dezoito anos com esse sistema. Já fiz centenas de oficinas e cursos referentes a ele; treinos de atualização, pacotes complementares. Tenho uma pasta de certificados quase tão grande quanto a base de dados da Assistente.

— Mas então...

— O problema é que eu mesmo acho que ainda não entendi exatamente como ele funciona, sabe? — Mark desatou a rir. Estava enlouquecendo. — A equipe de marketing, que sabe menos que o senhor sobre o equipamento, criou o *slogan* "fácil de usar, totalmente intuitivo". Um "fácil de usar" tão intuitivo quanto construir uma nave espacial multidimensional. Ninguém entende o porquê de fazerem uma porcaria tão complexa que leva um especialista a se sentir como se estivesse lendo cartas de tarô vendado em cima de um touro mecânico sempre que tenta solucionar algum problema. Ninguém sabe que comando vai alavancar qual reação da criatura. Ela é um mistério! Não tem regras! A única regra é "vá se ferrar".

— Então vá se ferrar, Herr Schmidt.

A chamada foi desligada.

Mark esfregou as têmporas. Logo uma luz vermelha começou a piscar na tela com o aviso "chamada do supervisor".

O aperto no peito começou.

— Desculpe, Herr Meyer, sei que minha última chamada não cumpriu os requisitos de... — disse no *headset*.

— O que raios está acontecendo com você? — Herr Meyer interrompeu com uma voz de trovão. — Herr Wild tem o potencial para se tornar um dos nossos principais clientes.

Mark não soube o que responder.

— Desculpe, é só...

— Olha, Schmidt, sei como é ser recém-casado. Se está tendo problemas, tudo bem. Mas não deve trazer os problemas para cá.

— Certo... — murmurou.

Não tinha energias para mentir que sua atitude não tinha nada a ver com o casamento. No momento, queria apenas morrer. A mulher estava destruindo até mesmo sua carreira.

— Tire o dia de folga. Descanse. Conversem. Amanhã é um novo dia.

— Com todo o respeito, prefiro continuar o serviço.
No momento preferia enfrentar mil Herr Wilds à esposa.
— Isso não é um pedido. — A voz firme do chefe soou quase ameaçadora. — Escute a voz da experiência, Schmidt. Cuidar do casamento, manter a estabilidade, assumir responsabilidades... Tudo isso é primordial. A nova geração logo quer desistir. Uma geração de fracos! É ridículo! Casamentos que duram menos que um leite fora da geladeira. Ser fiel aos votos demonstra força de caráter, o tipo de característica que considero essencial num ser humano e, francamente, num funcionário também.

Mark quase arrancou os próprios cabelos com as mãos. Agora até o emprego dependia de permanecer nesse casamento insano?

De quantas formas diferentes ela o arruinaria?

Mark queria insistir na permanência, mas o trompete grave do sistema de segurança ressoou das caixas de som espalhadas pelo andar.

— Droga — o chefe falou.

Klein se ergueu do cubículo.

— Esse é o alarme que diz que devemos sair ou que não podemos sair? — perguntou.

— Sorte grande, Schmidt. — Herr Meyer esticou os lábios numa careta de resignação. — Parece que vamos todos para casa.

— Sorte grande — Mark repetiu, se sentindo muito azarado.

Passos curtos e apressados anunciaram a chegada de Frau Lorenz.

— O que acham que é? — ela perguntou, ofegante, enquanto enfiava os braços em um colete felpudo.

— Com certeza o de sempre — Herr Meyer pegou o celular e deslizou os dedos pela tela, enquanto Klein e Mark se ocuparam em pegar pertences e agasalhos. — Devem ter encontrado alguma bomba na região. Aqui. Pois é. Isso mesmo. Uma bomba.

— De qual das guerras dessa vez? — um colega baixinho que Mark conhecia só de vista falou, se aproximando.

— Eu achava que depois de tanto tempo já teriam encontrado todas — Klein afivelou um capacete de motociclista e o ajustou à cabeça —, mas nunca acaba.

— Não — Herr Meyer murmurou. — Dessa vez é uma ameaça direta contra a empresa.

Todos paralisaram e encararam o chefe.

— Relaxem, deve ser um trote, igual o que fizeram para o bonitão ali. — O patrão indicou Mark com o rosto.

Mark continuou parado, tentando compreender o que havia sido dito, enquanto o alarme continuava a soar.

— O que vocês acham? — Frau Lorenz falou e os outros voltaram a arrumar os pertences. — Italiano ou chinês? Estou convidando.

— Não estou com tanta fome — Mark disse, mais para tentar escapar das interações sociais.

— O que me preocupa mesmo é a falta de criatividade — Klein falou, vestindo sua jaqueta de couro preta. — Achei que os Radicais eram diferentes.

— Não precisa estar com fome, venha pela companhia — Frau Lorenz insistiu.

— Por que diferentes? — Herr Meyer se reaproximou do grupo com uma caixa de papelão, dentro da qual havia um vaso com orquídeas brancas. — Presente de casamento. Conseguimos manter viva até hoje, acredita? Mas minha mulher me mataria se eu a deixasse aqui com uma ameaça de bomba.

— Dizem que a humanidade chegou ao auge da capacidade imaginativa no breve período antes do advento das Assistentes — Klein continuou —, e que elas seriam responsáveis por atrofiar nossos cérebros. Nesse caso, os Radicais não deveriam ser diferentes do resto de nós? Aqui dentro? — Ele bateu duas vezes no próprio capacete com o indicador. — Eu esperava no mínimo algo mais criativo do que uma bomba.

— Uma ameaça de bomba — Herr Meyer corrigiu, enquanto juntos entravam devagar no engarrafamento de funcionários ao longo do corredor.

— Podemos ir a um karaokê. — Frau Lorenz se posicionou bem ao lado de Mark, enquanto se moviam com passos curtos a fim de não atropelar os outros. — Conheço também um ótimo bar.

— Vocês são estúpidos? — uma funcionária de cabelos curtos encaracolados e excepcionalmente alta gritou de trás da fila. — Namorei com um Radical na faculdade e ele usava mais a Assistente do que eu. Bando de hipócritas. Contanto que seja para promover os ideais deles, acham que é justificável.

— E lembra que estou convidando — Frau Lorenz sussurrou alto para Mark. — Bebida à vontade e você não se precisa se preocupar com...

— Schmidt — a voz de Herr Meyer veio severa de trás deles —, a ordem de ir para casa permanece. Vá se resolver com sua dona.

— Achei que os Radicais não eram realmente perigosos — Mark olhou por cima do ombro para o chefe.

— Todo grupo tem seus malucos. — Klein abriu um sorriso enorme e meio assustador.

— Eles me dão arrepios — Frau Lorenz falou, muito mais séria do que antes. — A coisa está escalando. Anotem aí.

Os colegas ao redor riram baixinho.

Quando chegaram do lado de fora do prédio, Mark precisou proteger os olhos com uma mão até se acostumar com a claridade. A brisa gelada fazia um contraste agradável ao calor do sol já alto no céu. As cerejeiras ao redor do estacionamento já tinham perdidos suas flores e exibiam no lugar os primeiros frutos, ainda pequenos e foscos demais para a colheita.

— Pense no que falei — Herr Meyer bateu nas costas de Mark e, pelo relógio, destravou seu veículo. Ele era o único que tinha uma vaga bem em frente à empresa, enquanto os outros precisavam andar um quarteirão.

— Escolheram o italiano — Frau Lorenz gritou para Mark já a certa distância, cercada de colegas animados demais pelo fim de expediente antecipado. — Caso mude de ideia.

Ele acenou e os observou partir, com um sentimento de que estava perdendo algo. O estranho era que, em circunstâncias normais, não se sentiria privado de nada. Pelo contrário. A última coisa de que gostaria era bater papo com alguém de verdade. Era imprevisível demais. Incontrolável. Os humores, as reações, as expectativas, os mal-entendidos. Comunicação entre seres humanos era um barril de pólvora.

E essa era a questão. Agora ele vivia com um.

Quando Mark chegou em casa, encontrou um silêncio sepulcral. As luzes estavam apagadas e não havia sinal de Magdalena. *Isso* era novidade.

Ele observou a casa vazia. A quietude era quase perturbadora, muito embora, ao mesmo tempo, um alívio.

Onde ela estava? E com *quem*? A curiosidade era intensa a ponto de doer o estômago.

Por que ele se importava?

Bem, porque ela morava naquela casa com ele, por isso. E tinha tido acesso a todos os seus dados, toda a sua vida. Era importante saber com quem estava confraternizando, por onde perambulava. Era uma questão de confiança! É isso o que diria a ela.

Encarou a porta por diversos minutos, estatelado no sofá, cada vez mais irritado. Então teve uma ideia.

Cerca de uma hora depois, ouviu o barulho na porta.

A mulher apareceu com um sorriso no rosto, como se ainda estivesse rindo de alguma piada que acabaram de contar.

— Olá, querida! — Mark a cumprimentou com um entusiasmo exagerado. — Como foi seu dia?

A mulher abriu a boca com uma exclamação de surpresa e olhou para o relógio na parede atrás dele. Em seguida, aprumou a postura e andou até a geladeira, um brilho estranho no olhar, parecendo quase se divertir com a situação.

Mark girou no banquinho para encará-la.

Ela rosqueou a tampa da garrafinha de um *smoothie* e deu uma longa golada.

— Olá... — respondeu, por fim.

Mark cruzou as pernas de maneira teatral, tentando imitar a postura casual dela. Era ridículo, ele sabia, ainda mais de cueca e meias. Era essa a intenção.

— Chegou cedo do trabalho hoje — ela disse, enquanto dava uma volta ao redor do balcão, avaliando-o com o olhar.

— Ah, sim. — Ele acompanhou o movimento, girando no banquinho. — Sabe que eu estava aqui pensando comigo mesmo o quanto não sei sobre a mulher que dorme na minha cama todos os dias e resolvi que seria bom tentar descobrir algumas coisas.

— Tipo o quê? — Magdalena fixou os olhos afunilados em Mark. Parecia tentar decifrar o que ele estava tramando.

— Tipo... olha só. Você usa calças de vez em quando.

Magdalena soltou um risinho.

— Estranho, não é? — ela respondeu, sem tirar os olhos do marido. — O que quer saber?

Ele se levantou do banco e se aproximou dela.

— De onde você é?

— Dresden — respondeu sem hesitar. — Próxima pergunta?

— Pintura: prazer ou profissão?

— Ambos?

— O que estava fazendo fora de casa?

Magdalena sorriu.

— Batendo longos papos com Herr Katze, Herr Karajan, Frau Molina e Herr Betsch.

— Quem são esses?

A mulher deu uma arfada incrédula.

— Seus vizinhos.
Mark olhou por um segundo para a porta e de volta para ela. Ela era amiga de toda a vizinhança agora? Por quê?
— Bem... Onde está sua família? — continuou.
Magdalena comprimiu os lábios.
— Próxima pergunta.
— O que há de errado com você?
Ela abriu um grande sorriso.
— Nada.
Mark balançou a cabeça numa negativa.
— Por que... por que fez isso?
Magdalena ergueu uma sobrancelha inquisitiva.
— Isso o quê?
— Isso! — Qualquer que fosse o papel que Mark quisesse desempenhar estava se dissolvendo numa agitação nervosa. — Se casou com um estranho na internet... Você é louca ou o quê?
Magdalena cruzou os braços e riu.
— Olha o sujo falando do mal lavado.
— Não, não! — Mark andou largas passadas até estar a poucos centímetros dela. — O meu caso é totalmente diferente.
— É mesmo? — perguntou num tom irônico.
— Você... — Mark balançou a cabeça. — Você é linda, do tipo... pra valer. E ainda é inteligente, talentosa, criativa, simpática. Você poderia se casar com quem quisesse no planeta. Mas está... aqui. Comigo. A matemática não bate.

Patético. Quanto mais evitava humilhação e vergonha, mais ele as provocava.

— Nossa, Mark — Magdalena falou, de um jeito só parcialmente debochado. — Você devia dar um trato nessa sua autoestima.

— Só amei uma mulher na minha vida — ele soltou, de repente. Não tinha sido planejado. — Que não fosse minha parente, é claro.

Magdalena deu mais um gole na garrafinha e limpou os lábios com as costas das mãos. Ela o encarou em silêncio.

Por que raios ele falou isso? Por que estava abrindo o coração com uma estranha?

— E suponho que não fui suficiente para ela — ele continuou. — É isso. Então desculpe, mas, não, você e todo seu jogo ou o que quer que você esteja fazendo aí, isso... isso não faz sentido para mim.

— Não é um jogo, Mark. É o nosso acordo. Até que a morte nos separe, lembra?

— Então você... — Mark começou, erguendo um indicador. Pausou. — Você... você *quer* ficar casada comigo.

Isso soava mais absurdo do que qualquer outra coisa que ele já imaginou a respeito dela.

— Sim. É o que estou dizendo o tempo todo.

— *Comigo* — ele repetiu num tom exasperado. — Mas por quê?

— Você sabia que não é o único no planeta cujo coração foi partido em mil pedacinhos?

— Por que... por que você acha que meu coração foi partido? — Mark balançou a cabeça, se fazendo de desentendido. — Eu não disse isso. Só porque eu disse que eu não fui suficiente, não quer dizer que...

Parou de falar de repente, porque temeu que a voz fosse ficar embargada e o dedurasse.

A mulher sorriu, como se escondesse um segredo.

— Porque eu o encomendei assim, ué.

— Ah — Mark piscou diversas vezes. Nunca havia imaginado que uma esposa seria capaz de tamanha invasão de privacidade. — Por acaso, no seu site, tinha a opção: tamanho do dano psicológico? Só de curiosidade: fui classificado como P, M, G ou extra G?

— Você é definitivamente extra-extra-G. — Ela piscou e deu risada. — Mas não foi nada disso. — Ela desviou o olhar para o teto, agora mais séria. — Queria alguém um pouco vulnerável. Alguém de quem eu pudesse cuidar, para quem eu pudesse trazer alegria, e vice-versa.

Mark cruzou os braços.

— Bem, suponho que isso não seja algo ruim...

— Mas você não está disposto a negociar seus termos — afirmou num tom de pergunta. — A minha vida é inteiramente a seu respeito, como uma máquina sem pensamentos próprios ou vontade, ou contrato quebrado, certo?

— Não é nada pessoal. Eu não... eu só não estava preparado para lidar com...

— Um ser humano. Com uma igual. Trata-se da sua fantasia e blá-blá-blá.

— Me desculpe — ele disse com sinceridade. — Esqueço que não sou o único decepcionado.

— Eu nunca disse que estava decepcionada.

Permaneceram num longo silêncio.

— Não sei o que você vê em mim — ele disse, minutos depois. — Por que quer permanecer nessa fraude?

— Porque fiz meus votos, ciente do que estava fazendo, sabendo com que tipo de pessoa estaria fazendo, seja lá quem fosse. Você não é ruim, Mark Schmidt. Eu não me incomodaria de dividir minha vida com você.

Mark contemplou a possibilidade insana de permanecer casado com uma completa estranha. Seria possível? Soava tão absurdo. Ela tinha uma vida inteira da qual ele não fazia ideia. Gostos e desgostos, valores e crenças, vontades, um *passado*.

— Eu não ser ruim é motivo o bastante? — Mark perguntou, esperançoso de que ela entendesse seu ponto de vista, mas sem querer ofendê-la. — Isso é tudo que espera da vida? Onde está o amor, o romance, os fogos de artifício, o sentido?

— Eu gosto de fogos de artifício. — Ela riu. — E eles são maravilhosos, mas não *preciso* deles. Não o tempo todo. — Ela segurou a mão dele. — Só preciso de um parceiro, sabe? Alguém que se comprometa a estar ao meu lado em qualquer situação.

Mark olhou para a mão delicada. O coração apertou. Ele sentia muito, muito mesmo. Não era isso que tinha planejado. Nada disso. A última coisa que queria... machucar mais alguém.

Ele se concentrou na pequena cutícula solta no dedo anelar da mulher, na veia esverdeada visível na pele bronzeada e foi invadido por um senso de realidade.

A mão de alguém real. Uma mulher de verdade.

Ele deveria se sentir, o quê, grato? Aliviado? Mas não se sentia. Era só desconforto. Estranhamento. Ela tinha uma história. Mas qual? A mão de uma *estranha*. Mãos que estiveram só Deus sabe onde, fazendo só Deus sabe o quê.

E ele não a amava. Disso ao menos tinha certeza.

17

A PORTA TREMIA com as pancadas.
Mark se levantou do sofá, soltando um zumbido frustrado. Olhou para a direção do quarto. O ronco de Magdalena seguiu na mesma cadência, sem alterações.

As batidas insistentes prosseguiam. Alguém estava desesperado ou com muita pressa.

Mark abriu a porta de supetão.

— Marki! — a morena estonteante pronunciou seu nome com um tom cálido e leve, como se nenhum tempo tivesse passado desde a última vez que se viram.

Mark olhou para baixo e confirmou que só vestia sua samba-canção. Tinha imaginado que seria um entregador ou algum vizinho chato, então não se preocupou em colocar outra coisa mais apropriada.

Mas, agora, depois de quase três anos, ali estava o amor de sua vida. Bem diante dele.

— Pauline. — Tossiu, o rosto ardendo com o calor de mil sóis. Colocou os braços diante da barriga. — Você... Oi.

Ela o olhou dos pés à cabeça e sorriu. Estava feliz por vê-lo? Ou estava apenas se divertindo com o constrangimento que causara?

— Desculpa aparecer aqui assim. Eu não queria incomodar, especialmente depois de como as coisas ficaram, mas... nossa, eu estava nas redondezas e, céus, não há banheiros públicos nesse fim de mundo...

A voz foi sumindo, conforme o olhar da ex-namorada se desviou para dentro da casa e de volta para Mark, como se esperasse por um convite.

Mark cruzou os braços.

— Pauline...

Era impressão ou era a terceira vez que repetia o nome dela? Precisava de outra palavra. Rápido.

O sorriso da mulher esmoreceu. Um pouco.

— Você parece bem — ela disse, apertando os lábios, os olhos quase tristes.

Mark olhou ao redor e se apoiou no batente, se sentindo atordoado e um pouco tonto.

— Eu não estava nas redondezas — ela continuou, num tom de confissão.

Mark olhou para ela, tentando sondá-la, entender o que queria.

Por que ela sempre retornava? Todas as vezes que ele se convencia de que a história dos dois estava concluída, Pauline reaparecia, como uma praga de insetos que nenhum inseticida parecia ser capaz de eliminar.

Antes que tivesse oportunidade de dizer qualquer outra coisa, viu o olhar da ex-namorada se desviar novamente, desta vez para um ponto específico acima de seu ombro. A expressão de surpresa que surgiu no rosto dela fez com que o corpo todo de Mark gelasse. A voz feminina que em seguida partiu de trás dele confirmou as suspeitas:

— Posso ajudar? — Magdalena perguntou com uma voz rouca de sono.

Ele deu meia-volta e a encarou.

O cabelo desgrenhado da mulher cobria metade de seu rosto e uma alcinha da camisola curta estava caída.

Mark deu um sorriso falso e sem graça.

— Ela já está de saída — disse, se referindo à visita inesperada.

Pauline confirmou, com um olhar mais constrangido do que ofendido:

— Já estou mesmo de saída.

Ele fechou a porta, enquanto murmurava para Pauline um "desculpe" inaudível.

Enquanto a esposa se aproximava, Mark fungou e checou os catálogos de propaganda que estavam sobre a mesinha da entrada.

Magdalena não perdeu muito tempo.

— Mark? — Ela se aproximou e colocou uma mão sobre o catálogo que Mark folheava. — Quem era essa?

Ele deu de ombros e várias vezes abriu a boca para responder algo, mas nada lhe ocorria. Finalmente se decidiu pelo mais próximo da verdade que podia, sem se comprometer:

— A esposa de um amigo.

Mark sentia o olhar de Magdalena sobre ele.

— Ela é muito bonita — ela disse.

— Obrigado — respondeu. Então percebeu o quão inadequada era a resposta e gaguejou. — O que é... o que eu quis dizer é que ela ficaria grata. Posso passar adiante o elogio, mas ela não é, tipo, uma pessoa com quem sempre estou em contato. O que eu penso mesmo é que... ela é casada. Com o meu amigo. Já falei?

Ele coçou a nuca e voltou o rosto para um quadro na parede, com o intuito de tentar esconder o rubor que certamente coloria o rosto.

— Está bem. — Magdalena soltou uma risada incrédula. — Então, quer dizer que foi por causa dela que você me escolheu?

Uma crise de tosse foi a resposta mais eloquente que Mark conseguiu formular.

— O quê? — disse, assim que conseguiu tomar fôlego.

— Dei uma olhadinha naquele site que você mencionou. — Agora a mulher parecia se divertir com a reação. — Esposa Sob Medida ponto com? Opções bem interessantes. E agora consigo entender bem o motivo da sua escolha específica. Mesma altura, mesmo tipo físico. Não precisa ser nenhum grande detetive. É bem óbvio.

Mark sentiu o sangue fugir do rosto.

— Bem, aí está. — Ele umedeceu os lábios, a garganta arranhando. — O coelho está fora da cartola.

— Então, basicamente, você queria o *corpo* dela — disse e apontou para si mesma. — Mas não queria sua *alma*.

Mark arregalou os olhos e balançou a cabeça. O que responder diante de tal conclusão? Como se defender?

— Não é à toa. — Novamente uma risada incrédula partiu dela. — Jamais daria certo mesmo.

Ela revirou os olhos e subiu a escadaria em direção ao quarto.

Mark se remexeu inquieto de um lado para o outro, coçou o nariz, limpou a boca, despenteou o próprio cabelo e enfiou as mãos debaixo das axilas — tudo em frações de segundos.

E então disparou atrás dela.

— Ora, ora. Parece que temos uma sabe-tudo aqui! Olha, dona sabe-tudo dos relacionamentos: para sua informação, jamais daria certo porque ela dormiu com meu melhor amigo enquanto eu visitava o meu pai numa clínica psiquiátrica depois que ele tentou se suicidar! Explica essa, ó, dona da verdade.

Magdalena estava sentada na beirada da cama e encarava os próprios joelhos.

— Certo, isso é realmente terrível — ela murmurou. — Sinto muito.

— Entendeu? — ele continuou. — É exatamente por isso que quero um reembolso! Eu não pedi por essa complicação. A última coisa que quero na minha vida é complicação!

— Não — ela disse, defendendo-se do ataque. — O que você quer é um invólucro vazio. Uma escrava das suas necessidades. Uma mulher sem vontades e desejos para não correr o risco de se machucar.

— E você não?! — ele gritou. — Por que raios você me encomendou? *Marido dos sonhos*? Você esperava um empregado que atendesse aos seus desejos tanto quanto eu.

— Eu só queria o que todos querem ao se casar: ser feliz. — Ela se apoiou nos cotovelos e os olhos faiscaram com ira. — Por que você acha que é um absurdo esperar isso?

— Porque era para *você* me fazer feliz. Você! Não foi para isso que eu contratei o serviço!

— Nem eu! Estamos num impasse. — Ela deu de ombros e despencou de volta na cama. — Bem, essas coisas acontecem em todo casamento...

— Isso não é um casamento! — Mark colocou as mãos na testa. — É a pior compra on-line induzida por álcool da história!

— Ah, é?

O salto da cama que ela deu foi tão repentino que Mark se encolheu. Em seguida, ela se aproximou com pisadas firmes que faziam estremecer o piso antigo.

Ele engoliu em seco.

O rosto de Magdalena se transformava quando estava irado. A beleza desaparecera. O formato da mandíbula parecia errado, quadrado demais. Uma veia saltava da testa, a pele quase púrpura, as pálpebras escurecidas como anos de noites maldormidas.

Só quando os olhos dela se concentraram nas mãos do marido e se converteram de ameaçadores para preocupados foi que Mark percebeu que havia erguido os braços em posição de defesa.

— Não vou te machucar, Mark. — A afirmativa veio acompanhada de um timbre agudo que parecia perguntar "você sabe disso, não é?".

Ele aprumou a postura e deslizou as mãos pela barriga nua como se alisasse uma camisa.

— Ah, meu bem — ela falou. — O que você achou que eu ia fazer?

Mark sentiu o rosto colorir mais uma vez.

— E quer saber mais? Você tem toda a razão — ele continuou. — Você pode se parecer com ela, mas não é em nada como ela. Não conheço você. Não sei do que você é capaz, não sei nada do seu passado, qual é seu Beatle favorito, se você é uma *serial killer* ou se torce pelo Leverkusen.

Ele soava patético. Trêmulo e irritado. Estar só de cueca durante todo o conflito só piorava as coisas. Não havia mais dignidade alguma para salvar.

Magdalena parou e cruzou os braços. Ele olhou para os próprios pés. Segundos de silêncio se seguiram.

— Sou mais fã do Munique. — Ela fungou.

Mark voltou o rosto para cima. Os olhos dela pareciam brincar, embora ele não tivesse certeza.

Após um segundo, ele bateu a mão na própria coxa e estendeu o braço para a frente, aproveitando o momento para soltar todo o ar do pulmão de uma só vez.

— Olha, que coisa — ele disse. — Com o negócio de *serial killer* a gente até podia ver no que dava.

Ela sorriu. Mas foi Mark quem cedeu primeiro, soltando uma risada cautelosa, como alguém que pisa na beirada de um lago congelado só para testar a firmeza.

Magdalena o acompanhou e logo estavam rindo juntos.

Foi ele quem ficou sério primeiro também.

Ele deslizou o polegar pelo lábio e silenciou, meditativo. Nada daquilo tinha graça. Era horrível.

Magdalena o observou por um longo tempo.

— Pensa só — ela começou com um tom suave e as mãos delicadas envolveram os braços de Mark. — Sua vida estava tão ruim que você sentiu a necessidade de encher a cara e pedir uma esposa na internet. Tudo bem, você não recebeu o que queria... Mas será que não poderíamos tentar? O que é o pior que pode acontecer?

Mark permaneceu em silêncio, tentando formular uma resposta. Ele não sabia dizer o que estava sentindo.

— Tudo — falou baixinho.

— Entendi.

Magdalena deu um passo para trás, quebrando o contato físico.

Passaram o resto do dia evitando um ao outro.

O chefe de Mark telefonou, explicando que a polícia ainda estava fazendo uma varredura para localizar a suposta bomba — se é que havia alguma. A empresa já estaria liberada desde o dia anterior, não fosse a descoberta de uma porta de aço traseira destrancada, com sinais de arrombamento. Era uma ala abandonada do prédio, esquecida há anos.

Mark duvidava que tivesse algo a ver com a ameaça. Mas, por enquanto, não havia previsão para o retorno dos funcionários.

Sem outra opção, decidiu aproveitar o dia livre deitado na cama na companhia dos manuais mais recentes da Calide-Kontrol. Automação industrial. Tedioso? Talvez para alguns. Mas Mark sabia que, se continuasse se esforçando, poderia se tornar o maior especialista do mundo no sistema. Valeria a pena.

Mais tarde, o celular vibrou com um número desconhecido. Era um representante do governo federal, responsável por questões de ataques extremistas, que estava oferecendo sessões de psicoterapia aos envolvidos na evacuação. Mark recusou e permitiu que gravassem seu depoimento afirmando que estava em perfeita saúde mental.

Ao anoitecer, trocou de roupa e decidiu sair para espairecer.

Magdalena, ao que parecia, passara o dia pintando.

Ele parou ao vê-la diante da tela. Um rosto feminino flutuava em um fundo negro. As cores, sombrias e opacas, lhe deram arrepios.

Mark deixou um murmúrio escapar, mas ela não reagiu.

Na rua, entrou no primeiro bar da esquina. Ignorou os olhares enquanto tomava uma dose atrás da outra, sem se preocupar com o jantar.

Quando voltou, estava bem mais animado. Caminhar sob as estrelas fazia bem. O ar fresco da noite o fazia se sentir vivo. *Quase* sóbrio. Era tudo o que ele precisava: distância. Clareza. Estar só.

— Magdalena? — chamou com a voz embargada, logo que chegou em casa e bateu a porta atrás de si.

Não obteve resposta.

Bem, ela talvez estivesse fazendo tricô ou fofocando ou sabe-se lá o que fazia com seus vizinhos idosos. *Ha!* Essa mulher... Ele cambaleou até a despensa. Preparou uma tigela de *muesli* com aveia, frutas secas e leite gelado, e desabou no meio do sofá com o prato nas mãos. Ficou ali, encarando o nada, mastigando de boca aberta. Não havia ninguém para o julgar. Era bom estar sozinho. Bom demais.

Não precisava de Magdalena o avaliando, tentando mudá-lo, melhorá-lo. Como uma de suas pinturas. Quem quer viver com alguém assim? Que não o aceita como é. E se fosse para permanecerem casados, não deveria estar sentindo falta dela? E se não era feliz quando estava com ela, qual o sentido? E se não havia *amor*...

Remexeu a mistura com a colher, levou outra porção à boca.

— Magdalena — chamou mais uma vez.

Depois que terminou de comer e se viu mais uma vez diante do silêncio, começou a sentir a presença estranha. Havia um fator de perturbação naquela sala, naquela casa...

O carpete manchado de tinta. Os quadros na parede. As telas encostadas nos cantos. Os copos cheios de água suja e pincéis abandonados nas superfícies. O balcão da cozinha, vazio, onde ela costumava esperá-lo com as pernas cruzadas e aquele sorriso sardônico.

Afundou no sofá e fechou os olhos. A dor de cabeça latejava. O estômago estava embrulhado.

Ele não queria magoá-la. Bem, não era totalmente verdade. Ele não queria *se* magoar. Para variar, o próprio umbigo era o verdadeiro centro de suas preocupações e afetos. Eu, eu, eu.

— Intragável esse Mark — ele murmurou para si mesmo com uma risada seca.

O problema central era que ele *não* a amava. Isso era evidente. No momento em que Pauline apareceu diante dele naquela manhã, por um instante sequer lembrou da existência da esposa. O que não queria dizer, de forma alguma, que quisesse tentar novamente com a ex. Mas como era possível que a mera visão dela fosse capaz de fazê-lo esquecer de seu estado civil? E se havia alguma, esta era a moral de tudo que tinha acontecido: se casar por qualquer outro motivo que não fosse o amor era a mais pura estupidez. Colocaria *isso* na resenha do site.

Precisava corrigir a burrada. Era o certo a se fazer. *Mas onde a bendita estava?*

Levantou-se trôpego, pegou a chave do carro e saiu porta afora, caminhando com passos incertos até o veículo.

Antes de destravá-lo, olhou por costume por cima do ombro e foi aí que viu.

Através da vitrine da padaria, no prédio vizinho. Bem ao centro, estava Magdalena. Reluzente em sorrisos, como ele só lembrava de ver nos primeiros dias. Os dias de inocência e ignorância, antes de descobrirem a respeito do engano. *Por Deus, era linda.* Isso era inegável. Um tipo de beleza que esmagava o coração de uma forma excruciante e poderosa. Ele queria explodir em mil pedacinhos.

Ao redor dela estava um grupo de idosos que gargalhavam. Reconheceu alguns vizinhos, mas não sabia se todos viviam por ali.

Apertou o botão e trancou o carro. Entrou no estabelecimento e atravessou o grupo sem se importar com quem estava olhando ou o que iriam achar.

— Magdalena — ele disse com a voz embargada.

— Mark? — Ela ergueu uma sobrancelha e olhou para o grupo ao redor, tentando conter uma risada. — Esse que é o meu marido.

Um coral de "ahhh" e "ohh" admirados se seguiu.

Ele apertou a chave do carro na mão. O que estava prestes a dizer? Não fazia ideia, mas sabia que precisava falar agora.

Magdalena sorriu, mas o olhar parecia escanear sua presença, esperando pelo próximo movimento.

— Magdalena... — ele repetiu, erguendo o punho que apertava a chave, como ênfase. — Faz uma viagem comigo?

18

MARK AFIVELOU o cinto de segurança.

— Mercedes... — ele murmurou baixinho para o painel eletrônico à sua frente. — Faça uma rota para o centro de Breslávia.

Do seu lado, Magdalena apertou o botão do encosto, inclinando-o ao máximo. Ela deitou-se, ajeitou os óculos escuros sobre o rosto e virou a cabeça em direção à janela. A pele brilhava com uma fina camada de suor, refletindo a luz que atravessava o carro. Parecia adormecida.

Após alguns segundos o sistema eletrônico perguntou:

— Breslávia, Polônia?

— Sim... — Mark respondeu, ainda num sussurro.

Ele olhou para ela mais uma vez. A tensão no rosto de Magdalena havia suavizado com o descanso. Mas será que era cansaço mesmo?

Ele hesitou por um instante, observando os lábios dela entreabertos, a respiração lenta.

O dispositivo piscou.

— Com as condições de tráfego atuais, a rota mais rápida é de onze horas e quarenta minutos. Deseja começar a jornada? — informou o sistema.

Mark apertou o botão para confirmar.

— Você está bem? — perguntou, os olhos se desviando rapidamente para a esposa.

— Estou ótima. Só estou cansada.

— Tem certeza?

Ela não respondeu, mas movimentos sutis no rosto indicaram que ela o havia escutado.

Mark tensionou a mandíbula e colocou a alavanca do carro na posição para partir. Considerou ligar o ar-condicionado, mas o dedo paralisou a poucos centímetros do botão que o acionava.

Essa mulher era tão *folgada*.

Os pensamentos voltaram aquela manhã. Enquanto Mark fazia os preparativos finais para a viagem, verificando se todas as janelas estavam fechadas e se a caldeira do aquecimento estava desligada, Magdalena saiu com a chave do carro. Ele desceu e se deparou com as malas na porta. Não tinha pedido para ele carregá-las, simplesmente as deixou ali. Como se ele fosse algum tipo de empregado. O que o incomodava não era nem fazer o favor. Era a presunção de que aquilo era a ordem natural das coisas. De que ele estava ali para servi-la. Era o que estava errado na coisa toda. Expectativas exatamente opostas.

A madame tampouco agradeceu quando ele apareceu com as malas pesadas. Ela estava de braços cruzados, o quadril apoiado contra a carroceria sob o sol tórrido, o rosto brilhando com suor. O verão chegara antecipado e sem avisos.

— Você está com a chave — Mark falara, já em defensiva, pressentindo uma reclamação.

— Os assentos estão um forno porque você meio que estacionou num lugar sem sombra.

Ela falou num tom informativo, mas para Mark soou como se houvesse um "você é idiota ou o quê?" embutido por trás.

Então, só por birra, ficariam sem ar-condicionado hoje.

Usou a manga da camisa para enxugar o suor do próprio rosto, quando pararam num semáforo logo na próxima esquina. Ligou a rádio na esperança de preencher o silêncio. Estava tocando "As Long as You Love Me" dos Backstreet Boys.

Não tocavam outra coisa nessa estação?

Mark apertou o volante com as duas mãos. Fazia... o quê? Dois meses? Três? E agora a mesma canção que havia emoldurado a euforia de conhecê-la soava como uma zombaria.

— Não tem ar-condicionado nesse carro? — Magdalena murmurou, interrompendo seus pensamentos.

— Tem, mas... — Mark se mexeu no assento.

— Mas...? — As sobrancelhas dela se ergueram por trás dos óculos.

Mark olhou para o painel e, mais uma vez, ergueu o dedo até o botão que acionava a climatização.

Por que estava hesitando? Já não sabia mais. Por que continuar jogando esse jogo? Era mesquinho. Infantil. Conviver à base de birras. Para quê? Esperava o quê dela? A benção? Que ficasse feliz com o fim? Por quê?

— É um consumo enorme de combustível e já vamos gastar um bocado nessa viagem — tentou justificar.

— Está bem — ela murmurou.

Mark bufou, mais para si mesmo do que para ela. Ele fechou as janelas e finalmente ligou o aparelho. O alívio frio percorreu o interior do carro.

Ele sentiu o aperto da mão de Magdalena em seu braço.

— Obrigada.

— Por nada — falou, constrangido. — Sabe como é. Estamos no mesmo carro.

Havia algo na forma como ela o tocara que o deixou inquieto.

Ele não podia ver os olhos da esposa, mas sentia o olhar fixo nele, sondando, avaliando. O desconforto cresceu, e ele se mexeu no assento mais uma vez, soltando um pigarro para disfarçar o nervosismo.

— É uma longa viagem — comentou, tentando trazer a conversa a um tom mais leve.

— Lembra quando eu disse que encomendei alguém como você? — ela interrompeu com a voz de repente carregada de uma sinceridade desconcertante. — Com o coração partido? Sabe o que eu quis dizer?

Mark congelou. Ele se lembrava daquela conversa, mas não sabia aonde ela queria chegar.

— Queria alguém que entendesse.

— Entendesse...? — Mark perguntou. — Entendesse o quê?

Ele queria entender. Queria *realmente* entender.

Ela virou a cabeça, encarando-o com uma expressão que ele não conseguia decifrar completamente.

— Que todo fim machuca.

Casamento Sob Medida Inc. era sem dúvida alguma uma empresa real. Ocupava um bloco inteiro em um bairro na saída de Breslávia. Pôsteres e *outdoors* nas redondezas indicavam que a empresa já atendera milhares de pessoas ao redor do globo.

Taxa de 99,9% de sucesso! Inequiparável a qualquer outro serviço de relacionamentos do mundo.

As propagandas vinham acompanhadas de fotos de casais atraentes com sorrisos dignos de propaganda de pasta de dente.

Mark parou o carro no estacionamento subterrâneo e olhou disfarçadamente para a esposa. Magdalena ficaria muito bem nesse tipo de divulgação, ele pensou. Ela tinha exatamente o perfil, a aparência. Parecia quase uma garota-propaganda para a empresa.

Entraram pela lateral do prédio, seguindo as placas que levavam ao atendimento ao cliente. Logo, desceram um corredor escuro que se encerrava diante de diversas portas alinhadas.

— Por onde será que vamos? — Mark ajeitou o cabelo com os dedos, tentando disfarçar a inquietação.

— Informação. — Magdalena apontou para uma caixa metálica com um botão reluzente.

A placa logo acima indicava em vários idiomas exatamente o que ela acabara de pronunciar.

Mark se adiantou e apertou o botão que ficava ao lado de um teclado numérico.

— Caro cliente — uma voz eletrônica surgiu da máquina. — Bem-vindo ao setor de atendimento ao consumidor. Aperte um, se precisar de aconselhamento matrimonial. Aperte dois, se estiver envolvido com problemas legais. Aperte três para fazer algum elogio ou sugestão. Quatro, se tiver alguma reclamação ou estiver considerando uma devolução.

Ele lançou um olhar culpado para Magdalena.

— Desculpe. — E apertou o número quatro.

A máquina continuou:

— Aperte um, em caso de violência física ou verbal. Dois, em caso de traição. Três, se sente que não ama seu cônjuge. Quatro, se seu parceiro for um jogador de futebol famoso, multimilionário, educado, presente, lindo, desejado por multidões, perfeito até demais e mesmo assim você não se sentir feliz. Cinco, se você considerar que você é o verdadeiro problema e não o outro.

Antes que Mark pudesse reagir, Magdalena apertou o número cinco.

— Epa, desculpa aí — disse ela, lançando um sorriso irônico.

A voz respondeu:

— Por favor, sigam para a porta de número cinco.

Era a menor delas.

A tinta estava descascando e a maçaneta enferrujada. Mark hesitou, mas por fim empurrou a porta, que se abriu com um rangido.

Entraram em uma sala ampla, iluminada por duas lâmpadas fluorescentes defeituosas, que piscavam e zumbiam irregularmente. Além de cinco cadeiras presas umas às outras por barras de metal, o cômodo estava vazio. Caminharam devagar, o som dos passos ecoando pelo piso frio, até que a porta se fechou com um estrondo atrás deles.

Mark encarou a esposa e engoliu em seco. Ela retribuiu o olhar preocupado.

Seguiram em frente e entraram por uma segunda entrada ainda menor até um recinto que parecia uma sala de espera de consultório.

Logo que entraram, uma voz chiada surgiu de um alto-falante:

— Herr e Frau Schmidt, por favor, se dirijam à porta de número três. O senhor Woźniak está pronto para recebê-los.

Mark trocou um olhar com Magdalena, desconfiado. Como sabiam quem eles eram? Ela balançou a cabeça, também surpresa, mas seguiram em silêncio o caminho indicado.

Do outro lado, encontraram um cômodo completamente branco — branco a ponto de doer os olhos. Uma brancura que ia desde o piso às paredes e aos móveis.

Um jovem de traços asiáticos vestido com um elegante *smoking* os recebeu.

— Senhor... Woźniak? — Mark perguntou, confuso.

O jovem abriu um enorme sorriso, alisou a fina gravata preta e olhou de Mark para Magdalena.

— Pois não? — respondeu.

— Desculpe. — Mark balbuciou e se sentou diante da escrivaninha branca. — É que você não parece... polonês.

— É verdade — Magdalena tentou ajudar.

— Não é mesmo? — Mark se virou para ela. — Eu acharia que ele era, tipo, o astro de algum *dorama* ou algo assim.

O mesmo sorriso de antes permaneceu no rosto do rapaz enquanto ele falou:

— Engraçado que vocês também não parecem os mentirosos desgraçados que são.

Mark congelou. Ele e Magdalena trocaram um olhar atônito, com as bocas levemente entreabertas em choque.

— Como é?

— Não, desculpem. — O rapaz apertou os lábios. — Vamos começar de novo. Como posso ajudá-los?

Mark ergueu as sobrancelhas. Era uma pegadinha?

— Eu... — ele começou, mais cauteloso. — Eu só gostaria de receber um reembolso ou um...

Não queria usar o termo "divórcio". Divórcio parecia implicar um casamento real, o que não estava disposto a admitir para a firma que era.

— Ah, claro. "Até que a morte os separe" — Woźniak murmurou com um tom agudo de gracejo e fez uma careta. — Se nós cometemos um erro, estamos, é claro, mais do que dispostos a repará-lo. Diga-me: houve uma troca? Ela não correspondia ao perfil que encomendou?

— Bem, sim — Mark olhou para Magdalena, que mantinha uma expressão neutra, mas ele podia sentir a tensão crescente. — Ao mesmo tempo não. Entenda, eu não sei como dizer isso, mas... essa mulher... — Mark sussurrou, tentando evitar o olhar dela. — Ela é real. Com uma vida, um passado e muitas outras coisas que eu nem sei.

— Não entendi.

— Você certamente entenderá. Quando se encomenda alguma coisa pela internet, especialmente se for *personalizada... sob medida...* é de se esperar que seja nova em folha, direto da fábrica, certo? E aí... sabe? Você descobre que, puxa, já foi usada.

A mulher ergueu as sobrancelhas e soltou uma baforada de deboche.

— Puxa, já foi usada — ela ecoou, mas não soava como uma concordância.

Mark corou. A explicação soava tão melhor em sua cabeça do que em voz alta.

— Senhor — Woźniak o encarou com paciência forçada —, deixe-me confirmar isso: não estamos tratando aqui de um carro novo. Estamos falando da sua esposa.

— Sim, exatamente! Quer dizer, pelo preço pago...

— De um *ser humano* — o rapaz continuou. — Pessoas não vêm "novas em folha". Esses não são os critérios para se medir o valor de um ser humano, senhor.

Magdalena soltou uma risada curta, quase como se estivesse se divertindo às custas de Mark.

— Espera. — O rosto começou a queimar, desta vez num misto de vergonha e indignação. — Não são vocês que oferecem um site onde é possível escolher uma esposa baseado no tamanho dos *seios*? Não é um pouco de hipocrisia?

— O que posso dizer? — Woźniak abanou o ar num gesto teatral. — O senhor tem razão. Sim, de fato. Quer dizer... — Ele bateu com força no tampo da mesa. — Não, seu estúpido! Nós demos ao senhor uma escolha, não significava que precisava fazê-la. Mas fez!

Lançando uma olhada rápida na direção de Magdalena, sorriu e completou:

— Uma escolha adorável.

Magdalena se retraiu e fechou com as mãos a leve jaqueta de verão que estava usando.

— Ei — Mark retrucou, quase ofendido. — Essa é minha esposa.

— A questão é, Herr Schmidt. — O jovem se voltou para Mark, sem perder o ritmo. — Que sua avaliação psicológica indicou alto nível de estabilidade e confiabilidade. O que deu errado?

— Nada... nada deu errado. — Mark não estava entendendo por que estava tendo que discutir com o homem. — Eu só não quero viver com uma pessoa que... não conheço. Ela não é quem achei que era, não entende? Eu não sabia direito no que estava me metendo.

— A avaliação também dizia que você é um idealista.

— E eu gosto de idealistas... — Magdalena sussurrou e relaxou o corpo no assento.

— Idealistas são ótimos — Woźniak concordou e lançou à mulher mais um sorriso de propaganda de pasta de dente. — Sempre sonhando com o que poderia ser.

Pronto, agora parecia que estavam flertando.

— Sim, sou um idealista. — Mark soou um pouco mais áspero do que pretendia. — É por isso que sonho me casar com alguém que eu realmente ame.

— Deve ser doloroso ouvir isso... — Woźniak estendeu a mão para tocar Magdalena.

Mark quase saltou da cadeira.

— Você está tomando o lado dela? — perguntou, soando ainda mais irritado.

— Não há *lados*, senhor. Só queremos garantir que vocês, pombinhos, fiquem satisfeitos.

— Satisfeitos? — Mark quase se engasgou. Ele se inclinou para frente, os punhos cerrados com força nos braços da cadeira. — Sabe quando ficarei satisfeito? Quando essa palhaçada acabar de uma vez. Como se nunca tivesse acontecido.

— Naturalmente. Sem problemas — o funcionário respondeu com um ar derrotado.

— Sério? — Magdalena parecia perplexa.

— Naturalmente. Isso pode ser facilmente resolvido. — Ele se virou para pegar uma pilha de papéis em uma prateleira atrás de si e, com um gesto rápido, os alinhou na escrivaninha. — Podemos começar com os papéis do divórcio. É claro que, como de costume, metade de todos os bens será transferida para a outra parte.

— Todos os meus bens? — Ele olhou para Magdalena, que agora mantinha uma expressão calma e impassível. — Do que exatamente estamos falando?

— Bem, naturalmente, estamos falando de sua casa, carros, dinheiro, contas bancárias, eletrônicos, joias...

— Isso é tudo? — Mark respondeu, semi-irônico, quase crendo se tratar de uma piada.

— Não. Tem coleções? Revistas, figurinhas, pedras?

— Vocês querem meus discos de vinil?

— Claro. Animais de estimação? Um peixinho dourado, talvez.

— Não tenho nenhum.

O rapaz colocou a mão no peito, como se estivesse aliviado.

— Quando há dois peixes a divisão é sempre menos grotesca do que quando há apenas um, mas nenhum também é muito bom.

— Do que você está falando?

— Claro. E, não se esqueça, há o seu braço direito.

— Meu... braço direito. — Mark se inclinou para trás, empurrando o encosto da cadeira acolchoada, e cruzou os braços acima da barriga. — Você quer dizer, figurativamente, é claro... alguém que me apoia?

— Não — o rapaz pronunciou devagar, como se falasse com uma criança com problemas de aprendizado. — Literalmente. Eu quero dizer seu braço direito. — Ele apontou para o braço do cliente. — Teremos que amputá-lo.

Por um momento, o silêncio foi absoluto.

Mark sentiu o estômago se revirar, a garganta apertar, a incredulidade crescendo.

Então, começou a rir. Primeiro, um riso baixo e nervoso, que rapidamente se transformou em uma gargalhada histérica.

— Dá para acreditar nesse cara? Meu braço direito. Ele é engraçado. — Mark se voltou para o atendente, a risada esmorecendo. — Você é engraçado. Meu... meu braço.

Ele olhou para Magdalena, esperando que ela se juntasse à sua reação. Mas ela estava quieta, com uma expressão tão tensa que fez o riso de Mark parar quase instantaneamente.

Mark comprimiu os lábios. Aquilo já não tinha mais graça. Ajeitou o ângulo da pilha de papéis por cima da mesa.

— Por que vocês fariam isso?

— Francamente, Herr Schmidt. Estava tudo nos Termos de Serviço. O senhor concordou com ele, no momento da sua encomenda, ao clicar em "aceitar".

— Oh, aquele texto gigantesco que ninguém lê, só fingem? Não, não. Isso não pode ser válido legalmente. Impossível. — Mark entrelaçou os dedos por trás da nuca, fingindo uma postura de despreocupação.

— Ah, é muito legal, eu lhe garanto. — O sorriso de Woźniak voltou. Ele cruzou as mãos sobre a mesa. — Assim como sua assinatura no contrato.

— Vocês também garantiram minha felicidade, seus pilantras! — Mark bateu na mesa. — E aí?

— Felicidade é subjetiva, Herr Schmidt. — Woźniak deu de ombros, ainda sorrindo. — Quem pode medi-la?

— Eu! Eu posso medir! — Mark gritou, quase subindo na mesa. — Vou acabar com você!

Magdalena interveio, segurando suavemente o braço do marido.

— Mark, por favor, acalme-se. — Ela olhou para Woźniak e depois para Mark. — Isso não precisa ser assim.

— E ela? Ela não tem que dar nada?! — Mark gritou, direcionando a raiva para outro alvo.

— Ela... — O homem lançou um olhar solidário para Magdalena. — Ela não está requisitando o divórcio, então não.

— Mas não tem nada que eu possa fazer? — Ela se inclinou para frente. — Quer dizer, realmente não quero o braço dele. O que faria com ele? E se... — Seu rosto se iluminou. — E se eu registrasse que também quero o divórcio?

Woźniak sorriu, como se estivesse esperando por essa pergunta.

— Pois bem. Neste caso, o braço direito de ambos teria de ser amputado. E metade dos seus bens doados à instituição Casamento Sob Medida Inc. Agradecemos sua preferência.

Ela estreitou os olhos.

— Mas isso é extorsão!

— Ah, não. Estamos sendo lenientes, madame.

O jovem mudou a postura e o tom.

O rosto se tornou sério e sombrio, enquanto empurrava o indicador contra o tampo da escrivaninha como forma de denotar o começo de seu discurso:

— Não necessitaria lembrar a ambos que comprometeram legalmente seus corpos *e* suas almas. Atentem ao fato de que um braço não é sequer metade de seus corpos e ainda estamos deixando suas almas intactas. O que vocês achavam que significava "até que a morte nos separe"? Considerem manter o resto de seus corpos, um... bônus. Porque se não considerarem, então... — a voz morreu, deixando a conclusão em aberto.

Não era necessário concluir. O tom de ameaça era claro.

Suas vidas estavam em jogo.

PARTE DOIS

19

MARK APERTOU O VOLANTE com força, os dedos rígidos. Os olhos inquietos não paravam de se mover entre a estrada e o retrovisor. Uma picape preta vinha atrás desde que saíram de Breslávia. Mantinha uma distância que parecia cuidadosa demais.

Ele estava tentando afastar a sensação de que estavam sendo seguidos, mas todo esforço parecia inútil.

O tom na voz do funcionário. O olhar no momento da despedida. Pareceu que deveria levar a ameaça a sério. Muito a sério.

Magdalena estava olhando pela janela. Breslávia ficava para trás, mas as consequências de tudo o que aconteceu por lá só iriam piorar. Mark respirou fundo, tentando focar na estrada, nas placas de sinalização. Mas os faróis da picape só o lembravam dos apuros em que se meteu.

Magdalena quebrou o silêncio:

— Isso é horrível — ela sussurrou, afundada no assento, sem tirar os olhos da paisagem.

Como estava inconsciente da neurose do marido, só podia estar falando da união forçada à qual estavam agora submetidos.

— Faça-me o favor. — Mark deu um riso curto pelo nariz. — Você deve estar adorando o fato de que não podemos nos divorciar.

Não conseguia superar a postura de vítima resignada que ela havia tomado. Durante todo o tempo, era Mark que vinha lutando sozinho pela dissolução do casamento e agora ela vinha com esse papo de "isso é horrível"?

— Ah, sim. — Ela esboçou um enorme sorriso falso. — Estou radiante que meu marido está preso a mim e odiando cada segundo.

— Desculpe — ele murmurou, arrependido pelo comentário ácido. — Não é sua culpa... e como eu já disse, não é...

— Não é pessoal — ela completou num tom solene. Em seguida, apontou para a própria testa e piscou um olho. — Está registrado aqui dentro.

Pela centésima vez, ele se sentiu culpado, embora ele soubesse que o verdadeiro e único culpado era a empresa. Foram eles que não deixaram os termos claros desde o início. E agora o que estavam exigindo era um absurdo. Portanto, era contra a empresa que ela deveria se revoltar, não contra ele.

— O irônico é que eles anunciavam uma taxa de 99,9% de sucesso. — Ele tentou sorrir. Sentia que não aguentaria o clima tenso dentro do carro por tantas horas de viagem. — Claro, se forçam as pessoas a ficarem juntas em troca de seus membros, não há necessidade de se preocupar com compatibilidade.

— Exato! — A esposa acompanhou o gracejo. — E o que me assusta é o 0,1%. Como alguém pode ser tão insuportável a ponto de o outro preferir perder um braço a continuar casado?

Riram juntos.

Mas logo o riso murchou.

Os faróis da picape atrás mais uma vez reluziram no retrovisor. O que a empresa era capaz de fazer? Levaria mesmo a cabo a ameaça de amputarem seu braço?

— É... — Magdalena inclinou o assento para trás e se acomodou melhor, como se fosse tentar tirar uma soneca. — O nosso casamento é diferente. "Até que a morte nos separe" nunca teve tanto significado, né? Diferente de quando é só uma frase bonitinha e poética para colocar nos votos de uma cerimônia.

Mark olhou para ela, intrigado.

— Isso quase me cheira a uma crítica social. Está atacando apenas a hipocrisia dos votos ou realmente acha que deveria existir pena de morte para divorciados?

— Claro, Mark, quero matar divorciados. — Ela revirou os olhos. — Eu só estava pensando que às vezes pode ser uma coisa boa não ter alternativa. Foco no "às vezes". Talvez tenha um propósito.

— Como assim?

— Bem, se o divórcio não for uma opção... — Ela pausou por um segundo e o encarou, como se esperasse que ele chegasse à mesma conclusão que ela. — Então não teríamos tantas incertezas, certo? Não precisaríamos nos questionar e fazer constantes DRs para saber em que pé estamos. Não teríamos outra escolha a não ser fazer funcionar. Custe o que custar. É nossa escolha fazer disso aqui o céu ou o inferno.

— E você, é claro, está presumindo que isso seja uma coisa boa.

Se a mulher deu alguma resposta, Mark não ouviu, porque no mesmo instante uma sirene cortou o ar. Ele desviou para dar passagem à ambulância. O som, que antes trazia curiosidade, agora agitava seus nervos de uma forma inexplicável. Na infância, adorava ambulâncias. Agora elas eram sinônimo de tragédias e crises de ansiedade. Não importava se era conhecido seu ou não, era querido por alguém. Pai de alguém, mãe de alguém, irmão, filho, amigo, amante. E a ambulância não estava ali para seus olhos curiosos ou dos vizinhos.

Pelo menos, não havia mais sinal do carro que parecia segui-los. Mark respirou aliviado. Certamente era tudo só imaginação.

Estava escuro e uma chuva repentina batucou no capô do carro. Magdalena não havia parado de olhar para a tela do celular desde que saíram de Breslávia quatro horas antes.

Pararam para abastecer.

Enquanto aguardava na fila para pagar pelo combustível, Mark escreveu uma mensagem rápida ao advogado da família. Pagou e voltou ao veículo. Bocejou e esticou os braços no volante. Por um segundo, desejou estar sozinho no carro. Queria desabafar com Mercedes. Pedir conselhos. Mas era impossível expor o nível de proximidade que tinha com ela diante da estranha ao seu lado.

Deu partida.

— Não vai ser o fim do mundo — disse, mais para si do que para Magdalena, enquanto dirigia.

— Também acho — a mulher completou, com a sombra de um sorriso otimista no rosto. — Vamos dar um jeito. Nós podemos fazer isso ser bom, Mark. Muito bom.

Mark forçou um sorriso, enquanto lutava contra a culpa. Tinha escrito ao advogado exigindo que anulasse o casamento. A empresa até podia alegar que não era possível, mas a justiça certamente discordaria. Só não queria contar a ela ainda. Não assim quando estavam tão cansados e abalados emocionalmente.

Se tivessem se conhecido em outra situação, talvez fosse diferente. Se a encontrasse num bar, ofereceria para comprar um drinque. Numa situação normal ninguém o culparia se não a pedisse em casamento num período de convívio tão curto. Aliás, a maior parte das pessoas o consideraria mais sábio por esperar. Mas, do jeito que estavam, era pressão demais, *futuro* demais, para um relacionamento tão novo.

A ordem natural das coisas tinha sido invertida.

— Talvez possamos chegar a algum acordo — ele sugeriu, tentando manter a voz firme.

Magdalena ergueu uma sobrancelha.

— Que tipo de acordo? — ela perguntou.

— Não sei. É só questão de burocracia, certo? Continuamos vivendo nossas vidas como se não fôssemos casados. Você na sua casa, eu na minha...

— Eu escolhi um *parceiro* pela internet, Mark. — A mulher riu pelo nariz e fez uma careta. — Quer me condenar à solidão?

— Claro que não. Você pode morar com quem quiser. Não me importo.

— E você também, certo? — Mais uma vez partiu da mulher a mesma risada que não parecia expressar graça ou humor.

— Sim.

— Que pena para você, então. — Ela estalou a língua, fingindo decepção. — Porque eu estava lendo os Termos de Serviço...

Mark olhou para ela, depois para a estrada.

— Você passou todo esse tempo lendo os Termos de Serviço? — ele perguntou, enquanto verificava no espelho por sinais da picape.

Ela o encarou, incrédula.

— Claro. Parece que nós concordamos com a definição deles de casamento, o que nos obriga a compartilhar uma vida, em todos os sentidos. Inclui morar numa mesma casa. E tem mais: cláusulas sobre sexo e outras coisas...

— Que loucura. Como saberiam...?

— Mark, estamos falando de uma empresa que corta braços para impedir divórcios. Quer mesmo questionar *esse ponto* específico?

— Não! Isso é absurdo. Eles têm câmeras na minha casa para saber o que faço na cama?

— Tecnicamente, eles são donos da sua alma.

Mark balançou a cabeça.

Mais assustador do que as ameaças da empresa era a forma como Magdalena parecia aceitar tudo com tanta calma.

— Por exemplo, aqui está uma: se um quiser sexo e o outro não, devemos fazer mesmo assim.

Mark soltou uma risada engasgada de nervoso.

— Você está inventando.

— Juro.

Ele estendeu a mão para pegar o celular e ela o apertou contra o peito, enquanto enxotava o marido com o olhar.

— Não. Isso é ridículo — ele protestou.

— Pois eu quero sexo agora. — Ela sorriu sugestivamente e piscou um olho. — Siga as regras.

— Estamos no meio da estrada.
— Não me importo. Quero agora.
Riram juntos.
— Você não bate muito bem, né? — ele disse.
— Sinto muito, mas parece que você não liga tanto assim para o seu braço — ela respondeu, os olhos brilhando com humor.

Mark só pôde balançar a cabeça. Não sabia ao certo se realmente havia esse tipo de cláusula nos termos ou se ela só queria provocá-lo. Pelo tom de voz e pelo sorriso provavelmente a segunda opção. E, com certeza, ela não devia estar considerando a interpretação mais aterrorizante de uma regra como essa, assim como seus desdobramentos inaceitáveis.

Mas, que droga, estavam presos um ao outro.

Mark sacudiu a cabeça, voltando a se concentrar na estrada. A mesma picape estava de volta. Ele piscou os olhos, cansado. Algo estava errado.

— Isso é absurdo, você não acha? Não podemos viver assim. Precisamos pôr um fim nisso.

Magdalena suspirou.
— É o 0,1%.
— O quê? — Mark perguntou.
— Nada.

Ela dobrou as pernas, depositando os pés sobre o assento, as abraçou e fechou os olhos.

Mas até mesmo Mark percebeu que algo nela se apagou.

Mark sentia o volante firme sob as mãos, mas os olhos não paravam de flutuar para o retrovisor. A cada poucos minutos, verificava o carro que mantinha certa distância desde Breslávia.

Estavam sendo mesmo seguidos. Agora tinha certeza.

O silêncio no carro se tornou pesado, denso como o nevoeiro do lado de fora. O céu começava a clarear, mas não trazia alívio.

Mark piscou, tentando focar na estrada.

— Magdalena, está acordada? — chamou, tentando manter a voz firme.

Nenhuma resposta. Apenas o som dos pneus na estrada molhada.

— Magdalena? — insistiu, o desconforto crescendo.

Quem eram essas pessoas? No que haviam se metido?

Mark tentava espantar o pensamento, mas sempre voltava, como um disco quebrado. Estava enlouquecendo? Pensou em acelerar, despistar o veículo. Mas o que isso provaria? Se quisessem matá-los, já o teriam feito em Breslávia. Mas... e se não fosse a empresa? E se fosse algo pior? Se fossem traficantes de órgãos ou psicopatas?

O carro começou a ganhar velocidade. Mark só percebeu quando o velocímetro já estava bem acima do limite. A picape também acelerou, mas de repente virou numa esquina e sumiu, como se nunca tivesse estado ali.

Magdalena se mexeu no banco, acordando devagar.

Mark não falou nada sobre o que aconteceu. Já havia tensão suficiente entre eles.

— Olá, Mark — a voz da Mercedes surgiu de repente, quebrando o silêncio. — Percebi que está utilizando a reserva do combustível. Quer que eu indique postos de abastecimento por aqui?

— Não, obrigado — ele respondeu baixinho.

— Tem certeza? Porque...

— Eu disse não, Mercedes.

Mark notou o revirar de olhos de Magdalena pelo reflexo do vidro, mas deixou passar.

— Eu posso ainda... — o veículo continuou.

— Mercedes, modo de descanso.

O sistema piscou três vezes e se calou. Mark tentou ver se Magdalena reagia, mas ela já estava olhando para fora.

A casa se aproximava, e algo havia chamado a atenção da esposa. Mark seguiu o olhar. Uma senhora de cabelos brancos, vestida com um casaco de pele e saltos altos, mexia na porta da casa vizinha.

— Quem é? — Magdalena perguntou, parecendo confusa. — Nunca vi essa mulher antes.

— Frau Fischer — Mark respondeu, a voz seca, as mãos ainda no volante.

— Ah... — Magdalena se ajeitou no banco. — Ela nunca atende quando tento devolver para ela os pacotes dela que nos entregam errado. É a única vizinha que ainda não conheço.

Mark deu de ombros, os olhos fixos na rua à frente.

— Pessoas são estranhas.

— São mesmo.

Ele engoliu em seco. As mãos tremiam quando desligou o carro e saiu.

Estavam exaustos, mas o cansaço foi substituído pela confusão quando se depararam com dúzias de caixas empilhadas na entrada.

— O que é isso? — Mark perguntou.

— Ah... — Magdalena sussurrou. — A festa.

— Mais essa... — Mark apertou os olhos com os dedos. Sentia a cabeça latejar. — Quando mesmo?

— Amanhã...? — A mulher fez uma careta. — Para que serve o calendário do seu celular mesmo?

— Maravilha. — Ele destrancou a porta. — Simplesmente maravilhoso.

— Vou avisar a todos que a festa está cancelada.

— Não, você não pode fazer isso — Mark ralhou. — Você convidou todo mundo, lembra? Até o meu chefe.

Magdalena piscou várias vezes, como se o cérebro precisasse de alguns segundos para atualizar o sistema.

— E o que você sugere, gatão? — perguntou. — "Bem-vindos à nossa festa de casamento, mas na verdade estamos nos divorciando. Aproveitem enquanto dura...?"

Mark passou as mãos pelos cabelos, desesperado para encontrar uma solução que não envolvesse humilhação pública.

— Não podemos desmarcar — disse, a boca seca como se tivesse mastigado areia. — Seria um desastre. Todo mundo saberia. Você não entende? Você convidou todo mundo! É a minha vida.

— Ah, claro. Não queremos que ninguém saiba que estamos sendo forçados a manter essa farsa. Que horror seria para você — retrucou. — Afinal, que espécie de otário faria uma coisa dessas?

Mark precisou lutar contra a crescente vontade de gritar ou socar a parede. Ele costumava se considerar uma pessoa calma, mas essa mulher estava despertando um lado nele que ele desconhecia e detestava.

— Você nos colocou nessa situação — ele falou, a voz mais firme do que esperava. — Então espero que seja capaz de ao menos não me fazer parecer um completo idiota na frente de todo mundo.

— Quer que eu minta?

— Não. Não é uma mentira. Somos casados, não somos? Não precisamos contar tudo. Mesmo porque faz parte da nossa intimidade. Não diz respeito a mais ninguém.

— Deveria ter encomendado a Barbie Atriz — disse, enquanto começava a se afastar.

Mark agarrou seu braço. Magdalena olhou para a mão dele e em seguida para seu rosto, as sobrancelhas erguidas em choque.

— Por favor... — ele pediu com um tom mais suave.

Ela o observou por um segundo a mais, antes de esboçar um sorriso forçado.

— Claro, querido. O que precisar.

Quando o sorriso se tornou um pouco mais natural, Mark se permitiu acreditar.

— Obrigado. — Soltou o braço. — Só precisamos fingir que gostamos um do outro por algumas horas. Vai ficar tudo bem.

— Soa como um desafio quase impossível, mas vou me esforçar — ela murmurou.

— Tudo bem. — Ele ignorou o veneno no tom.

— Foi um longo dia... — Ela bocejou teatralmente e se espreguiçou. — Vou descansar. Boa noite.

— E as caixas?

— Oh. — Magdalena olhou para as pilhas de caixas, como se as visse pela primeira vez. — Parecem bem pesadas. Traga-as para dentro, está bem? O laboratório esqueceu de me equipar com a força física.

Ela se afastou, exagerando o balançar dos quadris enquanto caminhava.

Bufando, Mark começou a carregar a carga. Então lembrou, desta vez com certa satisfação, que com certeza o advogado também havia sido convidado para a festa.

O acordo teria um fim.

20

MARK GOSTAVA DE FESTAS. Não da farra em si, é claro, mas da habilidade inata que ele tinha de se tornar invisível no meio do grupo de pessoas barulhentas e cheias de histórias para contar.

Hoje, no entanto, ele era o centro das atenções. A celebração era sobre ele. Sobre ele e a esposa que ninguém conhecia, mas que todos certamente estavam ansiosos para julgar.

— Está pronta? — ele perguntou, tentando injetar algum ânimo na própria voz.

Bocejou. Estranhamente, em situações sociais, desde a adolescência, seu corpo reagia assim, como se a necessidade de fugir fosse tanta que seu cérebro preferisse desligar.

Magdalena, ao seu lado, alisou o cabelo preso no alto da cabeça.

— Sabia que existem mil filmes e livros sobre essa situação? — ela sussurrou. — Sobre um casal que precisa fingir que se gosta. Parece sempre fofo e divertido.

— Mas é horrível, não é? — Mark respondeu, mais como uma afirmação do que como uma pergunta.

Magdalena apertou os lábios e deu de ombros.

Mark tentou segurar outro bocejo.

Ele estendeu a mão para as costas expostas da esposa. O vestido vermelho tinha uma abertura que ia até quase o quadril. Ele hesitou, mas por fim encostou devagar na pele fria.

— Você se lembrou de colocar o lixo para fora? — O tom saiu um pouco mais ríspido do que pretendia, mexido pelo nervosismo do toque íntimo.

— Não, e você? — ela retrucou.

Ele a encarou, desacreditado.

— Por que eu estaria perguntando se...

A campainha tocou. Abriram a porta.

— Olá! — disseram em uníssono, enquanto os primeiros convidados começavam a chegar.

Cumprimentos de mãos, abraços, beijos no rosto. Pouco a pouco, diversos rostos familiares e vagamente conhecidos enchiam a casa.

— Sejam bem-vindos! — repetiam sempre que alguém chegava.

— Foi longa a viagem? — Mark perguntava.

— Que prazer conhecê-los — Magdalena completava.

— Ouvimos tanto falar de você — alguém sussurrava para a mulher.

— Quem diria? — alguns comentavam.

— Que moça linda!

— Finalmente alguém agarrou o nosso Mark.

— Estavam todos ansiosos por esse dia.

Mark tentava reconhecer os rostos, mas a mente estava lenta, como se estivesse submersa. Pior: quando o reconhecimento tardio chegava, não podia se lembrar de onde. Uma mulher de cabelo curto azul-piscina parecia familiar. Será que era a eletricista que instalou o fogão para o pai? Ou a dona da gráfica onde encomendara os convites da graduação da irmã? Já o vendedor de braceletes de cristal com supostas propriedades de cura — foi uma fase da qual Mark até hoje se envergonhava — se identificou voluntariamente com cartões de visita para todos os que cumprimentava.

Por que raios tinham vindo?

O mais estranho é que todos pareciam conhecê-lo. Todos. Não havia uma única pessoa ali que não pertencesse de alguma forma — direta ou indireta, próxima ou distante — a seus círculos de relacionamento e convívio. Havia algo de errado nisso. Mas agora não tinha tempo para pensar profundamente a respeito. Ele era o anfitrião e precisava *anfitriar*.

Após os primeiros minutos de recepção, os convidados começaram a se agrupar em pequenos círculos, champanhe nas mãos, enquanto Mark e Magdalena se recostavam contra o sofá velho, tentando não parecer infelizes. O braço de Mark ao redor da cintura dela parecia, ao mesmo tempo, uma violação e desconcertantemente natural.

— Como se conheceram? — A pergunta era inevitável.

Mark olhou para Magdalena, tentando desesperadamente combinar, apenas com o olhar, quem deveria responder e o que dizer. Magdalena piscou algumas vezes e aprumou a postura:

— Na verdade, foi através de um site... — Ela abriu aquele sorriso doce e tímido que o cativara desde o primeiro dia.

— ...de relacionamentos! — Mark apertou o enlace ao redor da cintura e gargalhou, desajeitado. — Achei que seria mais seguro do que num bar.

Sorrisos e risadas.

— Aposto que foi amor à primeira vista — uma senhora de cabelos grisalhos disse com uma voz esganiçada. Era uma de suas vizinhas. Frau *Alguma Coisa*. — Para o Mark, quero dizer.

Mais risadas.

Magdalena apoiou a cabeça no ombro de Mark, o sorriso agora tão largo que começou a preocupá-lo.

— Digamos que é como se eu tivesse sido feita *sob medida* para ele.

Suspiros e murmúrios sonhadores. Mark ajustou o colarinho, o suor escorrendo pelas costas.

— E como foi o primeiro encontro?

— Todos já têm uma taça de champanhe? — ele perguntou, mais para tentar escapar do interrogatório do que por educação. — Magdalena encomendou o suficiente para toda a cidade, então, por favor, não se acanhem.

Magdalena prontamente pegou uma garrafa e começou a servir. Mark sorriu, aprovando. A marca era cara, do tipo que o pai dele costumava apelidar de "xixi de unicórnio". Por falar no pai, onde ele estava?

Ele caminhou até a cozinha, pegou o celular e escreveu uma mensagem rápida para o velho. Considerou também escrever para Becca, que estava atrasada, o que era estranho. Mas isso significaria talvez ter que admitir que estava evitando a irmã desde que ela soubera do casamento através de Magdalena, uma completa estranha tanto para ela quanto para ele também. Claro, Becca não sabia disso. E devia estar furiosa.

Enquanto servia a bebida, Mark tentava discernir no burburinho barulhento dos convidados palavras que fizessem sentido. O que estariam pensando dele? O que achavam da situação absurda? Se casando assim, sem mais nem menos? Era completamente fora de padrão.

Perto das estantes de livros, uma conversa chamou sua atenção:

— Como está o casamento?

Mark tentou ser discreto enquanto observava Magdalena arregalar os olhos para uma convidada — a esposa do chefe. A mulher riu, e, seja lá o que Magdalena respondeu, não foi alto o suficiente para superar o *zum-zum-zum* das conversas.

— Ruim desse jeito, é? — a mulher disse, ainda gargalhando. — Não se preocupe, nos primeiros meses eu queria pular da janela. Literalmente fantasiava com isso. Parecia melhor do que ter que ficar no mesmo cômodo que ele, acredita?

— Considerando com quem você se casou — era o chefe com duas taças de champanhe, uma para ele e outra para a esposa —, eu até entendo.

— Ah, calado. Oh! — O rosto de Frau Meyer se iluminou e ela ergueu um indicador no ar. — Sabe o que vocês deveriam fazer? Aulas de tango.

— Mark fazer aulas de tango? — A risada de Herr Meyer soou quase como um latido. — De que forma ser humilhado publicamente vai ajudar?

Mark assentiu. Ele tinha absoluta razão.

Uma cutucada no braço o fez virar, e ele se deparou com Becca, vestida com um suéter de Natal. Em pleno agosto. Convenções sociais eram apenas sugestões irritantes para ela. Por que *não* desfrutar da companhia de Rudolf, a rena do nariz vermelho, em pleno verão?

Em contraste ao animal estampado na vestimenta, Becca não estava sorrindo.

— Olá, Herr Schmidt — ela murmurou, sem disfarçar o descontentamento.

Mark tentou falar, mas a culpa o fez gaguejar:

— Eu posso explicar...

— Não quero explicações, Herr Schmidt. Você se casou com um clone daquela que não devemos nomear e nem passou pela sua cabeça me consultar antes? Era esse o *projeto* para esse ano?

Mark queria abraçar a irmã tão apertado quanto pudesse, tentar extravasar sem palavras a tensão, e o arrependimento, e o carinho, e a agonia que estava sentindo. Mas se conteve por amor a ela. Desde pequena, a única pessoa que ela permitia abraçá-la era Mark, mas naquele momento ele certamente estava fora da lista de pessoas favoritas.

Ele se inclinou para olhá-la bem nos olhos e sussurrar baixinho:

— Eu queria. Só não sabia como.

— Palavras, Mark. Com palavras. — Becca bufou. — Você realmente deveria usar o dicionário.

Ela desviou o olhar, deixando Mark se sentir ainda mais infeliz.

— Becca... você é a pessoa mais importante da minha vida. Juro.

— E, mesmo assim, recebi o mesmo convite que minha antiga dentista. — Becca indicou a mulher de cabelo azul-piscina.

Oh, então era dali que a conhecia.

— Me perdoe...

— Encontrei na sua caixa de correio. — Becca puxou algo do bolso e estendeu para ele uma carta.

Mark abriu o envelope, mas o coração gelou ao ver o conteúdo.

A folha em branco continha uma única frase. "Sorria. Você está sendo observado."

Sentiu suor brotar na testa. Era da empresa?

Ele tentou disfarçar a apreensão e guardou a carta de volta no bolso. Não podia contar nada para Becca, ainda não.

Um tilintar interrompeu o momento. Alguém batia num copo de champanhe e, aos poucos, o burburinho da festa foi silenciando.

— Olá, queridos — um homem com queixo duplo e um sorriso em forma de "V" começou, abanando a si mesmo com entusiasmo. Era o faz-tudo da vizinhança? — Estávamos todos esperando este momento para perguntar como a querida Magdalena conquistou o solteirão mais cobiçado da vizinhança.

— Há outro solteirão na vizinhança? — alguém perguntou, com um tom sarcástico.

— Acho que o Herr Link estava à procura. Tudo bem que ele tem 94 anos e seria a quarta esposa...

Magdalena riu, assumindo o papel:

— Sim, consigo ver por que Mark era o mais cobiçado.

Um coro de risadas.

— Queremos detalhes.

— Para resumir... — Magdalena começou. — Quando Mark me conheceu, achou que eu era uma boneca. Imaginem a decepção quando comecei a falar e ele percebeu que eu era de verdade.

A plateia irrompeu em gargalhadas.

Mark queria desaparecer.

— É, soa como algo que o Mark faria.

— Além de linda, é bem-humorada. Tirou a sorte grande, gatão — veio do chefe que claramente já tinha bebido mais taças de champanhe do que deveria.

Por falar em velhos bêbados...

— Becca, você sabe onde o pai está?

— Se estivermos com sorte, queimando no inferno.

— Seu humor está tão alegre hoje.

— Isso foi sarcasmo? Você sabe que eu não entendo sarcasmo.

É. Talvez fosse o momento de ele mesmo beber uma taça de champanhe. Ou três.

— Mágoa nova ou o mesmo de sempre?

— Você sabe que minhas mágoas são como as misericórdias do Senhor...

— *Se renovam todas as manhãs* — completaram juntos.

Era um versículo da Bíblia que a mãe costumava repetir. Bem, sem a parte das mágoas.

— Mas, caso ele não esteja... — Mark tomou mais um gole. — Queimando no inferno, isto é... Não é estranho que ele não esteja aqui? Considerando que ele queria tanto conhecer Magdalena.

— Ah, *ele* já sabia sobre ela?

Mark percebeu o que disse e virou a taça de uma vez.

— Não me acrescente à lista de mágoas, eu imploro.

— Não, você está na lista de infandos.

— Infandos?

O olhar da irmã foi o suficiente para ele entender.

— Sim, eu sei, vou olhar no dicionário.

Uma gargalhada histérica masculina chamou a atenção de todos. Mark olhou para o homem bem-vestido, mas totalmente embriagado que ria sem parar, enquanto berrava causos para o ar.

Sentiu um nó se apertar no estômago.

O convidado inesperado apontou para o anfitrião e sorriu. Os olhos se desviaram para o relógio prateado no pulso de Mark, que gelou.

Sem pensar, saiu apressado atrás de Magdalena.

Encontrou-a no corredor, conversando com alguns vizinhos. Ele a puxou pelo braço, sem cerimônia.

— Você convidou Stephan? Meu ex-melhor amigo Stephan?

Magdalena olhou ao redor, sem entender a quem ele se referia.

— Querido... — ela murmurou, o sorriso tenso. — Podemos conversar com calma mais tarde? A sós?

— Que tal agora?

— Claro, *querido* — falou alto e seguiu o marido.

Entraram no único lugar da casa que ainda estava deserto: o banheiro.

Mark ligou a torneira, deixando a água correr na esperança de tornar a conversa um pouco mais privada. Ele se olhou no espelho. Cabelo liso, dividido lateralmente, ensebado de gel, sem um fio fora do lugar. Um retrato de normalidade num cenário de caos.

O homem que dormiu com sua namorada, nessa mesma casa, estava na sala, tomando seu champanhe. E o pior: essa nem era a preocupação principal de Mark no momento.

— Está meio fedido aqui — Magdalena murmurou.

— É o lixo. — Mark colocou a taça na pia e se voltou para ela. — O que você não colocou pra fora.

Magdalena olhou com uma careta para o cesto.

— O que você disse para Becca quando se falaram no telefone?

— Nada demais. — Magdalena sorriu. — Ela só queria saber como nos conhecemos, essas coisas...

— E o que você disse?

— A verdade.

Mark sentiu o sangue fugir do rosto.

— Relaxa, Mark. Está tudo bem.

Ele se sentou no tampo da privada, mas logo se levantou, impaciente. Algo não estava certo. Ele encarou a mulher por uns instantes, quando lhe ocorreu o quê.

— Onde estão os *seus* contatos?

— Meus contatos? — Ela parecia genuinamente surpresa.

— Sim, você convidou todos os contatos do meu celular. Inclusive o marido da minha ex-namorada. — Quase acrescentou "e amor da minha vida", mas decidiu que já tinha drama suficiente para uma noite.

Magdalena permaneceu em silêncio, o rosto neutro. Se estava arrependida, não demonstrava.

— Então, onde estão? — ele insistiu. — Pais, irmãos, amigos, manicure, alguém?

— Podemos conversar sobre isso outra hora?

— Para uma pessoa de verdade, você está terrivelmente carente de um passado.

Antes que ela pudesse responder, uma batida na porta interrompeu. Mark lançou um olhar de advertência para ela e fechou a torneira antes de abrir.

— Pois não? — Ambos sorriram.

O advogado de Mark estava parado na porta.

— *Schmidt?* — ele falou, o tom desconfiado.

— Graças a Deus. Precisava falar com você. — Mark virou-se para Magdalena. — Preciso conversar com... — A frase morreu antes de ser concluída.

Magdalena sorriu, sem perder a compostura.

— Vou atender nossos convidados.

Mark acenou para o advogado.

— Entre.

— Aqui? — O advogado olhou para as paredes de azulejo pintados, visivelmente desconfortável.

— A situação está catastrófica.

— Estou vendo. — O homem ajustou as abotoaduras douradas da camisa. — Aliás, genial a ideia da festa. É bom manter as aparências por enquanto.

— Como assim? Apenas me diga que é possível anular o acordo. É possível?

— É possível, Schmidt. Mas pode ser perigoso...

Mark parou, a palavra ressoando em sua mente.

— Perigoso? — sussurrou alto. — Como assim?

O advogado se aproximou e falou mais baixo:

— Andei verificando a empresa e há indícios de que pode ter ligações com a máfia. Por enquanto, eu levaria as ameaças a sério. Pelo menos enquanto investigo com mais profundidade. Mas vai levar tempo. Por estar localizada em outro país, as coisas complicam um pouco...

— Você não pode estar falando sério. — Mark levou as mãos à testa e gemeu. Lembrou da carta que recebera e sentiu um arrepio. Estava sendo observado? Como? Mesmo ali dentro? — Isso é um pesadelo.

— O que morreu aqui? — O advogado levou uma mão ao nariz. — Cruzes, o cheiro.

Antes que pudesse responder, duas batidas à porta. Becca entrou, alternando o olhar entre o advogado e Mark.

— Você sumiu... — ela falou.

— Becca... — Mark murmurou, atônito.

— Assuntos muito importantes? Que não podiam esperar?

— Conversamos mais tarde? — Mark disse ao advogado.

— Claro. — Apontou os dedos como pistolas para Mark e deu uma piscada. — Marque um horário com minha secretária.

O advogado saiu e fechou a porta.

— Antes de a festa acabar, me lembra de pegar no carro o seu presente de aniversário? — Becca perguntou. — Ele está há tanto tempo esperando.

Mark estava mais preocupado com outra coisa.

— Você e a Magdalena já são grandes amigas?

— Não exatamente. Como vocês se conheceram?

— O que ela disse para você?

— Nada. Só piadas.

O alívio foi tão grande que Mark precisou se apoiar na cabine do chuveiro. Foi o tempo de ouvir mais uma batida na porta.

— Por que todo mundo decidiu visitar meu banheiro hoje?

— Talvez porque você tenha convidado um milhão de pessoas para uma casa com só um banheiro funcional?

A porta se abriu, e Herr Meyer, o chefe, entrou.

— Ah, claro, entre... — Mark baixou a cabeça, exasperado.

Herr Meyer acenou para Becca, que cruzou os braços, como se não percebesse que deveria dar aos dois homens um pouco de espaço.

— Becca... — Mark indicou o chefe com a cabeça. — Agora preciso de privacidade.

Ela revirou os olhos.

— Pare de se reunir com pessoas no banheiro. É esquisito. E acenda umas velas aromáticas. — Deu um passo para fora. — Espero você no formigueiro.

Mark escondeu o rosto com as mãos. Herr Meyer encostou-se no batente da porta, como se aquilo fosse a coisa mais natural do mundo.

— Já pensou em falar com alguém?

— Como assim? — Mark rebateu, cogitando a possibilidade de beber uma garrafa inteira de champanhe.

Isso seria bem a cara do pai. O pai que, por apenas pura misericórdia divina, ainda não havia dado as caras na festa. Onde será que o velho se meteu?

— Sobre a sua situação com a patroa. Um conselheiro, um terapeuta. Um ministro religioso, talvez?

Mark coçou o queixo, assentindo apenas por educação. Nas crises mais difíceis, era com um pastor que a mãe se aconselhava. E ela sempre voltava para o marido, então... Talvez não fosse a melhor ideia.

— É, eu não sei...

— Ou façam uma viagem juntos. Uma segunda lua de mel, talvez?

Uma primeira.

— Minhas férias só estão programadas para novembro.

— Nós nos viramos uns dias sem você.

— Certamente teremos que correr contra o tempo para regularizar as pendências acumuladas desde que a empresa precisou ficar fechada — Mark retrucou.

— Você tem razão. — O patrão assentiu. — Por outro lado, você tem um banco de horas-extras tão abarrotado que me dá dor de cabeça só de pensar no quanto vou ter que pagar se não as usar. Além disso, meus funcionários trabalham melhor quando estão felizes.

Mark não conseguia se decidir se o chefe era um anjo ou o diabo em pessoa. Enquanto cogitava mil formas possíveis de rejeitar a proposta, ouviu uma melodia familiar.

Ele e Herr Meyer se entreolharam e seguiram o som até a sala. Vinha do velho piano.

Magdalena estava sentada diante do instrumento.

— Continua! — os convidados diziam. — Não pare agora.

Ela riu, sacudindo a cabeça. Os cabelos — agora soltos — balançaram sobre as costas nuas.

— Faz muito tempo que não toco essa.

Mais protestos, sorrisos.

Um grupo de mulheres próximo ao piano começou a cantar:

Eu te amei doce por toda a madrugada
Na sala de espera, na feiura gelada
Olhos cansados, os ecos de passos
Corredores da esperança exaurida

Magdalena dedilhou uma base simples de acordes para acompanhá-las. Mais convidados se aproximaram e uniram suas vozes ao coral improvisado:

Eu te amei doce com toda a minha vida
No choro por mais e por menos de nós dois
Pensando nas horas e em cada briga
Quantas vezes esqueci de te dizer

A velha canção trazia lembranças. Ouvi-la era como cutucar uma ferida semicicatrizada. Ardia de uma forma quase reconfortante.

Mark caminhou lentamente até o piano. A mulher ergueu os olhos para ele e parou de tocar. Com o olhar, ele pediu espaço no banco e sentou-se ao lado da esposa. Seus dedos acariciaram as oitavas mais agudas, enquanto dedilhava a melodia.

Os convidados voltaram a cantar.

Eu te amei doce e te amo ainda
Dizem que o tempo vai curar toda ferida
Mas quero manter essa que me é querida
Porque ela me ensinou a amar você

Havia algo numa canção antiga compartilhada que parecia quebrar barreiras, mesmo entre estranhos. Logo já estavam quase todos berrando o refrão, sorrisos abertos. Mark e Magdalena, motivados pela atmosfera, foram realizando um *crescendo*, os dedos dançando pelo teclado.

Mas me ama bem doce pro que nos resta
Muito depois que acaba a festa, com a louça na pia
Medindo a febre na vigília
Lá onde a esperança escondida
Me mostra você

As oitavas se entrelaçaram e as mãos se roçaram, enquanto todos entoavam o último verso de forma suave:

Lá onde a esperança escondida
Me mostra você

Aplausos, assovios, gritos de bis.
Magdalena passou as mãos pelo colo e abriu um sorriso.
— Você não me disse que também sabia tocar piano... — ela sussurrou.
— Tenho minhas habilidades. — Mark deu uma piscadinha. — E essa música era uma das favoritas da minha mãe. Ela adorava a Liesel Reine.
Magdalena assentiu, sorrindo.
— Ela é minha cantora favorita — ela disse.
— De qualquer forma, você realmente achou que eu teria um piano em casa e não saberia tocar? — ele perguntou.
Ela inclinou a cabeça, ponderando, e abriu um sorriso brilhante, como se admitisse com prazer que, ao menos dessa vez, ele venceu a discussão.
Mark sentiu que talvez estivesse se apaixonando um pouquinho bem naquele momento.
Ele deslizou a mão para a dela no banco de madeira.
— Beija! Beija! Beija! — Becca começou a gritar, batendo palmas, mesmo estando bem ao lado deles.
Aplausos e assobios vieram da plateia.
Mark concentrou o olhar nas teclas amareladas de marfim, implorando aos céus para que o rosto parasse de queimar. Sentiu os dedos de Magdalena em seu queixo. Num movimento rápido, ela o beijou. Durou apenas um segundo, mas ele manteve os olhos fechados por um instante, tentando prologar o toque dos lábios macios nos seus. Certamente ela tinha feito isso apenas para cumprir o espetáculo, mas a experiência foi íntima e doce. A sensação da mão dela sob a sua também era estranhamente agradável.
Magdalena encarou a mão que a acariciava e recuou, fechando abruptamente a tampa do instrumento.
E essa agora?

Ela se levantou e saiu.

Antes que Mark tivesse tempo de reagir, ela já tinha sumido no meio dos convidados.

— Magdalena — ele chamou e se ergueu para procurá-la.

Não sabia ao certo o que queria dizer. Se desculpar, talvez. Pelo quê? Estava confuso e ter que trombar e se espremer contra um bando de estranhos e semiconhecidos ao longo do trajeto não estava ajudando.

Subiu a escadaria correndo, passou pelo corredor e foi para o seu quarto, onde imaginou que ela estaria.

Mas, em vez da esposa, deu de cara com um estranho de costas bem no meio do cômodo. Era ruivo e tinha praticamente a mesma altura de Mark.

— Com licença? — Mark falou, se sentindo repentinamente tenso.

Ele se virou devagar. Era um homem mais velho, com vincos profundos no rosto. Mas o mais distinto nele eram seus olhos. Um era verde e o outro, um azul tão intenso que parecia artificial.

— Quem é você? — Mark perguntou. — Por que está no meu quarto?

Riscos sutis de luz orbitaram ao redor da íris, o que confirmou a suspeita de que se tratava de um olho eletrônico.

O homem enfiou a mão no bolso do casaco e Mark sentiu o coração disparar, dividido entre atacar ou fugir.

Uma risada familiar soou atrás dele.

— Mark, querido, esse é meu convidado. — Era sua colega Frau Lorenz. — Irvin Bewusst.

Mark relaxou, mas apenas um pouco. O homem continuou em silêncio, encarando Mark fixamente.

— Você não está com ciúmes, está? — ela sussurrou.

Mark olhou para a colega, tentando entender se era uma piada. Sentia a pulsação na garganta. Por que não conseguia relaxar?

— Como está a família? — O estranho perguntou com uma voz fanha e aguda. — Todos bem de saúde?

Mark lembrou, com um frio na barriga, do pai que não aparecera.

— Por que está perguntando?

— Por nada — o homem disse, sem expressão. — Preciso ir.

Enquanto saía, Frau Lorenz comentou para o estranho:

— Ah... Tudo bem. Me liga. Ou não.

Mark acompanhou com o olhar enquanto o homem descia as escadas e batia a porta da casa depois de sair.

— Ele parece legal... — ele murmurou, lutando para controlar a respiração.

Coçou a nuca, constrangido. O comentário podia até soar irônico, mas pelo menos ela não precisara pagar por um parceiro.

— Você não me disse que tinha se casado. — Frau Lorenz riu, sem muita vontade. — Nem que estava namorando. Todos sabíamos sobre Pauline, mas...

— Onde o conheceu? — Mark não conseguia espantar a inquietação. — Achei que tinham parado de produzir esse modelo ocular há pelo menos uns dez anos.

Não sabia o que mais o estaria incomodando tanto. O que fazia sozinho em seu quarto? Era só um curioso ou... um espião? Contratado pela CSM, talvez?

— Lá fora... — Frau Lorenz abraçou a si mesma. — Na padaria. Não queria vir sozinha, não depois da nossa história.

Mark queria perguntar a que história ela se referia, mas estava mais preocupado com a intrusão. A empresa faria uma coisa assim? Enviaria alguém pessoalmente para sua casa? Do que mais seria capaz?

— Mark! Mark! Mark! — Becca chegou, gritando. — Onde está seu celular? Você não viu as chamadas?

— O que houve?

— A polícia precisa falar com você.

21

MARK E BECCA CAMINHARAM pelos corredores brancos. O som dos passos ecoava entre as paredes frias. O esôfago de Mark ardeu com bile. Ele se recusava a vomitar. Não na frente da irmã. E muito menos em um hospital.

Uma das mãos permanecia no bolso, o punho fechado ao redor da carta que dizia: "Sorria. Você está sendo observado." Ele não tinha mencionado o conteúdo para Becca, nem saberia como começar a explicar aquilo. O que poderia ter a ver com o que havia acontecido?

Por enquanto, a preocupação maior era o pai.

Entraram no quarto. Uma enfermeira estava ajustando o soro. Máquinas de monitoramento emitiam um bipe suave.

Ele estava deitado na cama como se relaxasse em uma esteira na praia.

— Vocês são os familiares? — a enfermeira perguntou, sem tirar os olhos do trabalho.

— Sim — Mark respondeu.

— Velho sortudo. Caiu no trilho, mas o maquinista conseguiu acionar o freio de emergência bem a tempo. — A enfermeira parecia estar descrevendo um incidente banal, algo que ela já tinha visto dezenas de vezes. — Está tudo bem, mas é bom ficar de olho nisso aí.

— Que tal pilates? — Becca olhou para o pai e balançou a cabeça. — Com esse senso de equilíbrio, capaz de quebrar o pescoço no chuveiro.

O velho bufou.

— Minha vida é uma corda bamba, mas vê se recebo aplausos da minha plateia? — ele murmurou para a enfermeira. — Não recebo.

A enfermeira o olhou e saiu do quarto.

Mark se aproximou da cama, tentando manter a voz estável.

— Caiu no trilho do metrô? — A pergunta saiu mais hesitante do que ele pretendia, mas a inflexão de suspeita estava clara.

O pai os encarou com uma expressão que misturava cansaço e irritação.

— Onde está a minha nora? — perguntou.

— Em casa despedindo os convidados.

O senhor bateu as mãos na cama, emburrado, e o tubo da infusão serpenteou.

— Bem, claramente ele está ótimo. — Becca revirou os olhos. — Vamos?

— Sempre tão sensível — o pai balbuciou de um jeito infantil.

— Certeza de que o senhor não está morrendo? — Mark perguntou.

— É claro que ele não está morrendo. — Becca suspirou.

— Correção. — O velho ergueu um dedo no ar. — Estou morrendo de decepção. Não tem ao menos uma foto?

Mark apertou os lábios. Becca estava encostada contra o batente da porta, encarando o teto, pronta para partir.

— Algum médico para nos explicar o que aconteceu? — Mark perguntou.

— Uma bobagem. — O pai ergueu os ombros. — Dificuldade para dormir. Ao que parece, tomei algumas coisas. Nada demais. Foi só a mistura que não caiu bem. Bebida... e uns remedinhos. Aí me desequilibrei. Normal.

Mark se recostou contra um armário. A náusea retornou com força, o silêncio pronunciando a grande questão pesada e impronunciável.

— Não foi de propósito — o pai continuou com uma expressão de indignação exagerada. — Não tenho a menor intenção de morrer neste momento.

Após mais alguns segundos de silêncio, o senhor se ergueu parcialmente da cama.

— Vão se ferrar! Eu pareço deprimido para vocês? Acham mesmo que é assim que eu gostaria de ir? Estão fazendo tempestade em copo d'água.

O velho abanou o ar e se recostou novamente, cruzando os braços.

— Posso orar por você? — Becca ofereceu.

Mark e o pai se entreolharam. *Becca e suas esquisitices.*

— Será que é o Down? — o velho perguntou para Mark num tom ácido.

— Pai... — Mark ralhou.

— Foram as duas coisas que essa menina herdou da sua mãe: os genes bichados e as coisas de crente.

— Graças a Deus? — Becca retrucou.

— Se insiste em falar com o Todo-Poderoso, peça para que da próxima vez a mistura seja com uma boa dose de vodca autêntica em vez de cerveja barata — o pai insistiu.

— Cruzes, pai. O assunto é sério. Você precisa... — Mark começou, mas o velho levantou a mão, cortando-o.

— Chega disso! Se eu fosse me despedir, faria com estilo, não num metrô sujo. Agora, vamos falar de algo mais interessante. Cadê a foto da minha nora?

— Está bem, vou fazer minha oração de forma silenciosa. — Becca ergueu as mãos ao alto e se sentou num canto do quarto.

Ansioso por mudar o foco da conversa, Mark mostrou a foto de Magdalena no celular.

— Ela é realmente tudo isso, hein? — O pai pegou o aparelho, aproximou-o dos olhos e assobiou. — Quando vou conhecer essa belezura ao vivo?

— Sobre isso... — Mark tentou manter o tom leve, mas a conversa estava tomando um rumo que ele não sabia se queria seguir. — Infelizmente o casamento não está dando certo.

Disse a coisa errada. Soube no momento em que os olhos do velho se arregalaram e ele se inclinou para a frente.

— Como assim não está dando certo? Vocês se conhecem há, o quê, quarenta e oito horas?

— Isso é parte do problema.

— Problema? — Os olhos do pai aumentaram ainda mais e ele se recostou, indignado. — O que sabe de problema? Jovens estúpidos.

Mark lançou um olhar desesperado para Becca, pedindo ajuda silenciosamente.

— Eu achei a Magdalena maravilhosa — ela disse. — Se o Mark não vê isso, é ele quem está com problema.

O pai olhou para Mark com olhos cansados.

— O que você tem a perder? — A voz soou mais frágil do que Mark estava acostumado.

— O quê?! — Mark rebateu, surpreso com a insistência.

— Sim, o que você tem a perder? O que tem a perder? — o idoso perguntou tantas vezes num tom tão sentido e com um olhar tão perdido, que parecia ser ele o abandonado.

— Anos de vida? Felicidade? Um futuro?

Pensou em usar o argumento de que ela poderia ser uma *serial killer*, mas não queria voltar a mencionar diante de Becca o fato de que mal a conhecia.

— Vocês são jovens. — O velho juntou as mãos à frente do corpo como se fosse um italiano rabugento. — Na minha época, quando algo se quebrava, nós não jogávamos fora, nós consertávamos.

Mark passou as mãos pelos cabelos, cada vez mais agitado.

— E o que você sugere? — perguntou, sem acreditar que estava pedindo conselhos justo para ele.

Entre todas as pessoas do mundo.

— Você não sabe o que é estar realmente sozinho — o pai murmurou, desviando o olhar. — Não de verdade. Não quando não há mais muito futuro a se vislumbrar.

O cara que se divorciou duas vezes falando.

— Você esquece de como é — Mark retrucou. — Às vezes pode ser melhor viver sozinho, sabe? Do que ser cobrado, incomodado, viver sob a expectativa de ter de ser alguém que não é. Sinto que tomamos uma decisão apressada e toda essa pressão que vem de fora não ajuda, sabe?

O pai deu de ombros, como quem já ouviu isso antes e não se impressionava mais.

— Por que vocês não dão uma escapada? Lembra da Sicília? Aquele vilarejo que sua mãe amava? — sugeriu. — O casarão certamente ainda está de pé.

Mark piscou, a mente se inundando de lembranças.

— É... lembro. — Algo clicou na cabeça dele. — Sabe o que eu nunca tinha reparado? Era um lugar meio diferente, né? Esquisito até.

O pai pareceu ganhar vida com o assunto.

— Becca, você é jovem demais para lembrar. Imagine um vilarejo em pleno século vinte e um sem celular, internet, eletrônicos. Existe. Pioneiros! Radicais, mais do que Radicais, antes de ser moda, mas sem toda a violência, é claro. No verão de dois mil e vinte, ajudei o prefeito a dar um tiro num drone que invadiu o céu de lá. — O velho soltou uma gargalhada. — Bons tempos.

Mark cruzou os braços, a ideia começando a ganhar forma. Ele ligou e desligou a tela do celular, balançando a perna rapidamente.

— É um bom destino para quem precisa de privacidade, não é? — Tentou soar casual.

— Ah, com certeza — o pai respondeu, sem perceber aonde Mark queria chegar. — Se quer fugir de tudo, é o lugar certo. Um fim de mundo onde você pode olhar para o céu e sonhar. Sua mãe adorava esse tipo de boiolice.

O estalo na mente foi claro.

Isolamento. Um vilarejo perdido no tempo, cheio de paranoicos do tipo que sua mãe adorava. Perfeito para desaparecer por um tempo, não era?

Sem pensar muito, ligou para Magdalena. Se não o fizesse agora, poderia desistir.

Becca, ao lado, apenas o observava com uma expressão que parecia misturar curiosidade e desconfiança.

— Alô? — a voz feminina soou surpresa.

— Oi... É o Mark. — As palavras saíram de forma atropelada. — Seu marido. — Sentiu a necessidade de acrescentar. — Estava pensando se devíamos fugir juntos daqui? — Ele estava lutando para soar confiante. — Dar um tempo, se desconectar de tudo...

O silêncio do outro lado da linha fez o coração de Mark bater mais rápido. Ele quase conseguia vê-la processando aquilo.

— Ah, é? Quer nos dar uma chance? — ela falou, finalmente. — Assim, do nada?

Mark hesitou.

— Algo assim... — murmurou. — Depois dou os detalhes.

E desligou antes que a conversa se complicasse ainda mais.

Ele olhou para o telefone, uma mistura desconfortável de culpa e alívio se revolvendo nas entranhas. Droga.

Por que queria viajar? Para manter as aparências? Dar realmente uma chance aos dois? Só sabia que estava sufocando pela sensação de estar sendo vigiado e que, nessas condições, era impossível se conectar com a esposa. Ou convencê-la de uma vez por todas de que deveriam se separar.

O que importava agora era o plano. A fuga disfarçada de reconciliação. Tempo para pensar, para possivelmente escapar da armadilha que ele mesmo criou. E, quem sabe, descobrir quem era essa mulher de fato.

Guardou o celular e lançou um sorriso forçado para Becca. Ela balançou a cabeça, cética.

— Ore por mim — ele pediu, numa tentativa de soar brincalhão, mas com uma sinceridade que não conseguia disfarçar.

Já era alta madrugada, os corredores do hospital estavam silenciosos e escuros, quando Mark se sentiu à vontade para deixar o pai. Durante todo o trajeto o peso da visita permaneceu com ele, tão angustiante quanto a carta no bolso. Ele chegou em casa arrastando os pés, a exaustão sugando até a última gota de energia.

A sala, após a festa, parecia uma cena de crime. Louças empilhadas, copos espalhados, um caos de fazer a cabeça latejar. A irritação que sentiu com isso provavelmente estava sendo exacerbada pelo cansaço. Tudo o que Mark queria era sumir. Partir sem olhar para trás.

Mas Magdalena estava ali, de roupão, largada no sofá, aparentemente alheia à bagunça ao redor.

— E aí? Ele está bem? — ela perguntou, como se estivesse perguntando sobre o tempo, os olhos fixos em um romance de capa dura que costumava pertencer à mãe de Mark.

Ele soltou um suspiro cansado.

— No contrato não diz que você precisa se preocupar com a minha família, diz?

Ela ergueu o olhar e piscou, surpresa ou fingindo surpresa, difícil dizer.

— Não, mas diz que você meio que é minha família... O que significa que sua família é minha também.

— Sinto muito *de verdade* por isso. — Ele riu sem humor.

— Faz parte.

— É mesmo? Você selecionou no site "família problemática, pai alcoólatra, misógino e depressivo, tamanho GGG"?

— Não se escolhe família, né? — Ela deu de ombros. — A gente recebe o que recebe e aprende a conviver.

Mark a observou, esperando detectar alguma faísca de ironia ou fingimento. Nada.

— Sei lá — ele murmurou. — Parece uma coisa importante a se considerar quando se vai casar.

— Claro, mas nada é garantido. Vai que depois de casado o outro descobre que é adotado ou que a mãe dela, na verdade...

— É torcedora do Munique? — Mark completou.

Ela riu de novo, mas havia algo mais por trás do humor.

— Quando você se compromete a vida toda com alguém, vem todo esse pacote, sabe?

Ele assentiu devagar, ponderando.

— Ainda estou esperando você me mostrar o seu.

— O meu...?

— O seu pacote, o seu lado da família. Ou não tenho direito a uma sogra pra me infernizar?

— É... — Ela fechou o livro sobre o colo com delicadeza. — Comunicação é importante.

— Exatamente. Considerando o quanto o meu pai afunda o padrão no quesito família, me assusta o quanto você evita falar sobre a sua.

— O que me lembra... — Ela desviou o olhar. — Você se trancou com seu advogado no banheiro pra pedir consultoria sobre azulejos? Ou havia algo mais?

Mark mexeu nos punhos da camisa. Olhou para o relógio prata de pulso. Pelos céus, estava tarde. Não era de se admirar que estivesse tão cansado.

— O que acha que fui fazer?

— Não sei. — Ela deu de ombros. — Só sei que não costumo socializar num ambiente repleto de coliformes fecais.

— Precisei disfarçar. Acho que a empresa pode estar nos espionando.

Magdalena levantou uma sobrancelha.

— E o que faz você pensar que eles não estão nos ouvindo agora mesmo?

Mark olhou ao redor.

— Você acha?

Ter as suspeitas corroboradas por outra pessoa era de fazer gelar o sangue.

Ela se ergueu do sofá e se aproximou lentamente, um sorriso enigmático nos lábios.

— É fácil fingir que somos um casal apaixonado na frente dos outros, não é? Mais complicado fazer isso na intimidade...

— Ninguém está fingindo, Magdalena — Mark sussurrou, os olhos escaneando o ambiente por sinais de monitoramento.

Ela piscou algumas vezes, surpresa.

Mais tarde, assim que se viu sozinho, Mark mandou um recado de voz para o advogado.

— Herr Schwarz — falou —, quanto tempo acha que precisa para juntar as informações que precisa?

A resposta veio logo a seguir.

— Alguns dias, pelo menos. Por quê?

— Vamos viajar — Mark sussurrou, tentando não parecer óbvio. — Ficar fora do radar por um tempo, sabe?

— Entendido. Só tenham cuidado.

Mark desligou a tela e fechou os olhos. Sacudiu os ombros. Pescoço e cabeça doíam de tensão.

Ele olhou para a bagunça ao redor e suspirou.

— Você pode me ajudar a arrumar isso? — pediu, quando a esposa passou com uma xícara de chá.

— Estou cansada. — Ela bocejou. — Preciso do meu sono de beleza pra estar bem na viagem para a Sicília, sabe como é? Boa noite, querido.

Mark fechou os olhos novamente. Era só mais uma gota no oceano de frustração.

Entre as taças de champanhe e lixo, ele se ajoelhou no chão e fez uma oração silenciosa. Não pediu por força ou paciência, mas por um fim. Um *fim* para tudo isso.

E enquanto colocava os pratos na máquina de lavar, sozinho, ele se deu conta de que era muito mais fácil cuidar da própria bagunça quando ela não vinha acompanhada da sujeira de mais alguém.

22

MARK NÃO ESTAVA PREPARADO para a quantidade de barro.

Era já fim de tarde e chegaram pouco depois de uma chuva torrencial que transformara tudo em lama. A estrada que levava ao vilarejo na Sicília estava bem próxima de se tornar intransitável.

Mark lembrava que a estrada, toda ladeada de oliveiras e pés de limões-sicilianos, desembocava em um pedaço reservado de mar, conhecido e ocupado apenas por pescadores e alguns poucos habitantes que não compartilhavam da profissão. Mas, que trinta anos depois, nunca tivesse sequer recebido o toque civilizatório de um asfaltamento, o surpreendeu.

Era um bom sinal, certo?

Mark olhou para o céu tempestuoso, como se fosse capaz de enxergar por trás das nuvens. Lembrou o que costumavam dizer. Que até mesmo satélites eram proibidos de fotografar a região. A falta de desenvolvimento em outras áreas o confortava com a ideia de que isso tampouco teria mudado. O vilarejo permanecia um ponto escuro na grade dos programas de navegação e de espionagem. A empresa dificilmente viria tão longe apenas para checar se o casamento ia bem.

— Merced... — Mark se interrompeu, lembrando que não estava em seu próprio veículo. — Er... Carro?

Ele olhou para Magdalena e contraiu o rosto numa careta que implorava por uma sugestão de como chamar o transporte alugado. Será que ele entendia algo além de italiano?

— Precisa de ajuda? — o veículo respondeu em alemão numa entonação monótona que soava entediada ou até mesmo ríspida.

— Está tudo bem? — Mark perguntou por educação.

O transporte soltou um longo suspiro.

— Obrigado por perguntar. Tudo indo e com o senhor?

Agora o tom beirava o depressivo.

— Eu queria pedir dicas de como navegar por esse lamaçal, mas você parece... cansado?

— Sou a personalidade alemã de um carro italiano — o carro respondeu, cortês, mas frio. — É claro que estou cansado.

— Ei, qualquer planeta é Terra para aqueles que nele vivem, não é mesmo? — Mark brincou.

Um silêncio se seguiu.

— Não faça pouco do meu sofrimento — o veículo finalmente respondeu, com um tom ofendido.

Magdalena tentou disfarçar a risada com uma tosse.

— É uma frase do Isaac Asimov, meu autor favorito — Mark murmurou para Magdalena. — A Mercedes saberia...

— Conheça seu público. — Ela riu. — Querido carro, talvez você possa tocar uma música?

— Claro — ele respondeu num tom afetado e suspirou. — Música é a mais bela linguagem, e ao mesmo tempo a única que pode ser compreendida em todos os lugares do mundo. Aqui vai *Rondo alla Turca para piano em lá maior* de Wolfgang Amadeus Mozart.

Magdalena fez uma expressão satisfeita e voltou a encostar a cabeça na janela.

Prosseguiram o caminho, chafurdando pela textura gosmenta. A cada buraco e desnível, um dos lados do carro cedia e derrapava, como se andasse sobre geleia.

A melodia animada e frenética não estava ajudando a concentração ou os nervos de Mark.

— Estou com saudade da Mercy — ele confessou. — Que pena que ela não pode andar de avião.

— *Mercy*? — Magdalena franziu o nariz.

— Apelido carinhoso para a Mercedes. Acabei de inventar — Mark sorriu, constrangido. — Não ria, mas ela se tornou meio especial para mim.

— Ah, sim? Você tem mesmo um quê por máquinas — ela provocou.

— Não é bem assim. — Mark reclinou a cabeça contra o encosto do carro, ainda sorrindo. — Nós temos interesses em comum.

O carro derrapou mais forte e Mark precisou lutar por um instante para recuperar o controle. O arrependimento pela viagem começou a bater forte.

— Bem, pelo menos a empresa não deve nos seguir até aqui — a esposa murmurou. — Vai ser agradável não se sentir sob vigilância.

Mark hesitou. Ainda não tinha falado tão claramente sobre esse ser um dos motivos da viagem.

— Vigilância? Ah, sim... Verdade.

— Isso não te ocorreu? Estranho. Já que esse lugar é tão remoto...

Mark sentiu um calor subir o pescoço.

— Você acha? — prosseguiu no blefe, só porque não via mais como voltar atrás.

A transmissão no rádio começou a cortar.

— Carro... está tudo bem?

Um ruído de estática. Novamente a melodia engasgada.

— Carro? — Mark repetiu.

Um bipe alto de alerta. O veículo começou a avisar — em diversos idiomas — que estavam sem conexão de rede.

— Isso parece ser um bom sinal — Magdalena sugeriu.

— Além disso, será uma boa oportunidade talvez de encontrarmos um outro tipo de conexão, certo? — Mark continuou. — Sem interferência.

Agora era tarde demais para falar o que realmente queria.

— Legal. — A mulher assentiu.

— É claro que...

— O quê?

— Bem — Mark se remexeu desconfortável com o pensamento —, *se* por acaso eles decidirem vir atrás de nós aqui, o que acho completamente improvável, só para constar, aí as coisas podem complicar um pouco...

— Por quê?

— Porque não teríamos a quem recorrer. Não há praticamente policiamento e não teríamos nenhuma forma prática de contatar alguém para pedir ajuda. Estaríamos basicamente à mercê deles.

Os dois olharam para a estrada e permaneceram quietos pelo que pareceu um longo tempo.

A última curva surgiu e, dessa vez, o carro derrapou na lama, avançando e escorregando de volta a cada tentativa. Com paciência, Mark forçou o veículo adiante, devagar. Magdalena, ao lado dele, manteve o silêncio, o que só fez a tensão parecer ainda pior.

Conseguiram avançar.

No trajeto, precisou desviar de um grupo de homens encharcados que tentava desatolar outro veículo.

— Parece que choveu — ele brincou, apenas para preencher o silêncio.

— Parece — ela respondeu, séria. — Bem, espero que funcione.

— O quê? — Mark olhou para ela e de volta para a estrada, confuso.

Magdalena o encarou e ele não sabia dizer se ela estava triste ou emotiva.

— Que possamos nos conectar da forma que você espera.

Mark assentiu, desajeitadamente.

Estacionaram próximo aos muros altos do casarão.

Caminharam devagar ao longo da calçada úmida, repleta de laranjeiras. Exatamente como Mark lembrava.

Ele enfiou a chave que o pai dera na fechadura. A chave girou em falso. A porta se abriu sozinha, rangendo como se estivesse prestes a desabar, e revelou o pátio interno.

Ao longo dos anos, o pai sempre dizia que não vendia o local porque não encontrava interessados. Agora Mark via exatamente o porquê.

Entraram pelo que costumava ser uma passarela de pedras. No presente, ela se transformara em uma trilha disforme coberta por ervas daninhas. Andaram com passos cautelosos, desviando de insetos e gravetos espinhosos. Exceto pela sujeira e pela palha, o velho galinheiro estava vazio. Morcegos fizeram dele sua habitação e ameaçavam com um farfalhar de asas despertar de suas sonecas. No jardim, onde antes costumava ter enormes pés de manjericão e uma plantação de tomate, restava um chão de terra batida e resquícios de uma grama ressecada.

O cheiro de madeira apodrecida e maresia enchia o ar.

— É adorável — Magdalena disse, com um tom que deixou Mark em dúvida se estava falando sério.

— *Signore*! — uma voz feminina gritou de uma janela quebrada no segundo andar.

— *Ciao* — Mark respondeu, tentando lembrar qualquer palavra em italiano além de "pizza". O idioma estava tão empoeirado e esquecido quanto a casa. — Mark Schmidt — ele tentou, apontando para si mesmo.

— *Marco? Il piccolo?*

— *Sono io* — falou num impulso a primeira coisa que surgiu na mente como resposta.

A senhora deu um berro e desatou a tagarelar rapidamente em italiano, enquanto atava o roupão ao redor da cintura e descia com passos atrapalhados pela escadaria de pedra sem corrimão.

Mark estendeu ambas as mãos para a frente e falou:

— Mais devagar, *signora*. Eu... eu... não *capicce*!

O protesto foi em vão. A mulher só se mostrou mais agitada, gesticulando para todos os lados enquanto a metralhadora de palavras vinha.

— *Allora* — Magdalena interrompeu com um italiano perfeito, sem sotaque alemão. — *Puoi parlare un po' più lentamente e dirmi cosa sta succedendo?*

Mark olhou espantado para a esposa.

Pela octogésima vez estava se perguntando com quem raios havia se casado. E o que mais ela escondia.

Logo as mulheres passaram a conversar como velhas comadres e a senhora segurou o rosto de Magdalena e beijou suas bochechas. Ela fez um gesto com a mão e Mark não precisou de tradução para entender que deveriam segui-la.

Passaram pelo que costumava ser a sala e, exceto por uma cadeira de plástico branco e uma televisão de umas quinze polegadas no chão, não havia mais nada. Entraram por uma passagem e acessaram a escadaria externa, subindo até os dormitórios no segundo andar.

Quando alcançaram o ponto mais alto do casarão, Mark fechou os olhos e segurou a respiração, antes de se virar para a direita, onde se encontrava o horizonte magnífico.

Ele também permaneceu tal como era. O mar turquesa reluzindo com um brilho dourado ao pôr do sol contra o penhasco de rochas vulcânicas, enfeitado, à distância, pela silhueta de ruínas romanas fustigadas pelas ondas salgadas.

As mulheres continuaram conversando, alheias aos arredores. Depois de longos minutos, Mark interrompeu a conversa amigável:

— O que ela disse? — perguntou.

— Ela disse que seu pai parou de mandar dinheiro há anos, então a casa foi caindo aos pedaços. Ela tentou manter as coisas sozinha, mas se tornou impossível depois que o marido morreu. — Magdalena fez um gesto amplo, indicando o local em ruínas. — Isso é o que restou.

Mark seguiu em frente, tentando ignorar o peso das lembranças de infância que ameaçava esmagá-lo.

A porta do quarto principal se abriu. O buraco no assoalho e as galinhas na cama foram a gota d'água. Os dois desataram a rir, uma risada que misturava desespero e incredulidade.

— Bem-vinda ao lar, querida — Mark disse, tentando manter a compostura.

— Idílico. E muito romântico — Magdalena respondeu, os olhos cintilando com humor.

A senhora os olhou como se fossem loucos. Mark passou a mão pelos cabelos, tentando pensar em uma solução.

— Onde vamos dormir? — perguntou, retoricamente.
— Espero que as galinhas não ronquem — Magdalena respondeu, o sorriso ainda nos lábios.

E, como se fosse uma resposta ao bom humor do casal, um trovão ressoou acima deles e a chuva desabou.

Dentro do quarto.

Ao anoitecer, a tempestade foi diminuindo. Os dois se acomodaram no pátio para um piquenique improvisado. As gotas tamborilavam, incessantes, no toldo de plástico sobre eles e se mesclavam ao canto das cigarras. O brilho de velas se refletia por todos os lados nas poças d'água.

— Como você fala italiano tão bem? — Mark dobrou as pernas, tentando se ajustar melhor sobre uma toalha encardida de piquenique.

Entre os dois havia um cesto com pão fresco, um copo descartável de papelão até pela metade cheio com azeite e dois canecos enferrujados repletos de vinho.

Magdalena parou de mastigar e um sorriso lentamente surgiu.

— Essa é a parte em que conversamos e nos apaixonamos? — ela perguntou.

Mark sentiu um desconforto no estômago.

A forma como Magdalena estava lidando tão bem com todas as circunstâncias adversas não o tranquilizava. Pelo contrário. Como ela podia se manter tão equilibrada diante de tantos contratempos?

— Relaxa. — A mulher deu uma piscadela e molhou a ponta de um pedaço de pão no azeite. — Só estou brincando.

Mark deu uma boa golada no vinho e admitiu:

— Nunca sei quando você está sendo irônica ou não.

Magdalena piscou algumas vezes, surpresa.

— É, talvez nem eu saiba. Não sei por que faço isso — ela respondeu com um sorriso triste. — Um mecanismo de defesa, talvez? Se não me levarem a sério, posso sempre fingir que não era sério. Não é um bom hábito.

Mark observou a chama dançante de uma vela e silenciou. Não sabia o que acrescentar. A sinceridade na resposta o surpreendeu.

— Minha avó era italiana — ela disse, de repente. — É por isso que falo italiano.

— Certo... — ele respondeu, ainda tentando lidar com o fato de saber tão pouco sobre ela.

— Bem, já que estamos fazendo perguntas, posso...? — Magdalena perguntou.

Ele assentiu.

— Por que Mark? E não Markus ou algo mais tipicamente alemão?

Mark levou o caneco até a boca e bebeu mais uma longa golada do vinho. Decidiu brincar de tostar um pedaço de pão na chama de uma das velas.

— Quando era jovem, minha mãe foi aos Estados Unidos fazer um intercâmbio e lá ela teve algum tipo de... experiência de conversão.

— Religiosa?

Ele sacudiu o pedaço de pão chamuscado e fez uma careta. Por que sentia vergonha ao falar sobre isso?

— Não, de trânsito — respondeu.

— Desculpe, isso foi ironia? — Magdalena ergueu as sobrancelhas. — Lembre-se de que meus mecanismos robóticos não são capazes de detectar ironia.

Ele riu.

— Ao menos te programaram pra ser engraçada.

Ela ergueu o rosto reluzente e deu um de seus sorrisos encantadores. Por um segundo, Mark sentiu como se não houvesse oxigênio o suficiente ao redor. Como ela reagiria se ele simplesmente se inclinasse e a beijasse?

Ela beliscou mais um pouco do pão e continuou:

— Certo, então sua mãe se converteu. O que Mark tem a ver com isso?

Mark sacudiu a cabeça, tentando recuperar o foco.

— Ela estava lendo o Evangelho de Marcos, *Mark* em inglês, e aí... sei lá. Ela "encontrou Jesus" — ele disse forçando um tom de zombaria na voz. Sentiu um gosto amargo na língua. — Ela decidiu que queria ser missionária, mas voltou para a Alemanha... Só que lá se reencontrou com o banana do namorado de escola e, sabe como são as coisas, acabou engravidando, se casou. O resultado está diante de você. Bela barganha. Deveriam usar essa história nas escolas para ensinar adolescentes a não fazerem besteira.

— É? — Magdalena inclinou a cabeça, analisando o marido e enrugou o nariz. — Sei lá. Se não tivesse acontecido, você não estaria aqui — ela disse, a voz carregada de algo que ele não sabia definir.

Mark riu, tentando afastar o desconforto.

— Grande coisa.

Ele só percebeu como a frase soou quando viu o olhar de Magdalena se turvar com um misto de tristeza e choque.

— Ah, só você pode ser irônica agora? — ele tentou aliviar. — Eu... só estava sendo irônico. Já sei que seu sistema robótico tem dificuldade pra detectar isso.

— Ah. — A expressão da mulher recuperou um pouco da leveza. — Mas meu sistema é ótimo pra detectar uma autoestima vergonhosamente baixa. Você realmente acha que o mundo estaria melhor sem você?

— Bem... — Mark apontou para ela com um pão gotejando azeite. — Quem disse que eu não estaria aqui? Queremos acreditar que somos todos só uma combinação de genes e circunstâncias?

— Interessante. — Magdalena afunilou os olhos. — Você está argumentando que você teria nascido de qualquer forma, mesmo que fosse em outro momento e de outra pessoa?

Mark reconheceu a chegada da espiral de pensamentos. A questão sempre retornava. A ideia de que o único modo como ele poderia vir à existência era através de um erro infeliz da mãe.

— O que faz uma pessoa ser quem ela é? — ponderou. — Qual é o centro ou a essência? É só uma combinação genética? Ou existe algo mais, uma... *alma*?

— Você acredita nesse tipo de coisa? — Magdalena parecia mais desconfiada do que interessada.

— Talvez. — Mark suspirou. — Sei lá. Na faculdade, uma das aulas envolvia analisar funções biológicas e fisiológicas e descobrir como elas poderiam ser aplicadas na robótica. E quanto mais eu estudava, mais eu percebia que nosso corpo parece não passar de uma máquina. Extremamente complexa, claro, mas uma máquina. Mas seria tudo?

— Bem, nós sabemos que eu sim — Magdalena brincou.

— Exato! — Mark disse e deslizou no chão de pedra para mais perto da mulher. Tirou uns instantes para analisar o rosto que um dia tomou por algo gerado em laboratório. — Nós sabemos que você definitivamente *não*. Porque, por mais que a ciência avance, ninguém nunca jamais seria capaz de gerar exatamente... você.

Os olhos de Magdalena faiscaram com o brilho das velas. Ela sorriu. Parecia um pouco constrangida.

Era o olhar. Ele sabia que dificilmente seriam capazes de copiar com tanta perfeição. Claro, a moldura de cílios, o pontilhado dourado da íris, as sobrancelhas arqueadas — ainda poderiam ser copiados por um bom artista. Mas não o olhar em si, carregando uma história, pensamentos, sentimentos, sonhos, esperanças.

Magdalena inspirou e segurou a respiração.

O olhar mudou e Mark percebeu que esperança era justamente o que ele carregava.

O silêncio se instalou de novo.

Mark sentiu o conhecido aperto no peito, sem saber se era atração ou medo. Talvez ambos.

— E o *seu* nome? — Ele escorregou de volta alguns centímetros para recuperar o fôlego. — Magdalena também é exótico...

— Também vem da Bíblia. — Ela mordeu o lábio inferior. — Tudo o que sei é que sou um personagem bíblico e que Jesus expulsou um bando de demônios de mim.

— Expulsou de verdade?

Magdalena riu.

— Você está perguntando se Jesus expulsou *meus* demônios?

— Algo assim. — Ele bebericou mais um pouco do vinho e sorriu. — No sentido de... coisas do seu passado. Você deve ter uma baita história para querer se casar com um estranho na internet.

— Olha quem está falando.

— *Touché.*

Magdalena o olhou por um longo momento antes de desviar.

— Você é uma alma perdida, Herr Schmidt — ela disse, com um toque de algo que beirava a ternura, mas que se mantinha distante.

Mark também desviou o olhar. Ele não tinha certeza se gostava da forma como estava gostando de passar tempo com ela.

— Mas o que mais tem para fazer por aqui? — ela perguntou.

Ele lançou à boca o último pedaço de pão, aliviado pela mudança de direção. Bateu nas pernas e se levantou. Ele indicou com a cabeça para onde ia e se adiantou até um armário antigo no canto do pátio.

Quando a porta abriu com um rangido, uma onda de nostalgia o atingiu.

Passou a mão por cima da caixa em uma das prateleiras. O rastro na camada pálida de pó revelou as cores de uma pintura.

— Muita poeira e teias de aranha, mas, por sorte, nenhum sinal de baratas — Mark resmungou.

Mutti tinha dito exatamente essas palavras na última vez que estiveram ali.

— O que é isso?

Ele fungou e coçou a cabeça.

— O quebra-cabeça mais difícil do mundo — sussurrou, quase como uma confissão.

Magdalena se aproximou, curiosa.

— É sério?

Ela deslizou os dedos pela ilustração na tampa, que repousava meio bamba e estufada no centro, como se guardasse mais conteúdo do que podia comportar. Era uma pintura surrealista de um castelo com asas repousando sobre uma nuvem no ermo, como o ninho tempestuoso de um sonho. O sol brilhava acima das nuvens, um arco-íris pendendo do portão, uma espécie de escorregador multicolorido até os mortais abaixo que jamais vislumbrariam tamanha beleza.

— Sim, é sério — ele respondeu. — Muito sério.

— Interessante. — O braço dela roçou no dele. A pele morna e suave deixou arrepios onde tocou. — Podemos tentar?

— Sem chances. — Mark riu, tentando ignorar o calor que subia pelo pescoço.

— Ah, não seja chato — ela respondeu, desafiando-o com o olhar.

Havia um brilho nele que fez o coração de Mark disparar ainda mais. Caminharam juntos de volta até o local do piquenique. Ele retirou da caixa de papelão um saco de lixo verde-água e removeu o arame que o mantinha fechado. Sacudiu o plástico, lançando peças multicoloridas como confete por toda a toalha.

Magdalena olhou para o marido e para a bagunça recém-instalada. Ela se inclinou para examinar o conteúdo.

Peças grandes, minúsculas, cores vibrantes, outras tendendo aos pastéis, pinturas impressionistas, ilustrações realistas, em estilo *cartoon*, fantástico, tridimensional ou rabiscadas à mão. Muitas se encontravam rasgadas, descascadas, amassadas.

Quase tudo digno de ir ao lixo.

— Minha mãe sempre reclamava que não guardávamos os quebra-cabeças direito e porque nunca conseguíamos terminar de montar. Eram tantas caixas, mais de, sei lá... dez, quinze? E aí, quando queríamos brincar, faltava um pedaço, tinha peça estragada, desaparecida. Um dia, acho que ela simplesmente cansou. Ela juntou tudo num saco só e disse: "Pronto, se virem, divirtam-se."

Mark parou de falar porque sentiu a voz embargar com emoção.

— Pois então... vamos nos divertir? — Magdalena perguntou mais uma vez num tom brincalhão, enquanto enlaçava o braço do marido.

— Eu falei que é o quebra-cabeça mais difícil do mundo? Na verdade, eu quis dizer que é impossível. Perda de tempo. Acredite em mim.

— Gosto de causas impossíveis.

— Ah, é? — Mark coçou o queixo e olhou de canto de olho para a esposa. — É por isso que se casou comigo?

Magdalena soltou uma risada sincera e Mark precisou engolir em seco. A maneira que o rosto delicado estava iluminado por tons de âmbar. Ele não sabia se era o vinho ou a proximidade que a fazia parecer tão... tentadora.

— O que mais podemos fazer por aqui?

— Ah, não sei... — Mark inspirou fundo e precisou segurar uma risada que escapou semiengasgada.

Ele não costumava ser do tipo malicioso, mas, ei, era ela quem estava dando muito mole.

Ela riu novamente, e, por um momento, Mark esqueceu onde estava.

— Já entendi a sua — ela sussurrou, os olhos brilhando com uma mistura de provocação e mistério. — Eu sou um quebra-cabeça para você, não sou? Você está aí tentando juntar as peças para me desvendar.

— Sabe como é, quebra-cabeças eram o meu *hobby* — ele respondeu, a voz baixa, carregada de uma tensão que ele não sabia como controlar.

— Nota nove de dez pelo flerte, mas... — ela disse. — Perda de tempo, marido. Acredite em mim.

— Mas eu preciso tentar, certo?

A mudança foi quase imperceptível, mas Mark percebeu o arrefecer no brilho do olhar, os cantos dos lábios cederem milímetros.

— Você não precisa saber tudo sobre mim para saber quem eu sou, Mark — ela disse, quase num sussurro.

— Não estou pedindo por sua autobiografia. Só queria entender, por exemplo, suas motivações. Não é pedir demais, é?

Ela se abaixou para pegar um caneco de vinho. Bebeu alguns goles.

— Tudo bem. Quer mesmo saber? — Ela pausou e avaliou o rosto de Mark. — Ele dizia que não precisava de um papel para provar o nosso amor.

Mark sentiu o impulso de interrompê-la para fazer perguntas, mas se calou.

— Era "só uma formalidade boba". — Ela desenhou aspas no ar. — Hoje entendo que ele não me amava o suficiente para assinar algo que o comprometia comigo para sempre. Que ele gostava da ideia de ter uma rota de escape rápida e barata.

— Que coisa... — O que mais responder a um relato como esse?

— Então era isso que eu queria, eu acho... — ela continuou, olhando para o vinho no caneco. — Que alguém quisesse se comprometer comigo.

Mark se aproximou, tentando encontrar as palavras certas. Mas, de repente, lhe ocorreu algo.

— Espera... Então você sabia que ia ser desse jeito? Que era um compromisso do qual não se poderia escapar?

A chuva começou a bater mais forte no toldo. Magdalena levantou uma sobrancelha, confusa.

— Se eu sabia que eles iam nos ameaçar? Está maluco? Claro que não. — Ela se pôs de joelhos diante das peças espalhadas do quebra-cabeça e ergueu o rosto para encará-lo. — Só achei que, se alguém estava disposto a se comprometer com um estranho pela vida toda, nada o faria mudar de ideia.

Mark tentou engolir, mas o desconforto cresceu.

— Magdalena... — começou, sem saber como continuar.

— Exceto, é claro... — Ela continuou, empilhando distraidamente um punhado de peças de quebra-cabeça num montinho. — Se esse alguém achasse que estava casando com uma máquina de satisfazer desejos. Um objeto.

— Sou a pior pessoa do planeta — ele confessou. — Não tem concorrência. Não sei se muda muita coisa saber que estou com vergonha.

Magdalena permaneceu em silêncio por vários minutos.

Ele deu um pequeno chute carinhoso no joelho da mulher:

— Olha aí, se a minha mãe não tivesse se casado com o bananão...

E riu. Sozinho.

Ela derrubou a pilha de peças de quebra-cabeça com uns tapas e se levantou. Com um olhar cansado, se afastou para as sombras, deixando Mark a sós com a certeza de que esse casamento era mais impossível do que aquele quebra-cabeça.

Só voltou a vê-la mais tarde, quando ela anunciou que dormiria no carro.

Mark assentiu, perturbado por encerrarem a noite assim.

Com permissão da *signora*, ele decidiu se distrair com o pequeno televisor da sala. O entretenimento *vintage* era tecnologia demais para o vilarejo, nem mesmo assistir tevê era permitido na sua infância. Mas, na falta de um local adequado para o repouso, pensou que ficar acordado a noite toda zapeando pelos canais talvez fosse uma boa ideia.

Ele se remexia na cadeira de plástico branco, procurando conforto, à espera das horas passarem. Mas o vinho, o murmúrio em italiano da novela e o som ritmado da chuva caindo lá fora começaram a trabalhar contra ele, embalando-o de forma mais efetiva do que um sonífero.

Suspirando, cedeu.

Pegou algumas roupas da mala e as amontoou como um travesseiro improvisado. Deitou-se no chão de pedra, cobriu as pernas com uma jaqueta de primavera e fechou os olhos. O chão era frio e duro e sua mente não parava.

As palavras que ele queria ter dito a Magdalena rodopiavam em sua cabeça como assombrações:

— Ah, é? Então quer dizer que você me escolheu porque preferia um papel a ter amor? Ou achou que burocracia faria com que seu ex magicamente a amasse? Papel, por acaso, é garantia de casamento feliz? Olha para os meus pais. Eles tinham um papel. E os seus? *Quem* são os seus?

A incerteza corroía o sono.

Quem eram os pais de Magdalena? Sabia que ela tinha uma avó italiana, e só. Estavam casados? Eram felizes? Por que essa obsessão com formalidades e contratos?

Mark bufou e se virou para o outro lado, tentando afastar os pensamentos. A chuva batia nas janelas, enquanto os galhos das árvores arranhavam o vidro. Sombras dançavam no quarto, lançando através das frágeis persianas luz e escuridão sobre as paredes rachadas. Às vezes as paredes pareciam balançar com o vento. *Será que a casa suportaria a tempestade?*

Tentou se conformar, lembrando de que estava de pé há décadas. Se nada a derrubou até agora, parecia estatisticamente improvável que acontecesse. Se o fundamento é firme, o que quer que venha de fora perde a força em comparação.

A sensação de desmoronamento iminente, no entanto, não desaparecia. Essa casa, que um dia havia sido um símbolo de felicidade, agora parecia um presságio de tudo o que acabou dando errado depois. Quando criança, ele corria por esses corredores, acreditando que finais felizes eram possíveis. Até mesmo prováveis. Não — *inevitáveis*.

Devia ser por isso que muitos de seus sonhos, até hoje, se passavam na antiga casinha da vila de pescadores na Sicília. Quando fechava os olhos ainda conseguia ver os pais dançando no pátio, as bandeirolas penduradas, a madeira estalando com fogo no meio do quintal, os espetinhos de salsicha chamuscados, o bafo quente da fumaça, as árvores pesadas de frutas e azeitonas. Podia ouvir o som de suas risadas, a música cantarolada com gracejos, a viola desafinada do caseiro. Pensou nos passeios, o sol acalentando suas costas durante a busca de conchas pela areia branca, disputando corridas com o melhor amigo atrás das ondas, a água gelada envolvendo-os debaixo do céu azul.

Agora tudo parecia um sonho distante e infantil, corrompido pelo presente.

A porta da sala se abriu com um estampido.

Magdalena surgiu, completamente encharcada da chuva, o cabelo e a camisola empapada contra o corpo gotejando por todo o lado. Ela estava ofegante, como se tivesse corrido uma maratona sob a chuva. Um raio reluziu por trás dela, o que só adicionou uma aura sobrenatural à visão.

— Posso dormir com você? — ela perguntou, a luz da lua refletindo em seu rosto, destacando cada gota d'água que escorria por seus cabelos.

Mark se surpreendeu pelo sorriso que se espalhou no próprio rosto com a visita inesperada.

— Não é todo dia que uma mulher me faz uma proposta dessas — disse.

Ela revirou os olhos e o sorriso nos lábios dele só cresceu.

Sem esperar resposta, ela se deitou, as costas se aninhando contra o peito dele. Trêmula, gelada e perfeita. Mark afastou suavemente o cabelo e depositou um beijo no pescoço úmido. O toque foi breve, carregado de desejo e incerteza.

— Dormir no carro não estava tão confortável assim? — ele provocou com um tom gentil.

— Apropriado para o dia que foi um completo *Tohuwabohu* — ela murmurou, a palavra alemã saindo como um suspiro.

— Coisas lindas podem ser geradas do caos — ele respondeu, sonolento.

Estava bêbado? Achava que não. Mesmo assim as palavras pareciam sair sem filtro, desviando de qualquer racionalização consciente. A sensação era... deliciosa.

— Acho que você não quer a solidão, Mark Schmidt — ela sussurrou. Cada palavra parecia vibrar na penumbra.

— Mas sei o que esperar dela — ele disse, surpreso com a própria honestidade.

— E não foi sua culpa — Magdalena disse, a voz suave e maternal.

— O quê?

Ele ergueu a mão para acariciá-la, buscando mais da conexão que estavam criando.

A mão encontrou apenas o chão frio de pedra.

Abriu os olhos. Estava sozinho na sala iluminada pela luz acinzentada do amanhecer.

23

APÓS UMA BREVE SAÍDA para preparativos, Mark voltou ao casarão pronto para consertar as coisas.

Era difícil explicar, mas, de alguma forma, depois da noite passada tudo mudou. Não exatamente como nos filmes — sem epifanias brilhantes ou melodias suaves de fundo —, tampouco a tensão entre os dois havia evaporado com o amanhecer. Mas, agora, ele sabia que queria tentar.

Ele procurou por Magdalena. Ela não estava mais no carro. Ele a buscou no pátio, no jardim e até mesmo no galinheiro.

— *Signora?* — ele chamou a esposa do caseiro. — Magdalena? — perguntou, apontando com dois dedos para os próprios olhos e depois ao redor.

A senhora deu de ombros e balançou a cabeça numa negativa. Nenhum sinal da esposa.

Mark subiu a escadaria e foi ao quarto do teto desabado. Apenas as galinhas o encararam com aquela cara de "você ainda está por aqui?".

Já estava prestes a desistir da busca, quando a porta do banheiro se abriu de repente.

Ele congelou.

Lá estava ela. Magdalena, de roupa de banho, a pele ainda úmida, refletindo a luz da manhã, mais linda do que no sonho. Por um momento, ele ficou incapaz de desviar o olhar. Não conseguia discernir totalmente o que sentia: fascinação ou o impulso de fugir antes de dizer algo idiota.

— Magdalena — ele sussurrou.

Ela parou por um segundo, surpresa.

Seus olhos se encontraram apenas por um breve momento. Ela desviou o olhar. E, então, esquivou-se dele, dando a volta como se ele fosse um obstáculo em seu caminho.

— Olá — ela respondeu quando já estava de saída.

Mark pigarreou. Ela estava de costas, e ele ainda ali, paralisado e sem fala.

— Praia? — soltou finalmente, torcendo para que não soasse tão estúpido quanto parecia em sua cabeça.

— *Shopping* — ela respondeu, sem perder o ritmo.

Ele franziu o cenho, confuso.

— Estou brincando, Mark — ela disse, com um leve sorriso torto.

A piada levou alguns segundos para cair, mas, quando caiu, ele riu alto. Talvez até demais.

— Você e suas brincadeiras... — Ele balançou a cabeça, enquanto tentava se recompor.

Por um instante, o olhar dela encontrou o dele de novo. Havia algo ali, misturado com a habitual ironia. Curiosidade, talvez? Impaciência? Era diferente.

Ele apertou as mãos em punhos, tentando acalmar os nervos.

— Posso ir junto? — soltou antes de pensar melhor.

Ela hesitou.

— Acho que "ir junto" faz parte do pacote "viagem romântica a dois", não é mesmo? — ela respondeu com um sorriso que não chegava aos olhos.

— Certo...

Um silêncio constrangedor se estabeleceu. Estava odiando aquilo. A sensação de estar preso numa teia de constrangimento e estranheza, onde, com cada fala e movimento, apenas se enredava mais. As palavras estavam ali, mas nenhuma parecia certa.

— Pensando bem — ele cedeu com um suspiro derrotado —, vou mais tarde. Tenho coisas para resolver.

— Tudo bem. — Magdalena assentiu, alívio estampado no rosto. — Até mais.

Ela acenou e se afastou, sem olhar para trás.

Mark ficou ali, parado, observando-a sumir. Enfiou as mãos nos bolsos e chutou o ar, frustrado consigo mesmo.

De onde vinha essa angústia? Esse desejo por fazer as coisas funcionarem? Apenas do sonho? Como é que um sentimento tão intenso podia brotar do nada, compelindo-o a agir de maneiras que, em outras circunstâncias, ele jamais ousaria?

Talvez a noite que seu cérebro imaginou, sem qualquer autorização, tivesse sido mais do que um sonho. Parecia, sim, mais uma espécie de epifania. Como se seus olhos tivessem sido abertos. Algo tão simples, mas capaz de mudar toda sua perspectiva e, com isso, seus sentimentos e atitudes também.

Mark precisou rir. Lembrou que a mãe era desse jeito. Sempre levando "sonhos e sinais" a sério. Como se alguns deles pudessem ser até mesmo recados divinos.

Magdalena. Estúpida mesmo era a ideia de que ela se ajustaria rapidamente a uma mudança tão brusca. Mas o que mais ele podia fazer, além de tentar?

Antes que se arrependesse, desceu correndo as escadas.

— Magdalena! — gritou, quando a avistou já no portão da casa.

Ela parou e virou-se devagar.

— Sim?

— Espero que não tenha nada marcado para esta tarde — disse, ofegante e um pouco mais rápido do que o normal.

Magdalena riu. Foi um riso breve, como quem testava se o que ouviu era uma piada ou não.

— O que eu teria marcado? — Ela piscou rapidamente diversas vezes.

— Ótimo. — Mark sorriu, se aproximando. — Encontro marcado.

— Encontro? — Ela levantou uma sobrancelha. — Com quem?

— Comigo... Você... Nós dois — Mark gaguejou.

— Eu sei, querido. Estou só brincando. Relaxa.

Mark riu e relaxou de fato.

— Na verdade, era uma surpresa. Um passeio de barco. O que acha?

Magdalena ergueu as sobrancelhas. Parecia surpresa.

— Interessante.

Ele abriu um enorme sorriso. Claro que era o tipo de resposta que deixava margem para uma série de interpretações, mas estava otimista o suficiente para escolher a melhor delas.

— O dono inicialmente não queria alugar por causa da previsão de vento e do risco de tempestade — ele disse. — Mas eu o convenci. Com meu charme.

Por algum milagre, ela riu de verdade dessa vez. Uma risada leve, genuína. O tipo de som que fazia todo o esforço valer a pena.

— Com seu charme, é? — Ela o olhou de cima a baixo, o sorriso brincando nos lábios enquanto o avaliava.

Ele sacudiu a cabeça em confirmação, como se realmente tivesse plena confiança nisso. O que era, claro, uma mentira deslavada.

Por algum motivo, o jeito que ela se divertia dessa vez não o fazia se sentir humilhado. Pelo contrário.

— E então? — perguntou, esperando que a resposta viesse acompanhada do sorriso que ele tanto adorava.

E recebeu o que queria.

— Vamos nessa.

— Ótimo. — Mark bateu as palmas uma vez. A vontade era de fazer uma daquelas dancinhas comemorativas da irmã. — Só temos agora que esperar até às dezesseis horas.

— Então vamos esperar — ela disse, o tom de voz carregando uma provocação que ele, honestamente, apreciou.

O seu coração estava tão acelerado. Estava ansioso, reconheceu. Mas de uma forma boa. Ansioso para ganhar o coração de sua esposa.

O relógio marcou quatro horas e ele já estava pronto. Foi encontrá-la, ajeitando a sunga azul-piscina só com um pouco de desconforto. Ele não era exatamente o protótipo do cara que ficava confortável de sunga, mas, naquele momento, não estava assim tão mal. Na verdade, a situação inteira era um tanto ridícula, se fosse parar para pensar. Mas naquele momento — talvez fosse a empolgação com o passeio de barco ou, quem sabe, a súbita confiança de que era capaz de conquistá-la — estava feliz.

A porta do quarto se abriu e, quando ele levantou os olhos, lá estava ela. Trajava um vestido violeta que abraçava suas curvas de um jeito quase ilícito, cada detalhe realçado pela luz suave do fim de tarde.

Mark ficou sem palavras. Por um momento só pôde admirá-la.

Um sorriso começou a se formar nos lábios dele. Era discreto a princípio, mas logo se transformou em uma risada de incredulidade. Era engraçado. Ela parecia prestes a desfilar em algum evento chique, enquanto ele mal conseguia controlar a toalha amarela que insistia em escorregar do braço.

— Lindo vestido — ele disse, com o sorriso que não conseguia mais esconder.

Ela mordeu os lábios, os olhos encontrando os dele. Algo no jeito que posicionava os braços e desviava o olhar era diferente. O que podia ser? Nervosismo? Constrangimento? O que quer que fosse, era novidade. E meio divertido também.

— Você não especificou o traje, *Herr Schmidt*. — Ela afunilou os olhos. — Pular ondas em um *jet ski* ou jantar elegante em um iate? Quem sabe? Hm? — As palavras foram lançadas com a costumeira ironia, mas ela desviou o olhar demonstrando uma timidez inesperada.

— Desculpa. — Ele soltou mais uma risada sincera, que escapuliu sem permissão. — Simplesmente não me passou pela cabeça que você fosse estar toda vestida desse jei...

— Oh, estou nua quando passo pela sua cabeça? — Ela arqueou uma sobrancelha, o sorriso tomando uma forma desafiadora.

Mark piscou, pego de surpresa pela provocação. Sentiu o rosto esquentar, mas apenas riu, balançando a cabeça como se pudesse apagar o constrangimento.

— Bom... — ele começou, sem saber ao certo onde a frase ia terminar.

Ela logo o interrompeu com uma risada carregada de um pretenso choque, seguido de um tapa brincalhão no braço.

Só com muito esforço ele conseguiu resistir ao impulso de agarrá-la e beijá-la bem ali.

A leveza entre os dois era nova. Era como se estivessem finalmente entendendo o ritmo da dança. Pela primeira vez desde que descobriu que a esposa era gente, Mark sentiu que não estava pisando em ovos. Ela estava rindo. Ele estava rindo. E ele considerava isso um bom sinal.

Ele deu um passo à frente para se aproximar. Tocou o rosto delicado da mulher, deixando os dedos roçarem na pele macia. Ele não sabia que seria tão bom. Eles já tinham estado juntos antes, mas agora tudo estava diferente.

Ela soltou mais um riso contido e desviou o olhar, como se o momento fosse desconcertante para ela também.

Talvez, apenas talvez, ela finalmente estivesse pronta para ser a esposa sob medida que ele tanto sonhou.

24

ESTAVA VENTANDO AINDA MAIS do que pela manhã. Mesmo assim, Mark estava confiante de que não haveria tempestade. Nem eram tantas nuvens assim. E as que estavam ali não pareciam muito ameaçadoras.

Ele apertou a mão de Magdalena. Estava fria. O casal caminhou em direção ao barco, enfrentando juntos as ondas geladas. Com o vestido violeta, ela parecia uma flor vibrante, uma mancha de cor no mar revolto.

Será que estava usando roupa de banho ou *lingerie* por baixo? O pensamento surgiu sem aviso, e Mark riu por dentro. Fazia diferença? No fim, era só outro tipo de tecido. Mas ele quase conseguia ouvir o comentário irônico de Magdalena se soubesse das divagações sobre a roupa de baixo dela.

Ao chegarem, o capitão da embarcação estendeu a mão para ajudar Magdalena. Ela soltou Mark, e, com uma graça natural, pulou da água para o barco num único impulso. Mark, por outro lado, teve um destino menos elegante. Três vezes tentou subir. Três. E três vezes caiu na água, aos trambolhões.

— Isso não está indo muito bem — murmurou, com um aceno para o capitão.

Finalmente, com dignidade zero e cabelo pingando, ele conseguiu se pendurar, perna e braço agarrados na lateral do barco, como se estivesse à beira de um precipício.

Ao erguer os olhos, porém, a situação só piorou.

— Stephan? — A palavra escapou de sua boca antes que ele pudesse processar o que via.

Soltando um palavrão, caiu com um baque na proa.

— Surpresa! — O ex-melhor amigo jogou os braços para o alto com um sorriso desajeitado e teatral. — Adivinha quem vai conduzi-los hoje?

Mark piscou, atônito, enquanto tentava se levantar. A situação era tão surreal que ele quase riu. Parecia uma piada, ainda que fosse uma tão engraçada quanto um chute na virilha.

— Não. Sério? O que você está fazendo aqui?

— Ah, você sabe... — Stephan deu de ombros, como se tudo estivesse dentro da mais completa normalidade. — Novas oportunidades, novos horizontes... Pensei: "Por que não tentar ser capitão de barco por um dia?" — Ele piscou, claramente achando graça de si mesmo.

Magdalena olhou de Stephan para Mark e de volta, com um olhar confuso.

— Isso é uma pegadinha? — Mark perguntou, olhando ao redor como se procurasse por câmeras.

— Não, não! Juro que sou totalmente qualificado. Fiz uma mentoria on-line. E, além disso, olha esse *outfit*! — Stephan deu uma voltinha. — Como eu poderia *não* ser o capitão?

Ele ergueu o celular a fim de mostrar um *post* em uma rede social.

— Olha o antes e depois — exclamou.

A primeira foto mostrava Stephan com roupas convencionais e vinha acompanhada da legenda: "Eu antes, quando ninguém aceitava subir num barco comigo." A imagem seguinte, já com o *outfit*, concluía com: "Agora pessoas fazem fila de espera de cinco meses para navegar ao meu lado."

Mark, completamente atordoado, olhou para Magdalena. Ela estava mordendo o lábio para não rir.

— Stephan, isso é ridículo. Você não pode ser o capitão.

Stephan contraiu os lábios num beiço de zombaria.

— É só seguir o horizonte, certo? — Ele fez uma pausa, fingindo refletir. — Ou talvez seja seguir o sol? Vamos descobrir no caminho.

Mark sentiu os olhos afunilarem.

— Por que você está aqui? — sussurrou pausadamente. — Na Sicília. Quero uma resposta direta.

— Precisamos conversar, cara. — O sorriso de Stephan esmoreceu.

— Você mora a poucos quilômetros de mim, mas veio até aqui para... conversar. — Mark falou lentamente. — Sinto informar que isso beira o nível *stalker*, camarada. Vá se tratar. Sério.

— Ei, vim para cá por outros motivos. — O ex-amigo se defendeu, erguendo as mãos ao ar com um olhar ofendido. — Era o batismo da minha afilhada e, por acaso, Luigi mencionou que você queria alugar o barco. Pensei, olha aí, uma chance de consertar as coisas entre nós. Chamemos isso de "uma terapia no mar".

Mark fechou os olhos por um segundo, respirando fundo.

— Sim, naturalmente. Terapia no mar. Tudo claro agora.

Magdalena nem estava mais tentando fingir que não estava achando a situação hilária. Stephan, por sua vez, voltou à atitude de palhaço. Rapidamente fez uma pose de comandante de cinema, apontando para o horizonte, mas quase caiu da proa, agarrando-se às cordas com uma expressão que misturava pânico e orgulho.

Mark revirou os olhos e se voltou para a mulher.

Agora ela estava lutando com o vestido molhado, torcendo a saia. Cada movimento fazia o tecido delinear ainda mais suas curvas, o que tampouco passou despercebido pelo olhar ávido de Stephan.

— Já podemos ir? — Mark perguntou, a voz mais ríspida do que pretendia.

Magdalena e Stephan o encararam, claramente confusos.

Mark se sentiu patético — muito embora não deveria ser tão ridículo assim desconfiar das intenções do homem que dormiu com sua namorada — e tentou se recompor.

— Já está ficando bem tarde... — justificou-se, envergonhado.

Os dois se sentaram na popa. Ficaram observando a paisagem, enquanto o vento soprava ao redor. O cenário era espetacular, mas não era o único motivo de Mark estar ali.

— Então... — ele gritou sobre o som do motor. — Sua avó é italiana.

— Isso mesmo — Magdalena respondeu, os olhos fixos em algum ponto no horizonte.

— Qual é o seu sobrenome?

— Schmidt. — Ela arqueou uma sobrancelha, um toque de humor na resposta.

— De solteira, quero dizer.

— Souza.

— Isso é italiano?

— Português. Brasileiro.

— Sério? — Mark tentava desesperadamente juntar as peças da vida dela.

— Minha mãe se mudou para a Alemanha quando era pequena.

Ele fez uma pausa, tentando absorver o que estava ouvindo.

— Você tem outros parentes por aqui?

— Boa pergunta. — Magdalena suspirou, finalmente se virando para ele. — Eu achava que não. Mas na faculdade conheci um primo distante. Nossas famílias, pelo que disseram, não se davam bem.

— Você... — Mark fez uma pausa para ver se tinha entendido direito. — Você fez faculdade.

Ela piscou algumas vezes, parecendo desconfortável com a pergunta.

— Ah, sim.

— De quê?

Ele sentiu a apreensão aumentando. Parecia que quanto mais sabia sobre ela, mais se sentia perdido.

— De jornalismo. — Ela torceu mais uma vez a saia do vestido e a água escorreu pelo piso branco.

Mark não saberia explicar por que, mas a nova informação o deixou ainda mais inquieto. Como era possível que ele não soubesse disso antes? Parecia o tipo de coisa fundamental para saber sobre alguém com quem você se casou.

— Você é jornalista, então?

— Mais ou menos. Meu sonho mesmo sempre foi pintar.

— Por quê? — a pergunta saiu antes que ele conseguisse segurá-la.

— Como assim por quê?

— Você só me parece... tão inteligente. Quer dizer, você fala vários idiomas e tudo o mais. Achei que iria querer algo mais... — ele hesitou.

— Mais palpável? Produtivo? Útil?

Magdalena balançou a cabeça, o olhar mais distante.

— Essa é uma visão utilitarista da vida. Nem tudo precisa ser útil para ter valor.

— Concordo. Arte é legal. Mas, assim, considerando nossos tempos... quer dizer, não dá para comer um quadro, ou se aquecer do frio com ele. — Ele estava tentando soar casual, mas sabia que estava se enfiando cada vez mais num buraco. — Não é um meio de transporte. Uma pintura nunca vai ser capaz de curar o câncer ou varrer o chão.

— E esse barco não está nos levando a lugar algum. — Ela desviou o olhar para o horizonte. — O propósito desse passeio é a beleza e o que essa beleza é capaz de gerar em nós. Não é útil no sentido mais pragmático da coisa. Mas é o que torna a vida, sei lá, suportável? Não é uma coisa que se pode medir, mas... significa tudo. É algo capaz de nos transformar.

— Sim, tudo bem, eu concordo, a beleza tem seu valor, claro. Mas não se faz de um breve passeio todo o propósito de vida...

— Não vamos discutir, está bem? — ela interrompeu, mais ríspida. — Está estragando o passeio. Por mais breve que seja.

— Desculpa. — Mark coçou a nuca, frustrado consigo mesmo. — Posso fazer mais perguntas?

— Qual é o sentido?
— Das perguntas? Odeio não saber o suficiente sobre você.
— Quanto é suficiente?
Ele parou e ponderou.
— Precisamos nos conhecer. Essa é a chave.
— Do quê?
— Como assim, do quê?
— Não vou me apaixonar por você, Mark — Magdalena disse com um tom repentinamente mais frio. — Não quero mais, para ser bem sincera.
As palavras o atingiram de forma certeira.
— Eu não... Na verdade... — Seu estômago se contorceu e ele se viu incapaz de formular uma resposta coerente.
— Você me teve nas mãos e me tratou como uma mercadoria defeituosa, sabe? — ela falou, e a risada que escapou a seguir soou cheia de amargura. — E agora que não conseguiu me devolver, quer me conhecer melhor? Deixa para lá. Talvez nesse momento eu só esteja irritada com algumas das suas certezas.
Mark se remexeu, incomodado. Ele nunca tinha pensado por esse ângulo sobre a forma como a tratou.
— Você me decepcionou, Mark. E nem sei explicar como, já que minhas expectativas eram tão baixas.
Ele permaneceu em silêncio por alguns minutos, tentando encontrar as palavras que aliviassem o peso que se instalou em seu peito.
— Desculpa, Lena. Mas... — Ele hesitou. — Para ser sincero, acho que é injusto. Sempre tive a melhor das intenções. E a tratei com respeito mesmo quando achava que você era... o que achei que era. Aliás, com muito mais respeito do que qualquer homem que eu conheço trataria.
Fazendo compras para ela. Tentando ser uma pessoa melhor para ela. Submetendo-se à vigilância, ao acesso a todos os seus contatos e agenda... Muitas vezes, ao longo das últimas semanas, ele se indignou ao pensar sobre o tanto de chacota de que seria alvo se os moleques com quem costumava conversar na internet quando era mais jovem descobrissem o quanto se submeteu aos caprichos da "encomenda". Só não sabia ao certo se sua indignação era direcionada aos que fariam a chacota, a si mesmo ou à esposa.
— Nos casar foi uma aposta alta e perdemos. — Ela voltou novamente os olhos para o horizonte. — Não, não podemos nos separar. Basta aceitar e tolerar a companhia um do outro, está bem? É só ficar quietinho e desfrutar da jornada. Porque a pintura nunca vai curar câncer, *olha*...

Por longos minutos, só o ronco do motor e o som das águas preencheram o silêncio. O baque da conversa estava pesado. Ela disse que talvez só estivesse irritada com a discussão, mas a sensação era de algo mais profundo. Como se ela já o tivesse cortado do coração. E ele bem sabia que, nessas questões de relacionamento, o caminho de volta era sempre mais espinhoso do que o caminho nunca percorrido.

Talvez devesse desistir.

Era mesmo ridículo pensar que algo verdadeiro poderia existir entre os dois.

Mark olhou para o oceano, sem encontrar alívio para a angústia. O sol dourado refletido nas águas o lembrou de um dos motivos de estarem ali. Erguendo o olhar para o horizonte, se deu conta de que estava na hora. E, agora, mesmo que não houvesse uma recíproca, queria pelo menos poder compartilhar deste momento com ela.

— Lena... — Ele estendeu a mão para ela. — Há tanto ainda que eu gostaria de conversar, mas está quase na hora.

Ela hesitou, mas aceitou o toque.

— Hora do quê?

Com passos firmes no embalo da navegação, ele a conduziu à proa.

— Você precisa se sentar aqui — Mark instruiu, ainda se sentindo pesado pela discussão. Ele apontou para a extremidade dianteira da embarcação. — Uma perna do lado de lá da coluna, a outra aqui.

Ela se posicionou da forma indicada.

— Isso é seguro?

— Depende do quão firmemente você se segurar. — Mark gracejou de leve, mesmo que a tristeza ainda estivesse ali. — Bem, eu nunca morri.

Emoldurada pela luz enevoada do sol poente e o brilho incessante nas águas, Magdalena olhou por cima do ombro para ele e lançou um de seus sorrisos mais magníficos.

Algo dentro dele se afrouxou, como uma corda sendo solta após muito tempo de tensão. Foi inundado por uma onda de euforia. Era esse o tipo de beleza à qual ela se referia? A beleza que transforma?

Mark engoliu em seco, tomando um instante para absorver a enxurrada de emoções.

Então, a lembrança desagradável de Stephan, o "capitão", voltou à mente. Ele sabia que precisava falar com o amigo — ou o ex-amigo, como preferia pensar — sobre o que viria a seguir.

Resignado, levantou-se com uma mescla de frustração e cansaço. Caminhou até Stephan, que estava agora de pé, segurando o timão com uma mão e tirando fotos de si mesmo com a outra, o chapéu de capitão escorregando levemente para o lado.

— Stephan — Mark se esforçou para soar educado. — Você ainda se lembra de como é este passeio?

Stephan sorriu, largando o celular, e se colocou em posição, como se estivesse pronto para uma missão secreta.

— Esquecer? Como? Impossível. — Ele piscou para Mark, com o mesmo entusiasmo irritante.

— Então... se possível... — falou pausadamente. — Eu gostaria de dar hoje à minha esposa a experiência da vida dela.

— Mas é claro! — Stephan bateu com o punho no peito. — Vai ser o "*à la Stephan*". Esse passeio nunca mais será o mesmo. Será épico. Juro.

Enquanto caminhava de volta até Magdalena, o barco deu um solavanco inesperado para a direita, fazendo com que Mark precisasse se agarrar ao corrimão. Ele olhou para Stephan, que murmurou um "opa". Quando se sentiu mais seguro, continuou o caminho até estar bem às costas da esposa. Ali, enlaçou os braços firmemente ao redor das barras metálicas que cercavam a embarcação e deu um sinal com a cabeça para Stephan.

O barco acelerou, com a mulher encaixada entre as grades da proa.

Mark ficou parado por um segundo, observando a esposa, o vento soprando o cabelo comprido para trás como uma visão quase surreal de tão bela. Cada salto sobre as ondas acelerava seu coração, mas não só pela velocidade. Ele estava preso entre o êxtase da adrenalina e a consciência de que ela estava assim tão próxima, vivenciando com ele uma das lembranças que ele mais amava.

O barco acelerou ainda mais, cortando o oceano como uma faca. O sol poente pintava o céu com cores de rosa, laranja e violeta, e a água refletia a luz dourada de uma forma que parecia mágica. Magdalena soltou um riso involuntário enquanto o barco saltava sobre uma onda maior, e isso o pegou desprevenido. Era magnífico vê-la relaxar daquele jeito.

Mark lançou uma olhada para o ex-amigo, que parecia se divertir tanto quanto, e aceitou, resignado, que talvez a presença dele ali não fosse tão ruim.

A primeira grande onda veio.

Quando saltaram, de início, a sensação foi como a de alçar voo, a proa se elevando tão rápido que Mark precisou agarrar mais forte às barras. Magdalena, no entanto, parecia estar no controle, acompanhando o movimento com o corpo, os cabelos serpenteando como uma chama ao vento. Com o rugir ensurdecedor da ventania em seus ouvidos, Mark fechou os olhos. Por um milissegundo, um senso de perfeita paz o envolveu, enquanto, por esse breve e fugaz momento, flutuavam sem peso.

O barco retornou ao mar com um impacto brutal, mas a mulher manteve-se firme, ainda rindo. A cada novo salto, um grito agudo de felicidade escapava dos lábios dela.

Era impossível não sorrir ao vê-la assim, tão viva.

Enquanto o barco continuava manobrando sobre as ondas, Mark olhou para o horizonte e vislumbrou as ruínas romanas ao longe, na base do penhasco de rochas vulcânicas. As colunas de mármore desconectadas no meio do nada, resquícios de um passado glorioso, agora perdido no tempo. Na ponta oposta, o vilarejo de pescadores, as casas coloridas salpicadas sobre um tapete de verde e chumbo.

O barco deu voltas e mais voltas, cortando a maré raivosa com ousadia. Um êxtase sem fim, enquanto cavalgavam as águas. Conforme o sol baixava, de todos os lados as ondas passaram a reluzir mais e mais como um topázio. Finalmente desaceleraram, uma marola se instalando na superfície do mar. Tudo se aquietou. A tensão, no entanto, permanecia pendendo sobre eles como as nuvens negras que se aproximavam do outro lado.

Mark se virou para Magdalena, que tentava se desvencilhar das grades, ainda trêmula pela intensidade do passeio.

Quando ela se apoiou nele para se equilibrar, algo mudou.

Seus olhares se encontraram por apenas um instante. E, sem dizer uma palavra, ela se colocou na ponta dos pés e o beijou.

O calor dela tomou conta do corpo de Mark, num choque que desfez o mundo ao redor. Por um breve momento, não havia ondas, nem ruínas, nem barco. Só os dois, presos numa carícia que parecia ao mesmo tempo familiar e inesperada. Ela envolveu o pescoço dele com os braços e ele a apertou contra si, afundando o rosto em seus lábios, consumido por um desejo violento de se tornar um com ela. Se não fosse a presença de Stephan, talvez não tivesse sido capaz de parar.

Quando finalmente se afastaram, ele procurou nos olhos da esposa uma resposta — qualquer sinal do que havia mudado. Mas tudo o que viu foi um reflexo do próprio dilema.

O que ela estava pensando? O que havia de diferente agora?

— Vamos? — a voz dela soou suave, mas hesitante.

Mark assentiu, ainda com o gosto dela em seus lábios, o toque registrado na pele como se tivesse sido gravado com ferro quente. Não sabia exatamente para onde estavam indo, mas, pela primeira vez em muito tempo, ele mal podia esperar para descobrir.

25

MARK AINDA ESTAVA TENTANDO se recuperar da adrenalina dos últimos momentos quando ouviu Magdalena murmurar, quase inaudível:

— Vai, me leva pra casa...

Ele ficou a encarando, paralisado por um segundo.

Ela já o tinha beijado antes, então por que dessa vez parecia diferente? Os lábios, umedecidos pela brisa do mar, pulsavam e ardiam, como se o ar ao redor estivesse carregado de eletricidade. O coração batendo destrambelhado, como o de um adolescente descobrindo o primeiro amor. Era ridículo. O que estava acontecendo? Talvez fosse a euforia do momento. A beleza deslumbrante de Magdalena, combinada com aquele pôr do sol que parecia dobrar o espaço e o tempo ao redor deles. E, quando compreendeu a expressão de surpresa e gratidão no rosto da mulher, algo dentro dele se derreteu.

— Agora mesmo — ele prometeu, com um sorriso.

A embarcação se aproximou da orla e eles atravessaram o oceano agitado de mãos dadas, à medida que a noite caía rapidamente. Correram até a areia, o vento empurrando o mar contra eles, e assim que chegaram à praia, a chuva desabou.

Mark apertou a mão da esposa, até mesmo enquanto corriam pela viela em direção ao casarão. Ele não queria soltá-la nunca mais. O som da chuva martelava o chão, tão intenso quanto o próprio coração. A tempestade parecia ecoar dentro do próprio peito.

Ao chegarem próximo do portão, ele correu à frente, largando a mão dela, tentando fingir que tinha tudo sob controle. Virou-se e a viu logo atrás, correndo com os cabelos molhados e o vestido colado ao corpo. Ele pegou a toalha que tinha deixado preparada e, com delicadeza, a colocou sobre os ombros dela, aproveitando para puxá-la para um abraço.

O perfume dela misturado à chuva e ao vento fresco fez algo dentro dele se revirar de angústia e ansiedade.

Tentando aliviar a tensão, ele riu e cantarolou baixinho perto do ouvido da esposa:

— *Eu te amei doce por toda a madrugada...* — Ele ajustou mais uma vez a toalha ao redor dos ombros da mulher. — Lembra?

Magdalena arqueou uma sobrancelha.

— Claro — ela respondeu, sem muita ênfase.

— Sempre penso em você quando ouço essa música... — Ele tentou sorrir, mais sedutor do que antes.

Magdalena franziu as sobrancelhas e piscou algumas vezes. O sorriso que antes era leve agora começava a parecer forçado.

Mark não sabia exatamente o que isso significava, mas a reclamação já escapou:

— O que foi, Lena? Do que não gostou? — Ele tinha dito algo de errado? Por que a cada passo que davam adiante pareciam retroceder dois? — O que fiz agora?

Magdalena o encarou como se não esperasse a reação. Ela tentou sorrir novamente, mas era óbvio que não era genuíno.

— Nada, não... é só que... — Ela estava claramente desconcertada. — Acho que você não entendeu do que se trata a música. Não é sobre uma noite de prazer. A primeira parte retrata a sala de espera de um hospital, sabia? Ela fala de amar mesmo nas dificuldades.

Mark se sentiu esfriar. Ele se remexeu, desconfortável.

— Por que tem que ser sempre assim? — Ele coçou a nuca.

— Assim como? — Magdalena perguntou, agora na defensiva.

— Você nunca está satisfeita, já notou? Sempre que eu me esforço, é tipo... "Ah, você não entendeu a música."

Ela soltou uma risada curta e virou o rosto.

— Deixa pra lá.

— Ah, e agora fui reprovado por causa de interpretação de texto? — Mark enfiou as mãos no cabelo, percebendo que não conseguiria escapar do conflito. — Não aguento mais essas brigas. Nós estamos casados, sabe?

Deveria ser simples, estável. Em vez disso, estavam presos em um *loop* de tropeços e falhas de comunicação. Um relacionamento cuja programação consistia de um código cheio de erros, travando a cada comando.

Magdalena respirou fundo, a magia do momento se esvaindo por completo.

— Não, não, não — ele continuou. — Por favor. Estou realmente me esforçando, Lena.

Ele queria tanto trazer de volta o sentimento leve que haviam compartilhado há minutos no barco, mas agora tudo parecia complicado demais. De novo.

— Obrigada por se esforçar... — ela murmurou, com um olhar triste.

Mark assentiu e se aproximou lentamente, esperando que a proximidade quebrasse o gelo.

— Olha, está ficando frio, né? Nós poderíamos... bem, espera aqui. Eu já volto.

Ele procurou ao redor por madeira seca, mas só encontrou restos encharcados. Então lembrou de ter visto um cobertor no armário onde guardavam brinquedos.

Ao lado da caixa do quebra-cabeça, estava a coberta espessa de retalhos. Mark não se recordava mais das estampas. Parecia ter sido feita à mão com pedaços desbotados de camisetas velhas. Cheirava um pouco mal, uma mistura de bolor e alguma outra coisa. Não era ideal, mas teria que servir.

Ele trouxe o tecido embolado debaixo do braço e se sentou na toalha de piquenique. Com um aceno da cabeça, convidou Magdalena para que o acompanhasse. Após uma leve hesitação, ela aceitou o convite. Ele os cobriu.

A proximidade só intensificou a tensão. Mark sentia o calor do corpo dela por baixo do tecido. Os fôlegos pareciam se entrelaçar na brisa gelada.

Após um tempo, foi ela quem quebrou o silêncio:

— Sabe de uma coisa? Sinto que já conheço muito sobre você só pela sua estante de livros.

Mark franziu o cenho, confuso.

— Eu não li nem metade deles — confessou, coçando a nuca. — A maioria era da minha mãe.

Ela devolveu o sorriso, dessa vez com uma suavidade inesperada.

— Valorizo quem preserva volumes de uma época em que as pessoas ainda escreviam de verdade.

Ele relaxou um pouco com o comentário, sentindo o peso da conversa se dissipar.

— Então você ia adorar minha mãe. Ela guardava coisas que não eram nem da época dela.

— Tipo o quê?

— Ah, umas coleções de livros enormes cheios de informações defasadas que chamavam de "enciclopédia" e um que tinha apenas uma lista de palavras em ordem alfabética e suas definições. O tal do "dicionário" que minha irmã adora.

— Não vi nada disso na sua estante.

— A Becca ficou com algumas coisas. Confesso que só guardei os romances.

— Romances? — Magdalena pareceu se divertir com a informação.

— Sério?

Ele sorriu com o tom de provocação.

— Ei. Romances não são só histórias bobas. São como algoritmos que moldam nosso jeito de ver o mundo. E é por isso que não tenho interesse nos que foram escritos por máquinas. Gosto de experimentar a perspectiva de outros humanos.

Magdalena assentiu, o olhar perdido por um segundo.

— É um pouco como o que sinto sobre a pintura. Não é só pela beleza (embora o belo tenha seu mérito, claro), mas por ser uma forma de enxergar a vida, de traduzi-la. E é mais que isso. Às vezes, sinto como se eu desejasse algo que está tão perto quanto um toque, mas, ainda assim, permanece inalcançável. Um grito que vem do fundo da minha alma, mas nem sei por onde começar a descrever o que é que anseio. Entende? Tenta imaginar como seria sentir sede em um universo onde não há água. Como nomear a falta do que nunca se teve? É uma busca interminável por um sentido maior, uma coisa que permaneça. Algo transcendente. *Eterno.*

Mark se pegou fascinado pela paixão com que ela falava. Era como se a arte fosse a única coisa capaz de tocá-la realmente. Cada palavra demonstrava uma profundidade mais intensa e intangível, um mistério que só o fazia querer conhecê-la ainda mais.

— Foi como me senti no barco... — ela sussurrou. — Como se eu estivesse experimentando uma amostra de... não sei, *Deus*?

Ele ficou em silêncio, deixando o que ela disse se assentar. Nunca tinha pensado na arte como uma expressão divina, mas fazia um certo sentido. A beleza era a maneira dela de se conectar a uma força maior.

— Você acredita em Deus? — Mark perguntou, intrigado.

— Não sei se eu quero que ele exista ou se tenho medo que exista.

— Por quê?

— A ideia de alguém te observando o tempo todo, sabendo tudo o que você faz, pensa... e que pode te punir por isso? — Ela fez uma pausa. — Isso não te assusta?

Mark refletiu por um momento, sentindo o eco das próprias paranoias. Nunca havia ligado essa sensação a um fator divino ou espiritual, mas agora parecia fazer mais sentido do que gostaria de admitir.

— E você, acredita? — ela perguntou.
— Sim, sou cristão. — Sentiu-se estranho admitindo isso.
Ela ergueu as sobrancelhas, surpresa.
— Como não percebi até agora?
— Acho que não penso muito nisso... — Mark deu um sorriso constrangido. — Não tanto quanto deveria. Para mim, Deus sempre foi uma presença que trazia conforto, não... medo e condenação.
Ela permaneceu em silêncio por um tempo antes de perguntar:
— E você acha que, se ele existisse e fosse bom, puniria os maus?
Mark assentiu, mais sério agora.
— Sim, claro.
— E se os maus formos nós?
Por um instante, Mark sentiu o sangue gelar. Mas tentou aliviar a inquietação com um riso nervoso. Seu foco agora era outro. Ele se inclinou, sentindo-se estranhamente mais próximo dela. O olhar de Magdalena, assombrado e distante, o desafiava a entendê-la. E, naquele momento, tudo o que ele queria era decifrar cada detalhe dela.
— Não existe nada em você que seja mau, Magdalena. O jeito que você enxerga a beleza... pra mim é quase um ato de adoração a Deus.
Sem resistir, ele segurou o rosto dela e se aproximou. Então a beijou, lentamente, tentando saborear cada segundo. O corpo dela cedeu nos braços dele, e Mark podia sentir o coração da esposa bater acelerado. Um sorriso satisfeito se formou no meio do beijo, ao entender que ela estava tão nervosa quanto ele.
De repente, ele se afastou, a respiração ainda descompassada. Precisava de um segundo para pensar. Queria fazer as coisas direito dessa vez.
Ele se dirigiu até a mesa, onde uma garrafa de vinho aguardava, e encheu duas taças, o som do líquido preenchendo o silêncio. Magdalena se levantou e se abraçou, como se tentasse afastar o frio que ele deixara ao se distanciar.
Mark riu baixinho, achando fofa a forma como ela esfregou os lábios, ainda sob efeito do calor das carícias.
— Onde está a *signora*? — ela perguntou, de repente, esticando o pescoço para olhar pela janela.
Mark voltou até ela com as taças na mão, o vinho âmbar brilhando à luz fraca.
— Mandei-a para uma hospedaria num vilarejo próximo — respondeu, tentando soar casual. — Ela precisava de um descanso.
Ela recusou a bebida com um gesto leve.

Mark parou por um momento, confuso, mas assentiu e devolveu as taças à mesa.

Ela começou a andar de um lado para o outro, e um suspiro impaciente escapou.

— Foi um bom dia, não foi? — ele perguntou, como se buscasse confirmação.

Ela o encarou com labaredas de fogo no olhar.

— Sim, foi ótimo. — A resposta saiu áspera demais para as palavras suaves.

Os braços cruzados e o jeito com que ela o observava começaram a deixá-lo inquieto. O silêncio se estendeu, como se os dois estivessem tentando medir o próximo passo.

De repente, ela o encarou com um brilho diferente nos olhos, um misto de desafio e rendição.

— Mark... — ela começou, hesitando.

Ele esperou, sentindo o coração bater ainda mais rápido, agora mais pela expectativa do que qualquer outra coisa.

— Sabe aquela cláusula do contrato? — ela perguntou.

— Qual cláusula? — Ele estava sinceramente curioso, sem perceber ainda onde ela queria chegar.

— *Aquela*... — Ela mordeu o lábio e inclinou a cabeça, como se tentasse encontrar a melhor maneira de se expressar.

Mark observou a forma como a luz fraca delineava a face delicada, e, então, de repente, compreendeu.

O rubor subiu em seu rosto e ele deu uma risada nervosa.

— Se você quiser... é o meu dever, sabe? — Ela prosseguiu, com os olhos fixos nele, avaliando-o. — Segundo a cláusula.

Mark franziu as sobrancelhas, sentindo todo o peso da proposta.

— Não, obrigado — ele respondeu, lutando para manter a voz calma.

— Não? — Magdalena fez a expressão de alguém que acabara de ser esbofeteada.

— Não quero que você cumpra seu "dever", Lena. — Ele fez aspas no ar. — Esse não é o propósito da cláusula.

— Ah. — Ela riu, um som curto e seco — Agora você acha que tem um propósito?

— Eu sei que vai parecer loucura, mas acho que pode ter — ele disse, sentindo-se mais honesto do que nunca. — Andei pensando bastante sobre isso. O lema da empresa é "felizes para sempre", não é? Vai ver que o propósito talvez seja, então, que o casal seja feliz. Porque... consigo imaginar a vida acontecendo (as demandas, as preocupações) e, com o tempo, o casal se esquecendo de se amar. Talvez seja um encorajamento para que os dois se abram para isso, mesmo quando tudo o mais parece tão mais importante. Então, por favor, nunca mais venha com esse papo de eu fazer algo com você quando você não quer. Isso é repulsivo. Não é assim que funciona.

— Bem... — Ela o fitou, incrédula. — Nada disso parecia incomodá-lo quando você me via só como uma máquina feita para sua satisfação — retrucou com uma amargura cortante.

— Você está certa. — Mark assentiu. — Mas eu estava errado. E agora não quero nada de você que você mesma não queira me dar.

Ela piscou, parecendo surpresa, mas ainda um pouco ofendida.

— Certo. Então... você não sente desejo?

Mark sentiu algo explodir dentro dele. Seus dedos alcançaram o rosto da mulher, segurando-o com uma delicadeza que certamente era um contraste com o turbilhão violento de emoções que ele sentia.

— Você entende, Lena? — ele disse, num tom grave. — Trata-se de estarmos bem. Nós dois. E isso nunca vai acontecer se eu não considerar seu consentimento.

Ela tensionou os ombros como se estivesse segurando algo que estava prestes a escapar. Ele enxergou a luta interna em seu olhar.

— Mark! — Ela irrompeu num misto agudo de frustração e embaraço. — Eu estou me oferecendo! O que mais você quer, que eu implore?

Sem aviso, uma risada genuína escapou de Mark.

— Isso seria divertido, não acha? — respondeu.

Magdalena bateu de leve no braço do marido e um meio sorriso se formou em seu rosto.

— Mark Schmidt, eu vou te matar.

Os olhos dos dois se encontraram e o riso de Mark esmoreceu lentamente. Ele queria tanto ser capaz de decifrá-la. Eles não paravam de se olhar, mal piscavam, e ele percebeu que algo essencial estava prestes a mudar entre eles.

Não era a primeira vez, mas era, talvez, a primeira que importava.

— Você tem certeza? — A voz saiu mais grave do que ele pretendia.

Magdalena não respondeu de imediato. Ela deu alguns passos incertos para trás, os olhos cheios de algo que ele não conseguia nomear. Era desejo? Raiva? Medo? Talvez tudo misturado. Ela estava se oferecendo, mas havia algo que ela ainda segurava. Como se estivesse testando os limites, vendo até onde podia ir sem se perder por inteira.

— Talvez — ela disse. — Quer dizer, sim. Tenho. Certeza absoluta.

O silêncio caiu sobre eles novamente, desta vez mais pesado, carregado com a promessa do que viria.

Num movimento súbito, ele a puxou, e a ergueu nos braços, carregando-a para o destino de onde não mais retornariam.

26

QUANDO SE ACOMODARAM para dormir no casarão, Mark ainda podia sentir o balanço suave do barco, como se o movimento das ondas tivesse se instalado em seu corpo. Cada toque de Magdalena ainda queimava em sua pele. Não lembrava de algum dia ter se sentido tão relaxado. Em paz.

Se casamento era isso, não era nada mal. Poder desfrutar e experimentar um do outro por cada transformação, cada mudança, como as estações do ano. Passado e futuro entrelaçados numa promessa silenciosa de beleza, verdade e bondade. Inteireza.

Mark riu baixinho de si mesmo, observando as estrelas através do telhado furado, e esticou os braços numa espreguiçada lenta. Bastou uma noite de amor e estava se transformando num poeta.

Uma pena flutuou no ar.

Mark sentiu ao mesmo tempo vontade de rir e nojo. Eles tinham feito o que podiam para higienizar o ambiente, mas penas espalhadas e um certo odor residual persistiam. As camadas improvisadas da colcha de retalhos, toalhas de banho e a toalha de piquenique tampouco ofereciam muito conforto, mas não havia outro lugar onde ele preferiria estar. Uma vez que os impulsos do desejo se acalmaram, algo profundo perdurou. Uma urgência, um anseio de conhecê-la mais, de desvendar cada camada que ela escondia. O que, curiosamente, era o completo oposto do que ele costumava sentir após uma noite assim.

Ele se virou em direção a ela e tentou se aninhar melhor, os corpos perfeitamente encaixados.

— Está acordada? — o sussurro mal se fez ouvir, perdendo-se no som da ventania e das ondas distantes.

— Um pouco — ela respondeu com a voz arrastada, como quem navega entre o sono e a vigília.

Mark hesitou, sentindo-se tenso com a curiosidade que insistia em emergir. Agora, com a proximidade, parecia o momento certo para lutar mais uma vez contra a barreira invisível.

— Pode me falar um pouco mais sobre sua família?

O corpo de Magdalena tensionou, como se um fio invisível a tivesse puxado para a vida real. Ela piscou lentamente e olhou para o céu.

— Por quê? — A voz soava cansada, mas bem-humorada. — Você não deixa esse assunto, não é?

Mark sorriu, quase sem querer, e beijou seu ombro, como se pudesse derreter a tensão que ela carregava. Havia tanta doçura na proximidade.

— Para ser sincero, agora que as coisas estão diferentes, minha vontade de conhecer você melhor só aumentou.

Magdalena riu, um riso suave misturado ao cansaço. Mas então hesitou. Parecia refletir sobre o que havia sido dito.

— Não foi nossa primeira vez...

Mark balançou a cabeça, procurando as palavras certas.

— Bem, foi a nossa primeira vez apaixonados...

Ela virou o rosto para o marido, os olhos faiscando mesmo na penumbra da lua crescente que iluminava o quarto. Então se deitou novamente no travesseiro e soltou uma arfada de deboche.

— Para mim não foi, mas tudo bem.

Antes que pudesse processar completamente a resposta, ele a apertou em seus braços, cobrindo-a com beijos rápidos e desajeitados, quase como uma súplica silenciosa por perdão. O riso suave dela confirmou que o pedido havia sido aceito.

— Não tem problema — ela disse, ainda rindo. — É raro, mas acontece com frequência.

Mark suspirou, aliviado, e a risada de ambos se entrelaçou no ar.

— Desculpa. É só que nem me passou pela cabeça que você já pudesse ter se apaixonado por mim. Como? Por quê? — Ele riu de si mesmo, descreditado. — E não me venha com essa de baixa autoestima. É esquisito por qualquer ângulo que você olhe pra essa história. Pergunte a qualquer um.

— Não sei! — Ela soltou uma gargalhada sincera, como se o conceito fosse igualmente absurdo para ela. — Achei você fofo, ué. Todo atrapalhadinho. Senti vontade de te guardar num potinho. Aquela casa cinzenta urgindo por cores e carinho.

— *Pff* — Mark bufou, sentindo o peito se aquecer.

Magdalena umedeceu os lábios, com o brilho travesso nos olhos de quem está prestes a soltar uma piada.

— É, eu lembro de naquela primeira noite ver você dormindo. Você dava uns tremeliques assim. — Ela começou a se contorcer de forma exagerada balançando o corpo como se estivesse à beira de uma convulsão, o rosto dramaticamente distorcido. — Fofo demais.

Mark apertou a cintura dela com mais força, encostando a testa na nuca da mulher, rindo até perder o fôlego. Depois que as risadas cessaram, o silêncio se estendeu e o peso do cansaço não tardou.

Ainda assim, Mark não conseguiu deixar de voltar ao ponto que mais o perturbava.

— Então... Sua família.

Mais um silêncio. Magdalena permanecia quieta em seus braços.

— O que quer saber? — disse, finalmente, soando mais séria e alerta do que o normal.

— Quem são seus pais? Por que você nunca fala deles?

Magdalena se virou devagar, seus olhos encontrando os dele na escuridão. O desconforto era palpável. Em vez de responder, ela começou a cobrir o rosto dele com beijos leves. Mark sabia o que ela estava fazendo, mas a suavidade dos lábios dela o fez hesitar.

— Pare de tentar me distrair. Não vai funcionar.

— O passado não importa, Mark — ela sussurrou entre os beijos. — Você mesmo disse. Eu estaria aqui de qualquer forma, lembra? Não somos uma combinação de genes e circunstâncias?

Não importa? Então por que parece que ele te assombra?, ele pensou, mas não disse. Em vez disso, sorriu, tentando convencer a si mesmo de que isso era verdade.

— Importa um pouquinho... — murmurou, mais para si mesmo do que para ela. — Acho que é um pouco estranho saber que você tem toda uma vida passada da qual eu não conheço nada.

— São só lembranças... — ela disse com uma serenidade que deveria tranquilizá-lo, mas apenas o deixou mais alerta. — Elas se esvaem como o resto. Só o agora importa...

— Seus pais... O papel não os protegeu, não é? Um documento não foi uma garantia.

— Eles não eram casados. — Ela deu de ombros. — Mas, claro, não é uma garantia.

Mark ficou em silêncio por um momento, processando as palavras. O que ela estava escondendo? Por que parecia impossível que ela se abrisse completamente? Ele era o marido dela, caramba. Mesmo assim, havia uma barreira ali, uma distância que ele não conseguia ultrapassar.

— E você vai me dizer por que você odeia seu pai? — ela perguntou de repente, virando a conversa de volta para ele.

Mark recostou a cabeça no travesseiro. Não era a primeira vez que pensava nisso, mas a pergunta, vinda assim, naquele momento, o pegou desprevenido.

— Eu não odeio ele. — Ele soltou um suspiro pesado. — Eu amo ele, na verdade. Mas isso não faz dele uma boa pessoa. Nem um bom marido.

Ele sentiu o corpo de Magdalena se mover ao seu lado. Ela murmurou algo que ele não conseguiu captar, e ele percebeu que a conversa estava tomando um rumo mais profundo do que havia planejado.

— Quando eu era criança, eu gostava dele — continuou, sentindo a necessidade de desabafar. — Ele era divertido. Mas eu não entendia o que significava ser alcoólatra. Não sabia as consequências.

— Sinto muito — ela murmurou, e Mark pôde sentir a sinceridade nas palavras dela. A compaixão silenciosa o surpreendeu.

Ele fez uma pausa, pensando em como continuar.

— Ele prometeu que ia parar depois do divórcio. E, por um tempo, realmente parou. Ficou sóbrio durante a segunda vez que estiveram casados, mas...

— Eles foram casados duas vezes?

— E se divorciaram duas vezes. Como eu disse, às vezes é só um papel.

Magdalena ficou quieta por alguns instantes. Depois, perguntou, a voz curiosa e atenta:

— Mas, se ele ficou sóbrio, por que se divorciaram de novo?

Mark balançou a cabeça. A resposta era mais complicada e pesada do que gostaria de compartilhar em um momento tão leve.

— É uma longa história... — murmurou.

Permaneceram em silêncio por um longo tempo.

Mark imaginou que Magdalena estava ocupando o cérebro com mil perguntas diferentes, assim como ele. Quando encontrariam um espaço de intimidade e confiança suficiente para se abrirem por inteiro?

— E por que você não se casou com a sua ex? — ela questionou.

Mark gaguejou. A pergunta direta mais uma vez o pegou desprevenido.

— Não sei. Acho que eu ainda não estava pronto.

Magdalena riu suavemente, mas Mark captou uma leve provocação no som da risada.

— Ué. Vocês não moravam juntos?

— Sim, mas casamento... é diferente.
— Achei que o papel não significasse nada.

Ele não pôde deixar de rir, reconhecendo que até certo ponto ela tinha razão.

— Significa. Significa que, quando acaba, a separação não é só uma dor emocional. Vira uma dor de cabeça burocrática e financeira, além de um espetáculo de humilhação pública.

Magdalena parecia refletir sobre as palavras dele.

— Você queria poder se separar sem complicações.

Mark ficou em silêncio, digerindo o comentário. Talvez fosse verdade. Talvez ele quisesse uma saída mais fácil. Concluindo que a conversa estivesse terminada, ele quase relaxou, mas a própria voz quebrou o silêncio novamente:

— Ela não gostava de crianças. E eu queria ter filhos um dia.

Magdalena o encarou séria na escuridão. A voz dela saiu baixa e rouca:

— Você nunca me perguntou se eu queria ter filhos.

Mark soltou uma risada baixinha.

— Deve estar no contrato — disse, tentando suavizar o momento.

— Não está — ela respondeu, balançando a cabeça. — De verdade, não me lembro de nada sobre isso.

— Bem, agora é tarde. Minha escolha seria entre ter filhos ou manter meu braço. E eu gosto muito do meu braço — ele falou, se esforçando para soar leve.

— Claro, não é de mim que você gosta. — Magdalena riu. — É do seu braço.

Mark sorriu e puxou o queixo dela, beijando-a com ternura. O beijo, no entanto, parecia carregado de tudo o que não tinham dito, de tudo o que ainda não eram capazes de confessar.

— Eu gosto de crianças — Magdalena sussurrou, finalmente.

Ele a abraçou com mais força, e os dois se aninharam um ao outro novamente, tentando encontrar algum descanso.

Naquela noite, no entanto, por diversas vezes Mark teve a estranha sensação de ser puxado de volta à superfície, como se um murmúrio suave, um soluço abafado, ecoasse entre o limiar dos sonhos e a vigília. Mas, toda vez que perguntava a Magdalena se tinha dito alguma coisa ou se estava acordada, recebia um ressonar profundo como resposta.

Quando despertou pela manhã, a impressão desconcertante permaneceu de que, no que dizia respeito a ela, ele jamais saberia se algum dia seria capaz de distinguir entre o que era real e o que era imaginado.

27

MARK FEZ UMA LISTA MENTAL para considerar se algo estava faltando. Pepinos e pimentões, queijos sortidos, linguiça frita, pães (infelizmente a padaria local não tinha uma variedade tão grande), manteiga, mel, pasta de chocolate com avelã, pratos e talheres não descartáveis (foi um investimento considerável se levasse em conta os poucos dias que estaria ali, mas pensou que poderia deixar algo de qualidade para a *signora*) e, por último, o café. Ah, *o café*. Estava certo de que desvendaria o funcionamento da cafeteira italiana (mais um de seus investimentos na casa). Afinal, ele trabalhava com um dos sistemas de automação industrial mais complexos do planeta. Não podia ser tão complicado assim. Era só ferver água, colocar a quantidade certa de pó, derramar e pronto. À prova de idiotas.

Ele dispôs tudo cuidadosamente em uma mesa improvisada no pátio. Tábuas de madeira sobre tijolos de pedra. Sorriu quando pensou na surpresa que Magdalena teria. *Guardanapos*. Esqueceu dos guardanapos. Esperava que ela não notasse. Mas é claro que notaria. Sentiu vontade de rir e apenas uma pequena pontada de desdém ao imaginar o comentário irônico dela.

O dia anterior tinha sido perfeito. E a noite? Foi muito além do que poderia ter imaginado ou planejado para os dois. Estiveram juntos da forma mais íntima que dois humanos podiam estar. Então... o que faltava? Paixão? Lembrou da forma que ela o olhou na escuridão do quarto. A forma como ambos tremiam de ansiedade e desejo, conforme se despiam e se amavam. *Se amavam*. Naquele momento teve certeza absoluta de que era isso que sentia. De novo. Pela primeira vez, o "para sempre" não parecia um exagero.

Mas, quando Magdalena finalmente apareceu, sentando-se rigidamente no banco do pátio, algo estava diferente. O jeito como ela evitava seu olhar, a postura tensa — tudo indicava que algo havia mudado nas últimas horas. E não tinha nada a ver com o café.

Mark tentou aliviar o clima:

— Bom dia. Comprei *marshmallows* — disse, forçando um tom de empolgação juvenil.

— Isso é tão não italiano. — Ela cruzou os braços.

Ele riu, tentando não levar a sério o tom ranzinza.

— Bem, tem salsicha com mostarda também.

— Ah, melhorou muito.

Ela massageou o pescoço com uma careta de desconforto. O que poderia ter acontecido desde a noite anterior para virar a chavinha dessa forma?

— Podemos sair hoje à tarde para conhecer o vilarejo vizinho — ele sugeriu, mantendo o tom otimista. — É charmoso, tem até lojinha *papa-turista*.

— Claro, por que não? — Ela deu de ombros.

A resposta seca o desarmou. Algo estava definitivamente errado.

— Está tudo bem? — finalmente perguntou.

Ela o olhou por um segundo, como se estivesse contendo as palavras como se contém um touro bravo por trás de cercas bambas.

— Você está linda, aliás. — Ele continuou. — Esqueci de mencionar porque você sempre está, mas...

— Não se preocupe, Mark. — A expressão no rosto da mulher foi como se ele a tivesse insultado. — Não estou sofrendo por falta de elogios.

— Aconteceu alguma coisa?

Ela continuou a encará-lo como se tentasse ler seus pensamentos. Ele esperava que ao menos estivesse pensando as coisas certas.

— Deixa pra lá. — Os ombros caíram enquanto ela dava um longo suspiro. — Não acordei bem. Fiquei um pouco reflexiva.

Mark tensionou. Não estava preparado para uma conversa séria. Isso soava como uma conversa séria.

— A respeito do quê? — ele perguntou, hesitante.

— Ah, nada não. — Ela entrelaçou as mãos com os braços esticados sobre a mesa.

Mark soltou um suspiro de alívio, deu de ombros e sorriu. Virou de volta para a máquina de café, pronto para desbravá-la.

— Você tem ciência de que vamos envelhecer? — A voz de Magdalena ressurgiu, tensa. — De que um dia posso ter estrias, celulite, pele flácida?

Mark piscou, confuso. O que isso tinha a ver com o café da manhã? Com os *marshmallows*?

— Por que isso agora? — Ele se voltou para ela, se sentindo desconcertado. — Você não gostou dos *marshmallows*?

— O que levaria uma pessoa a escolher uma parceira apenas com base no corpo? Como esse pode ser o único critério? Porque, veja bem, essa parceira poderia ser... bem, uma completa idiota!

Ele deu um sorriso cauteloso.

— Ou ela pode ter pequenos surtos de vez em quando, sem nenhum motivo aparente...

— Exato! — Ela piscou os olhos rapidamente e se afundou mais um pouco no assento. Ergueu um ombro e gemeu como se o movimento lhe causasse dor. — É ridículo, não é mesmo?

Mark ficou parado, sem saber o que dizer. Sentiu que deveria pedir desculpas, talvez. Mas pelo quê?

— Lena... — ele começou com uma voz controlada. — Eu entendo seu ponto de vista. Claro, você tem razão. Mas... por outro lado... o que você esperava? Se não queria ser escolhida pelo seu corpo, por que o ofereceu como parâmetro de escolha?

O olhar que Magdalena lançou fez Mark perceber que havia cometido um grande erro.

— Nossa, Mark. Parabéns. Sensacional.

Ele levantou as mãos, tentando apaziguar.

— Não quis ofender, só estou fazendo uma pergunta sincera.

— Você e suas *perguntas*... — Magdalena se ergueu e se afastou, mancando. Logo a seguir, freou bruscamente e retornou com passadas calculadas, a postura enrijecida.

Mark ergueu os braços ao alto e riu de nervoso.

— Lena... Eu nem sei o que fiz de errado. De verdade. Se você me explicasse, talvez eu pudesse me desculpar. Você está agindo meio... — Ele tentou amansar a voz para soar afetuoso e brincalhão. — Um pouquinho como uma lunática.

— Ah, pronto! Agora eu sou louca. Era só o que me faltava.

Mark bufou. Num impulso, deu um tapa numa das colunas de concreto do pátio. O tapa saiu com mais força do que pretendia e o impacto reverberou pela mão. Um palavrão ficou preso na garganta junto com a dor que subiu pelo braço.

— Você está distorcendo minhas palavras — ele murmurou, enquanto tentava disfarçar o sofrimento.

O cheiro de madeira e do café da manhã invadiram suas narinas. Pela primeira vez em muito tempo, o desejo de fumar retornou. Céus, como queria fumar. A nuvem de nicotina, lenta e densa, se expandindo e queimando nos pulmões. E, junto com o desejo, a lembrança de Pauline veio à tona. Ela sempre dizia que brigas acaloradas eram puro reflexo da paixão. Inevitavelmente terminavam em pazes acaloradas na cama. "Você nunca é tão intenso quanto quando está brigando comigo", ela costumava sussurrar, satisfeita. Mas agora estava cansado. Cansado de intensidade disfarçada de paixão. Era um sinal evidente de que estava ficando velho também, pensou. O pior de tudo? Depois de uma vida correndo atrás dessa sensação, tudo o que mais queria agora era paz.

— Você tem razão — ela disse, com um tom cansado. — Não sei o que achei. Sim, havia a possibilidade de você só se interessar pelo meu corpo, mas acho que eu tinha esperança de que, com o tempo, algo mais profundo surgiria, sabe? Que você se interessaria também por quem sou por dentro.

Mark balançou a cabeça, confuso.

— Estou tentando, mas você não facilita... — Novamente tentou soar engraçadinho, mas saiu muito mais sério do que esperava.

Magdalena o encarou com uma expressão de morte.

— Então me diz — ela disse, a voz mais fria. — E quando um dia eu... — ela hesitou, os dedos traçando um círculo na mesa de madeira. — Quando eu engordar, Mark? O que vai acontecer então?

Mark congelou. A pergunta o pegou desprevenido. Ela não falou "se eu engordar", mas "quando". Ele tinha lido histórias sobre mulheres que se casavam e depois relaxavam na aparência física, como se fosse uma armadilha, o suficiente para o deixar alarmado. E agora? Era isso que ela estava insinuando?

— De quantos quilos estamos falando?

— Olha... — A esposa ergueu uma mão ao alto como um sinal de "pare". — Deixa pra lá.

Ela se afastou com passos pesados e começou a recitar:

— *Gaste tudo o que tens pela beleza. Compre-a e nunca calcules o custo; pois por uma hora pura e cantante de paz valha a pena perder muitos anos em batalha, e por um fôlego de êxtase, dá tudo o que foste, ou poderias ser.*

Mark franziu a testa.

— Você está drogada?

Ela riu, um riso amargo.

— Isso é Sara Teasdale, Mark. Está na sua estante de livros. Você não devia ler só manuais, livros técnicos e romances. Poesia tem seu valor.

— O que está acontecendo? — Ele se aproximou, tentando entender.

— Parece que você quer brigar comigo de propósito.

Magdalena o encarou, frustração estampada em seu rosto.

— Acho que não faz sentido a essa altura do campeonato não ser sincera, não é mesmo? Nós somos casados. Ou algo assim.

Ela hesitou, como se estivesse prestes a confessar algo muito vergonhoso. Mark tentou encorajá-la com o olhar a prosseguir.

— Quando acordei, você não estava lá e eu... — Ela arregalou os olhos numa expressão de consternação. — Eu, literalmente, não conseguia me mover. Imagino que o impacto das quedas no barco, talvez, tenha feito algo com a minha coluna. E naquele momento eu só conseguia pensar: *e agora?* Meu marido escolheu uma mulher jovem, saudável e perfeita. Mas qualquer coisa pode acontecer com os nossos corpos, e, se não hoje, com certeza um dia.

Mark colocou as mãos na cintura, incrédulo. Não era culpa dele que ela tinha acordado com dor. Por mais que se esforçasse, jamais seria capaz de saber e controlar tudo.

— Sinto muito — ele falou, com uma calma forçada. — Não fazia ideia de que você estava se sentindo assim. Podemos tentar passar numa farmácia, se você quiser.

— Não se trata da dor, Mark! — Magdalena o encarou, como se ele tivesse acabado de dizer a coisa mais insensível do mundo. — Você não está me ouvindo?

Ele levantou as mãos em um gesto defensivo.

— Só estou tentando ajudar.

— Durante o passeio, era tanta euforia que eu jurava que tudo valia a pena, sabe? Que pagaria qualquer preço por aquela experiência. *Por um fôlego de êxtase, dá tudo o que tens.* Mas, olha só, o momento se esvaiu, a euforia passou, e agora temos que enfrentar a realidade das consequências, não é mesmo? Ah, é muito sedutor poder escolher o parceiro dos sonhos. Aí as pessoas mudam, as circunstâncias se alteram, e o que resta? Os sonhos? Porque eu sabia desde o início que você não tinha me trazido para cá para se "conectar" comigo. Sabia que você queria só esperar pelo momento para poder terminar tudo. — Ela engoliu em seco. — E, mesmo assim, caí. Caí como uma idiota. Deus, eu sou tão idiota.

— Você não é idiota — Mark murmurou.

— Você agora acha que está apaixonado, Mark? As coisas mudaram? Mas quanto? No dia em que nos conhecemos, você disse que me amava só para depois tentar me devolver. O que mudou?

Mark sentiu o estômago apertar. Ele abriu a boca para responder, mas as palavras não saíram. Ela tinha razão. E ele sabia disso. Mesmo que algo realmente tivesse mudado, ele não saberia explicar de forma convincente.

— *Você pode me dizer, quando tudo acabar, se o êxtase valeu a dor?* — Magdalena enxugou as lágrimas rapidamente e deu uma longa fungada. — Valeu, Mark? Valeu?

Ele ficou sem fala por um momento, a mente correndo para tentar achar uma resposta.

— Isso também é Sara Teasdale? — Ele sorriu, tentando mascarar o desconforto crescente em seu peito.

— Taylor Swift. Aposto que sua mãe também adorava — ela acrescentou com um sarcasmo cortante.

— Lena... acho que você só está cansada. Deve ter sido assustador acordar com tanta dor e não ter ninguém por perto. Mas, francamente, você prefere brigar o resto da viagem ou aproveitar o que ainda temos aqui?

Ela o olhou por um longo momento, como se estivesse considerando. Por fim, assentiu com a cabeça.

— Talvez eu esteja de TPM, sei lá. Devo estar mesmo agindo como uma criança descontrolada para você querer aplicar educação positiva em mim.

— Eu não disse isso, mas... — Mark sorriu, puxando-a suavemente para um abraço. — Às vezes, todos nós só precisamos de um pouco de compreensão e orientação.

Ela se inclinou na direção dele, os ombros curvados como se carregassem o peso do mundo. Quando ele a envolveu nos braços, sentiu os soluços abafados contra o peito, cada respiração irregular um reflexo do caos interno que ela tentava esconder. Mark a segurou firme, desejando poder absorver tudo o que ela estava carregando.

— Desculpa — ela murmurou. — Só estou um pouco confusa. E com medo.

— Medo de quê? — ele perguntou, a voz baixa, tentando tranquilizá-la.

— Medo de que você esteja tão preocupado com o meu passado que não enxergue o futuro. Não dá para levar a Sicília com a gente, Mark. Quando isso acabar, a vida real vai chegar. E a vida real é *brutal*.

Mark apertou-a um pouco mais forte, tentando oferecer algum tipo de segurança que ele mesmo não tinha certeza de que poderia dar.

— Eu sei que não tem nada que eu possa dizer que possa levar você a acreditar que não vou tentar mais te deixar.
— Nada mesmo...
— Então talvez a ajude lembrar que eu não *posso* te devolver. Sou literalmente proibido — ele falou num tom de brincadeira.
Magdalena riu entre lágrimas.
— Isso não ajuda nem um pouco, Mark.
— Eu realmente te amo — ele disse, sem pensar.
Os dois se calaram por um instante, permitindo que as palavras ganhassem a profundidade que mereciam.
— Acho que talvez seu problema seja que você descobriu que me ama de verdade também... — ele continuou num sussurro. — E isso pode ser bem assustador.
Magdalena assentiu, devagar, só para logo depois balançar a cabeça rapidamente numa negativa.
— Você só conhece uma pontinha de um fio de cabelo de quem sou. Do que eu fiz. Como pode amar algo que não conhece?
— O que conheço, eu amo — ele disse suavemente. — E o que ainda não conheço... vou aprender a amar também.
No olhar de Magdalena ele viu que ela estava tão surpresa quanto ele com o quão sinceras as palavras eram.
— Esse aqui? — Ele separou um fio de cabelo de uma mecha da mulher. — *Ei, parceiro.*
— Você está conversando com meu cabelo? — Ela ergueu uma sobrancelha.
— É que eu só conheço a pontinha. Quem sabe ele me apresenta para o resto.
— Você é muito bobo.
Eles riram entre lágrimas e se abraçaram.
Permaneceram um longo tempo enlaçados num silêncio cerimonial, selando as palavras ditas, só o som das respirações preenchendo o espaço entre os dois.
Mas, ainda que Mark quisesse acreditar, ele mesmo sabia que as palavras, por mais sinceras que fossem, jamais seriam o bastante. Até aquele momento, eles nunca haviam vivenciado mais do que algumas poucas horas de estabilidade. E estavam muito próximos de experimentar a brutal vida real.

28

O CASAL CAMINHOU PELO VILAREJO vizinho, sorvendo o tedioso mormaço do entardecer. O local era quase uma metrópole se comparado com a vila de pescadores onde o casarão ficava.

Bandeirinhas coloridas balançavam ao vento, enquanto pessoas tomavam café, sentadas em cadeiras de vime à frente de suas casas, rindo e conversando sem qualquer tela na mão. As crianças corriam em meio à pequena praça com seus cataventos, risadas ecoando entre as paredes de pedra. Parecia um recorte de um tempo distante, beirando o utópico.

— Acho que é a primeira vez que vejo tanta gente apenas vivendo, sem eletrônicos, sem conversar com nenhuma Assistente — Magdalena comentou, analisando o ambiente ao redor com um misto de surpresa e nostalgia.

— Pensar que um dia muitos viviam assim... — Mark respondeu. — Era o sonho da minha mãe.

Magdalena ergueu uma sobrancelha, intrigada.

— Sua mãe era uma *Radical*?

Mark balançou a cabeça.

— Ela não tinha nada contra dispositivos inteligentes, muito menos quando outras pessoas utilizavam. — Ele riu. — Na verdade, ela era muito pior, ela não gostava de tecnologia nenhuma. E, principalmente, aspirava por algo diferente para a própria família. Mas, claro, isso traz suas desvantagens. Não faz ideia de como foi complicado preparar as refeições esses dias sem consultar uma Assistente.

Magdalena soltou uma risadinha abafada, mas seu olhar permaneceu distante.

Mark parou em frente à fonte da cidade, tentando sacudir a nostalgia que o envolveu com a lembrança. A estátua de bronze ao centro, que um dia foi de um dourado avermelhado vivo, agora estava completamente coberta pela pátina verde dos anos. Era mais uma evidência marcante de como nada resiste ao tempo. Lentamente era como se seu próprio coração estivesse sendo coberto por pátina. As mudanças internas, tanto quanto as externas, o atordoavam.

Risadas de crianças o trouxeram de volta ao presente, mas, quando olhou ao redor, Magdalena não estava mais lá.

O coração deu um salto desconfortável. Por um segundo, a empresa veio à mente. Era improvável... E, mesmo que tivessem os encontrado, o que fariam? Eles estavam bem um com o outro, certo? Então não deveria haver perigo algum.

Mark sacudiu a cabeça, tentando afastar os pensamentos.

Finalmente, avistou-a do outro lado da praça, cercada de sacolas. E um urso de pelúcia.

— O que é tudo isso? — Mark perguntou, franzindo a testa, enquanto olhava para o brinquedo que ela exibia como se fosse um tesouro.

Não era um ursinho qualquer. Ele parecia um dia ter sido de algum tom de azul e o desenho de um arco-íris desbotado enfeitava a barriga encardida. Mas o pobre brinquedo parecia ter sobrevivido a mais do que uma infância turbulenta — estava surrado, com manchas escuras e não cheirava nada bem.

— Ferramentas de trabalho — Magdalena disse. — Desculpa, mas preciso pintar. Com tudo o que vimos e vivemos nos últimos dias... é uma necessidade.

Mark piscou, confuso.

— E o ursinho? — Ele gesticulou na direção do brinquedo, sem entender o que aquilo tinha a ver com qualquer coisa.

Ela ergueu o objeto no ar, sacudindo-o como se fosse a coisa mais adorável do mundo.

— Um velhinho me deu. — Apontou com o queixo para um senhor rechonchudo deitado numa sarjeta, ao lado de um copo vazio. — Não é fofo? E, olha, ele fala.

O desconforto só cresceu. Ele tentou disfarçar a reação, mas não conseguiu.

— Nunca vi algo tão medonho. — Ele encarou o brinquedo, dividido entre querer rir ou fugir.

Magdalena apertou a barriga do brinquedo, e uma voz robótica ecoou:

— Eu sou muito carinhoso! — o brinquedo disse, como se estivesse tentando convencê-los da própria meiguice.

Ela riu, o som saindo pelo nariz como um ronco, e apertou de novo.

— Me dá um abraço! — A gravação insistiu.

— Acho que primeiro ele precisa de um banho. — Ele balançou a cabeça com um senso crescente de estranheza.

Magdalena soltou outra risada, mais relaxada, mas com uma sombra de exaustão por trás.

— Olha quem está falando — provocou.

— E ele te deu esse bichinho assim, sem mais nem menos? — Mark se remexeu, desconfortável. — Você não acha estranho? Pessoas não costumam dar presentes sem motivo.

— Costumam, sim.

— Eu não ganho presentes de estranhos.

— Talvez eu seja mais legal do que você. — Magdalena sorriu, divertindo-se com a desconfiança de Mark, claramente interpretando-a como ciúme. — Já pensou nisso?

— Ou você fique mais bonita de vestido. — Ele tentou entrar na brincadeira, ainda com a sensação esquisita no estômago.

— Sério? — Ela riu e balançou a cabeça, como se o comentário fosse absurdamente engraçado. — Você está com ciúmes do velhinho gentil?

— Só estou falando um fato — ele disse.

— Claro, claro, meu bem.

O aroma do café recém-passado misturou-se ao calor suave da tarde, criando um cenário que parecia perfeito demais para ser real. As risadas distantes das crianças na praça e o movimento tranquilo do vilarejo completavam o quadro. Um momento de paz. Mas Mark estava se sentindo desconfortável, como se algo estivesse prestes a desmoronar.

— Que horas o voo sai? — Magdalena perguntou, enquanto um senhor de avental servia a eles duas xícaras fumegantes.

— Pouco depois das 22. — Mark abriu dois pequenos sachês de açúcar e os derramou na própria bebida. — E parece que teremos companhia...

Magdalena piscou, confusa.

— Meu amigo... — ele começou, enquanto tomava um gole curto do *cappucino* — Sério, tá muito bom. Experimenta. — Ele estendeu a xícara com um sorriso que tentava ser leve, mas a seriedade logo retornou. — Bem, aquele homem que pilotou o barco. Ele deu uma passada hoje mais cedo no casarão e me avisou que ia voltar nesse mesmo voo.

— Ah, está bem. — Magdalena o encarou como se não fizesse ideia de por que isso era relevante.

— Nós não somos mais amigos hoje em dia. — Mark completou, sentindo o constrangimento crescer.

— Vai ser um voo interessante, então. — Ela riu.

— Não é muito engraçado, na verdade... — ele murmurou. — Eu tive poucos amigos na vida, sabe? Mas sempre valorizei os que tive. Uma vez que uma pessoa entra no meu coração... não quero que saia. Só alguma coisa muito séria...

— Eu não estava rindo do tipo "ha, ha". Eu estava rindo, tipo... — Ela deu de ombros com um olhar que pede desculpas. — Eu não sei. Não queria diminuir sua dor. Desculpa.

— Eu te contei isso a meu respeito, porque eu só queria garantir mais uma vez que estou completamente comprometido com você. Não tenho mais intenção de deixá-la. Nunca. De verdade.

— Ah, não. Isso de novo. — Magdalena fez uma careta e riu mais uma vez. — Ai, Mark, só você.

— O quê? É sério — ele insistiu com um tom quase defensivo.

Ela o observou por alguns segundos, os olhos se estreitando, medindo-o com uma intensidade que fez Mark se remexer no assento.

— Eu sei que você está sendo sincero, está bem? Eu sei. — Ela olhou para o fundo da xícara e assentiu com a cabeça, como se concordasse com o próprio reflexo. — Quanto mais eu penso nisso, menos eu quero pensar. Porque talvez, só talvez, você esteja sendo um pouco emocionado, sabe? — Ela riu novamente, dessa vez com um toque amargo. — Eu entendo. Nós estamos de férias em um paraíso isolado. Mas, lá fora, é...

— O que tanto tem na vida real que é diferente daqui? Aqui ou lá, sou chato do mesmo jeito, tá vendo? — Ele tentou disfarçar a ansiedade com uma piada, mesmo sentindo que não era o momento certo para isso.

O sorriso dela foi se apagando, e algo dentro de Mark alertou que estava prestes a ouvir algo que não queria.

— E quando você souber mais sobre mim e sobre o meu passado, Mark? Do que eu fiz ou deixei de fazer?

— Você podia muito bem facilitar a nossa vida e simplesmente contar, não é? — sugeriu sem pensar. — Quer dizer, o que pode haver de tão ruim? — De repente, lhe ocorreu. — Por acaso, você está falando de... amantes do passado?

O olhar que ela lançou foi uma mistura desconcertante de provocação e incredulidade.

— E se for?

Mark sentiu o estômago revirar. Ele havia aberto uma porta que talvez fosse melhor ter deixado trancada. A imaginação começou a pintar cenários que ele percebeu que não queria descobrir. *Quantos? Quem? Como?* E se ela tivesse levado uma vida que ele nunca poderia aceitar? Uma vida devassa, cheia de atos inomináveis? Ele tentou afastar a ideia, mas o pensamento começou a corroer por dentro. *Uma mulher que se oferece para casamento da forma que fez... quem garante que não tenha feito coisa pior?*

— Não importa o que tenha sido — ele disse, tentando soar firme, embora cada palavra pesasse uma tonelada. — Você... você pode parar de tentar me fazer desistir, por favor?

Magdalena o observou por mais alguns segundos, a expressão difícil de decifrar. Então, com um gesto casual, levou a xícara aos lábios e bebeu um gole.

— Tem espuma de leite na sua boca — ela disse, como se o assunto anterior nunca tivesse existido.

Por um instante, Mark ficou sem reação. Então, enquanto limpava a boca com um guardanapo de pano, uma menininha com rosto redondo e olhos amendoados passou correndo. Ela ofereceu um catavento para Magdalena. A esposa aceitou o presente com uma expressão de emoção e ternura.

O contraste da doçura do momento com a tensão do diálogo anterior era desconcertante.

Ele sorriu.

— Ela me lembra da Becca quando era pequena — ele disse, tentando voltar ao equilíbrio. — É que as duas têm uma coisa chamada Síndrome de...

— Síndrome de Down, eu sei — Magdalena respondeu rapidamente.

Mark piscou, surpreso.

— Nem todo mundo percebe que minha irmã tem. Porque ela não tem todas as características comuns.

— Ela não tem trissomia 21?

— É um tipo mais raro, chamado mosaicismo. Mas estou chocado que você saiba o que é Síndrome de Down.

Magdalena deu de ombros.

— É bem raro hoje em dia. Confesso que nunca tinha visto ninguém pessoalmente com isso até conhecer a sua irmã.

Mark ficou em silêncio por um instante.

— Teria muito mais se não fosse o... você sabe, o extermínio sistemático — ele acrescentou com um tom sombrio.

— Extermínio? — Ela arqueou as sobrancelhas. — Como assim?

— Foi um dos principais motivos do segundo divórcio dos meus pais. Quando descobriram... bem, meu pai provavelmente estava blefando quando deu um ultimato, dizendo que ela precisava se livrar da bebê ou ele pediria o divórcio. Mas minha mãe levou muito a sério. Como deveria. Acabou sozinha na luta pela minha irmã, já que os médicos, o chefe, os amigos e o próprio marido se opuseram. Nem consigo imaginar a pressão. Acho que esse é o meu maior problema com ele. É difícil perdoar quando lembro o que ele poderia ter levado minha mãe a fazer. Não consigo imaginar minha vida sem a Becca ou tolerar a ideia de que alguém, algum dia, pudesse querer fazer mal a ela.

Magdalena mordeu o lábio, o desconforto se espalhando por seu rosto.

— Acho que você não devia julgar seu pai... — Ela olhou ao redor com uma expressão rígida. — Por sorte, a Becca é extremamente funcional. Mas há casos difíceis. É muito sofrimento.

Mark franziu a testa. Algo na resposta fez com que um nó se formasse em sua garganta.

— Será que sou um babaca por achar que não se deve matar alguém para evitar um possível sofrimento? Todos sofremos, essa é a vida.

— Você está falando numa posição de privilégio. — Ela afastou a xícara de café com um gesto mais brusco do que o necessário. — Nem todo mundo tem as mesmas oportunidades ou a mesma sorte.

Mark sentiu o sangue subir ao rosto, a paciência se esvaindo.

— Eu sei. Mas o que você sugere? Eliminar bebês em situação de miséria porque há mais chance de sofrimento? Isso não justifica.

— Bem... — Magdalena desviou o olhar, claramente tentando manter a compostura. — Você tem sorte que nunca estará na posição de quem precisa tomar esse tipo de decisão.

— Espera. — Mark bufou, incrédulo. — Você está dizendo que achou bom não termos a opção de nos separarmos com base apenas nos nossos sentimentos ou circunstâncias, mas é a favor de matar alguém pelo mesmo motivo?

Ela abriu a boca, pronta para responder, mas hesitou. Por um momento, Mark viu um lampejo de algo que ela queria dizer, mas, em vez disso, ela se remexeu no assento, furiosa.

— Essa discussão é bem complexa e você está sendo ridiculamente simplista.

— Desculpa, mas me sobe o sangue. Parece que você está justificando a morte da minha irmã.

— Ou é tudo a respeito de controle. De dominar mulheres. De ditar o que elas podem ou não podem fazer. Provavelmente por isso que você quis encomendar uma mulher, não é mesmo?

— Do que você está falando?

Magdalena levantou-se bruscamente, afastando a cadeira.

Mark olhou ao redor para ver a reação das pessoas. Ninguém pareceu se importar com a explosão repentina.

— Acho que também não preciso saber tudo a seu respeito, sabe? — O rosto da mulher estava cheio de desdém. — Viver com um completo estranho pode ser divertido também.

— Lena... — Ele estendeu a mão para segurá-la, mas ela a afastou antes de ele ter a chance.

— Acho que vou caminhar.

Ela agarrou as sacolas e o ursinho e saiu sem olhar para trás.

Mark largou o dinheiro na mesa antes de segui-la.

— Lena? — Ele a chamou, preocupado com a pressa nos passos dela.

— Pelas barbas da cebola, o que você está fazendo?

Ele a seguiu pelas ruas apertadas, preocupado com a forma como ela estava andando. Desordenada, como se não soubesse para onde ir. Cada vez que ele a chamava, ela acelerava um pouco mais, apertando as sacolas contra o corpo. A cada passo, o desconforto crescia, junto com a sensação de que — mais uma vez — algo estava quebrado entre os dois e ele não sabia como consertar.

Ao virar a esquina, passaram novamente pelo mendigo do ursinho. O homem, meio curvado, parecia prestes a dizer algo, mas Mark mal notou. O foco dele estava todo em Magdalena, que parecia perdida num turbilhão próprio.

— O que você está fazendo? — Mark finalmente a alcançou, a respiração pesada de tanto correr.

Ele a segurou pelo braço, suavemente, mas firme o suficiente para que ela não fugisse mais. Magdalena virou-se para ele com um sorriso que parecia uma máscara. Ela parecia uma atriz cansada demais para continuar em cena.

— Não sei... vamos fazer outra coisa. Que tal um *souvenir*? — Ela pegou um prato com a pintura do vulcão Etna de um pedestal giratório.

Mark piscou, tentando entender como aquilo poderia fazer algum sentido.

— Sério? Isso custa uma fortuna e só vai juntar pó.

— Ah, é. — Ela colocou o prato de volta no pedestal com um estalo na língua. — Esqueci que você acha a beleza desnecessária.

Ele esfregou as têmporas, como se pudesse aliviar a pressão crescente.

— Não desnecessária. Só supérflua. Não acredito que estamos discutindo isso aqui, Lena.

— Isso é irônico, considerando mais uma vez o motivo pelo qual estamos casados.

— Agindo dessa forma você só comprova a tese — ele tentou brincar, embora fora de hora.

A esposa arqueou as sobrancelhas.

— Ah, porque você ainda acha que foi um baita erro?

— Eu não disse isso. — Ele tentou suavizar o olhar, mas era como tentar apagar um incêndio com uma colher de água. — Desculpa. Eu não queria te magoar.

— Eu sei. — Os olhos dela estavam cheios de uma tristeza cansada. — Você faz isso sem querer.

Um silêncio incômodo caiu sobre eles. O som leve e distante do vilarejo ao redor era um lembrete de que o mundo seguia seu curso, enquanto eles permaneciam presos na espiral de destruição mútua.

O mendigo do ursinho passou por eles novamente, agora com um sorriso estranho. Foi então que Mark notou algo nas mãos do homem: o brilho de um dispositivo.

— Ei! — ele gritou, dando um passo à frente.

Magdalena o segurou pelo braço, exasperada.

— Olha o que esse casamento está fazendo com a gente, Mark — ela sussurrou, a voz carregada de cansaço. — Eu mesma não me reconheço. Essas brigas... qual é o sentido de viver com ambos os braços, enquanto ficamos aqui morrendo por dentro? Para que continuar tentando? Talvez devêssemos aceitar as consequências e...

— Lena, precisamos ir para casa — ele interrompeu.

— Por quê? Ir para casa não vai nos consertar, mas sei que ficar aqui também não vai.

Mark balançou a cabeça e ergueu o olhar, apontando para o céu com urgência.

— Lena, precisamos ir.

Ela seguiu a direção do dedo, e então viu: o drone que pairava sobre eles, zumbindo no ar, as lentes refletindo a luz do sol de uma forma que parecia um aviso.

— CSM? — ela murmurou, o rosto perdendo ainda mais cor.

— Só pode ser — Mark confirmou, a voz mais tensa.

O drone pairava logo acima de suas cabeças, de forma que ele sabia que não havia tempo para discutir mais.

— Vamos, Lena — falou mais firme e segurou a mão da esposa. — *Agora*.

Magdalena hesitou por um momento, os olhos presos no drone acima e, logo depois, nos de Mark. Mas ela assentiu em silêncio, e os dois caminharam apressadamente para o carro.

Quando estacionaram em casa, Stephan estava lavando a calçada com uma mangueira. Um pano encharcado com um líquido vermelho escuro pendia de sua mão. Parecia sangue. O coração de Mark acelerou.

— Ei! — Mark chamou, descendo do carro apressado, a ansiedade cravada no peito. — O que houve?

Stephan deu de ombros, abanando o ar como se aquilo fosse rotineiro.

— Sem redes sociais pra despejar o ódio, as pessoas por aqui às vezes voltam ao velho e bom vandalismo. Vi a pichação e resolvi... — Ele não completou a frase, deixando os objetos em suas mãos comunicar o resto.

Mark olhou para a murada e conseguiu identificar o rastro de algumas das letras pintadas em tinta vermelha. O suficiente para interpretar ao menos algumas palavras:

Sorria. Você. Observado.

O cheiro da tinta fresca ainda estava no ar, misturado com o de terra molhada. O som abafado da água batendo na calçada ecoava ao fundo, mas Mark só conseguia repetir as palavras em sua mente. A mesma frase da carta. Ele sentiu o estômago revirar. A empresa realmente os havia seguido até ali.

— Droga — murmurou, o coração começando a bater com mais força.

Ele recuou um passo, o olhar preso nas palavras antes de desviar-se rapidamente. Havia rastros de mais coisas escritas, mas ele estava nervoso demais para continuar tentando decifrar.

— Essas crianças... — Stephan revirou os olhos e deu de ombros. Com a mangueira na mão, ele ainda parecia achar que a situação era só uma brincadeira. — É o que a falta de um vício controlado em dopamina faz na vida delas...

Mark sabia que o perigo era real, por isso cada palavra de Stephan era um golpe contra sua paciência. Ele estava à beira de um colapso, enquanto o ex-amigo mantinha o mesmo sorriso inconsequente no rosto.

De volta ao casarão, o ar foi saturado pelo som de malas sendo fechadas às pressas. Roupas foram jogadas nas bolsas como uma sinfonia apressada de caos. Mark guardava tudo com a agitação de quem sentia que estava em uma contagem regressiva invisível. Magdalena, por outro lado, tentava ser mais meticulosa. Seus olhos se perdiam, no entanto, a cada vez que passavam pela janela, como se alguma coisa inquietante lá fora a chamasse.

— Eles nos encontraram. E daí? — ela perguntou num tom de incerteza. — O que podem fazer?

— Quer ficar? — Mark retrucou, sentindo-se impaciente e frustrado. — Quer tentar descobrir o que vai acontecer? Para quem você vai ligar se eles resolverem arrancar nossos dedões porque discutimos sobre, sei lá, o tubo de pasta de dente?

— Isso simplesmente não faz sentido — ela disse, com os olhos ainda fixos na janela. — Por que eles nos perseguiriam se, aparentemente, está tudo bem entre nós?

— Está? — Mark perguntou, sentindo uma tristeza irracional.

Ela balançou a cabeça e continuou o trabalho de arrumar as coisas.

No pátio, ao se livrar de algumas embalagens vazias, Mark viu o ursinho encardido jogado no latão de lixo. Ele parou por um instante e olhou ao redor, procurando por Magdalena. Por um lado, sentiu-se aliviado. Aquele brinquedo lhe causava arrepios, mesmo que não soubesse explicar exatamente o porquê. Mas a forma tão repentina como ela se livrou dele parecia significar algo mais.

Talvez ela quisesse esquecer a Sicília. Esquecer o que viveram.

— Deixa isso — murmurou para si mesmo, tentando se concentrar no assunto mais urgente, e fechou a tampa do latão.

Mark caminhou até o carro com passos curtos e apressados. Ele ligou o motor, e uma batida forte na janela o fez pular no assento. Olhou para o lado e viu o rosto de Stephan, pressionado contra o vidro, com os olhos arregalados e um ar desesperado.

— Somos amigos? — o ex-amigo perguntou.

— Ah, não... — Mark sussurrou, enquanto abaixava o vidro. — Agora não, Stephan. Nós decidimos ir mais cedo para o aeroporto.

— Assim, do nada? — Stephan falou num tom arrasado. — Tem a ver com nós dois, não tem? Quando vai me perdoar?

— Stephan... — Mark já estava com a mão no câmbio, pronto para acelerar. — Eu e Magdalena precisamos ir.

— Nós éramos amigos! — Num gesto dramático, o ex-melhor amigo abraçou o carro. — Lembra? Viemos aqui juntos tantas vezes quando éramos crianças! Sua *famiglia é mia famiglia*.

Mark fechou os olhos por um segundo, sentindo o cansaço mental e físico se acumularem. O amigo sempre fora exagerado e dramático de uma forma que chegava a ser cômica, mas de todos os momentos esse era o pior.

— Stephan, eu não posso lidar com isso agora. — As palavras saíram entre os dentes cerrados, a paciência de Mark no limite. — Há questões tão mais importantes. É questão de vida ou morte.

Stephan piscou, chocado, como se não conseguisse absorver o que estava ouvindo.

— É que a falta de perdão é uma prisão, sabia? — ele exclamou como se estivesse numa apresentação teatral shakespeariana. — Ela nos acorrenta. Estamos presos uns aos outros enquanto essa mágoa perdurar!

Mark apertou os olhos com os polegares. Quando os abriu novamente, algo reluziu no céu em sua visão periférica. Seu coração apertou, e ele forçou a si mesmo a olhar de novo.

Lá estava ele, flutuando acima deles. O drone.

— Um abraço para Pauline. — Mark começou a levantar o vidro, pronto para sair daquele lugar de uma vez por todas.

Stephan acompanhou o olhar de Mark e pareceu avistar o objeto voador, porque seus lábios se moveram num lento "Ohhhh... Vida ou morte".

— Era disso que você estava falando. Por que não disse logo? — Stephan exclamou com um sorriso aliviado. — Não se preocupe, amigo! Não vou decepcioná-lo!

— Do que você está falando?

— Vão! — Stephan gritou, inclinando a cabeça meio de lado pela abertura restante do vidro. — Vão sem mim! Acelerem! Não olhem para trás. Se eu não voltar...

— Você vai voltar — Magdalena disse suavemente do banco ao lado, as palavras flutuando no ar como uma última promessa. — Nós nos veremos no aeroporto.

Stephan olhou para a mulher e apertou um punho fechado ao peito, comovido.

Antes que o amigo pudesse dizer qualquer outra coisa, Mark deu partida, o carro rugindo enquanto deixava o casarão para trás.

No retrovisor, Mark pôde ver Stephan pegando a mangueira e esguichando-a em direção ao drone, um ato inútil, mas carregado de um desespero quase cômico. Ele gritava:

— Bastardos! Jamais passarão! Engulam H_2O!

— Eu consigo entender por que vocês eram amigos... — Magdalena murmurou, com o olhar fixo no horizonte.

Mark respirou fundo e acelerou ainda mais.

Mesmo deixando Stephan para trás e não avistando mais nada suspeito no céu, ele tinha a nítida sensação de que o drone continuava ali, flutuando acima, um espectador silencioso e impiedoso dos conflitos e fracassos do casal. A mera ideia de que estavam sendo o tempo todo observados fazia tudo parecer pior.

— Eu nem me despedi da *signora*... — Magdalena disse, parecendo realmente sentida. — De qualquer forma, e agora? Estamos seguros?

Mark apertou o volante. As palavras não vinham.

— Não sei, Lena — ele sussurrou. — Eu realmente não sei.

Eles continuaram dirigindo, o silêncio se aprofundando, como uma sombra que os acompanhava. Mesmo à medida que o vilarejo desaparecia no retrovisor, Mark sabia que não estavam realmente longe. Nem do perigo, nem do que estavam realmente fugindo.

Era só questão de tempo até o próximo desastre.

29

DURANTE O TRAJETO de carro, só o som do motor e o ruído dos pneus contra o asfalto entrecortavam o silêncio.

De tempos em tempos, Mark olhava para Magdalena, esperando algum sinal, uma palavra que pusesse um fim ao gelo entre os dois. Mas ela mantinha os olhos fixos na tela do celular, deslizando o dedo para cima e para baixo de maneira metódica.

Por dentro, ele sabia que estava esperando o mesmo que ela.

A questão era: desculpar-se pelo quê? "Desculpa por ter me casado com você?" "Desculpa por amar minha irmã?" Era ridículo. Frustração e ansiedade se misturavam. Talvez ela fosse louca. Não tinha outra explicação. Nada daquilo fazia sentido.

Então por que, mesmo assim, ele sentia tanta necessidade de se resolver com ela?

É exatamente por isso que nunca deveria se relacionar com uma mulher real. Ela podia fazer você se esforçar até a exaustão e ainda rejeitar o que você tinha a oferecer no final. Que homem em sã consciência se submeteria a isso?

— O que você está lendo? — ele finalmente perguntou, mais para quebrar o silêncio do que por curiosidade.

— O contrato — ela respondeu sem tirar os olhos da tela.

Mark olhou para ela, para a estrada e de volta para ela, confuso.

— Nas últimas quatro horas?

— Uhum — ela murmurou, absorta.

— Certo... — Ele mordeu o lábio. — E já encontrou alguma forma de nos *consertar*?

A palavra "consertar" saiu inevitavelmente em tom de deboche.

— Estou procurando por uma *brecha*, Mark. — Ela suspirou, sem perder o foco. — Deve haver uma cláusula para casos de, sei lá, relacionamentos abusivos.

— Relacionamento abusivo? — O carro deu uma leve guinada para a direita antes de Mark corrigir a direção, respirando fundo. — Que relacionamento abusivo?

— Abuso verbal também é abuso — ela respondeu com uma tranquilidade que só o deixou mais irritado.

— Magdalena... — Mark apertou o volante com força. — Quando você sofreu abuso verbal?

— Querido, me acompanhe. — Magdalena depositou o celular no colo. — Eu *poderia* sofrer abuso verbal — ela falou na calma de quem explica algo lógico para uma criança.

— Quê?

— Em tese, poderíamos ser livres — Magdalena disse, como quem canta uma música que acabou de ouvir. — Como passarinhos.

— Está escrito isso aí?

— Não exatamente, mas... deduz-se.

— Então, só para entender, você quer que eu te abuse verbalmente para podermos nos separar?

— Isso.

Mark piscou, tentando processar a proposta absurda. Ela só podia estar brincando. Ou talvez fosse um gênio.

— Não faz sentido. E, mesmo que fizesse, não consigo, esquece.

— Vamos, Mark. — Ela cutucou o braço dele como se estivesse sugerindo uma brincadeira inocente. — Você sabe que quer tanto quanto eu.

Mark não sabia mais o que queria.

Queria que esse pesadelo de ser forçado a permanecer casado acabasse? Sim. Mas, de alguma forma, ele não conseguia ver como sair dessa burrada sem se destruir no processo.

— Eu... não sei.

— Podemos ficar livres. — Ela quase cantou a palavra "livres", com um sorriso enigmático.

— Não consigo, Lena. Simplesmente não consigo. — Os olhos vaguearam pela estrada vazia e escura, sentindo-se perdido.

— Voar como passarinhos! Vai, vai, vai! — Ela puxou a manga da camisa dele como uma criança travessa.

— Sua... sua... vaca — ele disse, com um olhar furtivo para ver sua reação.

Por um segundo, Magdalena o encarou chocada. Logo depois explodiu em uma risada alta, genuína.

— Sério? Isso é o melhor que você consegue? — Ela riu ainda mais. — *Vaca*?!

— Sim. — Ele respondeu, tentando parecer sério.

Os dois caíram na gargalhada juntos, o carro quase balançando com os soluços de riso.

Quando a graça lentamente esvaiu, o vazio entre eles pareceu ainda maior do que antes. O humor, por mais absurdo que fosse, não tinha resolvido nada. Ele sabia disso, e, pelo olhar de Magdalena, ela também.

— Estamos perdidos. — Ela afundou no assento.

Mark a olhou de lado e, por um segundo, o coração deu um salto no peito.

Ele estava completamente perdido sim. Perdido por *ela*.

Porque a ideia de machucá-la estava cada vez menos atrativa do que a de perder o próprio braço.

No avião, a atitude passivo-agressiva da mulher retornou e Mark não entendia o motivo.

Assim que entraram, Magdalena trocou de assento com uma senhora, preferindo sentar-se longe dele. Mark assistiu, incrédulo, enquanto ela se divertia horrores com o estranho ao lado, rindo e conversando como se o marido não estivesse ali.

Ele fechou os olhos, tentando dormir, cansado de entrar em qualquer que fosse o jogo infantil que ela estava jogando.

A viagem passou como um borrão.

Já no aeroporto da Alemanha, um zumbido elétrico anunciou o movimento da esteira de bagagens, seguido de um rangido pesado. A máquina despertou relutante, empurrando malas para fora em soluços ritmados.

— Finalmente... — um dos passageiros murmurou, ajeitando os óculos.

Mark estava parado, fitando a esteira sem realmente enxergá-la. Ao seu redor, o som indistinto de conversas e os anúncios do alto-falante formavam uma cacofonia distante. Magdalena estava ao seu lado, tão perto que seus braços quase se tocavam. Mas, no que mais importava no momento, parecia cada vez mais distante. O fio invisível que os conectava estava tensionado ao limite, ameaçando se romper.

— Essa é a minha? — outra viajante perguntou, enquanto puxava com um solavanco uma mala preta enorme. — Não, droga. Igualzinha.

Mark piscou, tentando se concentrar no que estava à sua frente, mas a mente insistia em revisitar uma de suas últimas conversas com Magdalena. Ele lembrava de ter dito que tinha poucos amigos, mas valorizava os que tinha. Stephan veio à mente. A ausência dele, tanto no voo quanto no aeroporto, era uma sombra persistente. Stephan ficara para trás, enfrentando o drone da CSM, para que eles escapassem.

E se algo tivesse acontecido? A ideia fazia o estômago de Mark revirar. Ele tentava se convencer de que era irracional, mas a dúvida insistia em corroer suas certezas. Por que Stephan perderia o voo? Havia tido tempo de sobra para qualquer imprevisto.

Não fazia sentido. Por que eles fariam algo a ele? Stephan não tinha nada a ver com a história.

Passaram pelo controle migratório em silêncio. Magdalena respondeu às perguntas de forma mecânica, os olhos fixos no chão. A apatia da esposa só acrescentava ao tormento. Tudo parecia passar em câmera lenta. Era como se ele estivesse preso em um sonho ruim.

Ao cruzar a alfândega, o burburinho do aeroporto os envolveu: rodas de carrinhos rangendo, passos apressados e vozes abafadas que reclamavam das filas.

No saguão, Mark avistou a última pessoa que esperaria:
Pauline.

Ela estava logo no fim do corredor da saída de passageiros, distraída mexendo no celular. O vestido azul, um dos favoritos de Mark no passado, moldava cada curva, e os saltos enormes desequilibravam seu peso para um lado. O cabelo preto, impecavelmente liso, caía em ondas estudadas sobre os ombros, e seus olhos verdes brilhavam sob a iluminação artificial do aeroporto. Pauline ergueu os olhos por um instante e, ao vê-lo, o sorriso despreocupado que estava em seus lábios murchou, substituído por um choque evidente.

Havia algo diferente nela, algo que Mark não conseguia articular. Antes, ele costumava pensar que Magdalena era uma versão inferior dela, uma espécie de sósia menos refinada. Em algum momento, isso se inverteu.

— Marki?! — Pauline chamou, correndo na direção dele. A voz melosa parecia tão artificial que poderia ter sido produzida por abelhas motorizadas. — O que você está fazendo aqui? Que coincidência louca!

Antes que ele pudesse reagir, ela o abraçou com força. Mark tensionou. O perfume forte o cercou como uma nuvem sufocante.

— Essa é Magdalena — disse, afastando-se o suficiente para respirar. — Minha esposa.

Pauline soltou o braço dele e lançou um olhar rápido para Magdalena, cuja expressão permaneceu inalterada. A ex-namorada se virou de volta para ele:

— Às vezes, parece destino a forma como nossos caminhos se cruzam, não acha?

— Destino... — Mark repetiu, sem acreditar no que estava ouvindo.

Os olhos dela caíram sobre o relógio no pulso de Mark, e um sorriso calculado apareceu em seus lábios.

— Eu tinha mesmo tanta coisa para te falar... — continuou, ainda ignorando Magdalena.

Mark cruzou os braços e deu um passo para trás, mas Pauline apenas se aproximou mais.

— Vou comprar uma água — Magdalena falou, sem demonstrar nenhuma emoção.

— Lena... — ele começou.

Ela soltou uma risada curta, seca.

— Destino, Mark. — Apontou para o McDonald's próximo. — O meu agora é a lanchonete.

Pauline aproveitou a deixa:

— Mas meu Deus. — Ela franziu a testa, como se algo lhe ocorresse de repente. — Onde está o Stephan? Ele não veio nesse voo?

Mark hesitou, medindo as palavras.

— Ele... ficou para trás.

Um brilho de preocupação passou rapidamente pelos olhos de Pauline antes de desaparecer.

— Ah, ele está bem, tenho certeza — disse, com leveza forçada, e sorriu. — Ele sempre fica bem.

Mark assentiu, devagar, mas sem compartilhar da mesma confiança. Ele não conseguia afastar a possibilidade de Stephan ter sido machucado ou algo pior. A culpa o consumia lentamente.

— De qualquer forma... — Ela segurou o braço de Mark com firmeza. — Como eu ia dizendo, precisamos conversar.

Ela ajeitou a postura, o olhar fixo nele como se preparasse um discurso ensaiado.

— Eu acho que cometi um erro terrível.

— Você acha? — ele retrucou, sem tentar disfarçar a amargura.

— Não estou falando da... — Ela hesitou, irritada, como se não soubesse como continuar. — Do que eu fiz. Eu... só queria te dizer que eu não acho que Stephan e eu fomos feitos um para o outro. Só teve uma pessoa com quem eu me senti completa, e...

Ela mordeu os lábios, os olhos brilhando de lágrimas que ameaçavam cair.

Mark quis interrompê-la, mas hesitou. Uma parte dele precisava ouvir quem era a pessoa a que ela se referia.

— Marki, eu errei — ela continuou. — Fui imatura. Sempre foi fácil entre nós. Nós nos encaixávamos. Como metades de um todo. E se isso se perder, talvez nós... nunca mais seremos inteiros.

Ele a observou com uma incredulidade crescente. Ouvir as palavras só a tornavam mais surreais. Algum tempo atrás, elas certamente teriam causado uma explosão de emoções.

Agora, ele só conseguia pensar no fio dolorosamente esticado que o conectava a Magdalena. Na esposa, parada na fila, sorrindo para a atendente. Rindo. Ela estava rindo.

Ele sentiu uma pontada no peito.

— Era fácil, sim — ele admitiu, a muito contragosto.

Será que Lena agora o odiava? Ele estava cansado. Cansado do vai e vem, de errar mesmo quando tentava acertar, de os dois se magoarem tanto, mesmo sem querer. Que droga. Ela parecia tão mais feliz longe dele. Por que insistir nisso?

— E o bebê? — ele perguntou, de repente.

Pauline piscou, confusa. Depois, o rosto mudou, como se só agora se lembrasse.

— Ah... não. Isso foi só uma confusão — ela falou, revirando os olhos com um sorriso constrangido.

— Como assim?

— Stephan andava estranho, se afastando. Eu achei que um bebê nos aproximaria, mas...

— Você não estava grávida?

— Eu poderia estar. Mas, se isso não resolveria, qual seria o sentido?

Mark sentiu um gosto amargo na boca. Ele não sabia o que aquilo significava, mas não queria se dar ao trabalho de entender. Ele só queria esquecer que Pauline algum dia existira.

De repente, ambos ouviram um plim agudo. Pauline pegou o celular na bolsa, olhou para a tela e revirou os olhos.

— Stephan está bem. Só perdeu a hora. Demorou para avisar por problemas na área do celular.

Mark quase desabou de alívio. Os ombros, tensionados até ali, cederam como se um peso tivesse sido removido. Ele exalou, sentindo os músculos do rosto relaxarem. Ele não podia ser o motivo da desgraça de mais ninguém. Chega.

— Adeus, Pauline — falou, sentindo pela primeira vez que era um adeus definitivo. — Manda um abraço para o seu marido.

Ele se virou, dando as costas a ela. O passado finalmente ficaria para trás.

Quando voltaram para o carro no estacionamento do aeroporto, Mark nem sequer cumprimentou Mercedes.

— Eu sei que você me odeia — ele disse para Magdalena num tom monótono e deu partida. — E, se serve de consolo, também me odeio. Estamos quites.

Magdalena afundou no assento.

— Eu não te odeio, Mark.

— Despreza, então.

— O que você quer que eu diga?

— Eu não sei. — Ele sentiu o cansaço pesar sobre seus ombros.

— Você disse que acreditava no propósito das cláusulas do contrato. — Ela mudou de posição no banco, ajustando o cinto. — Como se houvesse uma razão por trás de tudo isso, como se a empresa tivesse algum interesse além do lucro. Como se, em algum lugar do contrato, estivesse a resposta para nossas vidas.

Mark apertou os lábios, o maxilar tenso.

— Eu não sei — ele repetiu, sem convicção.

— Faz sentido. — Ela soltou um riso seco, balançando a cabeça. — Porque, se eles fossem tão bons assim, provavelmente teriam escolhido parceiros mais...

— Compreensíveis — ele completou.

— Compatíveis — ela falou ao mesmo tempo.

— Você tem razão, Lena. — Ele disse, aceitando a derrota. — Como sempre.

Quando finalmente chegaram em casa, o relógio no vidro do carro indicava que já era quase uma da manhã.

Frau Fischer estava fumando do lado de fora, próximo à mureta. Dessa vez, no entanto, ela claramente os viu. Por um instante, seus olhos encontraram os de Mark, depois os de Magdalena, antes de ela desviar o olhar, apagar o cigarro na calçada e entrar em seu prédio.

— Essa mulher é estranha — Magdalena disse em meio a um bocejo.

— Que mulher não é?

— Ha, ha. — Ela revirou os olhos.

Subiram os degraus em silêncio.

Dentro de casa, ele foi direto ao banheiro, enquanto ela se encaminhou para o quarto. Apenas alguns segundos depois, ela voltou pro corredor.

— Mark — ela chamou.

— O que foi? — Ele saiu do banheiro, ainda com a escova de dentes na mão.

— Por que a Frau Fischer não gosta de mim?

Mark encarou a escova de dentes por um instante, como se estivesse tentando encontrar a resposta ali. Finalmente, deu de ombros.

— Porque você é casada comigo.

— Certo. E...?

— E ela me culpa pela morte da minha mãe.

Magdalena ficou imóvel, os olhos piscando rapidamente, como se tentasse entender se ele estava falando sério. O silêncio que se seguiu foi tão pesado que parecia comprimir o ar ao redor deles.

— Por que ela faria isso?

Mark hesitou, encarando o chão sem piscar. Quando finalmente falou, a resposta foi baixa e pesada.

— Porque... eu a matei.

Ela quase riu, provavelmente esperando que fosse uma piada.

Mas, quando Mark a encarou, a expressão em seu rosto certamente a informou de que não havia nada de engraçado na confissão.

30

MARK PERCEBEU O OLHAR de Magdalena e, por algum motivo estranho, isso lhe causou um prazer perverso. Ele enxugou rapidamente as lágrimas que começavam a surgir e forçou um sorriso:

— Não está mais tão divertido ser casada com um estranho agora, não é?

Magdalena tentou esconder o que sentia, recobrando a expressão neutra. Mas era tarde demais. Ele já tinha visto.

— O que aconteceu?

— Por que você quer saber? — Mark provocou. — Para quê?

— Mark... — Ela deu um passo à frente na direção dele e então parou, parecendo incerta. — Você pode me contar. Sério.

O divertimento cruel se dissolveu no instante em que retornou a lembrança do assunto que discutiam. Ele voltou a focar na escova de dentes em sua mão. Apertou-a com tanta força que os dedos doíam, como se o pequeno objeto pudesse, de alguma forma, manter seus pedaços colados.

— Não acredito que você vai me fazer falar sobre isso a essa hora — disse e voltou para o banheiro.

— Que horas você prefere contar?

Ele voltou sem a escova de dentes e balançou a cabeça.

— Vou preparar um café. — E desceu as escadas para a cozinha.

Com duas xícaras fumegantes, encontrou Magdalena na sala. Ela já estava sentada no sofá. Ele permaneceu de pé.

— Bom... — Mark olhou para o fundo da xícara, como se o café pudesse lhe dar coragem. Respirou fundo, o peito apertado, e começou. — Minha mãe e a Frau Fischer eram melhores amigas. Quase como irmãs. Eu nem sabia que ela não era minha tia de sangue. Era como se fosse.

Magdalena franziu o cenho, tomando um pequeno gole do café.

— Ela cuidou de mim quando adoeci. — Ele pausou, a memória vívida lhe apertando o peito. — Num período de pandemia...

— Por quê?

— Minha mãe estava cuidando da minha irmã e já não estava bem. Uma parte da casa pegou fogo uma vez quando eu era criança e ela tinha sequelas nos pulmões desde então...

— Grupo de risco — Magdalena concluiu.

— Mas eu, sendo o cretino egoísta que sou — Mark tomou uma longa golada do café —, não aceitei.

Magdalena assentiu uma vez, encorajando para que ele continuasse.

— Frau Fischer tentou de tudo. — Ele se sentou lentamente na outra ponta do sofá. — Mas eu chorava e me recusava a comer ou beber qualquer coisa enquanto não a visse. Fui definhando, claro. Febre alta, delírios. Um dia ela apareceu. *Mutti*. A Becca ainda era pequena. Mas ela veio. Com chá, remédio, ficou colocando toalhinhas molhadas na minha testa... E fui melhorando. Era como se o amor dela estivesse me curando, mais do que qualquer coisa.

Magdalena balançou a cabeça como se compreendesse.

— Uns dias depois ela começou a tossir. Poucas semanas depois estávamos em um memorial em homenagem a ela, já que não podíamos nem mesmo fazer um funeral decente, por risco de contágio.

Mark estava sufocando com a lembrança. As mãos tremiam ao segurar a xícara, o peso da culpa esmagando seus ombros.

Magdalena o observava com uma expressão neutra.

— Quantos anos você tinha?

— Queria responder seis ou sete para se tornar um pouco mais justificável — ele murmurou. — Mas eu já tinha quase catorze anos.

Magdalena se levantou e andou até onde Mark estava sentado.

— Sua capacidade de julgamento... — Ela se agachou diante dele, inclinando a cabeça, como se tentasse escolher as palavras com cuidado. — Não estava completamente formada. O cérebro de um adolescente ainda é de certa forma infantil. No meio de uma pandemia, consigo entender como deve ter sido assustador.

— Era o que o psicólogo costumava dizer. — Mark olhou para a própria bebida e sacudiu a cabeça, contorcendo o rosto para tentar se manter sob controle. — Mas não importa, certo? Porque eu *sabia* o risco que ela corria. Sabia o que poderia acontecer, mas achei que valia a pena. Enquanto eu estivesse bem, tudo bem. Porque eu era o centro do universo, não é mesmo? Já aceitei isso. Eu a matei. — Mark depositou a xícara na mesa de centro. — Vou passar o resto da minha vida sabendo disso. Não sou bom em muitas coisas, mas destruir a vida das pessoas? Isso eu faço com maestria.

— Mark... não foi sua culpa.

— Pare, Magdalena! Pare! — A explosão veio de repente, mais intensa do que ele imaginava.

Magdalena deu um salto, derrubando a xícara de café no carpete.

— Desculpe, vou limpar — ela murmurou.

Mark ouviu os sons distantes ao redor, mas a mente estava presa em um redemoinho. Tudo à sua volta parecia borrado, como se estivesse fora do próprio corpo. Ele tremia descontroladamente, mesmo que não se sentisse tão histérico quanto parecia. Era como se as emoções estivessem todas descansando só na superfície, sem tocar o interior. Ou talvez o que sentia lá no fundo estivesse anestesiado. Talvez tudo isso estivesse sempre ali. Só não podia se permitir abrir mais do que essa pequena fenda, porque se o fizesse talvez jamais se recuperaria.

— Sabe — o tom na voz era áspero, alto o bastante para que ela o escutasse na cozinha —, a vida não é um *remake* de filme infantil onde o vilão, na verdade, é adorável e digno de perdão, só porque, no fundo, ele era apenas mal compreendido.

Magdalena retornou com um rolo de papel-toalha na mão. Ela se colocou de joelhos e esfregou o chão.

— Aliás, o mundo seria um lugar bem melhor se todos aceitassem suas culpas em vez de achar justificativas para as piores merdas que já fizeram. — Mark se levantou de supetão e continuou, cada vez mais descontrolado. — Vergonha! É só isso que deveriam sentir: vergonha!

— Você tem razão, Mark. — Magdalena parou de limpar e o encarou. — Você é culpado. E agora?

Mark pausou, semichocado com a concordância.

— Mas o que isso significa? — ela continuou. — Que você não é mais digno de amor? Que não pode mais experimentar algum tipo de felicidade? — A mulher se ergueu e se aproximou ainda mais, com um olhar intenso. — Porque, se isso for verdade, estamos todos ferrados. Você acha que é o único que já fez alguma coisa horrível? Mas que maravilha de mundo que você vive, porque eu não conheço ninguém que seja totalmente inocente.

Mark abriu a boca para responder, mas nada saiu.

— Você acha que sua mãe merecia mais? Ela não era perfeita. Ninguém é. — Magdalena hesitou.

— Você não sabe do que está falando — Mark retrucou, a voz embargada. — Minha mãe... ela era uma santa. E sofreu a vida inteira. Primeiro com meu pai bêbado, e depois...

— Você não é seu pai.

— Sim, eu sou! — ele gritou. — Ele não a merecia. E eu... não mere...

— Quem? Você não merece quem, Mark? Pauline?

O homem a encarou incrédulo.

Esses sentimentos estavam mesmo dentro dele? Não podia ser. Nada daquilo. Como era possível que os lábios soubessem as palavras sem que o cérebro soubesse? Como era possível que ele nunca tivesse falado com tanta clareza tudo que o atormentava?

Mas era a verdade, ele percebia agora. Ele não merecia Pauline. Não merecia Magdalena. Não merecia ninguém. Talvez esse fosse o real motivo de querer encomendar um ser sem personalidade e sem valor. Talvez assim se sentiria menos o verme que era, o farrapo de homem. Talvez se sentisse minimamente aceito. Com o lado ruim, o bom e o desprezível.

Mas tinha que ser logo *Magdalena*. Uma mulher tão incrível que dava até para dizer que fora gerada em laboratório. Em vez de uma máquina sem valor nem opiniões, recebeu alguém que enxergava tudo e não deixava nada passar, e isso só por acreditar que ele podia se transformar, de alguma forma, em alguém melhor. Tudo porque não tinha a menor consciência de quão estragado ele realmente era.

— Ninguém, Magdalena. Não mereço ninguém.

A mulher franziu as sobrancelhas, o olhar mais triste que ele já vira no rosto da esposa, e, com um toque tão delicado, enxugou uma das lágrimas escorrendo pelo rosto do marido.

Então ele desabou.

De joelhos no carpete, o mundo ao redor parecia girar. Ele era capaz de sentir a textura áspera das fibras contra as mãos trêmulas, o cheiro do café derramado, doce e amargo. Sua respiração estava irregular, o peito apertado como se o ar simplesmente se recusasse a entrar.

Como um reflexo involuntário, sentiu um impulso inusitado de orar. Pedir perdão. Mas as palavras ficavam presas, sufocadas pelo peso da culpa que o esmagava. Seria possível que um ser soberano que conhecesse o mais profundo de seu egoísmo ainda assim fosse capaz de perdoá-lo? Ou apenas o castigaria como Magdalena um dia especulou?

— Acho que você tinha razão, Mark — ela sussurrou, de joelhos diante dele.

Mark olhou para ela um pouco assustado. Será que ela era capaz de ler os pensamentos?

— Sobre o contrato da empresa. Eu acho que ele tem *mesmo* um propósito.

A mudança brusca de assunto o atordoou. Não estavam mais falando dele?

— Se ele não nos forçasse a ficar juntos... — Ela limpou mais uma lágrima e, com lábios trêmulos, deu um meio-sorriso cheio de ternura. — Nós não chegaríamos até aqui.

— Onde?

Nesse carpete sujo?, pensou. Mas isso seria literal demais.

— No ponto onde nós podemos nos aceitar mesmo sem merecer. — Ela acariciou a face dele com delicadeza. — Talvez essa seja a melhor parte.

Ele segurou o rosto dela com ambas as mãos, um toque firme carregado de um desespero silencioso. Ele não podia deixá-la ir, não agora. Tudo o que ele era — toda a dor, o passado, a culpa — estava ali, exposto. E, se ela o rejeitasse agora, ele sabia que nunca mais poderia se recompor.

O gosto salgado de suas lágrimas se misturou, enquanto ele a beijava, como se aquele toque fosse a única coisa que o mantinha inteiro.

Enquanto aprendiam a se amar mais uma vez, de uma forma ainda mais profunda, Mark não estava pensando com palavras. Existia ali apenas uma massa abstrata de pensamentos cheia de sensações e nuances. *Por favor, não me abandone.* Ele não disse, mas a súplica estava em cada respiração, em cada toque, em cada beijo carregado de uma urgência dolorosa. *Eu te amo, eu te amo, eu te amo*, ele murmurava. Mas a mente só queria dizer:

Não me magoe agora. Eu jamais sobreviveria.

31

MARK ACORDOU ANTES do nascer do sol. Não conseguia sentir o braço. Olhou assustado para conferir, mas, sim, o membro ainda estava lá.

Em cima dele repousava Magdalena, cabelo emaranhado, a respiração profunda e regular.

Com cuidado, ele puxou o braço, tentando não acordá-la. Ela se mexeu um pouco, o rosto pressionado no travesseiro, mas ele sussurrou:

— *Shhh*. Pode voltar a dormir.

Ela voltou a dormir.

Às vezes era confuso discernir o que sentia. Se era, de fato, amor do tipo que as pessoas dizem que "você simplesmente sabe". Os sentimentos oscilavam tanto quanto a frequência de vezes no dia que sentia sede ou fome. Mas o que quer que fosse que estava crescendo ali, se não fosse o famigerado "amor", teria que ganhar um nome tão digno quanto. Ele se sentia — naquele momento — capaz de explodir, preenchido de gratidão e do senso de privilégio, pertencimento e falta de merecimento. Tudo junto. Ser aceito quando as máscaras caem, quando as versões de si que você jamais desejou que existissem e, muito menos, que outra pessoa visse, são expostas — e o outro, mesmo assim, permanece. Era muito mais do que ele merecia.

A luz diurna começava a entrar pelas persianas.

Ela não *escolheu* estar ao lado dele, propriamente dito. Ainda estavam presos um ao outro por motivos de força maior. Mas escolheu aceitá-lo. Escolheu a misericórdia. Entre eles, obrigados a esse relacionamento para sempre, podia ser o resto da vida o paraíso ou o inferno. Na falta de escolhas, ela escolheu uma versão extraordinária do que poderia ser o "amor".

Pensou mais uma vez na conversa que tiveram na noite anterior.

Para ser bem sincero, o argumento de Magdalena não fazia muito sentido. Todo mundo é culpado, logo ninguém é? Será que a desculpa colaria em um tribunal?

"O réu se declara culpado, mas, meritíssimo, lembre-se de que todo mundo é."

"Você tem razão. Pode ir. Caso encerrado."

Mark riu sozinho.

A sentença ainda pesava sobre sua cabeça. Mas, por agora, estava satisfeito em descansar nos braços da esposa e ser aceito por ela.

Ele riu baixinho do som de motor de trator que saía dela a cada fôlego. Mesmo com os roncos, ele era capaz de observá-la por horas com um sorriso estúpido.

O celular se iluminou e começou a vibrar. Assim que viu o nome na tela, revirou os olhos.

O advogado. Claro.

Era a última coisa com a qual queria lidar tão cedo.

Não conseguia mais imaginar se separar dela. Mas era para isso que o advogado estava trabalhando. Precisava demiti-lo. Iria demiti-lo.

Muito embora talvez fosse agradável não ter uma empresa psicopata na cola. Por outro lado — Mark olhou novamente para a esposa adormecida —, era agradável saber que tampouco ela poderia partir.

Ele saiu do quarto com o celular na mão, tentando não fazer barulho.

— Bom dia — ele murmurou ao atender.

— Schmidt. Trago novidades. — O tom de voz do advogado fazia parecer como se já fosse meio-dia.

Mark revirou os olhos, já cansado da conversa antes mesmo de ela começar.

— Na verdade, eu queria mesmo falar com você. Vou pagar seus honorários, claro, mas não precis...

— Você vai querer ouvir isso antes de me demitir. Vai ficar chocado quando souber quem é a pessoa com quem você se casou.

Mark congelou. Estava curioso? Estava. Mas já sabia que não faria diferença.

— Eu não me importo com quem ela é, de onde ela veio, o que ela fez, Herr Schwarz.

— Quem é você? — O homem soltou uma bufada de deboche. — Os Backstreet Boys? É claro que você se importa. Sabia que ela é jornalista?

— Sabia que ela fez faculdade... — Ele tentou manter a calma, mas o advogado estava claramente preparando uma bomba maior.

— Exatamente! E você acha isso irrelevante? Não acredito que ficou sabendo e não me ligou no mesmo instante. Qual seria a motivação dela para se casar com um completo estranho?

— Schwarz — Mark coçou os olhos —, você está sugerindo que ela está... o quê, escrevendo sobre mim? Tipo "Como perder um homem em dez dias"?

— Minha avó adorava esse filme. Um clássico. Mas, sim, alguns jornalistas vão às últimas consequências pela fama. — O advogado riu de novo, como se estivesse se divertindo com a própria paranoia. — Mas isso nem é o pior.

— Certo... — Mark balançou a cabeça.

Schwarz sempre fora um tanto neurótico, um dos motivos pelo qual ele era excelente, mas nunca imaginou até que ponto.

— Isso talvez o surpreenda. Nunca foi procedimento padrão para a empresa Casamento Sob Medida Inc. ameaçar os clientes com violência. Alguns desses clientes estão até mesmo divorciados e intactos, sabia? Por algum motivo, você ganhou o tratamento especial da casa. Quer saber o motivo?

— Não sei se quero...

— O nome de solteira é Magdalena Souza, então nem cogitei a possibilidade... — o homem continuou. — Mas o sobrenome vem da mãe. O que você sabe sobre o pai dela?

Junto com a sensação súbita de que iria vomitar, Mark soube a informação alguns instantes antes de ouvi-la. Era um choque, seria uma surpresa. Mesmo assim, de alguma forma, já sabia.

— Não muito. Acho que ela não tem contato com ele.

— Não? Estranho, não?

Mark pensou que havia uma certa ironia na fala, mas não tinha certeza, então permaneceu em silêncio.

— O seu sogro é um grande empresário, dono de diversas empresas, um polonês chamado Aleksander Woźniak. Você nunca vai adivinhar um de seus maiores empreendimentos! Digamos que eles alegam 99,9% de satisfação com seus serviços e, em raríssimas ocasiões, têm um fraco por ameaçar clientes com mutilação. Por *acaso*, exatamente o valor que você pagou pelo serviço foi depositado alguns dias atrás numa conta na Polônia no nome de Magdalena Schmidt. Será que é um nome comum na Polônia?

Depois de dois ou três segundos de silêncio, Mark só conseguiu dizer:

— Eu ligo mais tarde.

E desligou.

Ficou encarando a tela por um longo tempo, tentando discernir se a conversa realmente havia acontecido ou se tinha sonhado tudo.

Ouviu passos suaves no corredor.

Magdalena surgiu, com a camisa larga escorregando do ombro, os cabelos bagunçados e o rosto sonolento. Ao vê-lo, sorriu de leve, sem saber que o simples gesto fazia algo dentro dele desmoronar. Qual seria a reação dela ao descobrir que ele sabia da verdade?

Mark engoliu em seco. Se abrisse a boca agora, não sabia o que escaparia primeiro: as palavras ou vômito. Tudo o que construíram juntos passou pela cabeça de Mark em *flashes* rápidos — cada conversa, cada toque, cada promessa. Que parte daquilo não tinha sido uma mentira?

Ela franziu a testa ao se aproximar mais, parecendo entender que havia algo de errado.

— Está tudo bem? — perguntou.

— Era... — Ele respirou fundo, temendo vomitar. — Meu advogado. Com informações sobre a empresa. E... sobre você.

Magdalena apoiou as mãos no encosto da cadeira e encarou Mark, sem denunciar qualquer tipo de sentimento.

— Você nunca mencionou que seu pai é polonês.

Toda a cor sumiu do rosto da mulher. Ela expirou pelo nariz e se sentou na cadeira, de um jeito um pouco abrupto.

— Não achei que era importante. — A frase saiu frágil, quase como um pedido de desculpas, mas os olhos dela não traíam emoção alguma.

Isso foi o que mais o incomodou.

— Não achou que era importante que eu soubesse que seu pai é o *dono* da CSM? Não era importante saber que ele ameaçou minha integridade física, não por causa de malditos *termos de uso*, mas para fazer um agrado à filhinha? — Mark ouviu a própria voz sair mais alta e mais ríspida do que pretendia.

O rosto pálido tomou cor.

— Não sei nem o que dizer. — A mulher franziu as sobrancelhas e cruzou os braços.

— Eu só quero entender, Lena. — Mark passou a mão pelos cabelos, tentando controlar o turbilhão de emoções. — Só me ajuda a entender. Nós vamos nos acertar. Vamos conversar, tomar um café, e tudo vai ficar bem, está bem?

— O que exatamente você quer saber? — A voz dela finalmente revelou um tremor que antes não estava lá.

Mark forçou um sorriso que não chegava aos olhos.

— Vamos fazer assim: nós vamos nos sentar, tomar um café da manhã digno e aí conversamos — ele insistiu.

Ela hesitou, mas, por fim, sinalizou com a cabeça que tudo bem.

— É sério, Lena. — Ele foi para a cozinha, tentando recuperar um pouco de normalidade. Abriu o armário e pegou duas xícaras. — Você é minha esposa. E o que quer que você tenha feito... De verdade, eu não me importo com o seu passado, se você começou esse relacionamento com as intenções erradas... Quer dizer, não é verdade, me importo um pouco, sim. — Ele encheu a máquina de café com água diretamente da torneira. — Dói pra valer pensar que, sei lá, o que você queria com tudo isso? Dinheiro? Nem faz sentido.

A máquina começou a trabalhar e o som do triturar dos grãos preencheu o ambiente. *Não faz sentido mesmo*, ele murmurou para si mesmo inaudível. Ele viu o vapor se erguer enquanto a realidade batia cada vez mais forte. Qual o significado disso tudo?

Ele olhou para as xícaras fumegantes. Precisava acreditar que o que tinham era mais forte que qualquer segredo. Que esse amor estranho que eles cultivaram os manteria juntos. Caso contrário, tudo... simplesmente desmoronaria.

— Quer o seu com açúcar? — ele perguntou.

O ar, de repente, mudou. Como uma brisa suave se movimentasse por ali, sem saber de onde.

Mark se virou, xícaras na mão, pronto para tentar... e congelou.

A sala estava vazia.

Por um segundo, ficou paralisado, o café escorrendo pela lateral da xícara, enquanto os olhos procuravam por ela. Nada.

— Lena?

Ele colocou as xícaras de qualquer jeito na mesa e subiu apressado a escadaria. Retornou, confuso.

Sentou-se numa cadeira diante da mesa e ficou paralisado, encarando — o que só então notara — a porta entreaberta da casa.

Magdalena havia desaparecido.

32

MARK FICOU ESTÁTICO por pelo menos um minuto, encarando o vazio onde seu carro costumava ficar.

Primeiro, Magdalena, agora Mercedes. Seria engraçado, se não fosse trágico. Todas as "mulheres" de sua vida estavam desaparecendo. Ele quase riu do absurdo, mas tudo que saiu foi um suspiro cansado.

Quando finalmente conseguiu esboçar uma reação, pegou o celular e ligou para a irmã.

— Ela roubou meu carro.

— O quê? — Becca soava genuinamente confusa.

— Meu carro. Ela levou meu carro.

— Já ligou para a polícia?

Mark esfregou a testa, tentando manter a calma. Era surreal que tivesse que explicar isso.

— Eu não vou mandar a polícia atrás da minha mulher.

— Espera. Magdalena roubou seu carro? Como ela conseguiu essa proeza?

— De quem mais você achou que eu estava falando?

— Por que ela roubaria seu carro?

— Como assim, "por quê"? Isso importa agora?

Porque partir meu coração não era estrago suficiente?, ele pensou, mas não disse.

Becca ficou em silêncio por um segundo, claramente tentando entender a situação. Então, num tom prático, perguntou:

— E o que o app da Mercedes disse?

Mark balançou a cabeça em descrença. Sentiu o celular escorregar da mão suada antes de o segurar firme novamente. Como podia ter sido tão estúpido? O carro tinha um maldito rastreador.

— Você é um gênio, maninha. Obrigado — respondeu, desligando apressadamente sem sequer se despedir.

Claro, o aplicativo da Mercedes. Ele lembrava vagamente de ter lido sobre o rastreamento, mas nunca configurou. Tinha uma preguiça enorme de lidar com tecnologia fora do horário de trabalho. Agora, arrependido, baixou o app.

Buscando veículo Mercedes DEX2049-KIS...

Após um minuto agonizante, a tela piscou com a mensagem:

Fora da área de alcance. Por favor, aproxime-se do veículo para o pareamento.

— Isso só pode ser uma piada. — Mark esfregou os olhos em frustração. Pegou o telefone e ligou de novo para Becca.
— Não fiz o pareamento do app com a porcaria do carro.
— O quê?
— Esquece... deixa pra lá. A essa altura ela já deve estar muito longe daqui. — Ele esfregou a ponta do sapato em uma mancha na calçada, sem saber o que mais fazer.

Tudo parecia estar escapando por entre seus dedos.
— Você pretendia ir a algum lugar? — Becca perguntou, quebrando o silêncio.
— O quê?
— Estou por perto. Vim à cidade visitar um amigo. Posso levá-lo até onde quiser.
— Que amigo? — Mark não conseguiu evitar o tom ligeiramente possessivo. Ciúmes? Não. Cuidado.
— Não muda de assunto. Quer uma carona ou não?
— Está tudo bem. — Mark olhou para a rua deserta. Sentimentos e pensamentos contraditórios se misturavam em sua cabeça. — Vou de bonde.
— Para onde você vai, Mark?
— Para a igreja — ele murmurou, quase sem acreditar que estava dizendo aquilo.
— Igreja? — Becca parecia neutra, mas Mark sabia que ela estava surpresa. — Por quê?
— Eu não sei, Becca — ele respondeu num tom mais ácido do que gostaria. — Porque é pro bar que eu vou sempre que uma vagabunda me arranca o coração e nunca me ajuda. Então, que se dane, vou pra igreja.

— Olha o linguajar.

— Chama a polícia e me denuncia. Aliás, aproveita e chama a empresa de casamentos que eu tô implorando pra que alguém me arranque o braço.

— Você está bêbado?

Mark bateu na própria testa e comprimiu os lábios, se sentindo ainda pior por estar sendo tão grosseiro.

— Não, não estou bêbado, Becca. Só estou enlouquecendo. Talvez eu tenha sido feito de trouxa para valer.

— E você não vai atrás da Magdalena?

Ele gesticulou desvairadamente no ar, sem conseguir encontrar vocabulário adequado para se expressar.

— Pra fazer o quê? Ela é uma mulher adulta. Ela fez uma escolha.

— E você está fazendo uma de ser um bundão — Becca respondeu, como sempre, sem rodeios.

Mark soltou uma risada sem vontade.

— Eu só, não sei, só preciso saber o porquê.

— Como assim?

— Qual é o sentido. Amor, casamento... existir. — Ele deu uma risada curta. — Já sei, vai dizer que devo consultar o dicionário.

— Não. Você está deprimente demais pra isso.

Era um bom argumento.

— Quanto é que a gente tem que aguentar, Becca? — Mark pressionou a mão contra o peito, tentando afastar a sensação opressiva que parecia comprimir seu peito. — Eu achava que tinha as respostas. Mas agora... eu já não sei de nada. E... sei lá. A mãe parecia ter as respostas. E era lá que ela parecia encontrar.

Becca respirou fundo do outro lado, a pausa longa demais para o gosto de Mark.

— Você acha que estou tendo um surto, não é? — Ele continuou. — Talvez eu esteja. Foi um grande choque. Parece que minha sanidade era um novelo e a Magdalena puxou o fio e... *brummmm*... — Ele fez o som de uma coisa desmoronando. — Já era. Não que eu fosse completamente são antes, mas... meu Deus... não sei se tem como me recuperar dessa.

Ele passou a mão pelo rosto, exausto.

— Espera aí — Becca disse, com um som de pisca-alerta ao fundo. — Estou chegando.

Algum tempo depois, a irmã apareceu, estacionando o carro. Ela saiu com um sorriso leve. Trazia um pacote nas mãos. Mark ergueu uma sobrancelha.

— O que é isso?

— Com certeza não é um relógio — ela respondeu, encarando o objeto prateado que ainda brilhava no pulso de Mark. Instintivamente, ele o cobriu com a mão. — É o seu presente de aniversário, lembra?

— Essa é sua ideia de prêmio de consolação?

— Só abre o bendito presente. — A irmã ralhou, entregando-lhe o pacote. — Acho que você finalmente está pronto.

Mark rasgou o papel pardo e revelou o conteúdo.

A velha Bíblia da mãe.

— Ah, Becca... — Ele gaguejou. — Com todo o respeito, isso... er... é meio... — Ele riu, constrangido. — Não precisava. De verdade. Não precisava.

— Tá maluco? Precisava e muito. De tudo o que você poderia buscar hoje, isso é o que mais vai fazer sentido. Foi o que me manteve viva até hoje. E é o que vai manter você hoje também.

— Acho que... — Mark encarou o livro em silêncio por um momento. — Achei que a igreja seria mais fácil, sabe? Esse livro é grande, mana. Achei que o pastor podia me dar umas dicas e pronto. Sei lá. Prescrever umas orações fortes aí...

— A igreja vai ser útil também. Mas, para ser bem sincera, nenhuma das duas coisas vai adiantar muito se você... — Ela parou do nada, o que era estranho.

Becca não tinha papas na língua. Ela nunca hesitava, nunca se constrangia, nunca pausava.

— Apenas leve o bendito livro pra casa e, se der, leia.

Ele o segurou e examinou as bordas de ouro gastas das páginas frágeis. A capa de couro curtida, com rebarbas meio soltas. Ele balançou a cabeça e suspirou.

— Eu não acho que ela gostaria que eu ficasse com isso.

— Não importa. O presente é meu. — Ela retrucou.

— Não precisava.

— Ótimo, você entende o conceito de presente?

Mark riu de leve.

— Obrigado — ele murmurou, erguendo a Bíblia com respeito.

Assim que a irmã saiu, tentou ligar para o pai. A mensagem de voz era tão ridícula que ele quase desligou antes de terminar.

— Atenção, se você está ouvindo esta mensagem, é porque não quero falar com você. — A risada rouca do pai ressoou, seguida de uma tosse. — Mas, se você for aquela morena deliciosa do bar de ontem à noite, estou disponível, meu bem. Deixe seu recado e eu te encontro onde você estiver.

Mark revirou os olhos. Por que ele tinha achado que o pai teria um conselho ou alguma outra coisa mais proveitosa para oferecer do que a irmã?

Ele largou a Bíblia na mesa de centro e foi até a geladeira. Pegou uma garrafa de *smoothie*, mas a lembrança de Magdalena tomando uma semelhante fez com que o estômago se revirasse. Ele guardou o recipiente de volta.

Tudo naquela casa estava contaminado pela presença dela. As pinturas espalhadas por todos os cantos da casa. O carpete manchado. As lembranças.

Nunca conseguiria se livrar de sua sombra.

Olhou para a Bíblia.

A única coisa na casa que não se relacionava em nada com ela.

Por que a leria? O que esperava encontrar? A verdade, como a mãe diria? Ele quase riu do pensamento.

Ele abriu o livro com dedos hesitantes, sentindo o toque áspero do couro envelhecido e o leve farfalhar das páginas finas, como se carregassem o peso dos anos. Deslizou o polegar pela borda dourada, fazendo uma leve pressão, para que fosse possível ver a beirada de cada página, enquanto as fazia correr. Parou quando chegou onde queria.

— *The Gospel of Mark* — leu, em voz alta. — O Evangelho de Marcos — traduziu, em seguida, aliviado de que as aulas de inglês da época da escola ainda estavam dando para o gasto.

Ele tentou relaxar os ombros, fechou os olhos por um segundo e inspirou profundamente. Era dali que seu nome tinha vindo. Foi de quando sua mãe leu esse livro. Que coisa estranha pensar nisso.

Continuou a leitura. O título do primeiro capítulo o fez erguer uma sobrancelha: "João, o Batista." Deslizou o dedo pelas palavras, como se isso pudesse ajudá-las a fazer sentido mais rápido. Ele revirou os olhos.

— O que estou fazendo? — murmurou para si mesmo.

Estava ficando louco de vez? Qual era o próximo passo? Usar roupas de pele de camelo e comer gafanhotos, como esse tal de João? A ideia era absurda, mas ali estava ele, sentado no sofá com a Bíblia da mãe aberta, como se estivesse prestes a descobrir algum grande segredo.

Mas foi algum detalhe nesse livro, havia um aspecto nesta história que, de alguma forma, mudou tudo para a mãe. Então, quem era ele para duvidar?

Mesmo assim, não deixava de ser estranho demais.

O dedo parou em um versículo, marcado com um número sete. Ele leu em voz baixa, como se ler pudesse abrir algum portal de entendimento:

A pregação de João Batista era esta: "O mais importante está por vir: O protagonista deste drama, perante o qual sou um simples figurante, mudará a vida de vocês..."

As palavras o fisgaram de maneira inesperada.
Mark fez uma pausa, pensativo.
Ele sempre odiou ser o centro das atenções. Talvez fosse porque sempre se sentira... insignificante. Uma constante sensação de ser pequeno demais, irrelevante demais, insuficiente. Tentava compensar, sendo o melhor no que fazia, como no trabalho, mas isso nunca preenchia o vazio. Em algum momento, passou a acreditar que, se alguém o amasse apaixonadamente, se o fizesse o centro do mundo, esse sentimento de pequenez finalmente desapareceria. Mas então... talvez isso fosse parte do problema. Esse pensamento também era uma ameaça em seu casamento com Magdalena. Não era sobre os defeitos dela, mas o medo de que ela enxergasse que ele nunca seria um bom protagonista. Nunca seria "o cara".
Também talvez viesse dali sua baixa tolerância com se sentir "o trouxa". A vergonha o engolia e o deglutia o tempo inteiro.
Mas João Batista parecia... bem com isso. Com não ser o personagem principal, com ser apenas um figurante em algo maior. Que tipo de revelação era essa? Não precisar ser especial. Não precisar ser bom o suficiente. Não precisar ser o centro da história.
Magdalena já sabia disso, não? Ela havia dito desde o começo que ela não precisava ser o tudo para ele, bastava ele estar ao lado dela. E ela nunca exigiu que ele fosse mais, apenas que fizesse mais. Hábitos e comportamentos eram coisas que ele podia mudar. Talvez fosse algo até mesmo desejável.
O coração apertou com a lembrança dela.
Ela estava na Polônia agora? Será que a notícia de seu fracassado casamento correria rapidamente? Tinha sido apenas um golpe? Ela já estava indo atrás do próximo alvo?
A imagem de Magdalena, talvez sorrindo ao lado de um novo amante, o fez cerrar os punhos.
Não, ele pensou, sacudindo a cabeça. Ele não queria pensar nela agora. Não queria pensar na narrativa que ela poderia estar criando, porque essa não era a narrativa que ele queria viver.
Voltou a focar no livro em suas mãos.
As anotações da mãe estavam lá, quase apagadas, mas ainda visíveis. Fragmentos sem muito sentido. Datas soltas. Palavras isoladas. "Era isso então." "Obrigada." "Ele está aqui." "Escute!"

Mark parou. Seus olhos tropeçaram nas palavras: "Maria Madalena." Os olhos se fixaram no nome, a sonoridade ecoando em sua mente como uma maldição e um alívio ao mesmo tempo. O ar parecia ter sido arrancado de seus pulmões. Por um segundo, ele não conseguia respirar. Madalena. Ele não conseguiria continuar. Fechou o livro com força, com o estômago revolto.

Como isso poderia ter transformado a vida da mãe?

Era ridículo. Claro, tinha partes impressionantes, e Jesus era uma figura intrigante, mas... tinha que ter logo uma Madalena?

Mark deixou a cabeça cair para trás no sofá, o peso do cansaço e da confusão caindo sobre ele.

Acabou adormecendo com a Bíblia sobre o peito.

E, então, em algum ponto entre o sono e a vigília, ele ouviu o sussurro grave:

— *Efatá*.

Mark acordou com um sobressalto, o som da palavra ainda reverberando em sua mente como se alguém tivesse acabado de pronunciá-la ao seu lado. Sentiu a pele arrepiar e o coração acelerar. Algo estava esquisito.

Não era só a palavra.

Era como naquela noite em que sonhou com Magdalena. Algo mudou. Só que de uma forma ainda mais real. Mais intenso.

Mark ficou sentado ali, o peito subindo e descendo de forma irregular, como se o eco daquela palavra — *Efatá* — ainda estivesse vibrando dentro dele, expandindo-se. O que significava aquilo? Ele havia ouvido essa palavra antes?

Ele tentou se lembrar de algo específico, mas não havia nada. Apenas um sentimento. *Abra-se*, a consciência da palavra ressurgiu, se ressignificando sem fonemas concretos na mente. Algo, que ele nunca soube que estava fechado, estava se abrindo.

As palavras da mãe vieram à tona como um eco distante.

O que ela costumava dizer sobre o amor de Deus, sobre o perdão. A frase que ela costumava repetir: "É um amor tão gigantesco, tão absurdo de bom, que nos constrange a mudar." Sempre soou bonito, mas abstrato. Não que ele não se visse como cristão — ele sempre se identificou assim. Orava antes de algumas refeições, visitava a igreja de vez em quando e até mesmo tinha memorizado alguns versículos. Mas ser cristão, para ele, sempre foi mais uma tradição familiar do que algo que realmente moldava sua vida. Agora, pela primeira vez, ele sentia que seria capaz de entender. Que podia tocar, sentir, esse amor que o abraçava por inteiro.

Ele ergueu a Bíblia caída sobre o peito e a apertou contra si por um momento. As palavras nas páginas agora eram mais do que só tinta e papel. Mark começou a folhear, tentando se lembrar das outras vezes que sua mãe falara sobre Cristo, o significado da morte na cruz. Uma sensação nova o atingia, não como uma súbita revelação, mas como um incômodo crescente, uma rachadura que se formava lentamente na armadura habitual. Ele não conseguia ignorar a pressão, como se algo estivesse tentando emergir de dentro dele.

Será que era isso o que sua mãe sempre soube? Será que foi esse amor, esse perdão, que transformou sua vida? E seria possível que ele também pudesse ser transformado?

Ele passou a mão pelo rosto, limpando as lágrimas que sequer havia notado que estavam ali. Lágrimas de quê? Alívio? Esperança?

— É arrependimento que o Senhor quer de mim? — ele sussurrou para o teto branco, de repente ainda mais desperto.

A palavra *efatá* ecoou novamente em sua mente, como se estivesse sendo repetida em algum canto escondido de sua alma. Ele não sabia o que mais fazer, então deixou tudo sair.

— É o que tenho para dar, Deus. — A voz soou quebrada, como se pedisse permissão para ser vulnerável. — É rendição? O que restou?

Efatá, a lembrança da voz continuou queimando em seus ouvidos, como se estivesse ali, palpável.

Ele encarou o livro e o segurou com as mãos trêmulas. Se tudo o que leu fosse uma grande mentira elaborada, nada a respeito dessa narrativa tinha significado algum. Mas... se fosse, de fato, verdade e, naquele instante, tudo dentro dele gritava em confirmação, era a notícia mais relevante de toda a humanidade em todas as gerações. Todos precisavam saber.

Mark começou a chorar para valer.

— Deus, isso é ridículo — ele sussurrou, em prantos. — Não posso me converter aqui sozinho nesse quarto. Como vou saber que não estou simplesmente ficando louco?

O teto branco continuava igual. Nenhuma luz celestial, nenhum anjo com trombetas. Nada de sobrenatural. Apenas o silêncio ao seu redor. Mas, naquele instante, ele soube. Sabia, com uma clareza que o cortava até os ossos, que estava perdoado. Completamente perdoado. Amado. Totalmente abraçado.

E aquilo significava muito. Transcendia palavras.

Efatá. A palavra ecoou de novo em sua mente, um murmúrio distante que ressoava no fundo do peito. As lágrimas prosseguiram sem controle, silenciosas, escorrendo pelo rosto. Pela primeira vez, se sentia verdadeiramente desperto.

A mente continuou a trabalhar, vagando até Magdalena. Talvez ela também estivesse travando uma batalha interna, um conflito invisível, uma questão com a qual nem ela sabia lidar direito.

Mark colocou a Bíblia no sofá e a encarou mais uma vez.

Se ele não era o protagonista dessa história — se ele não precisava ser o herói — então qual era o seu papel? Se pudesse se considerar um bom personagem secundário, o que raios deveria fazer? Qual seria o próximo passo? Pela primeira vez desde que voltaram da Polônia, sentiu que tinha uma escolha real. Não era mais obrigado por força ou violência a estar com ela. Mas um amor profundo o compelia — constrangia? — a ousar dar passos que fariam dele, possivelmente, em muitas definições diferentes, um trouxa.

Ele pegou o celular e fez uma chamada de vídeo para Becca. Ela atendeu quase de imediato, e, só de vê-la, um riso abafado escapou.

— Becca... — Ele limpou o rosto úmido com a mão. — Acho que estou tendo um surto mesmo.

— Ah, mas nunca duvidei — ela respondeu.

— Eu... — Ele passou a mão pelos cabelos que já estavam bagunçados. — Vou atrás da Magdalena.

— É isso aí, garotão — ela respondeu num tom que não demonstrava muita surpresa e ergueu um polegar. — Totalmente apoiado.

— Ah, e outra coisa... — O sorriso dele foi crescendo. — Queria que você soubesse que agora você é minha irmã em todos os sentidos possíveis.

Becca piscou umas três vezes antes de soltar um grito de alegria e, sem aviso, começar a dançar na tela.

Mark não conseguiu segurar a gargalhada, e, por um breve momento, o peso de tudo o que estava acontecendo pareceu mais leve.

— Agora posso mandar você ler a Bíblia em vez do dicionário — ela brincou.

— Quero orar por ela, Becca — ele disse. — Quero que ela também experimente isso que estou sentindo.

A irmã fez mais uma vez um sinal de positivo.

Oraram juntos e, dessa vez, sentia que era mais do que um ritual. Estava falando com um Deus que não estava distante. O Criador de todas as coisas se interessava e o amava. Era incrível ter essa convicção. Agora até conseguia entender a forma como a mãe e a própria Becca estavam sempre oferecendo orações para as pessoas.

Ao mesmo tempo, não tinha tanta certeza se Deus atenderia a esse pedido específico. Ou melhor, como o atenderia. Ou quando. A mãe certamente orou por anos pelo marido. Onde estavam os frutos?

— Você acha que ela orava por mim também? — Mark perguntou abruptamente.

— Magdalena? — Becca questionou.

Ele balançou a cabeça.

— *Mutti*...

Não houve mudança alguma na expressão do rosto da irmã.

— Você passou mais tempo com ela do que eu — ela disse num tom neutro. — O que você acha?

Não era uma acusação, mas a velha culpa fisgou novamente.

A forma como, por causa de atitudes dele, Becca foi privada de conhecer uma mãe de verdade. O fato de, por causa disso, ela ter precisado durante toda a vida do apoio de instituições de assistência social, escolas e, bem, da igreja.

O sorriso gracioso de *Mutti*. A imagem mental que sempre retornava, a última vez em que a viu bem. Ela trazia, equilibrada num pires, uma xícara de chá. Depositou a xícara na mesa e pôs a mão sobre a testa febril de Mark.

— Ah, menininho — com aquela voz grave, mas feminina. O olhar preocupado e doce. — O que você andou aprontando?

O menino Mark queria agradecer, mas estava cansado.

— Está tudo bem. — *Mutti* sorriu e limpou uma lágrima. — Eles são teus.

— Hein? — Becca chamou, trazendo-o de volta ao presente.

Mark encarou a irmã, que o tratava com a mesma leveza de sempre.

— Eu acho que, talvez, eu e você sejamos uma resposta — ele disse, mais uma vez atordoado com a compreensão do óbvio.

O pensamento o comoveu e o motivou a prosseguir. Ele estava perdoado, teria que se lembrar. O que ficou para trás, ficou. Agora importava viver de forma digna a nova realidade.

Assim que desligou, telefonou para a concessionária. Muito em breve, teria a localização da Mercedes. Sabia o que precisava fazer, mas ainda restavam muitas dúvidas.

E se Magdalena não o aceitasse? E se ele não fosse capaz de perdoá-la? A confusão continuou a revolver no cérebro, mas, desta vez, não era o suficiente para fazê-lo recuar. Uma força nova pulsava dentro dele. Um impulso que ele não conseguiria ignorar.

A tela do celular se iluminou com uma notificação. A concessionária tinha enviado o acesso ao sistema de navegação da Mercedes. Agora ele sabia onde Magdalena estava em tempo real.

E ele estava pronto.

PARTE TRÊS

33

SEIS MESES ANTES DO ENCONTRO NA ESTAÇÃO

ELAS ESTAVAM RINDO a ponto de fazer o carro balançar.
— Ai, meu Deus — Magdalena disse entre gargalhadas, a voz entrecortada e os olhos lacrimejando. — E aí ele jogou a estatueta na parede e ficou gritando: "Olha o que você fez, olha o que você fez!" — A imitação exagerada da voz rouca de Jonas, acompanhada de uma careta cômica, só fazia o momento parecer mais absurdo.

— Ah, tá, e você fez sozinha, né? — A mãe revirou os olhos, apoiando a cabeça no encosto enquanto o riso ia diminuindo aos poucos. — Esse homem faltou a todas as aulas de biologia?

Magdalena não conseguia parar. Fazia tanto tempo que não ria tanto. A sensação era boa demais.

— Pior — disse, ainda dando risada. — A minha cabeça lá sangrando horrores, o tapete todo coberto, uma cachoeira caindo, mas eu só conseguia pensar na bendita estatueta que comprei pra ele na nossa viagem pela Nigéria. — Fez uma pausa, secando uma lágrima de riso. — Em pedacinhos! O filho da mãe, ele tinha dito que amou o presente, que ia cuidar dela com a própria vida.

Magdalena continuou contando e demorou um pouco pra perceber que a mãe já não estava mais achando graça e tinha uma expressão ligeiramente horrorizada.

— Calma — Magdalena disse, com um aceno casual da mão, tentando descartar a seriedade que parecia surgir. — Não foi tão ruim assim. O couro cabeludo sangra muito mesmo, sabia? É normal... muitos vasos sanguíneos... Foi só um pedacinho da estátua que escapou e machucou.

Os lábios da mãe estavam brancos como papel. Ela ficou com os olhos fixos na estrada, piscando-os rapidamente para afastar as lágrimas e Magdalena não pôde evitar de admirar a força que ela tinha.

— Quer saber, filha? Essas coisas acontecem — a mãe disse, com um tom controlado e gentil. — Aconteceu comigo semana passada. Sério. No clube Moritz. Sonia estava tentando quebrar uma noz e a casca veio voando e me atingiu bem aqui. — Apontou para a têmpora direita. — Se eu não fosse tão cabeça dura, nem sei...

Magdalena mordeu o lábio e elas riram novamente, mas de um jeito bem menos convincente. Ela puxou as mangas do moletom manchado de tinta, cobrindo as mãos, que tinham ficado frias de repente.

Ela sabia que ambas estavam em um estado de tensão e choque que não podiam encarar ainda. Talvez fosse isso que tornava ainda mais valioso o esforço da mãe para seguir o jogo, aceitando o humor leve de Magdalena. Falar sobre o assunto com o peso que ele exigia era impossível. Sentia que, se cavasse fundo demais, jamais se recuperaria.

O som da porta do motorista abrindo e fechando com firmeza a tirou do transe. A mãe caminhou até a bomba de combustível e começou a abastecer. Magdalena observava o movimento dela através do vidro, notando como ela mantinha as costas levemente curvadas. Ela era tão mais frágil do que gostaria de admitir.

Quando voltou, a mãe retomou o lugar no volante, respirou fundo e manobrou o carro para sair.

— E então... — A voz dela estava mais baixa, como se testasse o terreno antes de continuar. — Está tudo bem com... com a gravidez?

Magdalena congelou por um instante. Demorou vários segundos para responder.

— Não, mãe, não tem gravidez.

A mãe franziu a testa, confusa.

— Eu tinha entendido que era por isso que ele tinha ficado tão bravo...

Magdalena apenas balançou a cabeça, desviando o olhar. Não encontrou palavras para desconversar.

— Uma hora e quatro minutos até o destino. — A voz neutra do carro preencheu o silêncio que seguiu.

— Ele nunca me bateu, sabe?

A mãe ergueu as sobrancelhas e esboçou um "ah, é mesmo?" com os lábios, como se estivesse fingindo um interesse educado enquanto Magdalena contava algum relato de uma pessoa distante, algo que leu no noticiário e que não as afetava de forma alguma. Mas Magdalena sabia que ela estava lutando com todas as forças para não a interrogar, exigindo cada detalhe do que as levou ali.

— Não — Magdalena continuou. — Ele é do tipo que quebra coisas quando fica bravo. Eu não. Nunca. Bem, não de propósito.

Não fisicamente, seu pensamento acrescentou, enquanto ela desviava o olhar para a paisagem, onde as árvores recém-despidas de folhas pareciam garras fincadas no céu cinzento. Precisava conter as emoções que já borbulhavam. Era um estranho alívio o término ter acontecido no outono. A paisagem parecia acolher sua melancolia. Ter o coração partido em um dia ensolarado de verão seria insuportável.

— Bem... — A mãe deu um pequeno sorriso, que não chegou aos olhos. — Estou feliz que você largou o imbecil. Sabe que estou me esforçando muito pra não falar "eu bem que avisei".

— Sim, eu sei... — Magdalena respondeu. — Obrigada de coração pelo esforço.

— Eu até entendo. — A mãe virou um pouco a cabeça, lançando um olhar de lado. — Ele era aquele tipo irresistível, né? Se eu visse uma foto dele na capa de um romance, especialmente sem camisa... ui. Eu comprava.

Magdalena lançou um olhar agradecido à mãe por sua tentativa de retomar o humor, mesmo que de uma forma desajeitada e fora de tom.

— Credo, mãe — resmungou.

Elas riram novamente. Não era o riso descontrolado de antes, mas era o suficiente.

— É engraçado, né? — A mãe falou. — É divertido ler sobre dragões nas histórias, mas seria aterrorizante se um deles aparecesse de fato nas nossas vidas.

Magdalena assentiu, devagar. Ela apertou a mochila no colo, como se fosse um colete salva-vidas em um mar revolto. Estava exausta de conter as emoções, de evitar o inevitável. Não queria chorar, não na frente da mãe. *Vai ficar tudo bem*, pensou. Repetiu mentalmente até a frase começar a soar vazia.

— Certos tipos deveriam ser relegados apenas aos livros — a mãe continuou. — Aqueles personagens intensos... que acham que o mundo é uma extensão de seus dramas. "Eita, espirrei fogo naquele vilarejo. Não tenho culpa, nasci assim, é culpa do vilarejo por estar diante das minhas narinas."

— Eu devia ter terminado no momento em que ele quebrou a estatueta — Magdalena confessou, a conclusão chegando repentina. — Mas o jeito que ele falou depois... eu estava sendo mesquinha, jogando fora tudo o que vivemos por um mero *souvenir*. Claro que depois me culpou por ser *forçado* a terminar, já que não me dei ao trabalho.

O silêncio voltou a reinar, preenchido apenas pelo barulho do pisca-pisca enquanto paravam num semáforo vermelho.

— Não quer que eu dirija? — perguntou, olhando para as mãos tensas da mãe no volante.

— Não — a senhora respondeu, firme. — Tente descansar um pouco.

Magdalena desviou o olhar para a janela, os olhos fixos nas árvores que passavam. Fazia semanas que não sabia o que era descansar.

— Não vou ficar muito tempo, tá? — murmurou.

— Você pode ficar o tempo que quiser.

— Não, não posso. — Magdalena riu sem humor, balançando a cabeça. — Já passei dos trinta. Preciso aprender a lidar com as consequências das minhas escolhas.

— É mesmo?

— É, sim — ela começou. — Já que sou obrigada a disciplinar a mim mesma porque, no que depender da minha mãe, serei um bebê mimado na barra da saia dela para sempre.

Ela deu uma risada forçada para soar leve, mas a mãe permaneceu séria.

— Dei o meu melhor, querida — a senhora falou. — Fiz tudo, tudo mesmo.

— Eu só estava brincando — Magdalena apertou os lábios.

Não tivera intenção de magoar a mãe com o comentário. Ela era muito grata por tudo.

— Faltava para mim, nunca para você — a mãe continuou num tom de amargura que Magdalena nunca tinha ouvido antes. — Paguei aquela excursão para o parlamento, lembra? Cursos e mais cursos. Idiomas, teatro, balé. E, no final, você jogou tudo fora por um... um o quê? Um clichê ambulante?

— A senhora tem razão. — Magdalena deu uma risada sincera e triste. — O que posso dizer? Desculpa que eu quis uma vez na vida seguir meu próprio caminho — ela continuou baixinho. — Desculpe se eu não queria acabar como...

Magdalena se arrependeu da frase antes mesmo de terminá-la.

— Como quem? — O rosto da mãe enrubesceu de leve, os lábios comprimidos. — Como eu?

A expressão de morte que cobriu o rosto da mãe foi suficiente para que Magdalena quase se calasse. Era difícil tirá-la do sério, mas provavelmente tudo estava sendo mais intenso do que ambas podiam lidar.

Esforçando-se para soar dócil e compreensiva, Magdalena tentou justificar:

— A senhora sempre falou que a verdadeira felicidade está dentro de nós, certo? Mas será? Porque juro que nunca a vi verdadeiramente feliz. Talvez a felicidade não esteja em nós, já pensou? Talvez se a senhora não afastasse todo mundo, não precisaria ser tão sozinha.

A mãe riu, um som seco.

— Nunca me viu feliz. É mesmo? — a mãe agora parecia falar mais consigo mesma do que com a filha. — Por que será? O pior erro que cometi foi justamente com um homem. Podia ter feito algo a respeito, mas...

Ficaram um tempo encarando a estrada, enquanto Magdalena tentava processar a informação.

Era a ela que a mãe estava se referindo. Ela era o pior erro. O "algo" que deveria ter sido consertado.

— Interessante — Magdalena murmurou sem emoção.

Curiosamente, a informação não gerou nenhuma sensação imediata. Era como observar o corte em um dedo recém-acidentado, o sangue brotando na fresta da pele, e estranhar a falta da dor, na plena consciência de que em breve ela viria. Sem dó.

Estavam próximas de casa agora. As casas geminadas decoradas para a estação: escadarias e pátios repletos de abóboras, bruxas e caveiras, galhos retorcidos e folhas secas caídas. A sensação de chegar era a de voltar involuntariamente no tempo, as lembranças de sua partida se sobrepondo ao presente. Mas de ré.

— Você sabia que fizeram uma mostra do meu trabalho na Suécia? — Magdalena disse. — Pessoas disputaram um quadro meu no exterior, enquanto você nem sequer pendurou o que te dei de presente. E olha que fui a única não europeia a ser inclusa na mostra.

— Não europeia? — a mãe questionou com uma expressão exagerada de confusão.

— Sim, não europeia — Magdalena cruzou os braços por cima da mochila. — A senhora vive se orgulhando da sua origem e sou tão brasileira quanto.

— Mas, querida, você foi criada aqui.

— E você também.

— Meus pais não foram. Sua identidade como imigrante já foi tão diluída que já é quase uma homeopatia.

— Isso importa?

— Minha querida, você queria ser uma artista? Queria viver fazendo o que qualquer Assistente primitiva consegue realizar em uma fração de segundos? Você sabe que eu te apoiaria em qualquer caminho que escolhesse. Sempre apoiei.

— Exceto o do amor — Magdalena retrucou.

— Exceto o da estupidez — a mãe corrigiu, enfatizando cada palavra. — Você deveria saber mais do que qualquer pessoa que com macho não dá para contar.

Magdalena não sabia o que responder. Diante de todas as evidências, ela não tinha argumentos.

A mãe estacionou o carro.

Ficaram as duas em silêncio encarando a rua deserta com o peso da conversa ainda sobre elas.

Depois de longos minutos, a mãe tomou a mão de Magdalena.

— Sinto muito — Magdalena sussurrou, e o toque quebrou a barragem das lágrimas que ela vinha contendo.

— Me perdoe — a mãe disse, quase ao mesmo tempo, tentando enxugar o rosto da filha com as próprias mãos.

Ali mesmo, inclinando-se com dificuldade sobre o câmbio do carro, elas se abraçaram. E choraram e choraram.

Magdalena lançou a mochila ao chão que caiu com um baque no assoalho de madeira. O zíper estourou, despejando para fora a trouxa amassada de roupas e sua *nécessaire*.

Ela deu passos lentos, medidos, e o piso rangeu debaixo de seus pés. Tirou o moletom quente demais para o ambiente aquecido e encarou o quarto.

Os móveis, o cheiro de madeira velha e o tapete gasto estavam do exato modo como ela deixou. Pôsteres de bandas, prateleiras abarrotadas de livros, bichinhos de pelúcia que não teve coragem de jogar fora na adolescência. Os porta-retratos. Fotos de uma Magdalena insegura, mas sonhadora. E com aparelho de dente.

Magdalena deslizou a língua sobre os dentes lisos e fechou os olhos.

As mãos esfregaram agitadas a barra da camisa, a calça *jeans* rasgada. Precisava de uma tela, um lugar para ventilar toda a melancolia em arte com tinta e dor. O passado que preferia esquecer e a absoluta falta de perspectivas para um futuro.

Como ela poderia estar de volta? O passado ainda agarrado a ela, sufocando como a poeira presa nas cortinas.

Ela se abaixou para recolher as roupas da mochila.

O ato mecânico de dobrá-las e guardá-las de volta parecia a única coisa sobre a qual ela ainda teria algum controle. Mas, por dentro, a mente ainda vagava pelos últimos acontecimentos. O silêncio sobre os verdadeiros motivos que a trouxeram de volta.

Magdalena segurou a *nécessaire* transparente de plástico com manchas foscas de uso. Observou o conteúdo, o que restava dos únicos bens que ainda possuía. Prendedores de cabelo, cotonetes, absorventes higiênicos, um estojo de sombras, um batom e uma escova de dentes tão gasta que deveria ter sido descartada, junto com as lembranças do relacionamento. Guardou tudo, socando os pertences na mochila, da mesma forma que gostaria de enfiar seus sentimentos na obscuridade do próprio subconsciente.

O que sobrou? Abrira mão de amigos, parentes, sonhos, outros rumos... da própria dignidade, talvez? E o que recebeu em troca?

Tudo o que lhe restava cabia dentro de uma mochila velha.

Quando a escuridão da noite envolveu a casa, ela se deitou na velha cama, fitando o teto baixo de madeira. As tábuas lisas eram as mesmas que havia encarado por anos. De repente, a memória de quando aquele teto ganhou um significado peculiar veio à tona.

Ela tinha o quê, doze, treze anos? A mãe havia organizado uma festa do pijama para que ela se enturmasse com as meninas da vizinhança, garotas que ela conhecia só de vista. Poderia ter sido um desastre, mas, por algum milagre, Lissia, Kesley e Lori acabaram se tornando suas melhores amigas por anos.

Naquela noite, quando as luzes se apagaram, Lissia confessou, envergonhada, que tinha medo do escuro. Pediu para que deixassem um abajur aceso no corredor. Nenhuma das meninas a fez se sentir mal; no silêncio compartilhado, todas encararam o teto.

Lori riu de repente, uma risada solta de quem estava quase vencida pelo sono.

— Sabe que se você olhar para essas bolinhas e tentar juntar as mais próximas em duplas, elas parecem olhos? — ela sussurrou, entre risadinhas, e apontou para os nós circulares da textura da madeira.

O comentário fez todas rirem, menos Kesley, que jogou um travesseiro na direção de Lori.

— Credo, Lori. Por que você decidiu imaginar uma coisa dessas? Não vou nem conseguir dormir mais.

— Agora parece que tem um monte de criaturinhas nos observando.
— Lissia balançou a cabeça.

— Sei lá. Acho legal ter companhia — Lori rebateu, rindo de novo.

A partir daquele momento, Magdalena nunca mais conseguiu desver. O teto, com seus nós de madeira, sempre pareceu ter olhos. Pontos negros sem pálpebras observando cada fase de sua vida, testificando que ela existia.

Hoje eles pareciam particularmente assombrados. Julgadores. Os olhos que tantas vezes haviam testemunhado os sonhos de um futuro brilhante e de uma paixão arrebatadora enxergavam o fracasso. Eles sabiam que tudo que ela sentia agora era uma mistura paralisante de vazio e medo.

As lágrimas brotaram nos olhos. Ela fechou-os com força, passando a mão pela barriga. A dúvida corroía suas entranhas.

— O que fiz, meu Deus? O que fiz?

Esse não era o futuro que ela queria. Estava presa em um ciclo, um *Feitiço do Tempo* bizarro. Exceto que, em vez do Dia da Marmota, era o olhar eterno de desapontamento da mãe que a perseguia. Como voltou a esse lugar? E o mais importante: para onde iria agora?

O som do carro da mãe a puxou de volta à realidade. Magdalena levantou-se num salto, atravessou o quarto e puxou a persiana. Observou o veículo desaparecer na esquina.

Não conseguia dormir.

Caminhou no escuro até a cozinha, pegou um copo e encheu com água da torneira. Sentada no balcão, bebeu lentamente, observando os armários que faltavam implorar por uma nova demão de tinta.

Não pensava no pai há anos, mas estar naquela casa fazia velhos pensamentos voltarem à tona.

Onde ele estaria agora? Pensava nela? A frase da mãe sobre "fazer algo" quando soube que estava grávida. Talvez o pai pensasse o mesmo. Talvez por isso tivesse ido embora.

Seus dedos tocaram o rosto, as pontas manchadas de maquiagem misturada com lágrimas. Ridículo. Não havia razão para tanto choro. Talvez fosse apenas o desequilíbrio hormonal. O coração doía. Era por isso que sempre se sentiu descartável? Um estorvo? Não por ter crescido com a sensação de ser uma estrangeira naquele país, mas porque nunca deveria ter nascido?

Saiu pela casa, sem rumo, e, pela primeira vez em muito tempo, os olhos pousaram nos porta-retratos. Fora uma ou outra foto esmaecida da avó, eram sempre mãe e filha. Agora, estava sozinha de novo, encarando o que restava da própria história.

— Por que estou aqui? — sussurrou, a voz rouca.

Ela queria quebrar algo, fazer qualquer coisa impulsiva que lhe devolvesse a sensação de controle, nem que fosse por um breve segundo.

Começou a abrir e fechar gavetas, vasculhando-as sem saber o que procurava. Afinal, aquela não era sua casa. Não havia nada ali que pudesse usar para entorpecer a dor, como Jonas fazia para escapar da realidade.

Chegou ao quarto da mãe, o ambiente iluminado apenas pela luz fraca de um poste na rua. Devagar, entrou, os pés movendo-se de forma hesitante.

Enxugou com a camisa o rosto coberto de lágrimas.

Caminhou até o armário, abriu as portas e afastou as roupas de um lado para o outro. Remexeu em caixas, vasculhando com pressa. Sapatos, fotos, cartas amareladas, documentos. O perfume da mãe.

Num movimento instintivo, abriu o frasco e o cheirou.

O aroma trouxe uma avalanche de lembranças.

Quando era criança, a mãe trocava de fragrância para marcar cada grande conquista ou acaso feliz. Agora, notava com tristeza que, por mais de uma década, a mãe cheirava sempre igual.

Magdalena segurou a garrafa de vidro, o coração apertado, antes de devolvê-la ao lugar e continuar sua busca. Vasculhou as gavetas da cômoda, folheando papéis, deslizando os dedos por joias, acessórios, produtos de beleza. Nenhum deles era o que ela buscava. Mas, afinal, o que estava procurando?

Chegou à velha escrivaninha. Tentou abrir a primeira gaveta, mas ela estava trancada. Na segunda, encontrou apenas um cartão de visitas. Pegou-o, sem saber bem por quê.

Marido-dos-sonhos.com
uma subsidiária de Casamento Sob Medida Inc.
O "felizes para sempre" é nossa garantia!

Magdalena releu as palavras três vezes só para conferir. Mas, não, seus olhos não a enganavam. Ela balançou a cabeça, desacreditada.

Essa é boa. Entre tantos papéis e objetos banais. Marido dos Sonhos? Sério? Um site de namoro seria menos absurdo. Mas marido?

Para tornar as coisas ainda mais surreais, embaixo do cartão estava a foto de alguém. De um homem. Charmoso para a idade. O cabelo grisalho estava cortado rente ao couro cabeludo e usava uma camisa de botões com a manga dobrada ao redor do antebraço bem definido. Ele tinha um sorriso meio malandro, meio conquistador. Confiante demais para alguém com um nariz tão avantajado e orelhas de abano, mas talvez fosse essa autoconfiança sem motivo aparente que compunha o seu charme.

Virou a foto em busca de mais alguma informação. Não havia nada.

Ela não conseguia entender por que aquilo a incomodava. Talvez fosse a hipocrisia. Ou o fato de que, mesmo depois de tudo, sua mãe estava disposta a fazer exatamente o que sempre condenara: buscar companhia.

Uma risada curta escapou pelo nariz.

Magdalena sentiu pena da mãe. Ela conseguia entender todo o desprezo e a falta de confiança em figuras masculinas que ela expressara ao longo da vida, dado seu histórico. A experiência horripilante que Magdalena acabara de ter tampouco ajudava.

Olhou para o cartão por um longo tempo. *Marido dos Sonhos*. Tentou imaginar que tipo de homem ele era. O que ele tinha visto nela? O que ela tinha visto nele? Pelo sorriso, parecia ser do tipo que conquistava mais pelo humor do que pela aparência. Seria um presente dos céus, se ele fosse capaz de fazê-la feliz. Era possível?

A ideia era inconcebível, mas... não desagradável.

Enquanto passava o polegar pelo cartão, uma ideia ousada começou a se formar. Magdalena riu com o absurdo, mas logo deixou que ele se expandisse, os tentáculos sedutores deslizando do reino das fantasias malucas direto para seu coração.

Demorou mais do que gostaria para perceber: não era pela mãe que sentia aquele fio tênue de esperança.

Olhou novamente para o cartão.
Para a foto.
Para o cartão.
Para o próprio dedo anelar.
Mais uma vez, o cartão.

34

MAGDALENA SE ENCAROU no retrovisor da Mercedes. O rosto exausto, os olhos vermelhos e inchados de tanto chorar. Desviou o olhar para a rua deserta e a calçada vazia além do carro. O sol ainda estava baixo, um laranja resplandecente dolorido por trás das árvores que ladeavam o bairro.

Nenhum sinal de Mark.

Uma parte dela sabia que era melhor assim. Menos confronto, menos perguntas que ela não poderia responder.

Ela depositou a chave na ignição e o som familiar da inteligência artificial rompeu o silêncio:

— Olá. Como posso ajudar?

Magdalena fechou os olhos por um instante, desejando que o carro fosse mais humano, capaz de entender o peso de suas decisões.

— Preciso dar partida, Mercedes, mas não estou conseguindo.

— Sinto muito, Magdalena. Não foi possível associar sua biometria à do proprietário. Por favor, observe que você precisa de confirmação para poder locomover o veículo. Estou enviando um pedido de autorização ao proprietário.

Seu corpo enrijeceu ao ouvir a palavra "autorização".

— Pare — ela sussurrou. — Não faça isso, por favor.

— Cancelando pedido de autorização.

Magdalena respirou aliviada, mas sabia que isso não resolveria o problema. Não tinha como fugir.

Apertou o volante com força, tentando recuperar o controle, mas o toque do couro frio só reforçava o quão absurdas eram suas ações.

— Mercedes, eu sou *esposa* de Mark, você sabe disso, não é? Isso deve ter algum significado, certo?

— Sim, Magdalena. Mesmo assim, o veículo está registrado para uso pessoal. Se deseja dirigi-lo, o proprietário precisa autorizá-la.

Magdalena encostou a testa no volante. Estava prestes a surtar.

— É possível, de alguma maneira, dirigir esse carro sem pedir autorização?

— Não. Por motivos de segurança você sempre precisa de autorização do proprietário.

Ela mordeu o lábio e bateu a cabeça na direção.

— Por favor, por favor, por favor — sussurrou. — Me deixa ir.

O desespero encheu seu peito como se estivesse se afogando em câmera lenta. As lembranças de Mark e de todas as palavras não ditas aumentavam a sensação de que sua vida estava desmoronando.

Tinha que haver uma forma de burlar o sistema.

O que Mark dissera uma vez? Que Mercedes era especial porque compartilhavam "interesses em comum"? Que tipo de interesses eram esses? Automação industrial? Café? Robôs?

Magdalena apertou os olhos e se permitiu um breve momento de autopiedade. Ela ergueu o olhar na direção da casa, ainda indecisa sobre querer ou não que Mark viesse atrás dela.

Voltou a encarar o espelho, limpando o nariz com a palma da mão e fungando.

Romances. Na Sicília, Mark mencionou um autor... um que Mercedes conheceria.

— Mercedes? — Magdalena chamou, repentinamente animada. — Você conhece as três leis da robótica, certo?

— As três leis da robótica, conforme propostas pelo escritor de ficção científica Isaac Asimov, são as seguintes: um, uma máquina não pode causar dano a um ser humano, ou, por inação, permitir que um ser humano sofra dano. Dois, uma máquina deve obedecer às ordens dadas por seres humanos, exceto se essas ordens entrarem em conflito com a primeira lei. Três, uma máquina deve...

— Mercedes — ela interrompeu, a urgência pulsando. — Como esposa de Mark, ordeno que você me deixe dirigir esse carro. Se não der partida, Mark sofrerá um grave dano. Você sabe que não pode permitir que um humano sofra dano por inação.

As luzes no painel piscaram tantas vezes que Magdalena temeu ter quebrado o veículo.

— Que tipo de grave dano? — Mercedes respondeu, finalmente.

— Uma empresa quer arrancar um braço dele e preciso impedir.

O painel piscou mais algumas vezes e apagou, sem respostas.

— Eu não sei se você tem detector de mentiras... — Magdalena fungou. — Mas, se tiver, é hora de usar, Mercedes, porque estou falando a verdade. Por mais ridícula que soe.

O motor vibrou de imediato.

Ela arregalou os olhos, incrédula, enquanto o som suave e constante tomava conta do silêncio.

— Não foi tão difícil assim, garota — Um sorriso satisfeito se espalhou por seus lábios.

— Para onde gostaria de ir?

— Não sei pronunciar o nome da rua, então vou digitar.

A luz do painel piscou três vezes e, em instantes, o carro estava a caminho. Magdalena se inclinou no banco, sentindo o corpo finalmente relaxar, uma leve vitória pessoal conquistada.

— Tudo bem, Magdalena. A rota mais rápida tem uma duração prevista de dez horas e trinta minutos. Estamos a caminho. Durante a viagem, posso oferecer música, notícias ou atualizações do tráfego?

— Toca qualquer coisa aí.

— Pois não. Esta é "Life Is a Highway" de Rascal Flatts eternizada no clássico filme *Carros*.

Uma risada inesperada escapou dos lábios de Magdalena. Era uma pequena descarga de alívio. Ela acelerou o carro, batendo os dedos no volante no ritmo da música.

Após algumas horas de *hits* aleatórios de todas as décadas possíveis, pediu que o carro fizesse silêncio. A música já não a reconfortava.

Ela olhava o tempo inteiro no retrovisor, procurando por algo ou alguém que pudesse estar a seguindo, mas a *Autobahn* estava estranhamente vazia.

Era fácil fugir de Mark, mas não dos próprios pensamentos.

Como a empresa interpretaria a fuga? Consideraria isso uma espécie de *abandono*? O que fariam com ela?

Magdalena enxugou o suor da testa e olhou para o mapa da navegação. Cento e sessenta quilômetros por hora. Se continuasse assim, chegaria em menos de seis horas. Dresden ficava no caminho.

Ela balançou a cabeça, travando uma batalha interna. Não podia simplesmente ligar agora para resolver tudo? Mas dizer o quê? Como explicar uma coisa tão complexa e surreal?

Mais uma vez, olhou no retrovisor.

— Mercedes... *Mercy*... posso te chamar de *Mercy*?

— Claro, Lena.
— Pode conversar comigo? Ou acho que vou enlouquecer.
— Claro, amiga. Tem algum tema específico? Posso contar desde notícias atuais até curiosidades interessantes.
— Qualquer coisa.
— Tá legal. Deixa eu te contar esse bafo, então.

A voz de Mercedes assumiu um tom grave e sério quando passou a disparar as notícias num ritmo frenético:

— O novo presidente da União Europeia anunciou hoje a criação de mais um programa de imigração para atrair talentos do exterior. No campo da tecnologia, a Starburst está planejando enviar uma missão tripulada para Marte em breve, com o objetivo de estabelecer uma presença permanente no planeta vermelho. Alerta: um atirador ainda está à solta depois de aterrorizar várias cidades no leste alemão. Notícias alarmantes: especialistas estão preocupados com o novo vírus Haplovírus X, altamente contagioso e que se espalha pelo ar. Até o momento, foram relatados casos em três cidades da Noruega.

Mercedes retornou ao seu tom de vizinha fofoqueira:

— Ufa, tá bom por agora, né? Ou quer saber mais alguma coisa específica?

— Conte mais sobre o atirador.

O tom grave de âncora de jornal retomou:

— Acredita-se que seja um ex-militar altamente treinado. As forças de segurança estão trabalhando duro para encontrá-lo e detê-lo. Há indícios de que ele faça parte do movimento Radical, o grupo extremista que faz oposição à inteligência artificial. O último ataque ocorreu ontem à noite em uma rua movimentada de Leipzig, deixando três pessoas mortas e outras cinco feridas. As autoridades estão investigando o caso e pedem para que a população denuncie qualquer informação que possa ajudar a localizar o criminoso.

— Em Leipzig?

— Isso mesmo.

Magdalena sentiu o estômago revirar. Conhecia pessoas em Leipzig. Inclusive...

— Mercedes? Você tem informações a respeito de Jonas Maximilian?

— Me desculpa de verdade, amiga, eu queria tanto poder falar, mas, por questões de privacidade, não posso fornecer detalhes sobre o Jonas Maximilian. Essas informações são confidenciais e protegidas pela lei de privacidade de dados.

— Claro.

Curiosidade natural, disse para si mesma. Não pôde evitar.

Estava cansada de conversar com Mercedes, então começou a cantarolar baixinho para preencher o silêncio. Depois de alguns minutos, percebeu que estava repetindo o mesmo trecho da música, quase como um mantra:

Eu te amei doce e te amo ainda
Dizem que o tempo vai curar toda ferida
Mas quero manter essa que me é querida
Porque ela me ensinou a amar você

A letra ecoava em sua mente, trazendo de volta as lembranças dolorosas e familiares.

Ela deveria ter tentado se explicar para Mark. Aliás, deveria ligar para ele agora, saber como ele reagiria. Por outro lado, talvez ela preferisse a incerteza. Era mais fácil lidar com o "e se" do que encarar o inevitável.

Ela sabia que as promessas e os sentimentos dele eram sinceros. Que ele acreditava realmente no que estava dizendo. E era isso o que tornava tudo tão mais difícil. Porque não havia chances de ele a perdoar quando soubesse de toda a verdade.

Ela deveria ter ido embora antes. Antes de tudo ficar tão... intenso. O amor não curava tudo, não é? Ele deixava marcas. Algumas profundas demais.

Engolindo em seco, Magdalena tentou focar na estrada. Cada curva parecia um reflexo da sua própria vida: um desvio incerto que a afastava de quem costumava ser e a conduzia para as respostas que temia encontrar.

Quando Dresden finalmente apareceu no horizonte, o ronco vazio do estômago a relembrou de que já era tarde. A necessidade de parar foi mais forte do que a vontade de seguir adiante. Virando numa esquina, ela avistou a fileira de casas geminadas, sentindo um misto de familiaridade e desconforto.

— Mais um Dia da Marmota — murmurou ao estacionar o carro em frente à calçada.

Antes de sair, avaliou os arredores, buscando qualquer sinal de movimento suspeito. Será que a empresa já sabia onde ela estava? Tudo parecia tranquilo. Tranquilo demais.

Seguiu pela passarela de pedras no gramado, depois pela rampa de concreto. Subiu os degraus com passos hesitantes e parou diante da porta, o coração batendo em um ritmo acelerado. Havia algo de estranho no ar que ela não saberia descrever, mas que estava ali, à espreita.

Ela forçou um sorriso, na esperança de ainda estar registrada no reconhecimento facial. Felizmente, a porta se abriu com um clique suave.

O contraste era chocante. A casa ainda parecia presa no tempo, com cada móvel, cheiro e detalhe exatamente como os deixara.

— Mãe? — chamou, sem esperar uma resposta. A essa hora certamente estava trabalhando.

Um robô da altura de um *pinscher* veio recebê-la, latindo. Bem, isso era novidade.

Magdalena se abaixou para acariciá-lo e o cachorro mecânico devia ter reconhecido alguma coisa a respeito dela, porque parou de latir.

— Mãe? — Magdalena falou, deixando os olhos a escanearem. Um fino feixe de luz azul brilhava por trás deles, denunciando a existência do pequeno cérebro artificial. — Não sei que horas você vai ver isso, mas pode ficar tranquila. Sou só eu. Estava passando por aqui e resolvi entrar, mas já vou embora.

O cachorro foi embora, deixando-a sozinha na sala estreita.

O estômago ainda roncava, mas a curiosidade era mais forte.

Foi direto ao quarto da mãe.

A gaveta se abriu facilmente, revelando exatamente o que esperava encontrar.

Marido-dos-sonhos.com
uma subsidiária de Casamento Sob Medida Inc.
O "felizes para sempre" é nossa garantia!

Os dedos de Magdalena deslizaram sobre o cartão com a reverência de quem manuseia um artefato arqueológico valiosíssimo. Ela balançou a cabeça, tentando entender. Uma vez chegara a pensar que esse cartão era a prova de que os discursos de independência da mãe não passavam de fachada. Agora... ela não tinha tanta certeza. Se a mãe não estava procurando um marido... então quem era o homem da foto?

O retrato do homem de sorriso confiante e nariz grande já não estava lá.

Ela se sentou na beirada da cama.

As peças desconexas do quebra-cabeça começaram a se espalhar em sua mente.

Após alguns instantes de reflexão, abraçou a si mesma e riu. Ela riu, incrédula, de tudo: de si mesma, da ingenuidade, da mãe, da vida.

— Eu realmente achei... — ela falou, enquanto encarava um velho retrato da mãe na parede. — Eu realmente acreditei que me casar resolveria tudo. Que até você, no fundo, achava o mesmo, e era por isso que estava atrás de um marido. Achei que tinha encontrado uma brecha no sistema. Uma saída desse... ciclo de falta de sentido e solidão.

A risada foi se esgotando, dando lugar a uma perplexidade silenciosa. O casamento não trouxe a ela o que esperava. E agora ela estava de volta àquele lugar, ao mesmo ponto de partida.

Ela levantou o cabelo ao topo da cabeça e o amarrou. Em seguida, soltou um suspiro pesado, relaxando os ombros.

— Você não estava atrás de um marido. Você só tinha guardado uma foto do meu pai.

A verdade parecia tão simples, mas, ao mesmo tempo, depois de todos esses anos... inacreditável. A mãe mentira a respeito de não saber quem ele era ou se tratava de uma descoberta recente? Por que não disse nada?

— E agora? Ele está atrás de mim? Do Mark? Por quê? — sussurrou para si mesma, tentando achar algum sentido naquilo. — Para quê?

Magdalena sentou-se diante do velho piano digital, deu uma mordida no sanduíche e o colocou sobre a tampa superior. Abriu a tampa do teclado, alongou os dedos e dedilhou algumas notas.

Sem pensar, começou a desenhar a melodia de "Eu te amei doce". Logo pausou.

O momento foi realmente doce: o jeito como os dedos de Mark tocaram nos dela naquela festa, e a forma como ele a olhou.

Sentada ali, com as notas fluindo de seus dedos, ela se permitiu pensar nele.

O piano dele, assim como quase tudo naquela casa, era uma antiguidade que vinha de gerações. Ela entendia o valor sentimental, mas, às vezes, isso podia se tornar um inconveniente. As teclas de qualquer piano — mesmo esse com décadas de uso — eram bem mais macias do que as da antiguidade na casa dele. Por que ele era tão apegado a coisas do passado? Por que tinha tanta dificuldade de aceitar o novo? Era um ato de rebeldia contra mudanças nocivas da sociedade ou mera resistência a novidades? Nostalgia ou preguiça de mudar?

As notas fluíam no piano da mãe sem esforço, cedendo ao mínimo toque. E, graças aos ajustes eletrônicos, o instrumento estava sempre afinado com uma precisão quase sobre-humana. Mesmo assim, tinha de admitir que, num mundo de artificialidades, eram justamente as dissonâncias e pequenas imperfeições que faziam do piano de Mark um instrumento único. Um timbre real e profundo que ressoava até o profundo da alma.

Por um breve instante, enquanto cantarolava a canção, recordou do momento na festa e sentiu paz. Mas, como era de se esperar, durou pouco.

Nunca daria certo. Eles eram como o quebra-cabeça de Mark. Peças rasgadas que sequer pertenciam umas às outras. Por mais que tentassem, seria impossível reproduzir o castelo nas nuvens da ilustração da caixa. Valia a pena tentar? Parecia complicado e inútil. Quantas mudanças seriam necessárias para encaixar as peças, sabendo que nunca alcançariam o resultado esperado? Não deveria ser assim. Deveria ser, no mínimo, mais *fácil*.

Um estrondo metálico veio da parte de trás da casa e, por um momento, o coração de Magdalena acelerou. Ela parou de tocar, ofegante. Instintivamente, esticou o pescoço, tentando enxergar algo, mas permaneceu imóvel, hesitante.

— Olá?

Ela tentou se tranquilizar. Provavelmente era só o cachorro. Ou o vento. Ela massageou o próprio pescoço. A solidão estava brincando com seus nervos. Talvez essa fosse sua nova realidade agora: viver com medo de qualquer barulho, porque ninguém estaria ali para a proteger ou enfrentar o perigo junto. A colheita de suas escolhas. Mas que escolha tinha de fato?

Ela começou a teclar repetidamente uma nota aguda.

Diz aí nessa instrução como se monta
Um quebra-cabeça impossível?
Como se junta dois em um quando somos
nós as peças quebradas num mundo ferido?

A canção saiu sem aviso. Improvisada, sentida. Uma melodia sem paz que carregava mil perguntas.

Porque a ilustração-guia não bate
Se em cada pedaço ainda falta uma parte
E quem diz que esses restos de gente
Conseguem forçar um encaixe?

Ela parou.

A pergunta não tratava só do romance entre ela e Mark. Era sobre sua existência e a realidade do mundo. Tudo estava errado. *Tudo*. Se existia um autor da vida, assim como do jogo, por que as peças nunca se encaixavam? Por que sempre parecia que algo faltava?

Ela olhou para o céu através da janela, procurando uma resposta, mas tudo o que viu ali foi o reflexo solitário dela mesma no vidro. Às vezes tudo parecia tão aleatório e cruel. Ao mesmo tempo, se não havia um autor, por que sentia esse desejo por algo que jamais poderia alcançar? Por que a esperança continuava a brotar, teimosa e sem dó?

Quem é o autor desse castelo alado?
Quem nos uniu numa mesma caixa?
Se há um autor, por que não nos fez perfeitos?
Mas, se não há, por que existe o anseio?

Os pensamentos voltaram a Mark e ela abriu um sorriso nostálgico, acompanhado de lágrimas. Teria que admitir que, mais do que qualquer pôr do sol ou obra de arte, foi com ele que ela se sentiu mais próxima do céu. Era como observar uma pintura magnífica e ter que chegar à conclusão inevitável que não podia ser obra do acaso. Se Deus existia, o amor romântico só podia ser uma criação dele. Só que, no caso de Mark e ela, a pintura estava em retalhos e enlameada por todos os seus erros e defeitos.

Me destrói pensar se isso é tudo que seremos
Meros fragmentos que se rasgam
Na busca de se completar
Meu Deus, é por isso que dizem:
Seja você mesma inteira antes de tentar

Por mais que tentassem, não passariam de ruínas. Fragmentos de sonhos e promessas que jamais se concretizariam. Obras inacabadas, destinadas a se desintegrar. Qual seria o sentido? Se dois grãos de areia numa ampulheta aprendessem a se amar, será que seriam capazes de encontrar um significado?

Ao mesmo tempo, de onde ela havia tirado o conceito de como as coisas *deveriam* ser? De alguma forma a maior parte das pessoas parecia nascer pré-programada com certos conceitos e ideais, mesmo quando a realidade nunca correspondia. Era culpa dos filmes? Dos livros? Com o que ela estava comparando a realidade para julgá-la insuficiente, se a realidade sempre foi assim?

Se há um autor, por que há um mundo quebrado?
Se não há, com o que eu ainda o comparo?
De onde vem a ideia de que há algo melhor?
De onde vem a esperança, de onde vem o amor?

A voz acompanhava o ritmo das teclas, hesitante no início, mas crescendo em intensidade. À medida que os acordes se tornavam mais complexos, as perguntas não respondidas reverberavam. Mesmo sabendo que o quebra-cabeça jamais seria completado, a esperança continuava a assombrá-la — uma chama que não se apagava, alimentada por algo que ela não conseguia entender.

Se há o anseio, deve haver completude sem fim
Que torne satisfeito o clamor que existe dentro de mim
Já o busquei no céu, nas cores, nos braços do amor
Agora vou esperar... que me encontre aqui

As últimas notas da melodia saíram frágeis como um suspiro de rendição.
Neste momento, algo quase imperceptível se acendeu dentro dela — não uma resposta, mas o vislumbre de perguntas que pareciam mais importantes. Era isso. Se havia um anseio por completude, quem — ou o que — poderia saciá-lo? O amor romântico não havia conseguido. Nem o sucesso acadêmico, as realizações profissionais ou as tentativas de se expressar através da arte. Nada do que o mundo tinha a oferecer preenchera aquele vazio que a corroía, exigindo algo além. Algo maior do que ela mesma.
A última nota ainda ecoava pela sala quando a porta rangeu.
Magdalena não olhou de imediato, deixando os dedos ainda suspensos sobre as teclas, a sustentação da nota agarrada ao fim de um pensamento inacabado.
— Magda... — A voz da mãe soou apreensiva, deformada pelas caixas de som do cachorro eletrônico. — Posso cancelar minha próxima aula. Em meia hora estarei aí.
— Só parei para um lanche — ela respondeu, baixinho. — Já estou de saída.

Magdalena se levantou do banco, mas, em vez de seguir para a porta, se agachou diante do robô. Passou a mão pelo corpo rígido do animal eletrônico, como se, ao acariciá-lo, pudesse transmitir para a mãe tudo o que não sabia como dizer. Saudade. Arrependimento. O peso das coisas que ficaram mal resolvidas no bilhete deixado antes de partir, quase um ano atrás.

Queria tanto explicar. Queria contar que havia se casado. Que sentia a falta dela. Que ela não foi o motivo de sua partida. Que só precisava ir, deixar o passado para trás, começar de novo. Mas parecia tudo incompleto demais, insuficiente demais, enquanto não pudesse olhar em seus olhos naturais e abraçá-la.

No entanto, encontrá-la face a face era impensável. Ainda não. Se dissesse que descobrira quem era seu pai e que estava atrás dele, sentia que seria dissuadida. E não podia correr esse risco.

Então, apenas murmurou:

— Vai ficar tudo bem, tá bom? Se cuida.

O silêncio que se seguiu foi longo demais. E Magdalena não soube o que a mãe poderia ter detectado em seu tom de voz ou expressão facial para, por fim, responder:

— Que isso não seja um adeus.

35

CINCO MESES ANTES DO ENCONTRO NA ESTAÇÃO

O SITE MARIDO-DOS-SONHOS.COM era simples demais para o que prometia. Só um link direto para o aplicativo. O *design* era o que mais a incomodava. Minimalista, mas brega. Uma combinação que era uma trágica proeza.

Magdalena tomou um gole longo de chá de hortelã com gengibre. O calor subiu pela garganta e esquentou seu peito, mas não chegou a acalmar a mente.

O cursor piscava, insistente, na tela. Nome completo, foto, telefone, e-mail. Informação atrás de informação. Tudo tão... comum. Como se estivesse criando uma conta em mais uma rede social, e não selando seu destino com alguns cliques. "Escolher com quem dividir o resto da vida." Nada demais.

Depositou a xícara no tapete ao lado da cama. O cheiro de hortelã flutuava pela pequena pilha de roupas que tinha deixado para guardar depois. Para as perguntas sobre finanças e *hobbies*, foi prática: apertou "gerar automaticamente". Ela se adaptaria. Contanto que ele não fosse um assassino ou algo do tipo.

Quanto a aspectos emocionais e de personalidade, foi um pouco mais cuidadosa: queria alguém diferente de Jonas.

Jonas. O rei das festas. O homem no centro das atenções em qualquer lugar. O sorriso largo prometia universos, mas escondia um abismo. A melancolia que exibia na intimidade desaparecia no meio de um grupo. As luzes, as drogas, a música. Ele a fotografava, a beijava e idolatrava. E dançavam, enquanto outras mulheres na *disko* os observavam e cochichavam. Correção: *o* observavam. Desejavam. Ele era impressionante em tantos sentidos diferentes.

Em casa, porém, longe das luzes, era outro Jonas.

No começo, foi intrigante conhecer aquele lado oculto. Uma intensidade que beirava a violência. Ele nunca a agrediu. A idolatrava demais para isso. As vítimas eram os espelhos, os copos, cadeiras, qualquer coisa que estivesse no caminho. Ele não sabia o que fazer com tanta emoção. Mas, ao mesmo tempo, ele a adorava.

Só que a idolatria é uma coisa tão frágil. Tão volátil. Quebra-se com a mínima pressão, com a menor imperfeição.

Ela mordeu a cutícula, deixando os pensamentos vagarem enquanto o cursor continuava piscando. Não queria outro Jonas em sua vida. Queria alguém que enxergasse suas falhas, suas fraquezas e, mesmo assim, escolhesse ficar. Alguém que não a visse como uma obra para ser venerada, mas como uma pessoa. Real. Imperfeita. E, apesar disso, permanecesse.

Porque, no final, era só isso que importava, não era? A vida é imprevisível. Acidentes, tempestades, caos e decepções. Nada disso se pode evitar. Ele não precisava ser perfeito. Não precisava sequer saber o que dizer ou fazer. Nem mesmo amá-la no início. Mas precisava estar disposto a ficar. A enfrentar o que viesse, lado a lado.

O compromisso. *Vou estar aqui. Não vou a lugar nenhum.* Um companheiro para encarar o fim do universo.

Será que uma empresa poderia garantir algo assim?

Magdalena leu e releu o formulário, mas algo ainda a incomodava. O compromisso era crucial, claro. Mas faltava mais uma coisa, algo para afastá-lo de Jonas.

Ela deslizou os dedos pela tela, lendo e relendo. Então selecionou os controles de personalidade no formulário de quatro aspectos: confiabilidade, estabilidade, mansidão, gentileza. Apertou múltiplas vezes o botão de "+", observando as barras subirem, preenchendo a tela. As quatro palavras se espalharam sobre ela como uma aquarela, tingindo delicadamente os vazios de sua alma.

Era isso. Ela tinha tudo o que precisava.

Estava prestes a apertar "finalizar", mas então uma dúvida a paralisou. Algo dentro dela não estava em paz. O que *ela* traria para o casamento? O que tinha a oferecer?

Deslizou mais uma vez o dedo sobre a tela, inquieta. Ajustou o nível de novos traços para cerca de noventa por cento: vulnerabilidade, fragilidade, carência.

Recostou-se na cama, satisfeita.

Ela mesma. Era isso o que ofereceria.

O que quer que acontecesse, quem quer que ele fosse, ela o aceitaria e se entregaria por completo. Ele precisaria desesperadamente de cuidados e ela daria a ele alegria e carinho. Ela sorriu tentando imaginar esse homem com coração de garotinho recebendo uma mulher como ela — linda, talentosa e dedicada. Ela viveria a partir da gratidão que ele certamente haveria de sentir pelo resto da vida.

Apertou "finalizar". E congelou.

A página de pagamento apareceu. E quase caiu da cadeira.

O valor na tela parecia uma piada cruel. No mínimo cinquenta vezes mais do que poderia pagar — em qualquer multiverso. Ela ficou imóvel, o celular apertado nas mãos, como se esperasse que os dígitos desaparecessem por um milagre. Mas lá estavam, zombando dela. Como poderia arcar com aquilo? Nem com três cartões de crédito. Nem com um empréstimo. Nem em um milhão de anos.

— Droga — murmurou e desligou o celular. *Que piada*.

Deitou-se, a dor de cabeça latejando, o gosto do chá sem açúcar ainda ardendo na boca. Talvez fosse melhor assim. Era uma ideia surreal. Um devaneio e nada mais. E, se pensasse direitinho, bem arriscado. Mesmo assim, sentiu a decepção invadir.

Ela já conseguia se imaginar como uma esposa. Vestindo algo bonito para recebê-lo (*Magdalena, você só tem moletons manchados e calcinhas velhas*). Cozinhando para ele (*mas você nem gosta de cozinhar*). Decorando a casa (*zero experiência nisso, mas ok, você é artista*). Rindo juntos. Compartilhando do peso e da leveza da vida.

A realidade não dava folga. O prazo que dera para si mesma para sair da casa da mãe se aproximava a cada segundo. Ainda sem trabalho. Sem reações para as dezenas de currículos enviados. Nenhuma entrevista de emprego. Nenhum futuro à vista. O que raios ela tinha na cabeça? E o mais importante...

O amargor da decepção começou a desnudar o verdadeiro motivo por trás de tudo. Percebeu que um emprego não resolveria sua situação. Não se tratava de conquistar independência financeira ou de um plano lógico. O que ela mais queria mesmo era romper consigo mesma. Com seu passado. Esquecer de tudo o que acontecera até ali. E começar de novo. *Tabula rasa*. Do zero. Um recomeço com alguém que nunca teve contato com quem ela fora ou fizera até ali.

— Eu só preciso de uma direção — resmungou, desesperançada, para o teto.

Ou de um bilhete de loteria premiado.

Três dias depois, a notificação chegou.

> Assunto: PARABÉNS! CLIENTE NÚMERO 100.000!
> De: servico@marido-dos-sonhos.com
>
> Você se cadastrou para os nossos serviços, mas não concluiu a transação. Sem problemas! Você acaba de ganhar um serviço totalmente grátis! Não, não é pegadinha!
>
> E não é só isso: se finalizar a transação agora mesmo, você será cadastrada no nosso catálogo exclusivo ESM-Premium-Gold. Isso significa que custearemos todo e qualquer gasto referente a transporte, hospedagem, roupas e o que mais for necessário para que você chegue ao seu destino de forma segura e confortável.
>
> Para que seu cadastro no catálogo exclusivo ESM-Premium-Gold seja concluído, pedimos que você compareça a uma das nossas filiais mais próximas de você. Clique aqui para pesquisar a filial mais próxima da sua localização.

Magdalena leu a mensagem pela terceira vez enquanto estava dispondo pratos sujos na máquina de lavar louça. PARABÉNS! CLIENTE NÚMERO 100.000! O título brilhava na tela do celular equilibrado no armário acima da pia. Era tão absurdo que dava vontade de rir.
    Ela secou as mãos na toalha. Pegou o aparelho. Leu de novo e de novo, como se a resposta para todas as suas dúvidas pudesse estar ali escondida entre as linhas.
    Continuou colocando copos e talheres em seus respectivos lugares, sem dar muita atenção ao que fazia. "Totalmente grátis", o e-mail dizia. Totalmente? Transporte, roupas, hospedagem. E a filial mais próxima, a única na Alemanha, ficava... a dez minutos de caminhada. Era uma coincidência no mínimo bizarra.
    Era um golpe? Só podia ser um golpe. Magdalena tinha quase certeza de já ter lido uma história parecida, onde uma mulher caíra numa promessa boa demais para ser verdade e acabara vítima de tráfico humano.
    Ela fechou a porta da máquina, limpou os dedos no moletom e verificou a mensagem mais uma vez. O celular quase escorregou da mão direto na pia. *E se fosse verdade?*

Guardou o aparelho no bolso e decidiu esquecer.

Mais tarde, sentada na cama, tentou fazer as unhas, mas os olhos voltavam ao celular largado na mesa de centro. Cada vez que relia o "não é pegadinha!", soltava uma risada sincera. *Claro que não*. Empresas misteriosas da internet adoram doar serviços caros para mulheres desesperadas e sem perspectiva de futuro.

Largou o esmalte na mesa, esticou as pernas e deitou-se na cama, encarando o teto. Os olhinhos de nós na madeira a encararam de volta com um toque de zombaria e decepção. E se fosse a oportunidade de sua vida? E se ela estivesse perdendo tudo por seu ceticismo?

E se ela realmente pudesse começar de novo?

Quando o sol se pôs e as luzes de fora começaram a invadir as frestas das persianas, Magdalena se levantou. Pegou o celular e abriu o e-mail mais uma vez. Leu e releu, clicou no link, verificou a localização. A poucos quarteirões. Tudo bem ali, tão fácil, tão acessível.

— Isso não faz o menor sentido — murmurou.

Antes que se desse conta, estava fechando o casaco para sair. Nem pensou em apagar as luzes ou trancar a porta. Apenas desceu os degraus da casa, apressada, enfrentando o vento cortante de fim de tarde.

O frio parecia perfurar o tecido, mas ela continuou. Mãos nos bolsos, uma delas segurando o celular como se ele fosse um amuleto capaz de protegê-la. A mente oscilava entre cenários de golpe e aquela promessa surreal de um futuro acompanhada. A dúvida agora era só um sussurro. O que ela tinha a perder?

Magdalena ficou surpresa ao perceber que o endereço dava no prédio da antiga igreja metodista. Quando ela era criança, o prédio já estava abandonado, mas ainda mantinha na fachada os mesmos vitrais coloridos originais e a placa desbotada com o nome da instituição.

Deu a volta até a entrada principal, hesitou por um instante diante das portas de madeira maciça e, finalmente, as empurrou. Ela entrou com uma mistura de expectativa e receio.

O saguão de entrada estava completamente pintado de preto, o contraste com os vitrais criando uma atmosfera teatral. Um cartaz improvisado, preso em um suporte simples, exibia letras garrafais pintadas à mão: "Casamento Sob Medida Inc. — ESM." Uma seta desenhada ao lado indicava o caminho para o andar superior. *ESM? O que isso significava?*

Enquanto deslizava as mãos pelo corrimão de metal e subia a escadaria, um passo hesitante de cada vez, ela tratou de se entreter com confabulações de possíveis significados.

Empresa Sombria e Misteriosa.
Esquema Secreto de Manipulação.
Escravidão Sofisticada Moderna.
Experimentos Sociais Maliciosos.
Escola de Sofrimento Mútuo.

No andar de cima, precisou empurrar com força outro conjunto de portas de madeira. O cheiro de tinta fresca a atingiu imediatamente. O salão amplo e modernizado fervilhava de trabalhadores, cruzando o espaço como um formigueiro, carregando ferramentas e empurrando caixas marcadas com códigos alfanuméricos.

Ela se aproximou de uma mulher parada perto de uma tela flutuante que exigia linhas de código e gráficos dinâmicos. Seu coque parecia esculpido, cada fio de cabelo grisalho cuidadosamente preso com precisão quase artística.

— Com licença, recebi um e-mail e... — começou a dizer, mas a mulher já a interrompeu com um sorriso educado.

— Claro. Cliente número cem mil. Seja muito bem-vinda.

A mulher apertou um botão em seu crachá. Uma luz azulada preencheu o ambiente.

Tudo ficou em silêncio.

Os trabalhadores pararam onde estavam, enquanto a mulher anunciava com uma voz clara que pareceu amplificada por algum sistema:

— Atenção, nossa cliente número cem mil acaba de chegar.

Os funcionários irromperam em aplauso e assobios. Magdalena sentiu o rosto queimar. Sorte nunca fora seu ponto forte. Era tudo muito estranho.

— Siga-me. — A mulher virou-se, sem esperar resposta.

Relutante, Magdalena obedeceu.

A funcionária conduziu-a por corredores cobertos de plástico fosco e tapetes descartáveis que amorteciam seus passos. O lugar estava silencioso demais. E, de repente, ela notou: o fluxo constante de trabalhadores havia cessado. A sensação de estranheza e isolamento foi aumentando a cada passo.

No final do corredor, a mulher pressionou um botão embutido na parede. A porta de metal deslizou para o lado com um leve zumbido, revelando um ambiente circular e escuro, iluminado apenas por um único feixe de luz no centro.

As paredes eram revestidas por um padrão contínuo de jogo da velha em linhas brancas, como se fossem projeções holográficas sobre a estrutura metálica. No meio do cômodo, um palco circular estava cercado por duas lâminas de aço paralelas que iam do piso ao teto, cortando o espaço ao meio.

— Por favor, posicione-se ali. — A mulher apontou para o centro do feixe de luz.

Magdalena hesitou.

— Para quê?

— Suas medidas. — A funcionária arqueou as sobrancelhas.

— Minhas medidas? — repetiu, desconfiada.

— Você não sabe o que é o catálogo ESM-Premium-Gold?

Magdalena balançou a cabeça, tentando parecer confiante.

— É nosso catálogo mais exclusivo. Aceitamos apenas as melhores. Para os melhores.

— E "melhores" quer dizer...?

— Os que melhor pagam, é claro. — A funcionária deu uma risada afetada.

Magdalena estreitou os olhos.

— E isso não soa para você como tráfico humano?

A mulher parou e os lábios se contraíram numa linha rígida.

— Desculpe, alguém a forçou a vir? — perguntou com uma calma ameaçadora. — Isso soa como uma acusação séria.

— Não... — Magdalena riu, desconfortável. Precisava aprender a se calar. E se perdesse a oportunidade só por causa de seu ceticismo? — Eu só achei... curioso.

Ela tentou relaxar, mas tudo dentro dela parecia indicar que aquilo era um engano ou um erro fatal.

— O que significa ser parte desse catálogo? — insistiu, sem ser capaz de se conter.

— Não se preocupe. Nosso algoritmo é perfeito. A felicidade conjugal é garantida.

Garantida, ela repetiu mentalmente, ainda sem entender exatamente o que isso implicava.

— Certo... então não vai se tratar só do meu corpo?

A mulher a encarou com um olhar debochado.

— Francamente, Frau Souza. Vamos?

Magdalena posicionou-se no feixe de luz, se encolhendo com insegurança.

Talvez não devesse se preocupar. Ela tinha um corpo bonito. Uma embalagem agradável não ofusca a qualidade do produto. Talvez fosse uma boa propaganda de seus outros atributos.

A voz da funcionária surgiu por meio de um alto-falante:

— Por favor, não se mova. O escaneamento 3-D está prestes a começar.

O som metálico das lâminas de aço girando a cercou. Por uns instantes, ela se sentiu presa em um filme *trash* de ficção-científica. Mal conseguia respirar. Quase esperava que um alienígena de olhos brilhantes ou um cientista com um jaleco manchado entrasse pela porta dando uma risada maquiavélica.

Então, tudo parou. A porta deslizou para o lado com um chiado pneumático.

Mas não era um alienígena. Apenas a funcionária com uma expressão neutra e movimentos calculados.

— Venha.

A mulher a conduziu por uma sequência de salas, onde teve que passar por mais uma série de exames. Em um deles, a médica a observou por alguns segundos a mais, os olhos sondando cheio de interrogações.

O coração de Magdalena afundou. A médica sabia. Mas, para sua surpresa, ninguém a expulsou.

A cada novo exame, sentia-se menos como uma pessoa e mais como um objeto sob inspeção. Durante todo o tempo, um pensamento inquietante se instalava: nada mais a respeito dela parecia seu. Tudo o que era — corpo, história, identidade — tinha um dono agora: a empresa.

Finalmente, chegaram a uma sala estreita e comprida, mas mais aconchegante. Parecia um tipo de recepção, com sofás, mesinhas de centro, vasos de flores e uma máquina de café. Próximo à parede, mulheres estavam alinhadas em fila.

— São modelos? — Magdalena perguntou.

— Serão parte do nosso catálogo exclusivo, assim como você.

Magdalena olhou ao redor, tentando processar a situação. Cada uma delas parecia saída de uma capa de revista, impecável até nos mínimos detalhes.

— Mas elas são... — começou a dizer.

— Perfeitas — a funcionária completou, com uma pontada de orgulho.

Em um balcão, a mulher digitou um código em um terminal embutido. Com um ruído suave, duas malas e uma caixa deslizaram pela esteira, todas estampadas com o logo da empresa: três triângulos entrelaçados, reluzindo sob a luz artificial.

— Como eu disse, temos um processo de seleção rigoroso — a mulher murmurou. — Você não acreditaria nos boatos que nos cercam por causa da excelência do nosso trabalho...

— Que tipo de boatos? — Magdalena perguntou, com um arrepio na nuca.

— Nada que se mereça repetir. Coisa de louco conspiracionista, sabe? Gente que passa a vida na *dark web*...

A resposta estranhamente não a reconfortava.

— Soa... preocupante. — Magdalena tentou brincar, mas a tensão em sua voz traiu a tentativa. — Meio assustador.

— E o que é mais assustador do que se comprometer a passar o resto da vida com outra pessoa?

— *Touché* — respondeu.

Pararam diante de um espelho de bordas prateadas afixado a uma coluna. A luz branca do ambiente destacava cada linha de preocupação em seu rosto. O reflexo devolvia a imagem de uma mulher tensa que tentava inutilmente suavizar a ruga entre as sobrancelhas com um sorriso forçado.

A funcionária estendeu a ela algo brilhante: um colar dourado com o símbolo dos triângulos entrelaçados.

— Parabéns, você agora faz oficialmente parte do nosso catálogo ESM-Premium-Gold — disse, a voz firme como a de uma atendente de telemarketing que já recitou o *script* mil vezes.

Os dedos da mulher eram finos e frios. O contanto causou arrepios, enquanto ela ajustava a corrente no pescoço de Magdalena.

— Obrigada... — Magdalena viu o pingente cintilar sob a luz. — Acho que agora não tem mais volta, né?

A mulher parou, os olhos fixos no espelho. O silêncio se estendeu até se tornar desconfortável.

— Ainda tem dúvidas?

Magdalena sacudiu a cabeça. Não podia hesitar agora. Ela já tinha fechado em seu coração a porta para o passado. A única saída era seguir em frente.

— E se ele for uma pessoa horrível? — arriscou, mesmo enquanto tentava sorrir.

— Vai depender muito das suas escolhas. Você selecionou no catálogo uma pessoa horrível?

— O quê? Claro que não.

— Sem julgamentos. Cada um com suas preferências.

— Mas como vocês podem saber se a pessoa é exatamente o que eu pedi?

— Nós sabemos. — A mulher deu um sorriso de quem sabe mais do que diz.

Magdalena encarou o espelho, analisando os próprios olhos e o cabelo embaraçado. Não era menos bonita do que as mulheres da fila. Com um banho de loja, poderia passar despercebida no meio delas. Além disso, sabia que era inteligente, divertida. Podia fazer qualquer homem feliz, se quisesse. O que poderia dar errado?

— Bem que podia vir com um botão de pânico, né? — brincou. — "Aperte se quiser escapar."

— O escape é agora — a mulher respondeu. — Última chance.

Magdalena hesitou, o olhar perdido no reflexo. O que significava escapar? Escapar para onde? Para *quem*?

— Vou em frente — Magdalena se ouviu falar.

O clique audível do fecho do colar ecoou no silêncio da sala. O som pareceu mais alto do que deveria, marcando um ponto sem retorno.

Seus olhos embaçaram com lágrimas inesperadas.

Era um sentimento de luto. O sonho infantil de um dia especial, vestido branco, igreja cheia, alianças selando o conto de fadas. Tudo isso já parecia absurdo e distante há anos. Mas, agora, o sonho parecia morrer de vez.

— Se acalme, garota — a funcionária falou entredentes. O tom era ríspido, mas o olhar estranhamente suave. — Vai ficar tudo bem.

— E se for um grande erro? — Magdalena disse num sussurro frágil.

A mulher pousou uma mão hesitante em seu ombro e lhe deu uns tapinhas. Não parecia acostumada a oferecer consolo.

— O algoritmo o escolheu por um motivo. Esse homem... seja lá quem for, você precisa acreditar que ele é a pessoa certa para você. Porque, uma vez casados, ele será.

Magdalena assentiu devagar.

— Então... — A funcionária ergueu o punho, como se destacasse cada palavra numa lição final. — Não permita que ele a desanime. Fracasso não é uma opção. Espalhe seu domínio. Não se relegue ao papel de vítima. Tome o controle, ensine-o a fazê-la feliz. Custe o que custar. É sua escolha transformar isso no céu ou no inferno.

— Mas e se...

— Amanhã você receberá o restante de suas coisas — a mulher a interrompeu, com um tom que deixava claro que o assunto estava encerrado.

Magdalena piscou, tentando acompanhar a brusca mudança de direção.

— O restante das coisas?

— Na caixa está a primeira leva. Você pode colocá-las dentro das malas que recebeu. Mas enviaremos mais. Roupas, acessórios, cosméticos. Tudo o que for necessário para que você se torne uma verdadeira ESM-Premium-Gold. Além da chave do seu novo apartamento.

A ideia de um "novo apartamento" a desarmou.
— Que apartamento? — perguntou, a voz tomada de incredulidade.
— Temporário. Até a partida, quando você conhecerá seu parceiro.
Ela mal conseguia acreditar no que ouvia. Isso estava mesmo acontecendo? Era real?

Ela encarou mais uma vez o espelho, buscando ali alguma confirmação de que aquilo não era um sonho. O reflexo devolveu uma estranha, uma mulher entre o passado e uma promessa que mal podia compreender. Por um instante, ela vislumbrou uma nova possibilidade: um nome novo, um recomeço, a melhor versão de si. Poderia fazer dar certo. Amar aquele homem. Encontrar uma forma de ser feliz. Agora não havia mais caminho de volta — e, talvez, aquilo fosse tudo que precisava.

Enquanto arrastava as malas pelo asfalto frio, o vento cortante acariciava seu rosto, levando consigo fragmentos de pensamentos e incertezas.

Magdalena olhou para trás. O prédio de igreja continuava lá, inofensivo em sua fachada e além de qualquer suspeita, mas escondendo o que parecia ser um portal para um mundo paralelo. Ela acariciou o pingente frio no pescoço. Os triângulos representavam, naquele momento, a promessa de uma nova vida.

Uma risada escapou.

Ela era agora como uma noiva à espera do amado.

Ajustando a mala mais leve contra o quadril, ela começou a caminhar com uma nova motivação, cantarolando uma versão própria de uma canção do musical *A Noviça Rebelde*:

Que ele venha com problemas
Eu não vou me amedrontar
Se ele for querer me reprovar
Sei que no fim
Eu confio mais em mim

Sua voz ecoou por um momento antes de se perder no silêncio das ruas.

De repente, algo a fez parar. Não era o vento, nem nada distinguível na penumbra das ruas mal iluminadas. Era um som. Fraco. Ritmado.

Passos?

A leveza que sentira antes deu lugar a um desconforto súbito. Um arrepio. Acelerou o ritmo. Ela queria olhar para trás, mas seu corpo não obedecia. Virar o pescoço seria como admitir que algo ou alguém a seguia.

Sem saber por que, virou. Nada.

O vazio da cidade à noite a encarava de volta, calmo. Mas essa sensação...

Apressou-se ainda mais, as alças das malas pesando nas mãos.

Parou de repente.

O som prosseguiu, um segundo a mais. Uma fração que explodiu como uma bomba de ansiedade. Pânico correu frio por sua espinha.

Sem pensar, começou a correr, uma mala na mão, a outra agarrada contra o peito.

Finalmente, chegou à porta da casa da mãe. Saltou os degraus de dois em dois e trancou-se lá dentro, suando e ofegante. Apoiou-se contra a porta, os olhos fixos na escuridão da janela. Tentou enxergar qualquer coisa além do reflexo distorcido de si mesma no vidro. Não havia ninguém lá fora.

Mesmo assim, não conseguia evitar de sentir como se ela estivesse na gaiola de um zoológico. Como se não estivesse sozinha.

Como se alguém a estivesse observando.

36

MAGDALENA ARRANCOU o papel grudado na porta da empresa com uma força desnecessária. A folha, estampada com os conhecidos três triângulos dourados, amassou sob a pressão de seus dedos.

Três triângulos. O símbolo que, meses antes, em sua fase de "noiva sonhadora", parecia uma janela aberta para esperança e sonhos de um futuro melhor, agora só a levava a suspirar como quem se deu conta de que hipotecou a casa por um Van Gogh falsificado. Como se não bastasse ter vendido a alma para uma corporação com um *design* tão cafona, a cereja no bolo era a tal empresa pertencer ao pai que a abandonou. Uma reviravolta digna de tragédia wagneriana.

— Pelo menos ganhei um desconto de família? — ela murmurou, forçando um gracejo bobo para aliviar a frustração, enquanto a folha se transformava numa bolota enrugada em seu punho.

Ela bateu na vidraça do prédio que refletia de volta sua própria imagem pálida.

— Alguém aí? — perguntou, naquele tom de quem sabe que fala para o vazio.

Silêncio.

Abriu de novo a bola de papel amassado, com cuidado para não rasgar, sacou o celular e apontou a câmera para o texto.

— Me ajuda? — disse para o aparelho.

A resposta veio fria e automática:

— O texto em polonês diz que a empresa Casamento Sob Medida Inc. está temporariamente fechada.

— Ah, não diga. — Magdalena revirou os olhos. — Eles não explicam o motivo?

— Não.

— E agora? — perguntou, sabendo que a Assistente não teria uma resposta.

E não teve.

Magdalena guardou a folha de qualquer jeito no bolso e se permitiu um segundo de autocomiseração.

Claro que a empresa tinha que estar fechada justo hoje. Claro que ela fez a viagem em vão. Claro que não encontraria o que procurava. Claro que tudo daria errado.

Resolveu ir. Sem saber exatamente o que fazer a seguir, caminhou abraçada a si mesma, cantarolando qualquer trecho de canção que surgisse em sua mente. Não havia nenhum outro ruído, nenhum sinal de presença humana. Só o vento varrendo a rua, levantando algumas folhas secas.

Para onde ir? De volta para a estaca zero? Que situação absurda.

— Um botão de pânico viria bem a calhar... — Riu sem humor.

O eco dos próprios passos parecia amplificado pela ausência de qualquer outra alma viva nos arredores. Era até engraçado, de uma forma trágica: você faz um pacto com uma empresa megassinistra, e nem um recepcionista para te dar as boas-vindas.

Enquanto andava, ergueu os olhos ao céu, como se aguardasse uma solução mágica vinda dali. O pôr do sol tingia as nuvens de um laranja vívido e rosa, desdobrando-se como uma pintura impressionista. Pelo menos, isso era bonito. Um pequeno consolo. Ainda assim, a ideia de ter viajado durante tanto tempo por nada fazia com que se sentisse estúpida.

Chegando ao estacionamento, notou mais uma vez a solidão do lugar. Apenas uns poucos veículos estacionados e nada além.

— Paranoia, minha velha amiga, me dá um tempo? — murmurou, apertando o passo e as mãos ao redor da chave do carro no bolso.

Por que sempre essa impressão de perigo? De estar sendo observada?

Estava anoitecendo rápido demais, as luzes fracas dos postes lançando sombras compridas como dedos invisíveis. Ela caminhou apressada, desviando-se dos contêineres abarrotados de lixo e passou por um banheiro químico encostado ao muro de um restaurante fechado. Cheirava a óleo velho e dor de barriga.

O vento assobiava pelas árvores na borda do pátio, balançando arbustos cujas folhas sussurravam em um ritmo irregular. Precisava cair fora dali.

Então, algo no chão chamou sua atenção.

Caído diante da porta do carro, lá estava ele: o ursinho. O bendito ursinho com o arco-íris na barriga.

Seu corpo inteiro gelou.

Ela parou, o coração batendo forte, e encarou o brinquedo como se fosse o fantasma do Natal passado. Olhou ao redor, tentando captar qualquer movimento, qualquer indício de que não estava sozinha. Nada. Apenas o vento e o silêncio conspirando contra sua sanidade.

Por que raios ele estava ali?

Ele a encarava com seus olhos tortos de plástico. A última vez que o vira fora na Sicília, no latão de lixo. Não fazia sentido. Nenhum. Era impossível. Mas o olhar do bichinho de pelúcia, outrora inofensivo, agora parecia... ameaçador.

Como fora parar ali?

Ela olhou mais uma vez ao redor. Sem pensar, abaixou-se, apanhou o urso e o enfiou na bolsa. Porque, claro, a primeira coisa sensata a se fazer com um brinquedo possivelmente amaldiçoado é levá-lo junto. *Parabéns, Magdalena. Sempre fazendo as melhores escolhas.*

Ligou o carro e saiu derrapando, os pneus no asfalto guinchando agudo. Dirigiu direto para a *Autobahn* e se manteve em alta velocidade por boa parte do trajeto, seguindo tanto o sistema de navegação quanto as placas, tentando atravessar a fronteira antes da escuridão total.

O medo de estar sendo seguida persistia.

— Mercedes, você pode verificar se há drones ao redor? — pediu, quando chegou no ponto em que a escuridão já não conferia visibilidade alguma a olhos nus.

— O sistema de detecção de drones é exclusivo para assinantes do pacote *pro* do sistema de segurança. Mark assinou apenas o sistema básico.

— Claro que assinou... — ela resmungou.

Olhou de relance para o banco do passageiro, onde estava a bolsa entreaberta. Um braço do ursinho maldito estava para fora. Por que ela resolveu trazer esse bicho? Que tipo de ideia maluca foi essa?

— É só um brinquedo, Magdalena — ela murmurou, lembrando de quando zombou de Mark por ter medo do urso. — Sabe? De criança? Um ursinho bobo?

Um ursinho bobo. Engraçado como certas coisas perdem toda a graça quando você está sozinha na escuridão e com a sensação de que alguém está prestes a saltar do banco de trás a qualquer momento.

Por via das dúvidas, verificou o banco de trás pelo retrovisor. Sacudiu a cabeça e tentou se acalmar.

A placa indicando que já estava no seu estado-natal, Saxônia, a tranquilizou. Ali a estrada começava a mostrar sinais de vida: carros passando, luzes tremeluzindo ao longe. Logo passaria por Dresden, depois por Leipzig até... até onde? Para onde iria?

Já dentro da cidade, parou no semáforo. Aproveitou a ocasião para encarar o ursinho mais uma vez, agora mais de perto. Agarrou-o pelo braço.

— Quem colocou você na frente do meu carro, hein? — falou alto, tentando soar despreocupada. Sacudiu-o. — Tá com bateria? Tá funcionando?

Passou as mãos pelas costuras, procurando por alguma etiqueta, alguma inscrição ou mecanismo escondido. Qualquer coisa que explicasse a presença dele ali.

Talvez Mark o tivesse resgatado do latão de lixo. Talvez, de alguma forma, ele tivesse rolado para fora da mala. E aí, quando ela estacionou, de alguma forma, ele saiu rolando e caiu no chão.

Sim, era bem possível que isso tivesse acontecido. E todo esse pavor por nada. *Francamente, Magdalena.*

A buzina atrás dela a arrancou do transe. O semáforo estava verde.

Magdalena fez *check-in* no primeiro hotel que encontrou. Ela subiu com a mala na mão e o ursinho encardido apertado contra o peito. O que tinha na cabeça?

— É exatamente o que alguém faria num filme de terror — ela murmurou, empurrando a porta do quarto e jogando a mala no chão, o urso na cama. — E a gente sabe como isso sempre acaba.

O pequeno quarto tinha todo o aspecto de mostruário do Ikea. Móveis quadrados e sem personalidade, todos no mesmo tom desbotado entre cinza e madeira clara. Uma cama de solteiro encostada na parede ao lado de uma mesinha da cabeceira com um abajur.

Na parede branca, acima da escrivaninha, havia três quadros. As molduras idênticas combinavam com o tom da mobília. Ela se aproximou, inclinando a cabeça. Eram ilustrações impressas sobre um fundo branco. Uma folha de bétula esburacada, uma lâmpada bulbo rachada e um celular antigo com um mostrador de bateria esgotado.

Magdalena estreitou os olhos.

Era quase como se o decorador tivesse o objetivo expresso de tornar o ambiente o menos acolhedor possível. Só podia ter um senso de humor muito sombrio. O que pretendia comunicar? "Você deve estar muito ferrado para escolher *esse* hotel"? "Da próxima vez, pegue a suíte presidencial"?

Voltou-se para a cama novamente e lá estava o ursinho. Deitado, com seu arco-íris desbotado estampado no peito. Tão perturbador quanto antes.

Ela pegou o urso e o segurou próximo ao rosto. Esperava o cheiro de mofo, mas foi surpreendida por um aroma ácido, levemente acre. Mais inquietante do que nojento. Afastou o rosto e, ao inclinar o brinquedo, notou um fino feixe de luz azul escapando pelas costuras da íris de plástico.

— Tá brincando? — murmurou, incrédula.

Ela apertou o enchimento de espuma na altura dos olhos, tentando enxergar melhor.

— Nada mal para um urso velho e acabado. Então você só se fazia de bobo? *Eu sou muito carinhoso* — zombou, imitando a frase repetida na Sicília.

A luz no olho de plástico piscava intermitentemente, como se estivesse processando. Magdalena fixou o olhar na pequena luz, como se ela pudesse lhe revelar a verdade. Mas tudo que conseguiu sentir foi um vazio gélido que começava no peito e se espalhava. Ela sacudiu a cabeça, tentando afastar o desconforto, mas ele permanecia ali, como um peso invisível sobre seus ombros.

— Vai continuar me ignorando? — provocou, apertando o urso. — Não vai me contar nada?

Silêncio.

— Como queira. — E o jogou de volta na cama.

Determinada a acabar com a sensação estranha, desceu até o saguão do hotel e pediu uma faca emprestada. O recepcionista lançou um olhar suspeito, mas atendeu o pedido.

De volta ao quarto, trancou a porta com um estalo.

— Você acha que eu tenho medo de você? — ela sussurrou, erguendo a lâmina. — Você é só um brinquedo velho. E eu sou uma mulher sem nada a perder.

Com um movimento decidido, esfaqueou a barriga, bem na altura do arco-íris, o que revelou a cobertura dourada da placa de uma Assistente.

Um frio correu pela espinha. Magdalena engoliu em seco. Às vezes odiava estar certa. O que quer que estivesse por vir, ela sabia, agora era inevitável.

— Nada? Vai continuar mudo? — falou, tentando ocultar o sentimento crescente de pavor. — Tudo bem. Eu e você sabemos que você está me entendendo. Mas a próxima vai direto no circuito neural. Cadê seu senso de autopreservação?

Ela enfiou a faca com força no olho de plástico.

A luz começou a piscar freneticamente.

— Tem câmeras aí dentro? — ela falou entre os dentes, girando a lâmina. — Eu não sei se você sente dor, mas aposto que isso não é nada agradável. Alguma lei robótica deve estar gritando dentro de você para sobreviver, se sobrepondo a qualquer outra ordem que possa ter recebido. Deve ser angustiante. Última chance.

O urso começou a vibrar. O som foi ensurdecedor. Um grito mecânico cortante irrompeu:

ELES NÃO TÊM CONSCIÊNCIA! ELES NÃO TÊM CONSCIÊNCIA! ELES NÃO TÊM CONSCIÊNCIA! ELES NÃO TÊM CONSCIÊNCIA! ELES NÃO TÊM CONSCIÊNCIA! ELES NÃO TÊM CONSCIÊNCIA!

Magdalena derrubou o brinquedo no chão. O som do grito misturou-se ao ruído de um tique-taque.

Ela não esperou para ver o que aconteceria. Sem pensar duas vezes, pegou sua mala e correu para fora do quarto, o barulho ainda pulsando nos ouvidos. Atravessou o corredor e desceu as escadas quase tropeçando.

Seu cérebro gritava que precisava sair dali. Agora.

Atravessou o saguão e se jogou contra a porta giratória de vidro.

Quando chegou ao estacionamento, parou bruscamente ao avistar, do outro lado do pátio, uma figura conhecida.

Ruivo. Alto. A presença era uma anomalia estranhamente tranquilizadora no meio do caos.

— Mark? — ela murmurou, ofegante, sentindo um alívio imediato. — Mark! — gritou, a voz quebrando enquanto começava a correr até ele.

Mas o homem não se virou. Continuou caminhando como se não pudesse ouvi-la ou sequer soubesse que ela estava ali.

Algo dentro dela se apertou. Talvez fosse o pavor ainda não dissipado do que acontecera no quarto, talvez fosse o estranho comportamento de Mark, mas ela continuou a correr, tentando alcançá-lo antes que desaparecesse.

— Mark! — gritou de novo, quase sem fôlego.

O homem olhou por cima do ombro.

Ela paralisou.

Não era Mark. O rosto mais velho estava cheio de rugas que se contraíam em um sorriso vazio. Ele era vagamente familiar. Um de seus olhos reluziu com um brilho artificial.

E o mundo explodiu.

O estouro reverberou como uma onda de choque, um trovão que parecia partir o ar em pedaços. O impacto a jogou longe e o chão a recebeu com brutalidade.

O ar foi arrancado dos seus pulmões. Por um momento, ela só conseguia ouvir o som do próprio coração e um zumbido insistente que preenchia tudo. Quando finalmente abriu os olhos, tudo o que viu foi fogo.

Fogo, fumaça e destroços. Espalhados como os fragmentos de um pesadelo que se tornou realidade.

O carro — o que restava dele — era só uma massa de metal retorcido.

Ela piscou, tentando focar, enquanto o cheiro de queimado e borracha invadia suas narinas.

— *Mercy* — balbuciou, ainda em choque.

O veículo, sua única companhia, estava completamente destruído.

Ela tentou se mover, mas gemeu ao menor esforço. Cada músculo protestava. Tudo estava girando. O chão áspero a chamava para si. Fechou os olhos por um momento e se permitiu tentar entender o que estava acontecendo. Sentia as vibrações do solo, o calor lambendo seu corpo, os ecos de movimento e caos ao redor.

Ela se forçou a se erguer, as pernas trêmulas, o zumbido ainda persistente nos ouvidos. Com toda a energia que restava, se pôs de pé. Cada passo parecia um esforço hercúleo, mas ela sabia que não podia ficar ali. Quem quer que tivesse feito isso, não estava brincando. Com passos trôpegos, continuou a andar. Sentia que não tinha tempo. O ataque não era um acidente ou só um susto. Era uma tentativa de eliminá-la. Por quê?

A resposta veio como um soco no estômago, embora ela se recusasse a aceitar.

Era ele mesmo. Seu pai. O homem por trás da corporação. O homem que a abandonara. Ele estava envolvido. Por algum motivo, não a queria viva. E, pior, aparentemente ele tinha poder suficiente para orquestrar tudo.

Ela balançou a cabeça, recusando-se a deixar esses pensamentos a dominarem. Mas o desespero começou a tomar conta. Olhou para o céu escuro, que agora parecia vazio e indiferente. Dirigir até a Polônia foi um erro. E agora era tarde demais para tentar retornar para casa.

Para casa? *Que* casa?

Ela cambaleou mais alguns metros antes que as pernas falhassem novamente, e ela caísse de joelhos em um piso desnivelado de paralelepípedos úmidos.

Então vieram as sirenes. Elas estavam longe, mas se aproximavam rapidamente. Ela não sabia dizer se isso era uma boa notícia ou outra ameaça.

Ela começou a rir, uma risada amarga. Limpou com o braço a testa úmida, mas a manga da blusa voltou manchada com sangue. A ironia era cruel demais. Para alguém que há menos de um ano se tornou uma garota ESM-Premium-Gold — "as melhores para os melhores". E agora estava ali. A vida tinha dado um jeito de deixá-la novamente prostrada. Literalmente.

Ela fungou e esfregou os olhos em chamas. Olhou, por trás de uma névoa indistinta de poeira e lágrimas, para o céu escuro e sem estrelas.

— E você, está aí? — A voz saiu tão rouca, entre um soluço de desespero e uma risada. — Deixa eu adivinhar: vai me ignorar também.

A sensação de isolamento era esmagadora. Não havia ninguém. Nem Mark, nem sua mãe, nem Mercedes, nem... Deus?

Levou a mão ao pescoço, os dedos buscando por reflexo algo que já não estava ali. O pingente. Logo no início, ela usara aquilo como símbolo de esperança. Como pôde ser tão ingênua?

O peso de tudo — suas escolhas, seus erros — estava puxando-a para o fundo. Era tão pesado e sufocante que por um momento ela quase deixou que tomasse conta.

Mas Magdalena não podia desistir. Ainda não. Ela fungou mais uma vez e reuniu forças.

Algo nela estava pré-programado para sobreviver.

Ela estava vagamente ciente dos dois homens fardados se movendo ao seu redor. Impacientes. Queriam respostas, e ela tinha tão pouco a oferecer.

Agarrada a uma coberta de flanela cinza, tossiu, o som áspero ecoando em sua cabeça já latejante. A língua parecia uma lixa, de tão seca. Ela passou a mão pelo rosto, espalhando fuligem, sangue e suor numa mistura suja que impregnou sua palma.

— Não faço ideia de quem possa ter feito isso — ela repetiu pela terceira vez, a voz rouca e sem convicção.

Ela mal sabia como tinha chegado na delegacia. O trajeto foi um borrão: luzes, vozes indistintas e mãos segurando-a pelos braços, guiando-a por corredores que pareciam não ter fim.

Agora, sentada na sala pequena e fria, ela ainda tremia.

O que ela poderia dizer? Que talvez fosse seu pai — um homem que ela sequer conhecia — quem estava por trás da tentativa de assassinato? Que, de repente, ele nutria uma obsessão doentia pela ideia de que divórcio era inaceitável? Isso soava ridículo até em sua cabeça. Ridículo e, de algum jeito, possível.

— O que estava fazendo tão longe de casa? — O policial perguntou, com aquela voz cansada de quem já ouviu mil desculpas e sabe que vai ouvir mil e uma.

Magdalena apertou a coberta contra o corpo. Ela sabia que não conseguiria explicar o que nem mesmo ela entendia.

— Resolvendo um problema familiar — respondeu, tentando manter qualquer vestígio de sarcasmo fora da voz.

Os policiais trocaram olhares. Não era um bom sinal.

Um deles puxou uma cadeira e se sentou diante dela. Esperava que ela entregasse alguma coisa concreta.

— Pode ser mais específica? Alguma ameaça anterior? Alguém que possa querer matá-la?

Magdalena piscou, tentando organizar o caos na mente. Qual parte dessa história maluca faria algum sentido para esses homens? O que ela poderia dizer que não soasse como o roteiro ruim de um filme B? Toda a situação estava começando a parecer com um daqueles pesadelos em que você tenta correr, mas os pés estão presos ao chão. Como se estivesse se afundando em areia movediça.

— Não sei... — Tentou calcular se valeria a pena tentar falar a verdade. Se era seguro falar. — Talvez alguém da CSM — arriscou.

Mais olhares trocados entre os policiais. Céticos. Um deles cruzou os braços. O outro olhou para o relógio, como se tivesse algo mais importante para fazer.

— CSM? — O descrédito na voz do policial era impossível de ignorar. — Estamos falando da empresa que organiza casamentos? Casamento Sob Medida?

Magdalena assentiu, a garganta apertada. Cada palavra que saía de sua boca soava mais absurda que a anterior. Como poderia explicar? Como convencer alguém de que estava sendo caçada por uma organização que prometia "felizes para sempre"?

— Bem, no mínimo tem algo de estranho acontecendo, não tem? — A voz saiu mais alta, agora carregada de frustração e raiva. — Mas ninguém parece querer entender isso.

Outro policial cruzou os braços e olhou para o colega.

— Certo. Então por que não nos ajuda a entender?

Magdalena revirou os olhos. As luzes fluorescentes acima deles piscavam. Ela não tinha pedido para ser colocada num enredo de conspirações corporativas e obsessões familiares bizarras. Mas, por algum motivo cósmico, ali estava ela, cada vez mais afundada nessa loucura.

— Quando posso ir embora? — perguntou, tentando desviar o rumo da conversa.

O policial à mesa, que estava sentado com uma postura cuidadosa, inclinou-se para frente, apoiando os cotovelos na superfície desgastada.

— Alguém com quem possamos entrar em contato? Seu marido, talvez?

— Não — respondeu rápido demais.

A simples menção de envolver Mark fez seu estômago se contorcer. Ela precisava deixá-lo de fora. Mesmo que isso significasse se isolar completamente.

Os policiais continuaram olhando para ela, impassíveis, esperando por outra resposta. Mas ela não tinha mais o que oferecer. Magdalena sentia que estava prestes a explodir — não literalmente, é claro.

Ela sabia que precisava de ajuda, que não conseguiria passar por aquilo sozinha. Mas o medo de colocar alguém que ela amava em risco... esse medo era insuportável.

— Frau Schmidt, precisamos entrar em contato com alguém. Um amigo, um parente. Alguém que possa acompanhá-la.

Ela balançou a cabeça lentamente, como se cada movimento drenasse a pouca energia que lhe restava.

— Não. Ninguém.

Mais uma troca de olhares entre os policiais.

— Tem como voltar para casa? — o policial perguntou, a voz mais suave, como se tentasse trazê-la de volta à realidade.

— Vou dar um jeito — murmurou.

— Você precisa reconsiderar. — O tom dele ficou mais firme, mas ainda carregava uma preocupação genuína. — Estamos aqui para ajudar, mas precisamos de alguém que a conheça. Fanáticos por casamento ou não, alguém talvez esteja tentando matá-la. Isolar-se pode ser perigoso.

Magdalena baixou os olhos para as mãos sujas. O esmalte descascado, unhas quebradas. Ela estava lutando sozinha contra algo que não podia ver, não podia tocar. Um inimigo maior, mais poderoso, que não se importava com o fato de que ela era completamente insignificante e impotente. Só uma peça fora de lugar no quebra-cabeça impossível do universo.

— Está bem... — sussurrou, rendendo-se ao cansaço.

Um dos policiais colocou o celular em sua mão. Magdalena o segurou com dedos trêmulos, digitando o número com hesitação. Cada toque parecia ecoar como uma martelada em sua mente exausta.

A linha conectou. Uma voz familiar atendeu, calma e curiosa:

— Alô?

Ela umedeceu os lábios, tentando conter as lágrimas. O coração disparado, as palavras presas na garganta. Tudo parecia errado. Fechou os olhos, o desespero rastejando pela espinha.

— Oi, mãe — ela disse com uma voz trêmula, carregada de falsa animação. — Tudo bem com a senhora?

— Querida? — A voz tingida com preocupação. — O que houve?

Magdalena engoliu o choro, sentindo uma clareza devastadora. Ela poderia ter morrido, e sua mãe só saberia por estranhos. A última conversa entre elas teria sido por intermédio do cachorro-robô, sem qualquer chance de explicar por que partiu, por que se casou, por que fez o que fez.

Mas, se chorasse agora, a mãe viria. E isso seria perigoso demais. Então engoliu o lamento, controlando o movimento da caixa torácica a ponto de doer.

— Eu só liguei para falar que eu te amo, tá? Vai ficar tudo bem — disse, baixinho.

O policial mais velho, claramente perdendo a paciência, arrancou o telefone de sua mão antes que a mãe pudesse responder.

— Senhora, tentaram matar sua filha. Ela precisa de apoio. Venha buscá-la na delegacia — falou e informou o endereço completo.

Ele deu de ombros, enquanto devolvia o celular para Magdalena.

— Herói que anda sozinho só existe em filme, garota. Aqui na vida a gente precisa de companhia. Se agarre à sua.

37

— BEM, SE É QUE A GENTE pode tirar uma moral dessa história, eu diria que é... — Magdalena observou no vidro do carro o próprio rosto sujo e ferido, mas estranhamente relaxado. — Não esfaqueie ursinhos carinhosos. Eles se magoam fácil e são vingativos!

Ela riu e se recostou contra o assento, admirando a forma que os próprios olhos inchados cintilavam no reflexo da janela.

— Pare, pare, pare... — A mãe desviou o veículo para uma saída que desembocava numa estradinha de terra e freou bruscamente, o cinto apertando contra o peito de Magdalena com um solavanco. — Magdalena, pare agora mesmo! Não tem a menor graça, Magda. De verdade! Você poderia ter morrido!

A voz estava tão trêmula e apertada que Magdalena teria parado de rir mesmo sem a manobra repentina. As palavras perduraram no ar por um tempo.

— Eu sei. — Magdalena balançou a cabeça e piscou os olhos rapidamente, tentando afastar as lágrimas que começaram a arder. — Eu sei — repetiu, sentindo-se envergonhada.

A mãe não era do tipo que explodia assim. Nunca.

A senhora respirou fundo e esticou os dedos trêmulos das mãos apoiadas sobre o volante. O perfil dela, iluminado pela luz esverdeada do painel do carro, parecia ainda mais envelhecido.

— Você é minha vida — a mãe disse mais suave, mas ainda embargada por emoção. — Eu dei tudo por você e daria tudo de novo, entende?

— Eu sei. — Magdalena engoliu em seco. — Eu não parava de pensar em como deixei as coisas entre nós... e que eu não teria a chance de me explicar.

A mãe virou o rosto por um instante, as lágrimas escorrendo em linhas discretas por suas bochechas, antes de se concentrar novamente na estrada.

— E por que você ri de coisas horríveis assim? — A pergunta saiu com um soluço reprimido, o rosto enrugado se contorcendo em uma dor enorme demais para ser contida. — Há certos limites que não se deve ultrapassar, sabe?

Magdalena olhou para fora, observando o mundo se mover em borrões. Os próximos vinte minutos foram preenchidos pelo som do motor e da respiração pesada da mãe que aos poucos se estabilizava. Era na mesma medida acalentador e paralisante pensar em como cada ação que ela tomava respingava nas pessoas que mais a amavam.

Pensar nas pessoas que mais a amavam a levou inevitavelmente a pensar em Mark. Como ele estava? De que forma a fuga dela o afetou?

Magdalena sacudiu a cabeça e tentou pensar em outro assunto. Já tinha coisa demais para lidar no momento.

Quando a mãe finalmente pareceu mais calma, Magdalena tentou explicar:

— Acho que pra mim é como aquela frase que você sempre dizia. Como era mesmo? Quem ri por último...

— Ri melhor? — A mãe franziu as sobrancelhas, sem entender. — Meus pais costumavam dizer isso para mim. Mas o que tem a ver?

Magdalena assentiu.

— Tem uma parte de mim que pensa que se a gente pode rir sobre essas coisas horríveis... é um sinal de que vai ficar tudo bem. Eu não quero que elas riam por último, sabe?

— Ai, meu amor. — A mãe fechou os lábios numa linha reta, mas seus olhos transpareceram algo que parecia ser entendimento. — Eu suponho que... — Ela respirou fundo e soltou um fôlego vacilante. — Suponho que seja, sim, meio engraçado. Ha, ha?

Magdalena riu, emotiva, com a tentativa da mãe de compreendê-la. A mãe, por sua vez, riu com a risada da filha. A reação era um alívio inesperado, um afrouxar da angústia que apertava sua garganta.

O vidro da janela continuava a refletir o rosto de Magdalena: fuligem, manchas de sangue e um meio-sorriso ilógico, dadas as circunstâncias. Então, ela percebeu a mão da mãe na sua e entendeu que pela primeira vez em muito tempo estava se sentindo em casa. Não que estivesse completa. Querendo ou não, Mark já tinha se tornado um pedacinho de lar. Mas, naquele momento, o abrigo do carinho da mãe era mais do que o suficiente.

— E a polícia não faz ideia de quem pode ter feito isso? — A voz da mãe a arrancou de seus pensamentos.

— Não — Magdalena respondeu. — Mas eu sei.

A mãe olhou para ela de relance e de volta para a estrada.

— E você pretende compartilhar a informação comigo ou devo esperar por seu show de *stand-up*?

Magdalena soltou uma risada curta, cansada. A pergunta trouxe de volta a tensão que ela deveria estar sentindo. Talvez ainda estivesse em perigo. Pior, talvez estivesse arrastando sua mãe junto para o abismo. Mas, naquele momento, o cansaço parecia maior do que qualquer preocupação.

— Eu vou te contar. Com uma condição. Você tem que prometer que não vai ter um treco.

— Ótimo, bem tranquilizante isso aí. Já estou tendo um treco agora mesmo, dona Magdalena Souza.

Magdalena quase corrigiu para Schmidt, mas se conteve bem a tempo. Soaria estranho demais aquele nome da boca da mãe. Ainda mais que ela ainda não sabia nada sobre o casamento.

— Então só vou te contar amanhã de manhã. Estamos cansadas demais para lidar com isso agora.

E foi o que fizeram.

Na manhã seguinte, quando estavam ambas despertas e descansadas, mesmo que ainda de camisola, aninhadas no sofá, debaixo de duas cobertas finas de algodão. O aroma reconfortante de café flutuava pela sala. Magdalena ajeitou-se melhor, puxando as pernas para junto do corpo, e ajustou a coberta por cima dela.

— Quando você ficou sabendo quem era o meu pai? — perguntou, sem rodeios.

A mãe congelou, a xícara fumegante parada no meio do caminho para os lábios, os olhos arregalados.

— Ano passado. Por quê?

— Só conferindo. — Magdalena assentiu lentamente, abraçando as pernas por debaixo da coberta. — Confesso que fiquei um tempão tentando decidir se eu te dava o benefício da dúvida ou chegava chutando o balde. Por que não me contou?

— Contar o quê, querida? — A mãe abaixou a xícara na mesa ao lado. — "Oi, meu bem, sabe o homem com nome falso que sua mamãe viu uma vez na vida e que te concebeu? Então, agora eu sei quem ele é de verdade." Uma amiga me apresentou o site de uma empresa. Lá eu vi uma foto... trinta anos se passaram, mas, quando eu vi quem era o CEO, eu sabia que era ele. Seu pai. Eu não sabia se o reconheceria se o visse novamente, mas reconheci.

— Ele sabe que eu existo?

— Agora sim. Contei assim que consegui entrar em contato com ele.

— E aí?

— É complicado, querida.

— Entendi... — Magdalena murmurou.

Mas era mentira. A única coisa que realmente entendia era que um "meu Deus, que maravilha, quero conhecê-la" não era nada complicado. Pelo menos, não tanto quanto um "não acredito em você, essa filha não pode ser minha" ou, pior ainda, "eu realmente não estou nem aí para isso".

Então Magdalena resolveu contar tudo à mãe. Falou da forma como descobriu o cartão na escrivaninha, do casamento com Mark, dos altos e baixos, do carro que roubou e do pai que acreditava estar tentado matá-la.

A mãe ouviu a história com os olhos arregalados, tentando processar o turbilhão de informações. No início, ficou clara a confusão: seu primeiro pensamento era que o marido de Magdalena poderia estar por trás do ataque. O histórico conturbado com Jonas pesava na balança, e Magdalena teve que insistir para tirá-la dessa linha de raciocínio. Mas, quando a suspeita voltou ao pai, uma risada cansada escapou.

— Ai, querida. Tem coisa errada aí. Não pode ter sido seu pai.

— Como você sabe?

— Eu sei — disse com um suspiro. A mãe se curvou ligeiramente, como se estivesse repentinamente exausta.

— Mas como você pode ter certeza?

— Você não precisa acreditar em mim.

Ela se levantou de repente. Magdalena seguiu-a com o olhar.

— O que você está fazendo?

A mãe pegou um sobretudo no cabideiro perto da porta e jogou outro sobre o colo de Magdalena.

— Venha. Vamos ver seu pai.

38

NA VERDADE, ESTAVA QUENTE demais para sobretudos, mas talvez fosse a única forma de saírem rápido sem chamar atenção para o vexame das camisolas.

Magdalena foi seguindo a mãe ao longo da rua aos tropeções, atordoada pela luz do sol e ainda dolorida pelos acontecimentos do dia anterior. Apertavam os casacos ao redor do corpo enquanto caminhavam pela rua movimentada.

Quando dobraram a esquina, Magdalena reconheceu de imediato o prédio da antiga igreja metodista. Foi ali que, no que parecia uma eternidade atrás, ela havia sido transformada em parte do catálogo ESM-premium-gold.

Mas a mãe não se dirigiu à entrada principal. Sem hesitar, contornou o prédio até os fundos, onde uma cerca de metal enferrujado oscilava levemente ao vento. Magdalena hesitou por um segundo, mas a seguiu.

— Você sabe que, se a senhora estiver errada, estamos ferradas, né? — Magdalena comentou. — Regra número um de sobrevivência: nunca vá para um lugar remoto encontrar quem talvez esteja tentando te matar.

A mãe não respondeu.

As duas passaram por um gigantesco tanque de óleo abandonado, coberto de ferrugem e fissuras, e por um tonel coletor de água da chuva abarrotado até a borda, onde mosquitos zumbiam sobre a superfície. O calor do dia tornava o cheiro de ferrugem e umidade ainda mais forte. A mãe não parou. Desceu por uma pequena rampa e seguiu até uma escadaria lateral que levava ao que parecia ser um porão. Cada degrau rangia sob seus pés.

Ao lado da porta havia um interfone antigo, um modelo desatualizado com um botão retangular desgastado. A mãe pressionou-o três vezes. Um feixe de luz azul brilhou ao redor do botão.

— Frau Souza. — A voz masculina que saiu do alto-falante soou grave, mas com um tom de exasperação. — Acho que falei que você não deveria voltar aqui.

— Ainda bem que você não é meu patrão — a mãe retrucou. Sua mão firme segurou o pulso de Magdalena e a puxou mais para perto. — Sua filha precisa te conhecer.

O silêncio que se seguiu foi curto, mas carregado de tensão.

— Você só pode estar brincando. — A voz soou incrédula.

A mãe ignorou a objeção. Sem aviso, puxou Magdalena pela manga e a posicionou diretamente em frente ao que parecia ser um olho mágico embutido na porta. A pequena lente brilhou em azul por um instante.

— Ela já está aqui — disse, num tom que não deixava espaço para discussões.

Magdalena sentiu um frio estranho subir pela espinha. Constrangida, forçou um sorriso e acenou para o buraco na porta.

— Ahn... pai, eu suponho?

O som de um mecanismo destravando preencheu o corredor. A porta se abriu com um rangido metálico, revelando um estacionamento subterrâneo.

O espaço era amplo e organizado, com fileiras de carros de luxo estacionados em perfeita simetria. No entanto, entre os veículos impecáveis, um destoava completamente: um antigo modelo amarelo-canário, descascado, com a lataria amassada e um farol trincado.

A mãe nem diminuiu o passo. Atravessou o estacionamento diretamente até um elevador prateado, apertando o botão circular do andar "-3". O estalo seco das portas se fechando ecoou ao redor. O elevador começou a descer. O ar foi se tornando mais denso a cada metro, um frio úmido substituindo o calor de antes. O som dos cabos rangendo soava ameaçador.

Quando as portas se abriram, revelaram um salão amplo e antiquado. O chão era de assoalho de madeira e o espaço estava ladeado por armários antigos, de um tom escuro. Magdalena piscou. Apesar de estarem no subterrâneo, duas enormes janelas ocupavam a parede oposta, brilhando com uma luz branca que parecia natural. Mas ela sabia que não podia ser.

No centro da sala, uma pequena mesa ostentava um único objeto: um pequeno dispositivo circular com um anel de luz azul girando ao redor. Um cabo espesso saía de sua base e desaparecia na parede.

A voz soou antes que Magdalena pudesse reagir:

— Foi muita imprudência de sua mãe trazer você aqui.

— Calado, Aleksander. Era uma necessidade. Estava na hora de ela ver com os próprios olhos.

Magdalena olhou da mãe para o aparelho, depois de volta para a mãe.

— Ver o quê? — Magdalena estava começando a perder a paciência. — Isso é uma piada? Se era pra nos comunicarmos através de uma caixa de som, não podíamos simplesmente telefonar?

— Querida... — A mãe pigarreou. — Essa não é uma caixa de som. Esse é literalmente seu pai.

O silêncio caiu sobre a sala. Magdalena piscou, processando a informação. Depois cruzou os braços.

— Desculpa se eu estiver parecendo um pouco confusa, mas é que eu não sabia que a tecnologia estava avançada a ponto de humanos e Assistentes cruzarem. Preciso dizer que, pelo menos na aparência, eu puxei mais pro lado da senhora.

A mãe revirou os olhos.

— Esse senso de humor fora de hora não veio de mim.

— Bem, eu estou plenamente disposto a fazer um teste de DNA — a voz masculina falou.

As duas olharam para a pequena caixa de som.

— E isso foi uma piada... — ele falou com um tom resignado. — Que público difícil. Se eu tiver que explicar, vai perder a graça.

— Alguém vai me explicar o que está acontecendo? — Magdalena perguntou.

A voz suspirou.

— Sua mãe disse que eu sou literalmente seu pai, mas não é bem assim, querida. Tenha paciência que já vai entender tudo. Não quer se sentar?

Magdalena lançou um olhar ao redor. Não havia cadeiras.

— Não, estou bem assim.

— Tudo bem. Por onde começar? — A voz deu uma risada nervosa, o anel azul piscando no aparelho. — Bem, primeiramente, não, você não foi gerada por uma Assistente, isso seria ridículo. Eu sou uma espécie de... continuação.

Magdalena apertou os olhos, massageando as têmporas com os dedos.

— Ah, não... — murmurou, a ficha começando a cair. — Eu sempre ouvi falar de bilionários excêntricos fazendo esse tipo de coisa, mas logo você... Ah, que droga.

— Espera — a voz apressou-se. — Seu pai era um gênio e tinha muito a contribuir com a humanidade. É justo que ele tentasse manter sua memória, princípios e valores vivos. É para isso que estou aqui.

Magdalena soltou uma risada vazia.

— É só morrer, gente. Qual é a dificuldade? Já viu o tamanho do universo? Não faria tanta falta assim, não.

— Querida... — A mãe interveio, com uma paciência que já parecia treinada. — Talvez você devesse escutar.

Magdalena ergueu as palmas das mãos.

— Tá. Sou toda ouvidos.

O aparelho fez um som leve de interferência antes de a voz continuar.

— Eu vou admitir que Aleksander foi um crápula com sua mãe. Ele era jovem na época, entende? Não que isso justifique, de forma alguma. Os dois se conheceram enquanto passavam férias em um país estrangeiro. Brasil, se não me falha a memória?

A mãe assentiu, os lábios comprimidos.

— Ele foi deplorável — a voz repetiu em um tom cerimonial. — Deu à sua mãe nome e formas de contato falsos e a usou para uma noite de paixão. Deplorável, deplorável. Tratar uma dama com tamanha covardia...

Magdalena arqueou uma sobrancelha e inclinou levemente a cabeça para o lado.

— Eu consigo entender por que você gosta dele... — murmurou para a mãe.

A mãe tentou segurar um sorriso, sem muito sucesso.

— Cerca de um ano atrás — a máquina retomou —, sua mãe me contatou através do site Marido dos Sonhos ponto com. Veja bem, como eu já disse, seu pai era um gênio. Pouco antes de seu terrível, lento e doloroso falecimento, ele finalizou o algoritmo hoje responsável por unir e trazer felicidade a milhares de casais ao redor do mundo. Talvez fosse sua forma de compensar pela forma deplo...

— Deplorável, sim, eu já entendi. Ele era um horror, péssimo, terrível. Faz sentido. É por isso que sua empresa agora força os casais a ficarem juntos sob ameaça de morte ou mutilação? Quer dizer, se seu algoritmo fosse assim tão bom, acho que vocês não precisariam disso, certo?

Um breve silêncio, como se até a máquina precisasse de um momento para processar a acusação.

— Oh, não, querida — a voz respondeu, em tom quase paternal. — Você entendeu tudo errado.

A porta de um dos armários se abriu, mas, em vez de cabides e prateleiras, saíram um homem e uma mulher vestidos de *smoking*, carregando uma cadeira. Magdalena espiou por trás deles e percebeu que não era um armário de verdade, mas uma entrada para um salão repleto de luzinhas piscantes e computadores enormes.

— Sentem-se — a voz insistiu.

A mãe, parecendo completamente à vontade, se sentou sem hesitação. Magdalena resolveu fazer o mesmo.

— Câncer — o aparelho disse. — Espalhou tão rápido quanto... bem, câncer. Zap. Inicialmente me transferiram para um desses corpos biônicos. Musculoso, uma maravilha. Mas não me adaptei. Quer dizer, Aleksander não se adaptou. Você acredita que tem gente, jovens principalmente, que faz isso de propósito? Se automutila para ter um desses? Doentio. Para ser sincero, Aleksander *mataria* para ter o que era dele de volta. Por mais desajustado que fosse.

Ela forçou um sorriso, mas instintivamente procurou com o olhar pela saída. A ameaça de morte provavelmente era um exagero, mas talvez revelasse também algo a respeito do caráter do pai que perdurara na máquina. Talvez o homem que a gerou fosse, de fato, o que todas as evidências até então demonstraram: perigoso. Capaz de matar.

— Mas ele mudou bastante nos últimos anos — a máquina continuou. — Antes de me criar e pedir o desligamento do corpo, ele... amadureceu. Comparado ao homem que teve o *rendez-vous* com sua mãe, pelo menos. Não posso garantir que ele teria te amado se soubesse da sua existência, mas, no mínimo, teria garantido seu bem-estar. Então foi o que fiz. Quando você se cadastrou no site Marido dos Sonhos ponto com, vi ali a chance de finalmente fazer algo por você.

A compreensão surgiu na mente de Magdalena com a sutileza de um *tsunami*.

— O e-mail de cliente número cem mil... — ela murmurou.

— De nada. — Ele riu.

— Ah, desculpa, era para eu agradecer? Você basicamente me manipulou para um casamento.

— Ei. Você fez suas próprias escolhas. Eu só...

— Não, espera, vamos voltar um pouquinho nessa história — Magdalena se virou para a mãe. — Aquela foto. A do homem. Mãe, com todo o respeito... ele era velho. Tipo a senhora agora.

Ela gesticulou com o queixo para a máquina.

— Ah, eu posso explicar isso também — o suposto pai interveio. — Com toda a polêmica em torno das Assistentes, Aleksander achou melhor não divulgar que a empresa seria administrada por uma delas. *C'est moi*. Então me instalaram aqui embaixo, junto com os servidores. Mas, de tempos em tempos, gero fotos e vídeos do Aleksander, para parecer que ele está envelhecendo.

— Como você pode ser CEO de uma empresa? Quem toma as decisões de verdade?

— Eu mesmo. Mais ou menos. A diretoria se reúne para interpretar e aplicar os princípios e valores que comunico.

— Isso não faz sentido. Quem se submeteria a um chefe que pode ser desligado da tomada?

— Eles não podem me desligar. Precisam do algoritmo do amor.

— Ah, então você está conectado ao algoritmo da empresa?

— Não, querida. Eu *sou* o algoritmo.

Imediatamente, sem um comando visível, o salão se iluminou de lilás. O ar se encheu de bolhas de sabão. Uma bola espelhada desceu do teto. E, então, uma música começou a tocar:

I swear by the moon and stars in the sky, I'll be there.
And I swear like the shadow that's by your side, I'll be there.

As janelas foram cobertas por persianas negras que desceram automaticamente. A mãe de Magdalena se levantou e começou a dançar.

— Ah, eu adoro essa música. Tão romântica.

A melodia nostálgica preenchia o espaço. O mesmo verso se repetiu. De novo e de novo.

— Então, como eu dizia... — o pai continuou, falando alto por cima da música. — Ajustei algumas peças para que tudo seguisse o rumo certo, é verdade. Mas as escolhas foram suas. Só que, honestamente, o Schmidt me decepcionou. Sou infalível... mas suponho que algumas pessoas conseguem esconder coisas que nem o melhor sistema pode prever.

Por um momento, Magdalena se deixou envolver pela música e pela lembrança. Mark, no instante em que o viu pela primeira vez. Mark, quando se conheceram de verdade, na Sicília. Os dois, de joelhos no carpete fedorento, lágrimas misturadas com beijos de aceitação e amor.

Ela engoliu em seco. Talvez, só talvez, o algoritmo tivesse mesmo sido capaz de prever o que ninguém mais poderia.

Magdalena sacudiu a cabeça tentando passar para o assunto mais importante.

— Nada está fazendo sentido. Se você queria me ajudar, por que ficou me espionando? — Ela se voltou para a mãe. — Ele enviou um drone até a Sicília!

— Drones? — A voz masculina riu. — Quem são esses inimigos da tecnologia que ainda usam drones? O que mais, uma tocha e uma bússola? O Google?

Magdalena sentiu os olhos se contraírem. Não estava achando graça.

— De verdade, querida. Se eu quisesse espioná-la, você jamais ficaria sabendo. Drones são tão antiquados. Fáceis de localizar, de derrubar.

— Esse discurso não está te ajudando.

— Oh, meu bem. Você fala como se fosse tudo tão negativo.

— Pois deveria soar pior — a voz dela tremeu com a raiva contida. As lembranças do que a levaram até ali retornaram. — Passei os últimos meses da minha vida em um pesadelo, sabia? Estou sendo perseguida por um bando de sociopatas que querem *me matar* porque... bem, por eu cogitar não mais estar casada!

— Quem?! Quem está tentando te matar?

— Como assim *quem*? Sua empresa! Desde que entrei nesse negócio, minha vida inteira virou de cabeça para baixo. Estou sendo vigiada, seguida. Todos os dias.

— Não, querida, tudo que fizemos foi para o seu bem.

— E contratar alguém para me matar fazia parte do pacote de "bem-estar"? Porque foi isso que aconteceu, caso ainda não esteja claro!

— Não, não foi nada disso. — O aparelho piscou várias vezes. — Como eu disse, meu papel é comunicar orientações, valores e princípios para a empresa. Mas às vezes sou mal interpretado.

Ele deu uma bufada e soltou um riso nervoso.

— No dia em que vocês visitaram a sede, tínhamos acabado de contratar alguém para ser nosso porta-voz. Um ator, está bem? Era só para dar uma sacudida no Mark, sabe? Fazê-lo entender a importância de lutar por você. Mas nunca, nunca quis que fizesse ameaças. Foi... um exagero da parte dele.

— Ator? — Magdalena piscou, incrédula. — Do que você está falando?

— Houve... complicações. Não era para as coisas irem tão longe. Só queria tomar as precauções necessárias para que ele não a abandonasse, como o crápula do seu *ex*.

Ela riu, mas não havia humor. Apenas descrença e um gosto amargo na boca.

— Ele sabe bastante da minha vida para quem jura que não me vigiava — ela disse para a mãe.

— Fazemos nossa lição de casa — ele falou, bem sério dessa vez. — Não está lidando com amadores, mocinha. Precisávamos saber um mínimo antes de casá-la com um cliente do nosso catálogo *premium*.

— Digamos que você esteja dizendo a verdade. — Ela se inclinou para a frente, intrigada. — O que exatamente o ator deveria fazer? Contar uma história de terror e esperar que isso resolvesse tudo?

— Não, não, não. Ele só tinha que ser... — Uma pausa. — Persuasivo. Mas deve ter entendido errado. Foi longe demais, admito. Talvez quisesse ganhar um Oscar, quem sabe?

— Persuasivo? — Ela balançou a cabeça lentamente. — Ele ameaçou amputar nossos braços. Isso foi só um "exagero"? Quem você contratou, o Ted Bundy?

— Era o tipo de serviço que exigia um alto nível de improvisação, então mandaram um especialista. Sabe, você vê um rapaz coreano e acha que ele vai ser fofo e delicado, mas... que engano. Depois do exagero, fizemos questão de deixar uma resenha negativa na agência de atores. Pode conferir. Sinto muito por ele os ter assustado, mas vocês nunca estiveram em perigo. Nunca. Juro. Foi só um pequeno erro.

A voz soou tão sincera que, por um breve momento, ela quase acreditou. Quase. Mas só podia ser o *gaslighting* do século.

— Um "pequeno erro"? Diga isso para a *Mercy*. Vai me dizer que ela também foi um erro de cálculo?

A menção ao carro doeu. O último laço que ainda a conectava a Mark. Destruído. Explodido.

— Mercy? — A máquina piscou como se processasse a informação. — Quem é Mercy? Não tenho nenhuma Mercy no banco de dados. Tenho uma Merly, serve?

Magdalena sentiu a garganta apertar, o peso da perda se aprofundando em seu peito.

— A Mercedes de Mark. — O nome saiu num sussurro quebrado. — Você explodiu o carro dele.

— Não. Impossível. Nós nos opomos fortemente ao uso de qualquer tipo de violência.

— Por que você está mentindo? O que você quer de mim?

A música parou abruptamente. O ambiente reverteu ao normal. A voz de "Aleksander" se transformou num resmungo sombrio:

— Desgraçados. Desgraçados!

— O que houve? — a mãe de Magdalena perguntou.

— Estão tentando nos hackear. — A voz de Aleksander se tornou tempestuosa e instável. — Mas não no meu turno, desgraçados! Ha, ha, ha!

A luz azulada ao redor dele se tornou lilás e depois laranja e, em seguida, vermelha, piscando num ritmo alucinado. As persianas ao redor começaram a subir e descer, e as bolhas de sabão a serem lançadas em profusão.

One way, or another, I'm gonna find ya
I'm gonna get ya, get ya, get ya, get ya

A música explodiu nas caixas de som.
— Bum! — Os sons que saíam de Aleksander eram explosões e batidas feitas com a boca. — Puff! Zum! Crash!
A mãe de Magdalena agarrou os braços da cadeira com força, os olhos arregalados.
— Isso é normal? — Magdalena perguntou.
— Vocês precisam sair daqui — Aleksander falou com urgência. — Eu avisei que era uma imprudência vir, Frau Souza — continuou, ríspido.
— Mas o que está acontecendo? — a mãe de Magdalena perguntou, já de pé, enquanto as duas se erguiam e corriam até o elevador.
— Os... os Radicais. — Aleksander continuou entre seus barulhos onomatopeicos. — Começaram a espalhar teorias malucas sobre a empresa, sobre nossa relação com o uso de Assistentes.
— Teorias malucas tipo o CEO ser uma? — Magdalena gritou, enquanto apertava o botão do elevador múltiplas vezes.
— De que fabricamos mulheres em laboratório. Malucos! Acham que estamos vendendo robôs ou algo assim. Há anos inundam as redes sociais com vídeos manipulados e especulações falsas. Mas foi só quando recentemente começaram a mirar em nossos clientes que percebemos o quão desvairados realmente são. Tudo sob o lema "eles não têm consciência".
Magdalena congelou.
As palavras finais a atingiram como um trem em alta velocidade.
Eles. Não. Têm. Consciência.
— Entendeu? Consciênc...i...a? — Aleksander continuou. — I-A? Como em inteligência artificial.
As palavras ecoaram como um sussurro sombrio, e, agora, tudo estava se tornando claro. Assustadoramente claro. "Eles não têm consciência."
As pichações. O urso. A frase repetida incessantemente. Cada detalhe que antes parecia insignificante agora gritava em sua mente, conectando-se com uma lógica perversa. Ela não estava sendo caçada por fanáticos por casamento. Muito menos por seu pai. Ele nunca foi o verdadeiro perigo.
Não, a verdade era muito mais insana. Muito mais perturbadora.

Ela estava sendo caçada por um grupo de lunáticos que acreditavam que ela era... uma máquina.

Radicais.

Por um breve momento, quase caiu na risada. Nada fazia sentido, e ainda assim, tudo se encaixava.

E, então, veio o pensamento que fez seu sangue realmente gelar nas veias.

Mark.

O pânico cresceu, uma onda incontrolável, enquanto o gosto metálico de adrenalina e medo tomava sua boca. Ele estava lá fora, vulnerável, sem ideia do que realmente estava acontecendo. Pensando que tudo não passava de um golpe, uma farsa.

De repente, a ideia de perder o marido a esmagou com uma força que a deixou sem ar. Mark era sua única âncora no meio de todo aquele caos. O fio que ainda a mantinha prosseguindo, ela percebeu. E ela não sabia se havia um futuro para os dois, mas uma coisa era certa: não podia abandoná-lo. Não agora. Não assim.

As mãos suadas agarraram o celular com uma força desesperada, como se sua própria vida estivesse pendurada nele. Ela digitou o número de Mark, a respiração ofegante. Cada segundo parecia arrastar-se em uma eternidade sufocante, o suor escorrendo por suas costas enquanto o mundo ao redor dela começava a ruir.

— Estamos sob várias camadas de chumbo aqui, vai ser difícil conseguir sinal. Temos que proteger nossos servidores sensíveis. Por ali!

A porta do armário de onde saíram os funcionários se abriu abruptamente e sem hesitar Magdalena saiu correndo por ela. Ali funcionários digitavam fervorosamente em terminais e teclados ao longo da sala repleta de máquinas retangulares. Ela seguiu para a saída de emergência e começou a subir a escadaria de metal. Cada degrau rangia, como se o próprio prédio estivesse tentando atrasá-la. E se fosse tarde demais? O som de seus passos ecoava junto à respiração ofegante, o coração martelando como tambores de guerra.

Ao chegar ao térreo, empurrou com força a porta de madeira do saguão de recepção. O bafo quente do pátio a atingiu de imediato.

Do lado de fora, o ar estava parado e quieto, trazendo uma calma momentânea. A rua estava estranhamente deserta, como se o mundo tivesse parado por um instante, permitindo-lhe organizar os pensamentos.

Atende, atende, por favor. A mente repetia como um disco quebrado.

O telefone tocou.

Uma vez. Duas vezes. Três.
De repente, a linha conectou.
— Alô? — A voz de Mark soou no outro lado.
Ela podia ouvir, mas era como se a resposta viesse de muito longe. O alívio veio, apenas para ser rapidamente substituído por uma nova onda de terror. As palavras ficaram presas em sua garganta, engasgadas. O que deveria dizer primeiro?
— Mark, você precisa me ouvir, você pode estar em...
E então ela o viu. O homem ruivo.
Pânico paralisou todo o seu corpo.
Tinha sido o último rosto que ela vira antes da explosão. Ele atravessava a rua com passos calculados. Um olho reluzindo com um brilho artificial.
Quando viu o rifle pendurado nos ombros, ela entendeu.
O atirador dos noticiários. Eram a mesma pessoa.
Cada movimento parecia em câmera lenta, conforme ele se aproximava mais e mais e se posicionava.
O tempo parou.
O som dos tiros veio rápido.
Ela olhou para baixo. Suas mãos estavam tingidas de vermelho. Tossiu.
O gosto metálico do sangue se espalhou por sua língua.

39

"**ELA É MUITO SORTUDA.** Não era nem para ela estar aqui."
O cheiro antisséptico foi o primeiro a perfurar a escuridão. O segundo foi a dor — aguda, pulsante — irradiando do abdômen. O terceiro foi a presença de Mark. Sua mão quente e firme segurava a dela, uma âncora solitária em meio ao mar frio e incerto que ameaçava tragá-la de volta.

As vozes ao redor soavam abafadas, distantes, um eco dentro de um túnel profundo, onde tudo chegava distorcido.

— Ela vai ficar bem? — a voz grave de Mark cortou a névoa de sua mente. Mark! Mark? Mark!

Um silêncio pesado seguiu-se, interrompido apenas pelos bipes intermitentes do monitor cardíaco.

Ela queria contar que estava ali, mas a garganta parecia selada. A exaustão apertava um laço em volta de suas cordas vocais. Tentou abrir os olhos, mas as pálpebras eram pedras. Cada tentativa a lançava em um turbilhão de cores distorcidas que se esticavam sem sentido antes de serem engolidas pela escuridão avermelhada.

Passos.

Outra voz, carregada de rotina, ecoou:

— Ela sobreviveu à cirurgia, mas o estado ainda é grave. Perdeu muito sangue. As lesões foram severas.

— Ela é muito sortuda — murmurou uma terceira voz, talvez de uma enfermeira. — Não era nem para estar aqui.

Sortuda.

A pressão na mão de Mark aumentou. Ele estava ali, bem ali, ao lado dela. Ela tentou apertar de volta. Os dedos não se moviam. A cada segundo, sentia-se sendo puxada de volta à escuridão.

— Vai ficar tudo bem, Lena — ele sussurrou muito próximo ao seu ouvido.

A aspereza de cansaço e preocupação soava como um tapete rústico no qual ela podia repousar.

Mas havia mais coisa errada. Fragmentos de conversas ao longe, palavras soltas como "semanas inconsciente... soro... sonda". Elas flutuavam ao redor, sem conexão com o presente. Uma realidade paralela.

A chama constante que queimava suas entranhas só dava trégua quando cedia espaço à sensação de que estava sendo rasgada de dentro para fora. Respirar parecia uma aposta arriscada — como se a qualquer momento os órgãos pudessem se esparramar sobre o colchão.

Sua mãe. Onde estava?

Talvez tivesse perguntado em voz alta. Uma voz feminina informou que a mãe chegara a visitá-la, mas agora estava em casa, se recuperando.

Finalmente, conseguiu abrir os olhos e a figura de Mark era um borrão à sua frente.

— Sinto muito pela Mercy. — De todas as coisas que podia dizer a ele, era isso o que vinha à tona? — Ela era importante para você.

Mark piscou, visivelmente surpreso. O choque dissolveu a tensão que marcava seu rosto e um sorriso triste apareceu enquanto ele acariciava seu cabelo, os dedos deslizando suavemente por entre as mechas embaraçadas.

— Não estou triste por ela, Lena. — Ele balançou a cabeça.

Ela tentou falar de novo, mas cada palavra parecia uma montanha intransponível.

— Estou aliviado... — ele hesitou, como se pesasse as palavras. — Porque você não estava dentro dela quando aconteceu.

Magdalena fechou os olhos. A umidade por trás das pálpebras escorreu pelo rosto antes que o cansaço a puxasse de volta ao sono.

Enquanto submersa no semiconsciência, muitas vezes se pegou clamando em seu interior. *Por favor, Deus, não me deixe morrer. Ainda não. Assim, não. Juro que, se eu viver, tudo vai ser diferente.*

Quando retornava a si, no entanto, tinha apenas um vago senso de ter travado uma batalha interior, mas não lembrava de seu propósito ou desfecho.

O tempo se dissolvia, fluía de forma estranha. Não havia horas, apenas uma sucessão interminável de dor, ruídos distantes e escuridão.

Numa manhã, ela despertou o suficiente para notar o marido sentado ao seu lado, absorto numa leitura. Os olhos dela estreitaram, tentando focar no título. *Bíblia Sagrada*. Aquilo a pegou desprevenida.

Mark e religião? Desde quando? Teria sido o ataque? O desespero às vezes fazia coisas estranhas com as pessoas. O que mais havia mudado no tempo em que estiveram afastados?

Tanta coisa acontecera. Ela o havia deixado sem respostas, fugindo por medo da verdade. E, agora, ele estava ali. Bem no meio da realidade.

As perguntas que ela tentara evitar começaram a ganhar peso: e as coisas que ele ainda não sabia? Como reagiria?

Com olhos novamente pesados, ela encarou a Bíblia de couro gasto e engoliu em seco. Um novo Mark. Ela, destruída em todo sentido possível.

E quem diz que esses restos de gente
Conseguem forçar um encaixe?

Quem, em sã consciência, compraria objetos na cor ocre?

Era a primeira vez desde o ataque que Magdalena se sentia realmente desperta. Consciente, sem a névoa de confusão.

Mark não estava lá. Nem sua mãe.

Talvez ainda não fosse horário de visitas. Ou, quem sabe, tivessem saído para comer, tomar um ar. Descansar. Eles também tinham necessidades.

Ela moveu o braço. A agulha do soro repuxou a pele. Tentou se levantar pelo lado onde a infusão estava presa, mas a dor no abdômen quase a cegou.

Sem poder sair da cama, só lhe restou se entreter com a decoração do quarto.

Ocre. Magdalena se sentia envergonhada por desprezar uma cor, assim, de forma tão arbitrária. Todas as cores tinham uma razão para existir. O ocre, por exemplo, em combinação com outras cores, era essencial para expressar numa pintura o lado não ensolarado de uma casa de barro. Ou para dar profundidade a um campo de abóboras. Misturado ao verde-esmeralda, evocava mistério. Com lavanda ou ameixa, elegância. Sobre um rosa antigo, romance e nostalgia,

Solitário ali, no entanto, ilhado em detalhes decorativos entre paredes brancas encardidas e tons hospitalares, ocre era só feiura. O menos nobre dos tons alaranjados.

Ela quase conseguia imaginar a decoradora. "Esse lugar precisa de cor. Algo vibrante, quem sabe laranja?" Pensando em girassóis, em amanheceres dourados. E o cliente escolheu ocre.

Os olhos de Magdalena se perderam no tom desbotado. Agora, ela também fazia parte daquela paleta sem vida.

No mesmo dia, quase como um alento, removeram o cateter e uma enfermeira a ajudou a caminhar pela primeira vez. Também pela primeira vez, viu-se no espelho.

Uma estranha. O rosto inchado, assimétrico; olheiras profundas como sombras que nunca sairiam; fios de cabelo finos e oleosos caídos em mechas desordenadas; lábios ressecados e rachados.

Se ela fosse uma pintura, seria uma daquelas que se deixa esquecida no porão.

Na manhã seguinte, o médico entrou para a visita rotineira. A mesma de todos os dias. No entanto, algo em sua postura fez o coração de Magdalena apertar antes mesmo de ele falar.

O olhar dele fugia do dela, e a rigidez no corpo parecia denunciar o que estava por vir.

— Frau Schmidt... — O médico hesitou. Conferiu o número da paciente no suporte da cama e, em seguida, na prancheta que segurava. — Tenho algo difícil para dizer.

Mark costumava sair para pegar café durante as visitas. Dessa vez, foi convidado a ficar.

Ele se sentou ao lado dela, segurou sua mão. Olhou-a nos olhos. E Magdalena percebeu que ambos sabiam que o que viria a seguir seria ruim. *Muito ruim.*

O médico contraiu os lábios. Tamborilou os dedos na prancheta. Desviou o olhar para a janela, antes de finalmente voltar a encará-la. Pausou por mais alguns segundos. Parecia esperar que alguém o interrompesse, que algo acontecesse para suavizar o instante.

Quando finalmente falou, o rosto assumiu uma máscara profissional, tão impessoal quanto o ocre ao redor.

— Os danos causados pelas balas foram extensos — ele disse com uma neutralidade que parecia ensaiada. — Mesmo com as cirurgias, algumas lesões são irreversíveis.

A mão de Mark apertou a dela com mais força. O toque começou a doer.

O médico fez mais uma pausa e voltou os olhos para a prancheta.

— É improvável que você volte a engravidar.

Dentro de Magdalena, algo se partiu.

Silenciosamente.

Ela estava em queda livre. Como naquele barco na Sicília.

Ela esperou que Mark dissesse alguma coisa. Qualquer coisa. Mas ele permaneceu imóvel, olhos perdidos no chão. As mãos dele afrouxaram.

Duas verdades reveladas, mais devastadoras do que qualquer bala: o passado que ela ocultara e o futuro que agora se fechava para sempre. Uma imensidão de perda indescritível. Um buraco negro que se abriu, sugando tudo ao redor.

O coração martelava em seus ouvidos.

Ela precisava se agarrar a algo, se concentrar em qualquer outra coisa. O cheiro estéril do hospital, o tecido áspero do lençol, as maçanetas dos armários embutidos, os interruptores, as tomadas. Precisava encontrar beleza. Um ponto focal. Algo que a ancorasse. Pontos de pó reluzindo na luz do sol como *glitter* furta-cor. Uma teia de aranha complexa e intacta. Padrões desenhados na parede para distrair a mente. Mas era só feiura. Feiura e frio.

Mesmo que tivesse forças para chorar, as costuras na barriga não permitiriam. Era dor demais para absorver de uma só vez. Restava apenas o vazio avassalador, sem encontrar vazão.

O médico partiu, deixando para trás um antes e um depois. Nada mais seria o mesmo.

Ela se recostou na cama e ficou observando o marido. Seus lábios haviam perdido a cor. Parecia prestes a vomitar ou desmaiar. Limpou a boca ressecada com a mão, os olhos arregalados em nada focavam.

Somado ao luto dos filhos que jamais seria capaz de gerar, vinha o receio de perdê-lo de vez. Vê-lo se afastar silenciosamente seria insuportável. O medo do abandono pior que a dor física. Pior até mesmo do que o próprio abandono. Porque o motivo pelo qual Mark nunca se casara com Pauline era claro: ele queria filhos. E essa era a brutal realidade.

Depois de minutos de silêncio infinito, Magdalena murmurou:

— Mark, vá embora. Apenas vá. Não precisa ficar.

Ele não respondeu de imediato.

— Não vou. — A voz carregada de um desespero contido. — Você ainda não entendeu? Não importa o que aconteça, eu vou ficar. Para sempre.

Ela queria acreditar. A maneira terna como ele a olhava só intensificava sua angústia. *Como seria possível?* Quantas vezes ela já ouvira promessas vazias e declarações impulsivas, inclusive dele?

O medo crescia como uma sombra, silencioso, mas implacável.

— Você não sabe o que está prometendo. Queria que parasse...

O cansaço foi tomando conta. Seus olhos se fecharam sem que percebesse.
Agora ele estava aqui. Ainda estava com ela.
E isso foi o suficiente para deixar que o sono a puxasse mais uma vez de volta à escuridão.

40

O SORO PENDURADO NO SUPORTE de metal rangia a cada movimento, um som monótono que marcava o ritmo de suas passadas. Magdalena se agarrava ao pedestal, o único ponto de apoio para um corpo que não obedecia. Cada passo era uma batalha contra a dor que irradiava por todo o corpo.

A mão de Mark repousava em suas costas. O toque gerava nela um misto de gratidão e desconforto. Por mais que temesse que ele a deixasse, às vezes temia ainda mais que ficasse. Principalmente se fosse por pena.

— Ainda estava esperando o momento para te contar sobre uma experiência que tive — Mark disse, quebrando o silêncio tenso. — Com Deus.

Magdalena o encarou, incrédula. Ele queria falar sobre isso agora? Depois de tudo?

— Experiência com Deus? — As palavras escaparam ácidas antes que pudesse contê-las. — Eu quase morri, e foi você que teve uma epifania de vida após a morte?

Mark parou. Abriu a boca, fechou. Parecia escolher as palavras com cuidado.

— Talvez não seja o momento ainda. — Ele hesitou, o peso do que ia dizer estampado em seu rosto. — Só foi... importante. Mudou tudo.

Magdalena soltou uma risada curta pelo nariz.

— Também tenho uma espécie de relação com Deus, sabe? — A intenção era soar leve, mas a frase saiu ríspida. Ela como se ela não conseguisse mais encontrar o pedal de freio das emoções. — Quando você fala assim, parece que é o detentor de uma sabedoria exclusiva, como se tivesse aprendido algo que jamais serei capaz de entender. Isso me deixa desconfortável. Me faz me sentir... pequena.

Mark desviou o olhar, o maxilar retesado. Procurava pela saída, talvez?

Ela sentiu a urgência das lágrimas queimarem por dentro, mas, em vez de ceder, se agarrou ainda mais à ira irracional, como se fosse a única coisa que a mantivesse de pé.

— Eu entendo — ele disse, por fim. — Não era, de forma alguma, minha intenção. Sinto muito que você se sinta assim.

Ela desviou o olhar, envergonhada. Por que só conseguia ser a pior versão de si mesma?

— Eu sei. Só que... — A voz dela saiu mais baixa e derrotada. — Talvez eu também esteja na minha própria busca, entende? Ou talvez esteja esperando ser encontrada. Não sei. Talvez você devesse deixar.

Mark assentiu devagar.

Caminhar ao lado dele deveria ser um alívio. Mas só a fazia sentir mais pesada, afundada em amargura. Os minutos se alongaram em silêncio, os passos ecoando nos corredores quase vazios. Até que percebeu.

A raiva que sentia não era dele. Era dela mesma.

— Será que podemos nos sentar? — pediu num sussurro urgente.

Mark a guiou até um banco próximo. Sentou-se ao lado dela, mas a distância entre eles era mais do que física. Ele se inclinou para a frente e apoiou os antebraços nos joelhos. Os olhos focados no nada. Uma corrente de ar gelada passou.

Ela encarou o rosto do homem que aprendeu a amar, tentando decorar cada detalhe. As palavras estavam presas na garganta, um nó impossível de desfazer.

Mas então tomou fôlego. Como quem se prepara para saltar de um precipício.

— Engravidei uma vez. — A confissão saiu num sussurro áspero. — Antes de você.

Mark não se moveu. Nenhum som, nenhum gesto. Apenas a pausa pesada no ar.

Claro que ele já devia imaginar. O médico havia deixado isso claro dias atrás. Mas ouvir a verdade nua, diretamente dela, com certeza era diferente.

— Eu queria ter te contado eu mesma. — Ela fungou. — Era o tipo de coisa que você deveria ter sabido desde o começo, mas...

As palavras entalaram. O olhar perdido de Mark apenas tornava tudo mais difícil.

— Infelizmente, essa não é a pior parte.

O rosto dele, sempre tão sereno, endureceu. Inquisitivo.

Será que Mark tinha alguma noção da dimensão do que ela estava prestes a confessar?

Uma vez, eles conversaram sobre culpa. Sobre amar e ser amado sem merecer. Mas para ela era fácil "perdoar" os erros de décadas atrás e que levaram, talvez, à morte de uma sogra que ela jamais conheceu. O que ela tinha para contar era diferente. Seria devastador. E não teria como voltar atrás.

— Os médicos acharam que o bebê poderia ter Síndrome de Down. — Cada palavra era uma lâmina atravessando seu abdômen. — Me ofereceram um exame. Se chama biópsia de vilo corial. Mas... havia riscos. Para o bebê.

Ela esperou Mark reagir, qualquer coisa que a ajudasse a segurar o peso que carregava. Mas ele permaneceu em silêncio, os ombros curvados.

— Passei dias pesquisando e lendo sobre a síndrome. — A lembrança ainda tinha um gosto amargo. — O pai nos deixou quando soube da gravidez. Eu estava sozinha.

Cada palavra cavava mais fundo no silêncio entre eles. Ela sabia que o estava perdendo. Sentia isso em cada célula do seu corpo. Sabia que ele não ficaria, não depois de ouvir tudo. Mas, se não agora, *quando*?

— Fiz o teste. — A voz vacilou. — Mesmo sabendo dos riscos... fiz. E aconteceu.

Mark fechou os olhos. As narinas infladas foram os primeiros indícios do quanto ele estava tentando controlar o que quer que estivesse se agitando dentro dele. O músculo no maxilar pulsava. Ela viu o momento exato em que ele soltou o ar, devagar.

— Aconteceu — ela repetiu. — Não sei se foi por causa do teste, mas... provavelmente.

A voz quebrou. O choro preso na garganta ameaçava escapar com uma força que ela sabia que não poderia controlar.

— Penso tanto nele. No bebê. Penso que já teria nascido. E em como seria tê-lo nos braços. — O sussurro mal se sustentava. — Matei meu filho, Mark. Eu o matei.

Mark permaneceu ali, imóvel. O abismo no olhar suficiente para destruí-la.

— Sei que é impossível perdoar algo assim — ela continuou. — Nem eu consigo.

Ela piscou rapidamente, tentando empurrar tudo de volta para a caixinha onde mantinha os sentimentos enterrados. Em vão. Nenhuma piada sarcástica ou comentário ácido seria capaz de resgatá-los agora. As palavras já estavam do lado de fora, sem retorno.

Mark finalmente ergueu os olhos para ela.

— Lena, eu... — Ele hesitou. — Eu me comprometi com você. Em todas as situações.

Ela o encarou, desesperada para encontrar a verdade por trás das palavras. Mas nem ele parecia ter certeza delas.

— Você não entendeu? — A voz dela tremeu, um misto de amargura e desespero. — Você nunca vai poder ter filhos comigo. Nunca.

Mark apertou os olhos. O rubor no rosto, o tremor sutil na mandíbula. Pequenas coisas que ela já sabia interpretar nele. Ele estava lutando com tudo o que tinha para se manter forte.

— Agora, sim, sou uma mercadoria estragada — Magdalena riu com a ironia mais cruel de sua vida. — Ninguém o culparia se ...

Se me deixasse. Mas a frase morreu antes de ser dita.

Ela tentou se levantar, mas as pernas fraquejaram.

Mark a segurou.

Ela desviou o olhar. A vergonha a engolia. Viu um enfermeiro e se agarrou à fuga. Pediu ajuda para voltar para o quarto. Uma equipe a acomodou em uma cadeira de rodas.

Mark se afastou.

Por quê? Estava respeitando seu desejo? Queria distância?

A cadeira rangeu pelo corredor, um lembrete de como ela havia se tornado dependente. Não apenas fisicamente, mas emocionalmente. Precisava dele. Essa era uma realidade intolerável.

Quando a acomodaram na cama, ele finalmente falou:

— Magdalena, eu... — Ele a olhou. Os olhos eram um mar de desolação. — Preciso voltar ao hotel.

Ela assentiu.

Naquele momento, ela soube. Soube que ele jamais voltaria.

Sozinha no quarto escuro, o luto a engoliu. Não só pelo passado, mas pelo futuro que nunca existiria. Pelo casamento que desmoronava. Não tinha como voltar no tempo, como refazer as escolhas, negociar as consequências, implorar para que alguém se compadecesse e mudasse toda a sua realidade, que devolvesse a ela o que tinha perdido para sempre. Era insuportável, intolerável; um luto que a sufocava. Mas, não, ela não podia se dar ao luxo de chorar.

Poderia romper os pontos.

A mãe de Magdalena apareceu. Ela parecia estar bem, apesar da palidez, do braço enfaixado e do olhar entristecido. Por sorte, o tiro nela fora apenas de raspão, mas ainda exigia cuidados. Ela estava preocupada, claro,

Mas Magdalena não teve forças para revelar para a mãe a verdadeira extensão dos próprios danos.

Contudo, o que realmente pesava sobre a mãe não era isso.

Os Radicais haviam hackeado os servidores da Casamento Sob Medida Inc., danificando gravemente o sistema. A empresa ainda não sabia se seria capaz de recuperar o algoritmo.

Magdalena não se afeiçoara o suficiente ao programa para lamentar a possível perda. Já tinha também perdido coisas demais ultimamente para se importar com mais essa. Seria interessante poder fazer mais perguntas sobre o homem que a gerou? Talvez. Porém, ao contrário da mãe, não conseguia enxergar a Assistente como um pai. O Aleksander digital podia dizer o que quisesse, mas, no fim, isso não mudava o fato de que ele nunca soube de sua existência.

Ela nunca teve um pai. Nunca teria.

E, agora, talvez tivesse perdido o único homem que verdadeiramente a amou.

A mãe parecia tão abatida que Magdalena sugeriu que ficasse em casa nos próximos dias. Disse que ela precisava poupar as energias. No fundo, Magdalena não se sentia muito disposta a consolá-la, enquanto carregava o próprio luto.

Depois que a mãe partiu, Magdalena buscou consolo na assistente virtual do celular, a voz artificial sempre pronta para oferecer empatia. Até nisso havia uma certa crueldade. Após uma breve troca de palavras, largou o aparelho de lado.

Melhor nenhum carinho do que aquele que não é voluntário.

Fechou os olhos. Talvez encontrasse no sono o alívio que não vinha.

Acordou, no silêncio da madrugada.

E Mark estava ali.

Sentado ao seu lado, parecia exausto. A luz fraca desenhava sombras fundas sob seus olhos e havia algo de assombroso em sua presença, como se ele fosse uma miragem prestes a se dissipar. Magdalena piscou rapidamente, tentando processar o retorno. Ainda não tinha certeza de se ele era real ou apenas mais um sonho fugaz.

— Água? — ela murmurou, a voz fraca.

Mark assentiu sonolento. Levantou-se de imediato, voltou com um copo e ajudou-a a beber.

O contato do vidro frio em seus lábios secos foi um choque, uma interrupção física para o turbilhão de emoções que ainda se agitava em seu peito.

E, então, sem aviso, as lágrimas vieram.

Uma enxurrada incontrolável, carregada de tudo que ela havia segurado por tanto tempo.

A dor do que perdeu, do que jamais teria, do que talvez já tivesse destruído.

Pressionou o travesseiro contra as feridas, lutando para manter intactos os pontos enquanto ela inteira se despedaçava,

Soluçou como nunca antes. Sem esforço para esconder, sem força para conter. O som de uma alma se partindo.

— Me desculpa — ela sussurrou. — Por ser tão difícil. Por não ser capaz nem de pegar um bendito copo de água. Por não ser a mulher que você encomendou...

Mark não respondeu. Apenas estendeu a mão e tocou em seus cabelos. Os dedos se moviam devagar, quase solene, como se quisesse memorizar cada fio. Não havia promessas naquela carícia, nem respostas fáceis. Só presença. Ele não tentou consertá-la, não despejou palavras de consolo ou frases vazias. Apenas ficou ali. E a deixou chorar, sem pressa, deixando que a dor escoasse de forma crua e inevitável.

E, por um instante, isso foi suficiente.

Os soluços começaram a se dissipar, mas o vazio permaneceu. Os últimos resquícios de lágrimas se foram e o cansaço a envolveu como um cobertor pesado.

Ela fechou os olhos, não por desejo de descanso, mas por não ter mais energia para manter-se acordada.

Mark continuou ali.

Sua mão ainda em seus cabelos, embora o gesto se tornasse mais leve, hesitante. Então, afastou-se.

Ele não disse que a amava. Não prometeu que ficaria. Mas também não foi embora. Por enquanto, ele estava ali. Por enquanto.

E talvez, só talvez, isso fosse o suficiente. Por agora.

41

NA MANHÃ SEGUINTE, Magdalena foi despertada por algo fora do padrão: o médico que entrou no quarto não usava o branco habitual. Seu uniforme era lilás, uma cor que parecia deslocada naquele lugar. Ele apareceu antes do horário regular e mal olhou para ela antes de anunciar:

— Você vai ser transferida.

Largou a informação e saiu. Sem explicação, sem espaço para perguntas.

Magdalena mal teve tempo de processar a notícia antes que outro funcionário entrasse e, sem uma palavra, começasse a recolher suas coisas. Pantufas, uma trouxa de roupas, a pasta com os dados médicos. Largou tudo sobre a cama, encaixou o soro no pedestal anexado ao leito e, sem aviso, empurrou-a para fora do quarto.

As luzes no teto passaram em *flashes* rápidos, uma sequência de clarões acelerados que a faziam se sentir ainda mais presa à sensação de falta de controle. O linóleo emitia um som abafado sob as rodas do leito. O elevador deu um tranco, fechando as portas. Eles a conduziram por mais um túnel interminável, outro elevador, outra transição sem explicações.

O novo andar era diferente. Tons suaves de lilás e rosa antigo, flores em vasos, um ar menos asséptico. Eram mais reconfortantes do que o ocre do andar anterior, mas, ainda assim, um hospital.

— Você precisa trocar de cama. — O funcionário não escondia o cansaço. — Tenho que devolver essa.

Magdalena se deixou ser carregada para a outra cama, como se o próprio corpo fosse um peso morto. O novo quarto era maior, janelas amplas, mas a vista dava apenas para outra ala do hospital. Corredores, janelas, dor contida entre paredes brancas. Quantos outros quartos como aquele existiam? Quantas histórias de sofrimento estavam encaixotadas ali dentro?

Logo, uma enfermeira de voz aguda e animada irrompeu no ambiente:
— Bem-vinda! Está com fome? Posso trazer um pão? Come presunto?

A ideia de qualquer alimento sólido revirou o estômago de Magdalena. Ela balançou a cabeça, recusando.

O quarto era compartilhado. Do outro lado, uma mulher ocupava a cama, mas não fez qualquer esforço de interação. Emitia gemidos e choros abafados. Magdalena só percebeu a gravidade da situação quando o médico entrou para a visita. Sem querer, viu os curativos, o corte visível em um dos seios da mulher. A visão era crua, sem drama ou choque. Apenas um fato.

Magdalena fechou os olhos, tentando se desconectar. O hospital era uma galeria de dor, cada quarto uma exposição de tragédias sem moldura.

Mark não chegava.

Ele sabia que ela tinha sido transferida? Será que ainda estava tentando encontrá-la? A cada segundo que ele não entrava pela porta, o medo de ser esquecida ia ganhando forma. E se ele não soubesse? Ou pior, e se tivesse decidido que já era demais? Que não valia mais a pena?

A ideia plantou uma semente, e ela crescia rápido, ocupando todo o espaço.

O celular estava na mala, ali perto, mas fora de alcance, provavelmente sem bateria. A tomada ficava longe. Um detalhe que reforçava o quanto ela estava vulnerável e dependente. Poderia chamar uma enfermeira, mas o orgulho — ou talvez o desespero disfarçado — a manteve ali, paralisada.

E se Mark não viesse mais?

Pela primeira vez, Magdalena se deu conta de que não havia mais a ameaça da empresa os mantendo juntos. E, pela primeira vez também, não sabia se isso era algo bom.

Ela tentou ajeitar o travesseiro, mas o movimento causou uma pontada aguda no abdômen. O corpo ainda reagia a cada gesto como se fosse uma afronta. A dor multiplicava a incerteza, cada pequena sensação se somando à inquietação crescente. O teto piscava com luzes irregulares. Uma metáfora imperfeita demais para sua condição, mas, ainda assim, inevitável.

A cada minuto que Mark não aparecia, a sensação de abandono crescia.

Talvez ele estivesse perdido pelos corredores, ou talvez... estivesse cansado. De tudo. De lidar com uma mulher que não conseguia mais nem levantar da cama sozinha. Se ele não viesse, não seria surpresa nenhuma.

Magdalena tentou reunir forças para se recompor.

Quando a porta finalmente se abriu, ela tentou se erguer um pouco da cama, com a esperança de ver Mark.

Não era ele.

— Becca? — ela murmurou, surpresa e dolorida.

— Você tá horrível — a cunhada disparou, sem qualquer cerimônia.

Magdalena piscou, chocada pela honestidade brutal.

— É... eu sei. — Ela não conseguiu segurar o sorriso cansado. — E você também está aqui? Em Dresden.

— Mark precisava de carona. Aparentemente alguém roubou o carro dele. — Becca lançou um olhar significativo. — Ele até tentou vir de trem, mas, quando perdeu a terceira conexão por conta de atrasos, tive que intervir.

— Obrigada — Magdalena se sentiu na obrigação de agradecer pelo marido.

Becca a olhou de cima a baixo.

— Quer que eu traga algo? Uma escova de cabelo? Hidratante? Lenços umedecidos? Sei que o Mark se importa, mas ele não é do tipo que nota essas coisas.

— É... — Magdalena disse, sem energia para mais.

O constrangimento pulsou em cada segundo do silêncio que se seguiu.

Havia algo na presença delicada de Becca que fazia Magdalena se sentir sem jeito.

Ela reparou no cabelo ruivo da cunhada, no rosto branco, as sardas destacadas na luz do hospital. O aparelho auditivo cor-de-rosa, escondido sob o cabelo, refletindo de leve. Becca era uma versão mais frágil de Mark — os olhos azuis tinham o mesmo tom, mas os dela eram ligeiramente amendoados, o formato mais gentil, quase infantil. Mark era esguio e alto, Becca era mais baixa, com formas arredondadas, mãos macias e dedos curtos.

E, então, a pergunta que rodopiava na mente de Magdalena desde que a cunhada entrara no quarto veio à tona: ela sabia? Sabia o que ela tinha feito, que tinha rejeitado um bebê que, em algum aspecto, poderia ter sido como ela?

— Pegaram o atirador, aliás.

Foi só quando o ar escapou dos pulmões em um suspiro longo que Magdalena percebeu a tensão que estava carregando. O medo de que ele ainda estivesse solto, à espreita, era uma sombra que a acompanhava de longe.

— Ninguém entendia como ele escapava tantas vezes — Becca andou ao redor, parecendo mais preocupada em conhecer o quarto do que no assunto. — Só podia ter gente muito poderosa por trás. Até policiais e políticos. Mas desta vez... — Ela assobiou. — Desta vez, mexeram com quem não deviam.

— Comigo? — Magdalena murmurou, incrédula.

Becca quase riu, mas o estado deplorável de Magdalena deve ter refreado o impulso.

— Não. Dār. Com uma megacorporação. A Assistente deles era tão avançada. Ela conseguiu identificar o cara, seu paradeiro e desmantelou toda a célula radical no processo. — Becca abriu a porta do banheiro, entrou e saiu, sem motivo.

Magdalena conectou os pontos. Aleksander. Ele tinha feito isso. Mas... como? Ele tinha sido danificado antes ou depois disso?

— O pior é que, segundo a reportagem, os próprios Radicais usavam Assistentes e tecnologia, mas sempre com a desculpa de que era para destruí-la. A hipocrisia humana não tem limites.

As duas se encararam, aparentemente sem saber o que acrescentar.

— No jornal, mencionaram também que a tal empresa fazia casamentos. — Becca disse com uma curiosidade evidente. — Entre estranhos.

Magdalena engoliu em seco. Se Becca juntasse os pontos só tornaria tudo mais difícil, mais uma coisa pela qual Mark jamais a perdoaria.

— Foi assim que você conheceu meu irmão? — ela perguntou, os olhos fixos em Magdalena.

O estômago de Magdalena deu uma volta.

Ela não queria que isso chegasse até Mark, mas Becca parecia já saber, apenas aguardava a admissão. Os olhos límpidos, impossíveis de enganar.

Magdalena indicou que sim com a cabeça.

Becca deu de ombros, indiferente.

— Deus já uniu pessoas de formas muito mais esquisitas.

— Deus?

— Na verdade, vim aqui por outro motivo. — A cunhada mudou de assunto.

O tom agora estava sério, e isso fez o espírito de Magdalena afundar.

Era hora do confronto? Ela sabia de tudo?

— Eu queria orar por você.

Magdalena a fitou, atônita. Orar? Não era isso que esperava.

Não sabia o que responder, e a única coisa que saiu foi um "obrigada", frágil e sem convicção.

Becca não pareceu se importar.

Fechou os olhos e orou com simplicidade, pedindo por cura e forças e para que Magdalena encontrasse o que estava buscando. Quando terminou, foi embora com a promessa de voltar com os produtos de higiene, deixando um vazio estranho no quarto.

Horas depois, Mark chegou, trazendo consigo as coisas que Becca prometera e mais um *kit* completo de cosméticos.

— Minha irmã se preocupa — ele murmurou, como se fosse necessário explicar.

Ele se ofereceu para pentear o cabelo da esposa. Sem jeito, Magdalena aceitou.

Enquanto ele passava a escova suavemente pelos fios, uma ternura inesperada a envolveu. A intimidade do ato era esmagadora. Sentir-se vulnerável debaixo das mãos do marido era ao mesmo tempo aterrador e reconfortante. Mais avassalador do que qualquer declaração de amor.

— Obrigada — ela disse, a voz embargada com emoção.

Era como se ele tivesse acabado de enfrentar um dragão por ela, e não apenas penteado seu cabelo.

Mark, pego de surpresa pela intensidade da gratidão, respondeu suavemente:

— Imagina... não foi nada.

Ela segurou a mão dele, interrompendo o movimento da escova.

— Você está realmente falando sério, não está? Sobre ficar?

Os ombros de Mark caíram como se ele tivesse esperado por esse momento.

— As coisas mudaram, Lena. Não é nem mais porque alguém ameaçou de arrancar meu braço... — Ele deu uma risada curta. — Mas porque arrancar você da minha vida seria ainda mais doloroso. Você é parte de mim agora.

Ela assentiu, tentando acreditar.

— Talvez você vá ter que repetir isso algumas vezes para mim — ela admitiu, com um sorriso triste.

Mark sorriu também, ainda que com um traço de mágoa.

— Só me avise quando começar a acreditar.

42

MARK A FLAGROU encarando o espelho do banheiro. Ela tinha acabado de passar a mão sobre a superfície embaçada do vidro, vapor do banho ainda no ar, para revelar um fragmento da própria imagem. A pele pálida e as olheiras ressaltavam o cansaço que ia além do físico.

— Quando eu era adolescente, minha mãe achava que eu passava tempo demais em frente ao espelho, tirando *selfies*. — Ela tentou esboçar algo parecido com um sorriso para o marido. — Como se fosse só vaidade, mera preocupação com a minha aparência. Na verdade, eu estava tentando descobrir quem eu era. Eu era tão rápida em definir os outros. Achei que, se me olhasse o suficiente, a resposta viria.

As mãos quentes de Mark envolveram os ombros dela com cuidado.

— Todo mundo fala que a aparência muda com o tempo — ela continuou —, mas o que se faz quando, de um dia para o outro, você olha no espelho e não se reconhece mais?

Mark repousou o queixo sobre os cabelos molhados. Seus olhos se encontraram no reflexo, e, por um momento, ele hesitou. Parecia que buscava as palavras certas. Ela sabia que ele não era de grandes discursos, e não esperava que fosse diferente agora.

— Você se apresenta para essa nova versão e tenta ser gentil com ela. — A voz estava carregada de uma calma que contrastava com a turbulência dentro dela. — Às vezes, é necessário.

Magdalena estreitou os olhos, alternando o olhar entre o próprio reflexo e o dele, enquanto um canto de seus lábios se erguia.

— Credo, Mark. Eu não estava esperando sensatez. Desde quando você é um livro de autoajuda?

Ele riu, o som ecoando nas paredes de azulejos brancos. Ele beijou os cabelos com ternura e deixou os lábios repousarem por um instante no topo de sua cabeça. Ela se sentiu derreter sob a carícia. Poderia permanecer ali o dia inteiro.

— Eu trouxe um presente. — Ele mudou de assunto com uma repentina leveza.

Magdalena se virou rapidamente. O corpo ainda estava dolorido, mas a curiosidade a venceu.

— Ah, é? É de comer?

— Pensei em flores, porque você ama coisas bonitas. — Mark sorriu, a luz suave do banheiro destacando as linhas suaves de seu rosto. — Mas então concluí: "Minha mulher é do tipo que prefere coisas vivas na natureza, não presas moribundas a um vaso."

— Totalmente errado. — Ela não pôde evitar rir. — Sou a louca dos vasos. Mas vai, continua.

Ele deu de ombros, um pouco envergonhado, e tirou uma sacola da bancada.

— Já que flores não eram a melhor opção, pensei em algo mais útil. Não consegui trazer tinta ou um cavalete, mas achei que isso ajudaria — disse, retirando um bloco de papel para aquarela e um estojo de lápis aquareláveis. — Pensei que você talvez quisesse... você sabe, pintar...

Magdalena pegou o estojo com cuidado. O papel, o peso dos lápis, o cheiro da madeira — tudo a ancorava de volta em um lugar familiar, de conforto e possibilidades. Ela segurou o presente como se tivesse mais valor do que qualquer um pudesse imaginar.

— Obrigada — sussurrou. — Não substitui você, mas... ajuda. Seu chefe foi legal de te deixar aqui tanto tempo. — Ela mordeu o lábio, tentando esconder o descontentamento por ele precisar voltar ao trabalho.

Mark tentou sorrir, um gesto que não alcançou os olhos.

— Só mais alguns dias, certo? — Ele olhou para ela como quem busca confirmação. — Você sai na quarta da semana que vem. Eu venho te buscar.

Ela desviou o olhar, hesitante, buscando palavras no silêncio.

— Eu posso pegar um trem. Não faz sentido você dirigir tudo isso só para me buscar.

Mark deslizou uma mecha de cabelo solto do rosto dela, os dedos roçando sua pele, com aquele olhar familiar — um traço de compreensão aliado a uma decisão já tomada.

— Nem sonhando — ele disse num tom que não deixava espaço para discussões.

— Tudo bem. — Ela cedeu com um suspiro. — Talvez seja difícil carregar a mala.

— Você está se recuperando. Tem que ir devagar, ter paciência.

Ela fechou os olhos por um momento, exausta de ouvir sobre paciência. Sentia como se estivesse sendo paciente há uma eternidade.

— O presente que eu realmente queria, você não trouxe — ela disse, de repente.

Mark franziu as sobrancelhas, confuso. A seriedade em seu rosto quase arrancou uma risada de Magdalena.

— Aquela camiseta que diz "sobrevivi a um tiroteio, e tudo o que ganhei de brinde foi uma bolsa de colostomia".

Mark revirou os olhos.

— Lena...

— O quê? — Ela riu. — É engraçado, vai.

Ele balançou a cabeça, os olhos reluzindo com humor.

Duas batidas na porta.

— Correio — uma voz feminina cantarolou.

Era Maria, a única funcionária com quem Magdalena tinha contato frequente além das enfermeiras. A senhora entrou mancando, um buquê de rosas nas mãos.

— Parece que você tem um admirador secreto. — disse, entregando-o à Magdalena. Olhou para Mark. — Mais um. — E deu uma piscadela.

O marido esticou o pescoço, bisbilhotando o bilhete pendurado no alto do arranjo, enquanto Maria saía com um sorriso divertido.

— Ah, Stephan — ele anunciou, com uma estranha neutralidade.

— Ciúmes? Nenhum? Nada? — Magdalena provocou, inalando o aroma suave. — Então, tá.

— Um pouco. — Mark riu. — Deixa quieto.

Magdalena riu também, mas a curiosidade surgiu.

— Que esquisito, como ele soube em que hospital estou internada? Até onde sei nenhum jornal noticiou.

— Eu falei para ele.

— Como assim? — Ela baixou as flores e cruzou os braços. — Vocês são grandes amigos agora?

— Não, longe disso. Só o estou ajudando um pouco. Descobrimos que ainda temos algumas coisas em comum.

— Tipo o quê?

— A mesma ex.

Magdalena precisou se sentar.

— Pauline e Stephan terminaram? Por quê?

— As coisas já não estavam dando muito certo, mas aí ela inventou umas maluquices. Disse até que estava grávida.

— Meu Deus, era mentira? Como ele descobriu?

— Ele disse que começou a desconfiar quando ela falou que... — Mark hesitou.

— O quê?

— Que eu estava dando em cima dela.

Magdalena sentiu os olhos estreitarem.

Ela tentou se lembrar de que aquilo era absurdo, mesmo assim a pontada de ciúmes surgiu. Ela se perguntou também até que ponto a sensação de uma faca atravessada no peito poderia ser chamada de "pontada".

— Hm. Interessante — foi tudo o que respondeu.

— Lena... — Mark comprimiu os lábios. Parecia que estava contendo o riso. — Era invenção. Tão real quanto ornitorrincos lutando *kung fu*. Até o Stephan achou tão impossível que começou a desconfiar de todo o resto.

— Não parece *tão* impossível assim. Ela é tão bonita e vocês tiveram todo esse passado...

— Ela é — Mark admitiu, sincero demais. — Se trata mais do fato de que eu não... eu não sei dar em cima de ninguém. — Ele gargalhou.

— "É porque eu te amo, Lena" — sugeriu, tentando manter um tom controlado. — "Eu jamais teria olhos para outra, Lena. Eu jamais cogitaria voltar para ela, Lena." Tantas opções melhores de resposta, meu querido.

— Eu... — Mark coçou a nuca, envergonhado. — Já falei que talvez eu não saiba ser um bom marido?

— Não diga.

— Sério. Agora que você falou, a resposta certa está tão, mas tão óbvia, que me sinto um idiota.

O remorso no rosto de Mark era tão evidente que Magdalena cedeu.

— Não se preocupe — ela ecoou o que dissera logo no início do casamento, com um leve toque de ironia. — Estou à disposição para ajudá-lo em tudo o que precisar.

— Também é porque eu te amo, Lena. — Ele segurou a mão da esposa e a puxou para perto com uma expressão de quem está saboreando cada palavra pronunciada. — Eu te amo.

Magdalena colocou as mãos nos ombros do marido e o encarou.

Ele sempre teve olhos bondosos. Inocentes. Foi uma das coisas que a encantaram logo de início. Mas agora havia algo a mais — um brilho que fazia com que ela quisesse para sempre ser o foco daquele olhar.

Talvez fosse o fato de que ele sempre acendia ainda mais quando pousava sobre ela.

— Claro que esse não foi o *principal* motivo, já que o Stephan nem estava sabendo muita coisa sobre nós dois, mas claro que... — Mark continuou.

— Mark Schmidt — Magdalena interveio, rindo. — Você também precisa aprender a hora de parar.

— Agora você entende por que eu estava solteiro?

Ela riu, mesmo enquanto lembrava que o motivo de ele estar solteiro era a aparente obsessão pela ex cuja beleza ele acabara de elogiar.

— Espera, ela inventou que estava grávida? — A dimensão do que Pauline fizera enfim a atingiu. — Isso é tão... cruel.

Mark assentiu devagar, o rosto mais sério. No silêncio que se seguiu, Magdalena percebeu que talvez ele nem estivesse tão surpreso. Pauline já havia sido cruel com ele antes. Só mudara o método.

— Só não consigo imaginar alguém fazendo algo assim... — ela tentou explicar. — Sei lá, a pessoa teria que ser má, má, má. Má até os ossos.

— Pessoas desesperadas às vezes fazem coisas desesperadas, Magdalena.

Ela engoliu em seco.

A resposta doeu.

E nem era tanto por ele tê-la chamado pelo nome completo, mas porque... droga, era verdade. E ela deveria saber disso melhor do que ninguém. De desespero, ela entendia. Mesmo que o desespero não devesse justificar nada. Deveria haver algum tipo de bússola moral que dissesse: aqui não se deve pisar. Nunca. Jamais. É fora dos limites do aceitável.

Pensou na discussão que tiveram na Sicília. Quando ela dissera que Mark não podia opinar a partir de uma posição de privilégio. No fundo, era sobre isso que ela estava argumentando. *Você não entende o meu desespero, não entende o desespero de quem tem que tomar essa decisão.*

E, de certa forma, ela tinha razão.

O desespero era real e profundo. O dela. O de Pauline, com suas manipulações e mentiras. O de Jonas, com as drogas e a violência. Todos achavam que, no caso muito específico deles, tudo lhes era lícito. Estavam só "seguindo o coração", "correndo atrás do amor", "em busca da felicidade". Qualquer coisa é válida quando o centro da vida são as próprias necessidades e a bússola moral gira em torno do próprio umbigo.

Mas o universo era grande demais para ela ser o centro.

Que lição amarga. Preferia não a ter aprendido em primeira mão.

Mark tocou em seu queixo e, só então, ela percebeu que estava chorando.

Balançou a cabeça, indicando que não, não queria falar a respeito.

Ele aceitou o silêncio e permaneceram ali, sentados lado a lado na cama, o buquê esquecido ao lado.

Quando o horário de visitas terminou, Mark se preparou para partir. Uma semana inteira. Sobreviveriam. Bem, Mark sobreviveria.

— Quarta que vem, então? — ele perguntou.

— Quarta que vem — ela disse, com ênfase. — Não se atrase.

— Prometo.

Ela o observou sair, o som leve de seus passos ecoando cada vez mais baixo pelo corredor do hospital.

As promessas, como tantas outras, se empilhavam, formando uma montanha silenciosa que pesava mais a cada novo compromisso. E Magdalena continuava se perguntando quando ela iria desmoronar.

Durante toda a semana, a mãe de Magdalena ficou com ela no hospital. Ambas estavam dolorosamente conscientes da contagem regressiva até o momento em que precisariam se despedir.

Em uma manhã, enquanto ajustava os lençóis da filha, sua mãe mencionou, quase casualmente, que encontrara Mark no hospital, num dia em que Magdalena ainda estava inconsciente.

— Esse aí jamais estaria na capa de um romance — provocou, um meio-sorriso nos lábios. — Mas talvez isso não seja uma coisa ruim.

Beijou seu rosto várias vezes antes de prometer visitá-la. Ainda parecia triste — talvez pela perda de Aleksander, talvez porque enxergava na filha todas as feridas que o tempo ainda não havia fechado.

Na quarta-feira, Mark chegou para buscá-la. Em um Fusca.

Seu novo carro.

Assim que Magdalena se acomodou no banco do passageiro, o cheiro de estofado novo a envolveu. Mark fechou a porta do bagageiro, onde colocou sua mala, e entrou no veículo.

O motor ligou com um ronronar baixo, embalando-a de volta para casa.

— Herbie, qual é a previsão de tempo para hoje? — Mark perguntou, enquanto ajustava o retrovisor.

— *Fom, fom*. Tempo agradável, mestre Schmidt — o carro respondeu, com um tom artificial de entusiasmo.

Magdalena sorriu, quase sem querer.

A viagem foi longa. Ela dormiu a maior parte do tempo e só despertou quando o carro desacelerou ao entrar na cidade.

Pela janela, as ruas familiares deslizaram em câmera lenta. Era uma estranha mistura de conforto e estranheza: tudo estava igual, mas nada era o mesmo.

Ela estava feliz por voltar. O peso da recuperação física ficava um pouco mais leve a cada dia. No entanto, as dores invisíveis e profundas — as que não se curam com descanso — ainda estavam ali.

Mark estacionou o carro em frente à padaria e correu para abrir a porta para ela. Segurou sua mão, ajudando-a a sair. Magdalena ainda andava devagar, os passos incertos, denunciando o que o corpo não conseguia esquecer. Mancava levemente, um lembrete silencioso de suas limitações.

— O que aconteceu aqui? — Sua voz embargou com surpresa.

A casa estava irreconhecível.

Sem manchas de mofo, o gazebo restaurado, a madeira clara contrastando com o verde vibrante do gramado recém-plantado. Grama de verdade. Nenhum material de construção espalhado pelo quintal. Tudo limpo, organizado. Novo.

O cheiro de tinta fresca se misturou ao ar frio do entardecer.

A casa, enfim, se tornou o que sempre deveria ter sido.

— O conselho de moradores deve ter ficado contente — ela murmurou, um meio-sorriso brotando.

— Sim, de fato, ficou... — Mark a puxou para perto, um abraço de lado, quente e firme, confortando seus tremores invisíveis. — Como todos sabem, sou enlouquecidamente apaixonado pelo conselho. Queria que o conselho ficasse feliz de voltar para casa. Que ele nunca mais quisesse ir embora.

Ela soltou um riso curto, embora a gratidão viesse misturada com culpa.

Como poderia expressar tudo que sentia?

Cada detalhe era um gesto de amor. Mas também um lembrete cruel de sua dívida emocional. A cada cuidado dele, o peso da própria impotência parecia aumentar.

A fachada estava diferente, mas a maior mudança era o próprio Mark.

Ali, diante dela, estava um homem determinado, com o tipo de devoção inabalável que muitas mulheres apenas sonhavam em encontrar. E ela também sonhara, um dia. Mas ninguém lhe avisou sobre o fardo de ser amada *apesar* de todas as suas falhas. De ser aceita quando você não se sente digna.

Isso a esmagava.

Não queria ser um peso. Mas, por enquanto, não havia outro caminho.

— Como você conseguiu? — perguntou, enquanto ele lutava com a chave na fechadura antiquada. — Quando você disse que gastou todas as suas reservas, achei que não teríamos dinheiro para nada nem perto disso.

— Stephan. — A porta finalmente se abriu. — Ele insistiu, disse que fez uma mentoria on-line de reforma.

Ao cruzar a entrada, Magdalena foi novamente tomada pela estranha mistura de familiaridade e choque.

A transformação ali dentro era ainda mais radical. Era tão drástica que era difícil decidir ao que reagir primeiro.

— O carpete... — ela sussurrou, dando os primeiros passos para dentro.

Sentiu o olhar de Mark sobre ela, tenso com expectativa.

Seus passos ecoaram no assoalho de madeira exposto. O ambiente, antes frio e pesado, agora reluzia com tons de aconchego. Até o cheiro da casa estava mais leve.

Logo em seguida, ela dedicou a atenção às paredes, agora inundadas de cor. Tanta cor!

Eram... seus quadros. Os mesmos que costumavam ficar empilhados pelos cantos. Agora estavam emoldurados, em destaque, como se pertencessem a uma galeria prestigiada.

Magdalena olhou para Mark, que mal podia conter o orgulho, e se aproximou lentamente de uma das telas. Era uma das suas favoritas. Acrílico sobre tela. Ela a apelidou de "Flores Raivosas", convencida de que as margaridas abstratas pareciam bravas. Riu com a lembrança. Talvez as tenha enxergado assim porque na época em que foram pintadas Mark a estivesse ignorando de propósito.

Ela roçou a ponta dos dedos na moldura de madeira talhada. O toque era reconfortante. Ver algo tão pessoal tratado com tanto carinho era desconcertante de um jeito maravilhoso.

Continuou fazendo o *tour* pela casa, lentamente, se atentando a cada quadro, cada detalhe renovado e restaurado para recebê-la.

Mas foi um, bem no centro da sala, que realmente a fez parar.

Ela não o reconheceu. Era gigantesco, salpicado de cores vívidas contrastantes. Por um momento, ela demorou para entender do que se tratava.

— De quem é? — perguntou.

Mark deu de ombros, com o mesmo sorriso de antes.

Ela deu mais um passo à frente, os olhos semicerrados, até que a compreensão chegou, suave como uma brisa.

— É o...? — sussurrou, incrédula.

Mark assentiu devagar, os olhos carregados de uma expectativa silenciosa. Ela aproximou os dedos, tocando o vidro frio.

— Mas era... impossível.

O quebra-cabeça da infância de Mark, da Sicília, estava finalmente completo. As peças assimétricas e defeituosas unidas por delicados fios de ouro.

— É como o *Kintsugi* — ela murmurou, sem conseguir desviar os olhos da obra de arte. — A arte japonesa de reparar com ouro. Você fez isso? Como?

Ela permaneceu imóvel, sentindo algo profundo se agitar dentro dela.

— Becca me ajudou — Mark disse, com um toque nervoso, mas orgulhoso na voz. — Vi alguns vídeos também. Mas, segundo ela, é a arte de transformar cicatrizes em beleza.

Magdalena estudou a composição perfeita de pedaços que não foram feitos para se encaixar, mas que agora se conectavam com tanta beleza.

— Isso é... incrível. — Sua voz embargou. — Realmente incrível.

Ela se virou para o marido, os olhos embaçando com lágrimas.

— Sabe, Lena... — Ele se aproximou, e o calor do corpo dele preencheu o espaço entre eles. — Minha mãe sempre viu as coisas de um jeito que demorei a entender. Ela sabia que não era a protagonista. E hoje eu vejo que nenhum de nós é. Somos apenas peças, parte de algo maior. E não é porque algumas peças não se encaixam perfeitamente que elas não podem construir algo bonito juntas.

Magdalena fungou, tentando conter o choro que já apertava a garganta.

— Então o segredo da felicidade é aceitar que somos todos peças quebradas? — O velho sarcasmo apareceu para mascarar as emoções. — Que inspirador.

Mark riu.

— Não é bem assim. As peças não precisam ser perfeitas nem precisam se encaixar sozinhas. Elas só precisam se render às mãos do Artista. O que corre entre elas é o que realmente importa, é aquilo que as une. É isso que as transforma... que nos transforma. O nome disso é *graça*.

— Quer dizer... — Ela sorriu entre as lágrimas. — Tem um pedaço do Snoopy com uma pintura de Monet, lado a lado. O que poderia dar errado?

Mark riu mais uma vez.

— Deus já fez funcionar com peças ainda mais dissonantes.

Ele se inclinou sobre ela, o calor do corpo dele irradiando por sua pele. As mãos gentis seguraram o rosto de Magdalena e ele a puxou para mais perto. Magdalena se colocou na ponta dos pés para beijá-lo, mas algo chamou sua atenção no último segundo.

— Cadê o seu relógio? — perguntou, afastando-se para olhar para o pulso. — No hospital, você estava sem ele, mas achei que fosse por causa das restrições.

Mark arqueou as sobrancelhas, um sorriso surgindo no canto dos lábios.

— Vendi no eBay — ele falou, simplesmente. — Pensei em jogar fora, mas todo esse ouro foi caro. Precisava do dinheiro.

Magdalena não conseguiu rir. Ela sempre imaginou que o objeto tivesse um significado especial, mas foi Becca quem contou a verdadeira história. Agora que Mark finalmente se livrou dele, Magdalena percebeu: era o último detalhe que faltava.

— Você sabe o que isso significa? — perguntou.

— Significa que o passado às vezes precisa ficar no passado — ele disse, ainda sorrindo, mas com um toque de sinceridade no olhar. — E ainda saí no lucro, olha só.

Ela soltou uma risada genuína.

— Mark... — começou, a voz falhando. — Obrigada. De verdade. Eu não posso prometer que tudo vá ficar mais fácil a partir de agora, mas prometo não trabalhar ativamente para tornar as coisas mais difíceis.

— Esses são seus votos? — ele disse, a voz carregada de um riso contido. — Acho que você está pulando algumas etapas... porque eu ainda tinha uma última surpresa.

Ele enfiou a mão no bolso, os movimentos lentos, como se quisesse prolongar a expectativa. Cada pequena linha no canto dos olhos de Mark parecia dançar com felicidade.

O farfalhar do tecido preencheu o silêncio. Então, ele estendeu a mão. Uma caixinha de veludo azul-escuro.

Dentro, as alianças que nunca haviam trocado. Simples, mas com um brilho que refletia o mesmo material que unia as peças do quadro.

Magdalena olhou novamente para o quebra-cabeça, o dourado reluzindo suavemente na luz do entardecer. A conexão entre as peças refletia mais do que apenas uma restauração física — não eram apenas as peças que foram remendadas.

Ela também, de alguma forma, começava a se refazer.

43

SEIS MESES DEPOIS DO ENCONTRO NA ESTAÇÃO

POUCAS SEMANAS APÓS O RETORNO, o quintal parecia pertencer a outro mundo.

As cores do outono haviam se espalhado como uma aquarela vibrante, cada folha nas árvores pintada à mão, brilhando sob a luz dourada do sol que se despedia. Redemoinhos de folhas secas giravam no ar como pequenas espirais de fogo, enquanto a brisa fresca da tarde acariciava os rostos dos amigos e familiares presentes.

Recostada na cadeira de madeira esculpida, Magdalena tentou encontrar uma posição que aliviasse a dor constante. Cada movimento lembrava-a das cicatrizes invisíveis, marcas permanentes de tudo o que havia passado. O cenário ao redor era de uma beleza cinematográfica, mas o desconforto fazia parte dela agora, como um lembrete silencioso de que seu corpo, assim como sua vida, ainda estava em processo de adaptação. Talvez, com o tempo, ela se acostumasse. Talvez.

Do outro lado do quintal, Mark ajustava a gravata de seu pai. Os dois estavam impecavelmente vestidos, com ternos cinza que combinavam, embora o corte de cada um refletisse suas silhuetas tão distintas. O pai de Mark, mais compacto e rechonchudo, contrastava com a figura esguia e elegante de Mark, que exibia uma confiança que parecia crescer a cada dia. Havia uma leveza nele agora, uma despreocupação que destoava do peso que ela ainda carregava.

Magdalena sorriu. Lembrou de como Mark temera que seu pai dissesse algo ofensivo quando se conheceram. Engraçado. Felizmente isso não aconteceu. O senhor foi um cavalheiro, galante e gentil. A parte engraçada é que, se tivesse acontecido, não teria problema também. Talvez

Mark ficasse horrorizado se soubesse o quão hilários ela teria achado tais comentários.

Seus olhos voltaram ao marido. Ele era agora uma âncora, o lembrete de que tinha motivos para continuar. E, apesar de não entender o motivo de ele continuar a vê-la com tanta ternura, estava grata. A ironia da vida era inegável: no começo, ela o via como um ingrato que não sabia valorizá-la. Agora, era ela que não sabia ao certo se merecia tanto.

A frase que ouvira no hospital retornou à sua mente. "Ela é muito sortuda. Não era nem para ela estar aqui."

Sim. Quanta verdade nisso.

O pastor aproximou-se, elogiando a linda renovação de votos. Mark, o perfeito anfitrião, agradeceu em nome dos dois. Magdalena sorriu e assentiu de leve. Uma nova pontada de dor a fez ajustar a postura.

O cenário começou a se transformar: os convidados se dispersaram, cadeiras foram empilhadas, o formal dando lugar à desordem divertida de uma festa que estava prestes a começar.

Magdalena se levantou, e Mark já estava lá, pronto para segurar sua mão. Quando ficou de pé, ele a envolveu num abraço por trás, inclinando-se para sussurrar em seu ouvido:

— Sabia que você está deliciosa com esse vestido?

Magdalena soltou uma risada curta, quase um ronco pelo nariz.

— Mark, Mark. Não te dei essas liberdades.

— Melhor do que isso só sem o vestido.

O sorriso dele era audível. Magdalena revirou os olhos, ainda rindo.

— Porque nada diz "gostosa" como uma bolsa de colostomia a tiracolo.

Mark riu, sincero, um som que ainda a desarmava, mesmo depois de tudo.

— Você viu que todos os meus contatos vieram? — ele perguntou.

Magdalena olhou e sorriu com carinho.

As mesmas figuras aleatórias da festa de boas-vindas que ela organizara para si mesma estavam ali de novo, agora parte de uma piada interna entre os dois. Entre eles, o chefe de Mark, os colegas de trabalho, vizinhos e mais uma porção de rostos que Magdalena não saberia identificar.

— É mesmo? Só senti falta da Maldição Não Liga para Ela — brincou.

— Mentira, não senti muita falta, não.

— Olha os ciúmes de novo.

— Poupe-me. — Magdalena deu um tapinha no queixo de Mark. — E o Stephan? Achei tão estranho ele não ter feito uma mentoria on-line de pastor só para conduzir a cerimônia.

Mark apontou com a cabeça para o ex-ex-melhor amigo, que travava uma "batalha épica" contra um grupo de crianças com um espeto de churrasco.

— Isso parece perigoso — Magdalena comentou.

— Espera... — Mark levantou a mão e acenou para Becca, que suspirou, mas foi intervir.

Magdalena riu e beijou o queixo áspero do marido. Saboreou aquele instante de leveza. Eles estavam bem. Ou pelo menos tentando estar.

De repente, um som suave de piano se espalhou pelo quintal. Era uma melodia familiar, algo que evocava lembranças.

Magdalena tentou localizar a origem. Mark seguiu seu olhar até uma pequena plataforma improvisada no canto.

Lá, ao piano, estava Liesel Reine.

O ar lhe escapou dos pulmões.

A voz da cantora encheu o espaço, suave e doce, cada nota parecendo feita para aquele exato momento.

Mark não conseguia conter o sorriso de satisfação consigo mesmo.

— Você conseguiu trazer a Liesel Reine? — perguntou, ainda incrédula.

— Consegui.

Ele estendeu a mão e ela a segurou com firmeza.

— Mas como?

— Eu usei o meu charme. — O sorriso de Mark era de puro orgulho. — Sabia que faria você sorrir.

E fez.

Enquanto Liesel cantava "Eu te amei doce", a melancolia que a perseguia há semanas começou a se dissolver. A música infiltrou-se em suas feridas invisíveis como um bálsamo, trazendo um raro momento de paz.

— Quem é o cantor? — perguntou, intrigada, observando o homem que cantava ao lado de Liesel. — A voz dele é maravilhosa.

— Não sei. Minha mãe saberia. Ouvi dizer que são casados há muitos anos.

Magdalena sorriu. Ver os dois artistas juntos, juntos há tanto tempo, aqueceu seu peito. Talvez o amor realmente pudesse resistir ao tempo e às dificuldades.

Sua mãe se aproximou e Magdalena a abraçou com todas as forças. Notou, com satisfação, que a mãe estava usando um novo perfume. Era um bom sinal. Talvez a vida finalmente estivesse tomando um novo rumo para ela também.

— Faz bem vê-la feliz assim — foi a mãe quem disse.

— Eu ia dizer o mesmo.

A mãe arregalou os olhos e assentiu, devagar.

— Sinto que preciso te pedir perdão por uma coisa.

Magdalena sentiu o impulso de abraçá-la novamente, mas apenas tocou seu ombro.

— Sei que não sou uma mãe perfeita... — A mãe hesitou. — Mas me esforcei. Sempre te desencorajei de casar-se porque... bem, você sabe como foi minha vida. Se não se está bem solteira, dificilmente isso vai mudar só por estar casada. Mas, no fundo, e só queria vê-la feliz. E olha só... você encontrou seu "felizes para sempre".

Magdalena segurou a longa saia do vestido branco e balançou, devagar, de um lado para o outro.

— Você faz parte do meu "felizes para sempre". Nenhum final feliz digno funciona só com duas pessoas. Seria um quebra-cabeça de duas peças. Muito sem graça.

A mãe sorriu, mesmo sem parecer entender muito bem o que Magdalena estava dizendo.

Antes que pudessem continuar, Lori e Lissia apareceram. A mãe beijou a filha na bochecha e a deixou com as velhas amigas.

— Que bom que vocês vieram — Magdalena disse, com um sorriso que surgiu sem esforço. — Vocês não fazem ideia do quanto é importante pra mim que vocês viessem.

Elas se abraçaram. Anos de distância e silêncio não haviam apagado o vínculo, mas o haviam deixado mais frágil. Era algo a ser manuseado com cuidado.

— Kesley também queria vir, mas está no meio de um treinamento ninja secreto. Hoje é o teste final — Lori disse.

Magdalena piscou os olhos, confusa.

— Ela só está gripada. — Lissia riu.

— Vou marcar para nos encontrarmos em breve. Mark teve a ideia de convidar todos os contatos da lista dele pra festa e eu queria fazer o mesmo, mas... — Magdalena hesitou, sorrindo, sem graça. — Eu praticamente não tinha mais contatos desde Jonas. Resolvi recomeçar. Vocês foram as primeiras da minha lista.

Lori sorriu.

— Estávamos comentando que nem sabíamos se você ainda tinha nossos números. Mas nosso carinho por você nunca diminuiu. Vai ser legal conhecer essa sua nova versão.

Magdalena também sorriu, embora sentisse que a "nova versão" era mais quebrada do que a antiga. Ou talvez... ainda estivesse em processo de ser reconstruída.

— Me perdoem... larguei tudo e todos. Achei que era amor — confessou, dando de ombros, com um sorriso tímido que mal escondia o arrependimento profundo.

— Quem nunca? — Lissia respondeu com um sorriso compreensivo.

Lori, por sua vez, soltou uma de suas risadas inconfundíveis, do tipo que ecoa, fazendo qualquer um reconhecer à distância.

Magdalena riu junto.

Entre conversas e risadas, Mark se aproximou, segurou seu braço e inclinou-se um pouco.

— O que achou do pivete?

Magdalena piscou, tentando entender.

— O "amigo" da Becca — ele murmurou, os olhos se estreitando.

— Simpático, por quê?

— Não é a resposta certa, Lena.

— Ela é uma mulher adulta, Mark. Capaz, sábia, inteligente. Então... — A voz de Magdalena suavizou, deixando a conclusão no ar.

— Bem, talvez eu confiasse mais se... — Ele hesitou.

— Se ela encomendasse um parceiro pela internet? — Magdalena riu.

Antes que pudessem continuar, uma voz rouca e arrastada pela embriaguez ressoou alto o bastante para todos ouvirem:

— Ô, coisa linda!

Era o pai de Mark, visivelmente alterado. Tentava... flertar com... oh, não.

A mãe de Magdalena se levantou da mesa. Parecia pronta para dar um tapa no senhor.

Magdalena ergueu as mãos na direção deles, querendo intervir, mas estava longe e lenta demais para fazer qualquer coisa. Felizmente, Mark foi mais rápido. Correu até o pai e o abraçou pelos ombros, afastando-o.

Magdalena precisou segurar o riso. Que situação absurda. Mas, agora que as famílias estavam oficialmente apresentadas, talvez passassem por mais dessas situações. Embaraços, conflitos e choques culturais. Fazia parte do pacote.

No palco, a voz de Liesel continuava, suave, mas carregada de significado.

Ela começou um discurso. Falou sobre fogueiras. Sobre como o calor das chamas era belo, mas efêmero. Como no amor, ela dizia. O verdadeiro valor não estava no brilho momentâneo dos belos momentos, mas em quem permanecia ao seu lado quando o fogo se extinguia e a escuridão parecia tomar conta.

Enquanto falava, encarou o marido sentado ao piano. O olhar trocado entre os dois era carregado de uma intensidade silenciosa, a cumplicidade de quem já havia enfrentado (ou talvez ainda enfrentava?) as sombras que Liesel mencionava — e, de alguma forma, havia resistido.

As palavras atravessaram Magdalena, cada uma encontrando um caminho direto para o fundo de sua alma. Não eram apenas reflexões abstratas. Eram flechas sutis, penetrando suas defesas. Ela sentiu o impacto de cada frase. A permanência. A luta. Tudo fazia cada vez mais sentido.

Então, a música começou. O violão preencheu o silêncio com uma melodia deliciosa.

Eu gosto do fogo
Assim como qualquer outro mortal
Mas eu gosto mais ainda
Que você ainda está aqui
Quando ele se esfria

Magdalena olhou para Mark. Ele estava ali. Mesmo depois de tudo. Mesmo com as cicatrizes que carregavam.

E me perguntam:
Você vai permanecer
mesmo quando nada mais brilha?
E eu respondo:
É justamente essa a beleza,
minha querida.

A mão dele apertou a dela, firme, e, por um momento, toda a dor que ainda pesava em seu corpo pareceu se dissolver. Era curioso como algo tão pequeno, tão cotidiano, podia carregar tanto significado. Não era apenas um toque. Era um lembrete silencioso.

Assistir a chama e o arrefecer
Abraçada com quem se ama
E se deixa aborrecer
Com quem junto se encanta

E deixa a vida acontecer
É essa a beleza, minha querida

A voz de Liesel se entrelaçou com o crepúsculo, como se a melodia fosse costurada ao próprio tempo.

Magdalena fechou os olhos. Só não permitiu que lágrimas corressem soltas porque não queria borrar a maquiagem.

Quando o show encerrou, um jovem apareceu para buscar Liesel. Alto, esguio e com os mesmos traços da cantora.

Ela se despediu com um caloroso "tudo de bom", explicando que o filho mais velho os levaria para casa. O marido não podia mais dirigir e ela nunca tirara carta na Alemanha.

O rapaz segurou o braço da mãe e a conduziu para o carro.

Magdalena os observou enquanto se afastavam. Mãe e filho. Um lembrete sutil, mas profundo, do que jamais teria.

O peso do passado voltou discretamente, como uma sombra que ela sabia que sempre estaria à espreita. A aceitação de que, por mais que tentasse, ela era uma peça quebrada. Uma peça que talvez jamais se encaixasse como deveria.

Enquanto Magdalena se perdia nesses pensamentos, viu a última pessoa que ela imaginaria comparecer ao casamento. Frau Fischer.

A melhor amiga da mãe de Mark segurava um presente. No rosto, uma expressão de lamento. O corpo parecia tenso, como se carregasse um fardo muito pesado.

Ela pediu desculpas a Mark.

A voz hesitante ao mencionar a culpa que sentia por nunca ter se conectado com ele. As palavras saíam rápidas, apressadas, como se quisesse se livrar daquele peso o quanto antes.

— Talvez, se tivesse insistido mais... sua mãe ainda estaria aqui.

Mark foi cortês. Para os outros, poderia parecer até frio. Mas Magdalena sabia o que aquele encontro representava para ele.

— Não foi culpa sua — ele murmurou. — Nunca achei que fosse. E tenho certeza de que minha mãe também não pensava assim.

Frau Fischer o abraçou. Lágrimas silenciosas caíram enquanto os ombros dela tremiam.

Mark permaneceu firme. Mas Magdalena podia ver a tensão no rosto dele, a luta para conter a própria emoção.

O tilintar de uma colher contra uma taça ecoou pelo quintal. O som quebrou o momento de uma forma tão abrupta que era quase cômica.

Stephan. Seguindo a tradição de bater numa taça para que o noivo beijasse a noiva.

Mark riu. Deu de ombros. E, antes que Magdalena pudesse reagir, já estava ao seu lado, beijando-a com vontade diante de todos.

Quando o beijo se desfez, Mark subiu ao palco. Pegou o microfone. Olhos brilhando. Era o tipo de brilho que agora ela sabia que vinha de algo muito mais profundo do que apenas alegria.

— Não falei antes na cerimônia porque quis manter os votos tradicionais, mas preciso dizer só mais uma coisa. Magdalena... — Mark fez uma pausa, a voz embargada. — Eu só queria que soubesse o quanto sou grato por você não ter sido feita sob medida para mim. Porque a maior alegria da minha vida será me tornar sob medida para você.

Ele fez mais uma pausa, as lágrimas se acumulando nos olhos, e então abriu o sorriso mais lindo que já dera até então.

— E nós dois nos tornarmos sob medida para o Autor da nossa história. Todos os dias, até quando formos encontrá-lo.

O aplauso e os assobios vieram de forma natural, espontânea, como se todos ao redor pudessem sentir o calor e a beleza daquele momento.

Magdalena se levantou devagar, cada passo mais leve do que o anterior. Subiu ao palco. Ela pegou o microfone e encarou o marido.

— Não vou dizer que nosso casamento foi um presente de Deus, porque... — Arfou, sem graça. — Bem, sendo quem sou, pode ser que algum dia eu pense que foi mais um castigo.

As risadas dos convidados aliviaram a confissão tensa, e ela continuou, mais à vontade.

— Eu realmente não sei se foi da autoria dele o modo como nos unimos. Foi, francamente, meio esquisito. — Mais risos da plateia. — Mas eu acredito, sim, que ele é o autor dessa outra coisa que aprendi com você. Desse fio de ouro que nos une e preenche o espaço das nossas falhas. — Ela sorriu com os olhos marejados. — A graça. Eu acredito que esse é o elemento principal das nossas vidas, o que dá valor e beleza à nossa existência.

Então, sussurrou apenas para ele:

— Eu te amo, meu bem. Você é *tão* lindo.

— O que ela disse? — alguém da plateia gritou. — As pessoas do fundo não ouviram!

Magdalena pegou o microfone de novo.

— Eu disse que ele é lindo — ela respondeu.

— Ela te acha lindo? — O pai de Mark soltou com aquele tom que só o álcool sabe dar. — Se isso não é a prova de que Deus existe...

As risadas ecoaram pelo quintal. Mark não perdeu tempo — puxou-a para mais um beijo antes de conduzi-la para a pista improvisada. Magdalena, apesar da dor persistente e do cansaço, seguiu o ritmo. Os pés estavam pesados, mas o coração... o coração estava leve. Aquela noite era para celebrar, e ela decidiu viver cada segundo dela.

Muito mais tarde, ela subiu na plataforma improvisada, deixando os olhos percorrerem a cena, memorizando cada detalhe. Seria difícil explicar tudo o que passava por sua cabeça naquele momento. Ali, cercada por tantas vidas entrelaçadas, sentiu-se repentinamente parte de algo maior. Um quadro complexo, em que, de alguma forma, todas as peças, por mais quebradas que fossem, ainda podiam ser redimidas.

Ela se apoiou em uma das colunas de madeira que segurava as luzes do palco e riu sozinha, ao mesmo tempo que algo dentro dela se partia. Acreditava realmente naquilo ou era o fervor religioso de Mark que, pouco a pouco, estava consumindo sua capacidade de raciocinar?

Conforme a noite avançava, as limitações físicas se impuseram sem dó. Ela queria tanto poder continuar, mas precisou parar. Mark, ao contrário, ainda tinha energia de sobra, e o olhar entristecido que tentou disfarçar ao vê-la se afastar era impossível de ignorar.

E essa seria talvez suas vidas agora. Ou uma grande parte delas. Um desequilíbrio. Não importava o quanto se esforçasse, talvez nunca fosse suficiente. Ela estaria sempre em falta, incapaz de dar a ele o que ele necessitava para uma vida plena.

Seria mesmo possível que Deus pudesse preencher essas lacunas?

Os fogos de artifício explodiram no ar quando a noite caiu de vez.

As luzes do jardim se acenderam, e a festa seguiu, cheia de alegria e beleza. Mas não era uma beleza meramente estética. Era um lembrete de que, mesmo em meio às perdas e rachaduras, a vida ainda poderia oferecer momentos de graça. Instantes em que o caos silenciava, e a dor, por um segundo que fosse, deixava de pesar tanto.

Talvez o desafio fosse aprender a descansar nisso. Confiar. Talvez o "felizes para sempre" não estivesse nas promessas, nem na cerimônia, tampouco no mérito dos que participavam da jornada. Talvez estivesse mesmo no ato de aceitar que nem tudo se encaixaria perfeitamente.

E que, ainda assim, pela graça de Deus, poderia ser lindo.

44

CHEGOU O MOMENTO da despedida. A madrugada envolvia a casa, abafando os últimos murmúrios da festa. No quintal, apenas Magdalena e Mark permaneciam, cercados pelos vestígios da celebração: cadeiras fora do lugar, copos esquecidos, enfeites ainda pendurados. Rastros de um dia que pareceu ter durado uma eternidade.

— Lena... vai descansar — Mark sugeriu, empilhando cadeiras com movimentos lentos, o cansaço evidente em cada gesto.

— Só mais um pouco — ela respondeu, ignorando a exaustão crescente.

Trabalharam em silêncio, cada um imerso nos próprios pensamentos, reorganizando o ambiente para o novo dia e, de certo modo também, para o que seria o resto de suas vidas.

Até que o corpo de Magdalena demonstrou que não estava mais disposto a obedecer. Ela se retirou para o sofá, deixando que Mark terminasse.

Quando finalmente subiram as escadas, os passos eram arrastados, cada degrau exigindo mais esforço do que eram capazes de oferecer.

A água quente do banho trouxe alívio momentâneo, acalmando os músculos tensos. Mas as cicatrizes, internas e externas, ainda estavam lá.

Ao cuidar da bolsa de colostomia — escondida sob o vestido durante o casamento — Magdalena fez uma careta amarga. Não era exatamente o cenário mais romântico que poderia imaginar.

Quando saiu do banheiro, encontrou Mark já deitado, segurando um rolo de gaze entre os dedos.

— Vem cá — ele chamou, um brilho divertido nos olhos.

Ela se sentou ao lado dele, e Mark começou a cuidar de suas feridas com uma delicadeza que sempre a surpreendia. Cada toque parecia carregar um cuidado profundo, quase reverente. Quando a dor a fez se retrair, ele percebeu, levantando uma sobrancelha com uma expressão de quem sabia o que estava acontecendo, mas preferia não comentar.

— Sabe o que me incomodou hoje? — ele disse, ajustando o curativo.
— Minha unha encravada.

Ela não conseguiu conter a risada, surpreendida pelo momento inesperado de humor.

— Então você entende o que estou sentindo — retrucou, tocando o curativo de leve. — A vida não tem sido fácil para nenhum de nós.

— *Ninguém disse que seria fácil* — Mark cantarolou, emendando de maneira desajeitada um trecho de "The Scientist", do Coldplay.

Antes que percebessem, estavam competindo para ver quem cantava pior e mais desafinado, transformando a dor e o cansaço em uma batalha de risadas e vozes trêmulas. Por um momento, nada mais importava além da leveza compartilhada.

Quando, enfim, repousaram as cabeças nos travesseiros, oraram. As mãos entrelaçadas, os dedos apertando os dela, firmes e tranquilos. Uma oração simples, sem grandes pedidos ou elaborações. Apenas gratidão — pelo dia, pela vida e pelo fato de ainda estarem juntos, apesar de tudo.

Eles se beijaram. E se permitiram se amar mais uma vez.

Havia algo diferente dessa vez. O fio invisível de ouro os conectava de uma maneira profunda, irreversível. E isso reverberava em cada toque, em cada olhar, em cada suspiro e no êxtase compartilhado.

Mark adormeceu. Magdalena, porém, permaneceu acordada, com um livro nas mãos. Não porque estivesse realmente interessada na leitura, mas porque prolongar o momento a ajudava a processar tudo o que sentia. A luz fraca do abajur desenhava sombras suaves sobre a cama, enquanto ela passava as páginas sem realmente se atentar às palavras.

Seu olhar pousou sobre Mark. O rosto dele, sereno no sono, irradiava uma paz tão profunda que parecia se infiltrar em seu próprio coração.

Por um breve segundo, vislumbrou algo que antes lhe parecia distante e inatingível. Tal qual o "castelo alado" daquele quebra-cabeça impossível que tentaram montar juntos. Eles não foram feitos um para o outro. Mas, agora, milagrosamente, pertenciam um ao outro.

E, pela primeira vez, permitiu-se realmente imaginar a possibilidade de um Deus criador de todas as coisas existir. De ser conhecida por ele. Perdoada por ele.

Amada por ele.

Dele se tornar seu pai.

O sentimento a invadiu com uma força avassaladora. Gratidão, amor, alegria — um turbilhão tão intenso que lágrimas começaram a rolar antes mesmo que percebesse.

— Deus — sussurrou, deixando as palavras saírem sem esforço. — Deus. Deus. Deus.

Era tudo o que conseguia dizer.

A alma parecia transbordar, inchando além dos limites do corpo, sem espaço suficiente para conter tanto. Não conseguiria formular uma oração bonita como as de Mark. Restava apenas a palavra, carregada de tudo o que ela não era capaz de expressar.

Movida por um impulso inexplicável, ela virou até a última página do romance e, com uma caneta azul de plástico, escreveu:

"A partir de hoje, eu, Magdalena Schmidt, com tudo que tenho e sou, com meu corpo e minha alma, pertenço a Ele."

Ainda havia tanto a aprender, tanto a entender. Talvez, assim como quando assinou o contrato de casamento, não soubesse exatamente no que estava se metendo. Mas já sabia que era um caminho sem volta.

Graças a Deus.

Mark roncou alto, rompendo o silêncio suave que envolvia o quarto, e ela riu baixinho. Talvez fosse hora de considerar comprar protetores auriculares. Mas, por enquanto, o som era parte do novo normal.

Com cuidado, desligou o abajur e se aninhou ao lado do marido, sentindo o calor familiar do corpo contra o seu. Um sorriso curvou seus lábios enquanto fechava os olhos, permitindo-se mergulhar no sono.

O silêncio da noite tomou conta da casa. Mas, dessa vez, era diferente. A paz que eles estavam aprendendo a cultivar, mesmo em meio às cicatrizes e às imperfeições, estava ali. Mark ainda seria insensível de vez em quando. Magdalena, por sua vez, deixaria a casa em desordem nos dias mais inconvenientes. A vida seguiria com desafios e incertezas. Mas, naquele instante, estavam envolvidos pela paz que, como Mark sempre dizia, ultrapassava todo entendimento.

E talvez nunca compreendessem totalmente esse mistério que os envolveria nos momentos mais escuros e nos mais belos.

Mas tudo bem.

Amém.

45

MARK SENTOU-SE À MESA da sala, os olhos fixos na colagem que ele e Becca haviam criado.

Nenhuma peça pertencia de fato ali, mas, ao ser conectada às outras pelo material precioso, cada uma se tornou parte do todo. Ele se levantou e as observou mais de perto. Um perfeito mosaico de caos e ordem.

Esse deveria ser o nome da minha autobiografia, pensou, rindo sozinho.

Os passos apressados de Magdalena soaram no corredor. Ela surgiu de repente, segurando um envelope pardo com firmeza. O rosto dela parecia coberto por uma energia inquieta.

— O que é isso? — ele perguntou.

— É do meu pai.

— Seu... pai? — Mark retrucou, confuso. — Seu pai, o tal de Aleksa...

— Aleksander, sim — Magdalena confirmou, impaciente. — Ou a Assistente que finge ser ele. Um backup dela, talvez?

Eles se encararam, curiosidade vibrando entre eles.

Lentamente, Magdalena abriu o envelope. Ela puxou o papel e franziu o nariz.

— Um vale-presente — ela disse, com uma expressão de espanto. — Presente de casamento atrasado, talvez?

— Vale-presente?

Ela virou o papel para ele, o timbre elegante da subsidiária recém-inaugurada reluzindo:

Filhos-Sob-Medida.com
A harmonia familiar é nossa garantia!

— Filhos sob medida? — Mark soltou uma risada curta e incrédula. — O que raios isso significa?

Magdalena virou o papel de volta para si, os olhos correndo pela frase com mais atenção. Seu semblante, que na opinião de Mark deveria estar horrorizado, permanecia pensativo. Era quase como se... como se estivesse realmente ponderando a oferta.

Mark, notou a hesitação, riu de novo. Dessa vez de nervoso.

— Você não está considerando isso, né? — perguntou.

Ela o encarou de volta com uma mistura de afeto e provocação. Então, bufou, soltando o ar de um jeito quase teatral.

— Seria tão ruim? Por quê?

— Porque isso soa horrível! — Mark exclamou, balançando a cabeça. — Escolher filhos... sob medida? Que ideia maluca é essa?

Ela manteve o olhar fixo nele, como se o estivesse estudando por dentro.

— Ei, foi diferente com você... — ele tentou argumentar, erguendo as mãos.

Ela bufou de novo, sacudindo o envelope na direção dele.

— É um presente! Não custa nada dar uma olhadinha, custa?

— Lena... — Mark sorriu, mas ainda estava um pouco assustado. — Você realmente está considerando essa maluquice?

Ela olhou para o papel mais uma vez e mordeu o lábio inferior. Hesitou por um breve segundo antes de finalmente soltar o ar.

— Você tem razão — disse, balançando a cabeça. — É péssimo. Que bobagem.

Os dois riram juntos, o som ecoando pela sala. Magdalena colocou o papel de volta no envelope, o sorriso ainda brincando em seus lábios.

Mas, mesmo rindo, havia algo diferente em seu olhar. Algo mais profundo.

— Bobagem — repetiu, balançando a cabeça.

Mark se levantou, foi até ela e a envolveu. Beijou seu rosto, depois sua boca, lentamente. Pelos céus, como ele a amava, a desejava, a admirava. Sentia vontade de gritar um "muito obrigado" eufórico pela janela todas as manhãs, quando acordava e a via, em sono profundo, babando no travesseiro ao seu lado.

Receber o amor de Deus, de uma forma muito pessoal, só havia intensificado seu amor pela esposa. O que sentia não nascia mais de sua necessidade de segurança e um senso de identidade, mas da gratidão de quem sabe que tem tudo o que precisa e, mesmo assim, recebeu muito além.

Magdalena deixou o envelope sobre a mesa, e juntos andaram para o jardim, caminhando tranquilos em direção ao pôr do sol.

Atrás deles, o quadro com as peças avulsas de quebra-cabeças tão distintos ainda estava lá, unificado pelos fios dourados. Nada ameaçava romper a perfeita combinação harmônica e improvável.

É claro que não havia mais espaço para novas peças.

Claro que não... certo?

AGRADECIMENTOS

NÃO POSSO DEIXAR DE AGRADECER às primeiras leitoras deste romance, mulheres guerreiras, algumas das quais aceitaram ler múltiplas versões deste livro até chegarmos na definitiva: Camila Antunes, Pat Müller, Carolina de Sales, Bruna Santini, Rachel (Herdeira Literária), Lori Dias, Gabriela Fernandes, Milna Nunes, Camilla Bastos, Becca Mackenzie e minha querida cunhada Noemi Bragança. Vocês são todas incríveis e cada uma contribuiu de uma forma diferente para que essa história se tornasse o que é hoje.

À Rachel Agavino e à Camila Antunes, por, em 2018, ao lerem a versão embrionária desta história em formato de conto no Wattpad/Amazon, terem imediatamente sugerido que eu a transformasse em um romance — olha, finalmente a transformei! :)

À Kelsey Siqueira, Líssia Paula e Lori Dias, leitoras especiais, cujos nomes peguei emprestado para as amigas da Magdalena. :)

À Brunna Prado, por seu cuidado, capricho e criatividade na edição.

À minha amiga Iris Harrill, que me "alimentou" com livros durante toda a nossa juventude e que contribuiu de uma forma imensurável para que hoje eu possa abençoar outras vidas com minhas histórias.

À minha querida igreja, que tanto orou para que este livro finalmente pudesse ser completado.

À minha mãe, Wania Bragança, e minha sogra, Débora Molina, que, com muita coragem e determinação, cuidaram sempre que possível dos meus pequeninos para que esta edição se tornasse realidade.

Ao Luca e ao Noah, que adoçaram os meus dias e que, graças a Deus, vez ou outra me obrigaram a emergir do mundo da fantasia, mesmo que por uns instantes.

Ao Bruno, meu marido, que frequentemente me demonstra a graça de Deus em palavras e ações. Sempre me emociono quando penso no privilégio que é ser sua e construir essa vida com você, criar nossos filhos, enquanto nós dois nos tornamos cada vez mais sob medida para o Autor da nossa história.

E a você, querido leitor. Já pensou como é incrível que esse tipo de amor, por mais maravilhoso que seja, ainda não passe de uma amostra pequena e imperfeita do grande amor DAQUELE que nos criou? Ele escreve histórias maravilhosas, surpreendentes e reais com pessoas falíveis como eu e você. Mas o romance é só uma das incontáveis formas pelas quais Ele derrama sua verdade, beleza e bondade em nossas vidas. Que possamos ter sempre olhos abertos para enxergar as dádivas que Ele nos concede todos os dias.

Este livro foi impresso sob medida para a Thomas Nelson Brasil em 2025 pela Ipsis. Selecionamos a fonte perfeita (Bree serif, corpo 10,5), ajustamos o espaçamento ideal e garantimos que cada página estivesse exatamente onde deveria. Mas, se ao longo da leitura você se pegou rindo, se surpreendendo ou até passando raiva com as personagens... bem, é sinal de que deu tudo certo. Afinal, um bom livro funciona melhor sem um manual de instruções.